KB267969

사랑공식

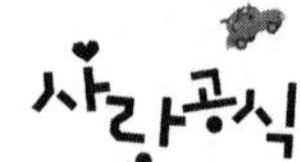

초판 1쇄 찍은 날 | 2012년 10월 22일
초판 1쇄 펴낸 날 | 2012년 10월 26일

지은이 | 김희진
펴낸이 | 서경석

편집장 | 권태완
편집 | 장미연

펴낸곳 | 도서출판 청어람
등록번호 | 제1081-1-89호
등록일자 | 1999. 5. 31
어람번호 | 제5-0319호

주소 | 경기도 부천시 원미구 심곡2동 163-2 서경B/D 3F (우) 420-822
전화 | 032-656-4452 팩스 | 032-656-4453
http://www.chungeoram.com
E-mail | chungeoram@chungeoram.com

ⓒ 김희진, 2012

ISBN 978-89-251-3036-1 03810

사랑공식

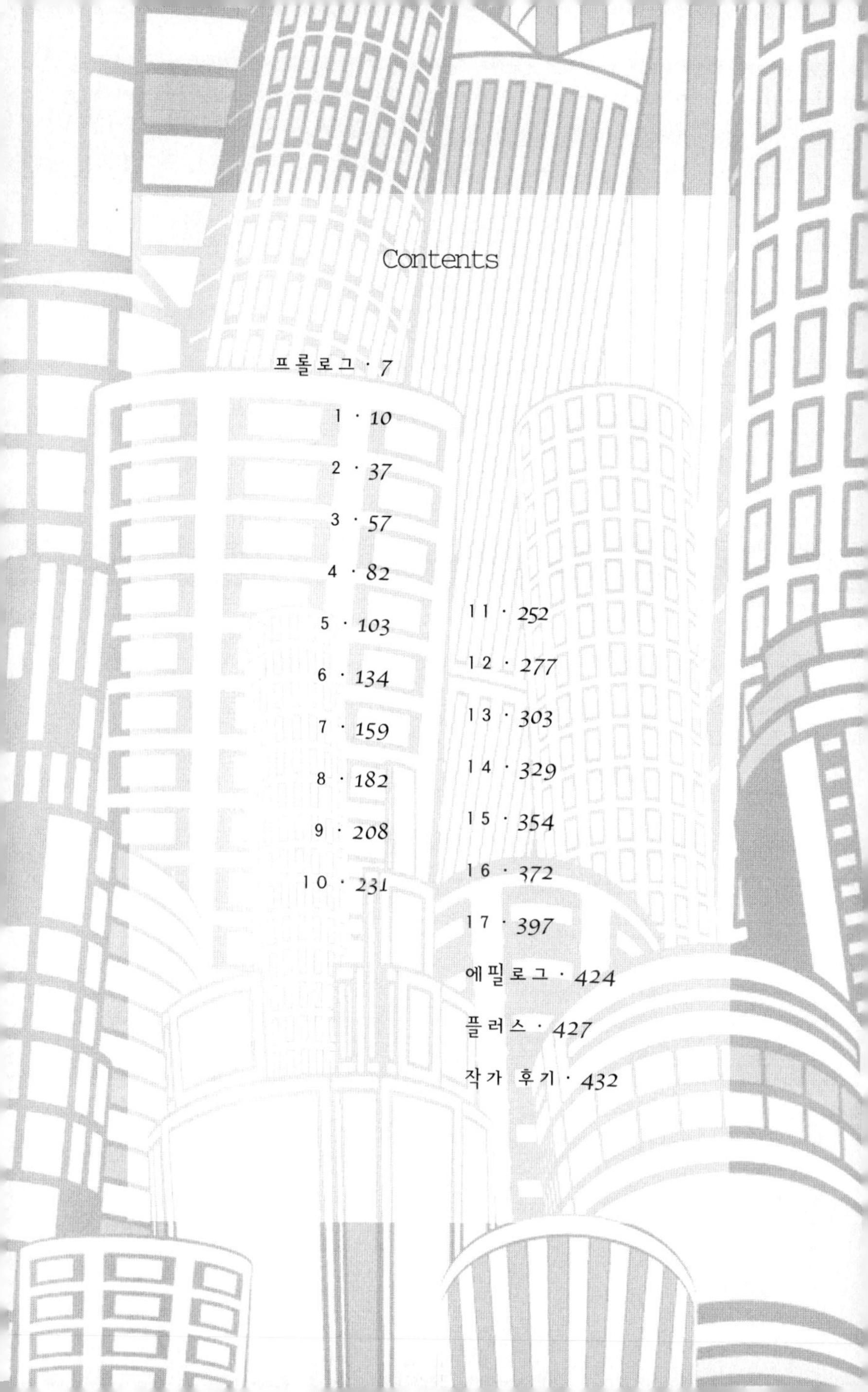

Contents

 프롤로그

카페의 야외테이블에 자리한 진희는 모자챙을 슬쩍 올리며 지나가는 사람들에게 눈길을 주었다. 각양각색의 사람들이 세계적인 관광명소인 와이탄 거리를 누비고 있었다. 단체 관광객뿐 아니라 커다란 배낭을 둘러멘 채 한 손엔 곧 있으면 찢어질 만큼 너덜해진 지도를 펼쳐 보고 있는 여행객의 모습도 보였다.

조금은 무료한 듯 늘어진 자세로 다리를 길게 뻗던 진희의 귓가에 또렷한 한국말이 들려왔다.

"상하이에 5년 만에 와보는 건데 이왕 온 거 더 있다 가면 좋잖아?"

워낙 한국 관광객이 많은 탓에 한국말은 자주 들려왔지만, 한 여자의 웃음기 어린 말투가 진희를 돌아보게 만들었다. 선글라스를 살짝 아래로 내려 갈색 렌즈를 통해서가 아닌 맨눈으로 목소리의 주인공을 단숨에 훑은 진희는 입가에 절로 곡선을 그렸다.

늘씬함을 강조한 흰색 스키니진에 핫핑크의 힐을 신고 길이가 짧은 볼레로 형식의 재킷을 받쳐 입은 여자는 무지무지 즐겁다는 표정으로 통화하며, 활기찬 걸음걸이로 그가 있는 쪽으로 다가오고 있었다.

"그럼 혼자 남았지! 울 차장님, 주말엔 애들 땜에 집 밖으로 못 나오시잖아."

가까이 다가올수록 그녀의 웃는 얼굴이 참으로 싱그럽다 여겨져 그의 시선을 붙잡았다. 자연스레 쌍꺼풀진 눈에 담긴 미소와 부드러운 입 모양은 차림새만으로 봤을 때 꽤나 섹시한 축에 속할 것 같은 이미지를 중화시키며 순수함을 부각해 귀염성 돋게 만들어주었다.

"음, 저녁 먹고 유람선을 탈까, 푸동으로 건너갈까 생각 중이야. 어젠 날씨가 흐려 야경을 제대로 못 봤거든. 그래, 걱정 말구 내일 봐."

그렇게 통화를 마친 그녀는 그가 앉은 테이블을 지나쳐 카페 안으로 들어가더니 음료를 주문했다. 그저 호기심 어린 눈으로 그녀의 모습을 좇던 진희는 스무디컵을 들고 나오며 고개를 한 번 갸웃하는 여자의 동작에 저도 모르게 같은 방향으로 머리를 기울였다. 무슨 생각을 하는지, 그 작은 입술로 뭔가를 중얼거리더니 황포강 너머의 푸동 지역을 멀리 바라보았다. 그리곤 어깨를 한 번 으쓱하며 생긋 미소 지었다.

"그래, 굳이 건너갈 필요 없이 유람선에서 찍는 게 낫겠다."

그렇게 혼잣말을 하더니 빨대를 물고 입술을 오므려 스무디 맛을 음미하듯 동그란 눈을 깜빡였다. 최고의 미녀들이라는 여배우들을 가까이에서 여러 차례 봐온 진희로서는 어지간해선 여자의 외모만으로 호기심 어린 시선을 던진 경우가 그다지 많질 않았다. 한데 저 여자는 눈에 확 띄는 미인은 아니지만 밝게 웃음 짓는 자연스러운 얼굴이 그의 눈길을 사로잡고 있었다. 물론 늘씬하게 쭉 뻗은 몸매 또한!

진희는 저 멀리로 사라지는 여자의 뒷모습을 보며 오늘 저녁엔 유람선이나 타러 가볼까 생각했다. 만에 하나, 저 여자와 같은 시각에 같은 유람선을 타게 된다면? 말 한번 붙여보지 뭐. 그는 싱긋 웃으며 커피가 담긴 컵을 입가로 가져왔다.

1

　유람선의 난간에 등을 기대어 서서 휴대폰을 멀찍이 치켜든 은아는 자신의 얼굴이 비치는 화면을 보며 각도를 조정했다. 그녀의 뒤로 동방명주를 포함한 푸동의 화려한 야경이 살짝살짝 들어왔다 사라졌다. 야경을 배경 삼아 혼자서 셀카를 찍으려니 여간 힘든 게 아니었다. 아랫입술을 삐죽 내밀며 화면을 쳐다보던 은아는 푸 하는 소리를 내며 휴대폰을 내렸다.

　"찍어드려요?"

　갑작스레 들려온 목소리에 은아의 고개가 휙 돌아갔다. 헌팅캡을 삐딱하니 쓰고 야간용 선글라스를 낀 훤칠한 남자였다. 의류업체에 근무하는 만큼 한눈에 어떤 스타일인지 파악이 가능한 은아는 남자의 패션 감각에 플러스 점수를 주었다. 게다가 연주황 렌즈 너머로 보이는 눈매와 반듯한 콧날하며, 싱긋 웃고 있는 저 입술은……. 오, 마이 갓! 완전 킹왕짱 대박 미남이었다. 또한 어디서 많이 본 듯한 이 친근함까지!

은아는 잠시 남자의 얼굴에 홀린 것처럼 쳐다보다 얼른 정신을 차리고 되물었다.

"예?"

"저 배경으로 찍고 싶은 거죠? 이리 줘요, 찍어줄 테니."

남자는 친절한 미소를 입가에 매단 채 손을 내밀었다.

"아…… 감사합니다!"

은아는 얼결에 그에게 휴대폰을 건네고는 한 발 뒤로 물러섰다.

"이 정도면 되죠?"

그도 은아처럼 한 발 뒤로 물러나더니 휴대폰을 보며 손짓했다.

"왼쪽으로 반 발짝만 옮겨봐요."

은아가 지시에 따르자 그가 좋다는 듯 엄지손가락을 치켜세웠다.

"자, 찍습니다아."

살짝 머리를 기울이며 생긋 웃는 은아를 보며 그도 만족스럽다는 표정으로 찰칵 셔터를 눌렀다.

"한 번 더 갈까요?"

그는 마치 전문 사진작가라도 되는 양 자리를 옮기더니 은아에게도 위치를 바꾸라며 손으로 가리켰다.

"이쪽으로 조금만, 오케이."

그가 슬쩍 윙크까지 던지며 말하자 은아는 그만 풋 웃음을 터뜨리고 말았다. 그 순간을 놓치지 않고 그가 또 한 번 셔터를 눌렀다.

"자연스럽고 좋네요. 잘 나왔어요."

방금 찍은 사진들을 확인하며 그는 씩 미소 짓더니 은아에게 다가와 휴대폰을 건넸다.

저 미소……. 은아의 머릿속을 강타하며 한 남자의 얼굴이 떠올랐다. 그리고 그 얼굴은 바로 눈앞의 남자와 그대로 겹쳐졌다.

탤런트 하진!!

은아가 눈 한 번을 깜빡이지 않은 채 그에게 시선을 고정시키자 그도 약간 당황했는지 표정을 굳혔다. 잠시 잠깐 두 사람은 서로를 그렇게 쳐다보다가 똑같이 입을 열었다.

"이거……."

"저기……."

그러다 둘은 피식 웃었고 진희가 휴대폰을 내밀며 먼저 말했다.

"받아요."

"네, 감사합니다."

은아는 미소를 유지한 채 휴대폰을 받아 들고 그가 찍은 사진을 넘겨 보았다.

"맘에 드네요."

"나한테 뭐 물어보고 싶은 거라도 있었어요?"

진희가 어떤 질문이든 답해주겠다는 느긋한 표정을 짓자 그녀는 뭐라 말을 하려는가 싶더니 고개를 저어 보였다.

"아뇨, 사진 고마웠어요. 그럼 전 이만."

그러고는 다른 어떤 말도 없이 그녀는 그 자리를 벗어나 버렸

다. 자신을 알아본 듯한데 그처럼 쉽게 사라져 버린 그녀에게 진
희는 적잖은 충격을 받은 상태였다.

못 알아본 건가? 아닌데……. 아까 분명 내가 누군지 알아차린
것 같았는데?

그는 미간을 살짝 찌푸리며 그녀가 사라진 방향을 다시금 쳐다
보았다.

왜! ‘하진 씨 맞아요?’ 라고 안 물어본 거지? 설마, 날 모른단 말
야?

한창 최고주가를 달리고 있는 배우, 하진! 그가 바로 진희였다.
영화산업에 종사하는 부모님의 영향으로 어린 시절부터 아역배우
로 활동해 온 그는 고등학교 시절 잠시 주춤했던 이후 연극영화과
에 진학해 띄엄띄엄 TV에 얼굴을 비추다 돌연 군대를 가버렸다.
그리고 제대와 동시에 본명인 하진희에서 앞 두 글자만 딴 ‘하진’
으로 배우명을 바꿔 연예계로 다시 돌아왔다. 언론에선 국민 남동
생이었던 그가 진한 남성미를 풍기며 나타났다고 극찬해 준 덕에
그의 컴백은 나름 화려하게 진행되었다. 작년 두 영화제에서 동시
에 남우주연상을 수상하기도 했고, 얼마 전 시청률 대박 행진을
하며 종영한 드라마의 주인공으로 현재 애인 삼고 싶은 남자 연예
인 1위로 등극해 있는 그였다. 뿐이랴! 크리스마스 파티를 단둘이
보내고픈 남자 1위, 상의 탈의가 가장 기대되는 섹시가이 1위 등
등 온갖 휘황찬란한 수식어를 갖다 붙여도 어색하지 않은 최고의
매력남인데! 그를 눈앞에 두고도 모른 척했다? 아니, 왜?

진희는 삐딱하게 쓰고 있던 모자를 푹 잡아 내리며 입술을 삐죽

였다. 하고많은 유람선 중 같은 시각에 출발하는 걸 탔다는 것만
도 인연이라 생각하고 자신의 존재를 드러내 볼까 했다. 그런데
이건 뭐, 괜히 설레발만 칠 뻔했잖아? 솔직한 말로다가 그가 '하
진'임을 못 알아봤다 해도 어떻게 이래? 이제껏 그와 말 한마디라
도 섞은 여자는 백이면 백, 모두가 그의 연락처를 알려고 갖은 수
를 부렸건만 저 여자는 그러기는커녕 도망치듯 내빼 버렸다.

　뭔가 허탈하기도 하면서 그의 콧대만큼이나 높았던 자존심에도
살짝 금이 갔다. 하지만 조금 전 그녀와 눈을 마주했을 때 느꼈던
묘한 두근거림은 아직까지 남아 있었다. 찌릿하고 전기가 통한 건
아니지만 뭔가 따뜻하면서도 오묘한 기운이 그를 감싸고 돌았던
것이다. 좀…… 아쉬운 건가……? 진희는 어깨를 털어내고 사람들
눈에 띄지 않은 곳으로 내려갔다. 야경은 됐고, 호텔로 돌아가 독
한 위스키나 한잔 들이켜고 싶어졌다.

　여러 관광객들이 모여 시끌시끌 떠드는 공간으로 온 은아는 깊
게 숨을 한 번 내쉬고는 힐끗 뒤를 돌아보았다. 모퉁이를 돌아왔
으니 그가 보일 리는 없건만 혹시나 싶어 돌아본 거였다. 그러다
쿡쿡 웃음이 새어 나오자 한쪽 벽에 등을 기대고는 손으로 입을
가렸다.

　분명 하진이었다! 할머니가 깎아놓은 밤톨마냥 잘났다고 칭찬
을 아끼지 않던 그 하진! 할머니와 함께 영화와 드라마를 통해 자
주 보아서인지 금방 알아볼 수 있었다. 한데, 중국이나 일본에서
도 꽤나 인기를 누리고 있는 그가 이런 데 왜 혼자 있는 걸까? 파

파파라치나 팬들에게 걸리면…… 상하이엔 무슨 일로 간 건지 다들 궁금해할 테고 이상한 소문이 돌 수도 있을 텐데, 왜……?

은아는 얼마 전 드라마를 끝낸 그의 주변에 무슨 변화가 생긴 건가 싶어 고개를 갸웃거렸다. 새로운 아웃도어 브랜드의 모델로 그를 섭외할 판인데 뭔가 안 좋은 일이 생긴 거라면 큰일이었던 것이다. 사실, 조금 전 하진임을 알아채고도 그냥 모른 척 자리를 피한 이유도 그 때문이었다. 조만간 제일패션 홍보팀 직원으로서 그와의 계약을 위해 만날 텐데 혼자 생글생글 웃으며 셀카를 찍는 걸 고스란히 내보인 것 같아 민망했고, 만에 하나 누군가 그를 알아보고 그녀와 함께 있는 모습을 사진으로 찍어대기라도 한다면 이상한 소문의 주인공으로 사람들의 입방아에 오르내릴 게 뻔했던 것이다.

휴…… 하고 다시금 숨을 한 번 내쉰 은아의 입가에 희미한 미소가 걸렸다. 가까이에서 본 그는 정말 의류 광고모델로 손색이 없을 만큼 완벽한 체형이었다. 아웃도어 브랜드뿐 아니라 내년에 계약이 끝나는 신사복까지 그에게 맡기고 싶어졌다.

이렇듯 가슴이 뛰고 자그마한 흥분감이 이는 건 제일의 모델보더할 나위 없다 여겨진 탓이지 다른 이유는 없었다. 연예인의 겉모습만으로 콩닥콩닥거릴 만큼 그녀는 어리석지 않았으니까. 연예인은 연예인일 뿐, 은아에게 남자는 될 수 없었다. 하지만 은아의 발걸음은 그 상태로 멈춰 서 있었고 한 손은 두근거리는 마음을 진정시키기라도 하려는 듯 가슴 위에 놓여 있었다.

장난스레 윙크를 던지고 싱긋 미소 짓던 모습은 그녀가 여태 보아왔던 그 누구보다 근사하게 다가와 깊게 각인되어 버린 듯했다. 그리고 반짝이는 미소만큼 은은하게 울리던 목소리는 여전히 귓가를 간질이며 은아의 얼굴을 붉게 물들이고 있었다.

뭐, 뭐야…… 나 왜 이러는 거야?

은아는 화끈 달아오르는 볼을 한 번 꼬집고는 머리를 세차게 흔들었다.

정신 차려! 그는 연예인이고! 계약 대상일 뿐이라구!

머릿속에 자리를 잡은 듯 턱 하고 들어앉아 버린 그의 미소 띤 얼굴을 내치려 애쓰던 은아는 또각또각 소리를 울리며 매점을 찾았다. 시원한 맥주라도 한 모금 들이켜는 게 머릿속에서 그를 몰아내는 데 도움이 될 것 같았다.

끊임없이 벨소리가 울려댔다. 받질 않으면 그만 포기해도 되련만, 진희의 휴대폰은 울고 또 울기를 반복했다.

바라바라바라라라라밤～ 바라바라바라라라라밤～

점점 격해져 가는 현악기의 음을 따라가기라도 하려는지 진희의 웅얼거림이 점차 커지더니 결국은 이불을 박차고 일어났다.

"아, 진짜!!"

아무것도 걸치지 않은 상반신에 자리한, 적당히 도드라진 근육과 드로즈 팬티 아래로 탄탄함을 강조하는 근육질의 다리가 남성다움을 고스란히 드러내고 있었다. 하지만 그의 표정은 졸음을 못 이기겠다는 듯 잔뜩 찌푸려진데다 헝클어진 머리칼 때문에 그 매력이 반감된 상태였다. 하긴 누구 하나 보는 사람도 없는데 뭐 어떠라. 진희는 휴대폰이 놓인 콘솔 쪽으로 탈래탈래 걸어가며 커다란 거울에 비친 자신의 모습에 입술을 삐죽였다.

그는 여전히 시끄럽게 울어대고 있는 휴대폰을 거친 손놀림으로 집어 들어 발신자를 확인했다. 사실 확인하고 말 것도 없었다. 이 시간에, 이 휴대폰으로 전화를 할 사람은 한 명뿐이었으니까.

"나수완! 쓰잘 데 없는 일이면 알지?"

휴대폰을 쥔 손을 부르르 떨며 으르렁거린 그는 싸울 준비라도 하는 것처럼 어깨를 한 번 털어냈다.

"여보세요!"

〈호출이다!〉

그 짧은 말만으로도 상당한 충격을 받았는지 그의 미간이 단번에 깊게 패었다.

"뭐?"

〈오늘까지 나타나지 않으면 투자 없으시다니 그리 알도록!〉

"뭐, 뭐? 뭐라고?"

황당한 표정으로 반문했지만 전화는 이미 끊어진 후였다. 십여 분 동안 동화를 시노한 섯과는 달리 너무도 간단히 할 말만 하고 끊어버린 게 어이없기까지 했다. 그러다 이렇게 있을 때가 아니라는 듯 그는 휴대폰을 던지다시피 하고는 짜증스런 괴성을 내지르며 욕실로 향했다.

뽀얀 김이 서린 욕실 사이로 조각처럼 완벽한 실루엣이 언뜻언뜻 보이더니 실오라기 하나 걸치지 않은 채로 급히 나와 거울 앞에 섰다. 대충 스킨과 로션을 얼굴에 두드리듯 바른 그는 드레스

룸으로 뛰어들어 갔다.

고작 닷새 머문 방이었지만 드레스룸엔 티셔츠며 청바지, 점퍼, 수트 등 갖가지 옷들로 가득 차 있었다. 블랙진에 베이지색 니트를 걸친 후 모자와 선글라스를 챙긴 그는 카키색 야상점퍼를 벗겨 내듯 꺼냈다. 여권과 휴대폰 등 중요한 물건 몇 가지만 넣은 백팩을 어깨에 두르며 진희는 마지막으로 방을 돌아보고는 아쉬움의 한숨을 내쉬었다. 남은 짐들은 호텔 측에 부탁해서 부쳐 달라고 하면 되니 문제될 건 없지만 모처럼 가져본 꿀맛 같은 휴가가 끝났다는 게 아쉬웠다. 게다가 그 누구에게도 정체를 들키지 않고 닷새를 자유롭게 보냈다는 게 꿈만 같아 더욱 아쉬울 수밖에 없었다.

방문을 닫는 그의 눈매가 찌푸려지더니 이내 커다란 선글라스로 가려졌다.

뜬금없이 호출이라니!! 뭐야……? 혹시?

비즈니스석을 어렵게 구하고 출국장으로 나가려던 진희는 갑자기 몰려든 인파에 깜짝 놀라 모자를 푹 눌러쓴 채 자리를 피했다. 왜 하필! 어제 상하이에서 열린 한인문화축제에 초대받은 가수 몇 명이 귀국하기 위해 공항을 찾은 것이다. 그들의 공항 패션을 찍으려는 기자들과 좋아하는 가수를 좀 더 가까이에서 보려는 팬들로 공항은 엎치락뒤치락 난리도 아니었다. 그들 틈에 '하진'이 나타난다면 공항은 더욱 아수라장으로 변할 게 뻔했다.

매니저 수완도 없이 혼자만의 비밀 여행을 완벽히 즐겼는데 마지막에 들킬 순 없었다. 게다가 호출받은 상태로 돌아가는 참인데 상하이에 놀러가 있었다는 게 기사로 먼저 뜨게 된다면 더욱 큰일이었다. 인파를 피해 재빨리 출국장으로 나간 진희는 라운지로 갈까 하다가 탑승 구역으로 가서 구석진 곳에 자리를 잡았다. 분명 가수들이 라운지로 갈 테니 거기로 갔다가 괜히 그들의 눈에 띨 위험을 감수할 필요는 없을 듯했다. 탑승 시간까지 한 시간도 채 남지 않은 만큼 차라리 탑승구 앞에서 기다리다 재빨리 비행기에 오르는 게 나을 거란 생각이었다.

공항에서 밤을 새운 사람처럼 야구모자 위로 점퍼의 후드까지 푹 눌러쓰고 눈을 감으려던 그는 설마라는 생각에 고개를 돌렸다. 선글라스를 살짝 내려 상대방의 얼굴을 다시금 확인한 진희의 입가에 미소가 번졌다.

캐주얼한 재킷에 워싱 처리된 스키니진과 눈에 확 들어오는 핫 핑크 힐로 늘씬함을 강조한 차림의 여자는 분명 어제의 그녀였다. 인연이 또 시작되려는 건가? 지금 다가가 말을 붙인다면 어떤 표정을 지을지 사뭇 궁금해졌다.

그런데 그녀는 지금 뭔가 불만스럽다는 듯 굳어진 얼굴로 서 있었다. 뭘 보고 그러나 싶어 살짝 뒤를 돌아보는데 저 멀리서 가수 몇 명이 이쪽으로 걸어오고 있었다. 설마 쟤네들을 보고 인상을 찌푸리나 싶어 다시 그녀를 보는데 이내 고개를 돌리더니 탑승구 바로 앞쪽 의자에 앉아 책을 꺼내 들었다.

묘한 호기심이 일어 진희는 선글라스 너머로 그녀를 살폈다. 옆으로 비스듬히 넘긴 앞머리와 어깨에 닿을 듯한 웨이브진 머리칼에 감싸인 그녀의 얼굴은 쌍꺼풀진 동그란 눈, 오뚝하게 자리한 코와 더불어 도톰한 입술까지 변함없이 상큼한 이미지를 풍기고 있었다.

같은 비행기라…… 진희는 이번 기회는 놓치지 않고 접근을 시도해 봐야겠다고 생각했다. 그럼 그를 피하듯 달아나 버렸던 이유도 들을 수 있겠지. 하지만 조심성 없이 나섰다가 다른 사람들 눈에 띄기라도 하면 오히려 낭패이니 기회 포착을 잘해야 했다. 우연이 세 번 반복되면 인연이 된다 했던가? 모처럼 그의 시선을 사로잡은 여자이니 약간의 위험은 감수할 만했다.

빙그레 웃음이 새어 나오자 진희는 그녀를 보던 눈길을 거두고 팔짱을 낀 채 눈을 감았다. 비행기 안에선 어디 사라질 데도 없으니 한국에 도착할 때까지 기다려도 충분했다.

얼마 안 있어 탑승 안내 방송이 나오자 진희는 재빨리 티켓을 확인하고 신문 하나를 챙겨 비행기에 올랐다. 창가가 아닌 통로석인 게 염려스럽기도 했지만 모자를 쓴 채 신문을 보고 있으면 쉽게 눈에 띄진 않을 터였다.

양복 차림의 노신사 한 분이 진희의 옆자리에 앉았고 대부분의 좌석들이 승객들로 채워졌다. 그때 내리뜬 진희의 시야로 낯익은 스키니진과 힐이 들어왔다. 슬쩍 눈을 드는데 역시나 그녀였다! 오케이! 그녀와 이리 가까운 자리라니! 이륙 후 어느 정도 시간이 지나면 화장실을 가는 척 기내를 한번 빙 둘러볼 예정이었는데 그럴 필요가 없어졌다. 역시 이건 그녀를 붙잡으라는 하늘의 계시인 게 틀림없었다.

작은 트렁크를 선반 위로 올리는 모습에 마음 같아선 친절히 도와주고 싶었으나 어쩔 수 없다는 이유를 대며 그대로 앉아 그녀의 움직임에 시선을 고정시켰다. 팔을 드는 통에 짧은 재킷 라인 아래로 늘씬한 허리선과 함께 동그란 엉덩이가 드러났다. 감탄사가 절로 나올 만큼 잘록한 허리에, 모양 좋은 엉덩이였다. 순간 치한처럼 훔쳐보고 있다는 생각에 진희는 신문으로 시선을 돌리려 했다.

하지만 아름다운 여체를 감상하고 싶은 건 모든 남자의 본능 아니겠는가!

진희의 시선은 그녀가 자리에 앉을 때까지 따랐다. 그의 자리에서 한 칸 앞의 통로석이었다. 뭐, 그녀의 옆 얼굴 정도는 충분히 감상할 수 있겠다는 생각에 미소를 머금었다. 그런데 주위 승객들이 잠시 술렁이는가 싶더니 공항에서 보았던 가수들이 나타났다. 자리를 안내해 주는 승무원들의 표정도 한층 상기되어 붉은 기가 감돌았고, 진희의 바로 앞자리에도 가수 중 한 명이 앉았다.

괜히 승무원들이 더 자주 왔다 갔다 할까 봐 걱정되자 진희는 태연히 신문을 들어 얼굴을 더 가렸다. 기장의 이륙 안내 멘트가 나온 뒤 비행기는 안정고도에 접어들 때까지 한동안 조용했다. 진희의 옆자리 노신사는 한자가 잔뜩 적힌 서류철을 들여다보고 있었고 그녀 역시 대기하면서 보던 책을 읽고 있었다. 진희는 신문을 방패 삼아 살짝씩 시선을 돌려가며 가까이 앉은 승객들 중 자신을 알아볼 만한 사람이 있는지 살폈다.

우선 통로 맞은편엔 노랑머리 외국 남자였고 그 뒷자리는 나이 지긋한 노부부였다. 어느 정도는 안전지대라는 생각에 진희는 '휴우’ 하고 낮게 숨을 내쉬었다. 일없이 신문을 넘기며 눈에 들어오지도 않는 활자를 보는데 말소리가 들렸다.

“혹시, 서은아 씨?”

바로 앞자리에 앉은 가수의 목소리였다. 눈이 마주칠까 봐 얼굴을 자세히 보지 않아 누군지 모르겠지만 조금 전 승무원이 들뜬 음성으로 음료 서비스를 한 걸 보면 나름 인기가수인 듯했다. 그런데 지금, 진희가 호기심을 가지고 지켜보는 중인 바로 그녀에게 말을 건네고 있었다. 순간 진희의 머릿속이 바쁘게 돌아갔다.

서은아? 들어본 적은 없는 이름이었다. 한데 남자 가수가 친근한 어조로 이름을 불렀다는 건……? 설마, 저 여자도 연예인? 진희는 문득 지금 호출의 이유일지도 모를 지난 뒤풀이 사건이 떠올랐다. 신인탤런트인지도 모르고 그저 호의를 베풀고 즐기기 위해 놀았던 일이.

자신의 장점을 부각하는 패션 감각에 순수한 이미지의 얼굴, 그리고 어젯밤 그를 피하듯 얼른 사라져 버린 행동 등이 어쩌면 저 여자도 신인일지도 모른다는 생각이 퍼뜩 스쳐 갔다. 연예인이라면……. 젠장……. 진희의 표정이 살짝 찌푸려졌다.

은아는 공항에서 권혁수를 처음 보았을 때부터 기분이 별로였다. 4년이 지났는데 그가 기억할까 싶었지만 어쨌든 마주치고 싶지 않아 탑승구 바로 앞에 자리하며 주위엔 시선 한 번을 돌리지 않았었다. 하지만 운도 지지리도 없게 통로 옆 바로 옆자리에 권혁수, 그가 앉은 것이다! 게다가 아는 척까지?

고등학교 시절부터 그의 열성팬임을 자처하며 대학 4학년이 될 때까지 쫓아다녔지만 4년 전 그의 됨됨이가 어떻다라는 걸 직면한 뒤엔 엑스표를 좍좍 그어버렸다. 언니가 그렇게 얼굴로 먹고 사는 애들은 다 뻔할 뻔자니까 정신 차리라 할 때도 귓등으로 넘기며 나만의 왕자님이라 우러러봤다는 게 너무나 창피했고, 그런 기억 따윈 저 먼 우주로 날려 버리고 싶었다. CD 판매량을 높여주려고 수십 장을 사서 친구들에게 선물하고 그걸로도 모자라 여기저기 사이트에서 음원까지 다운받는 열성을 보인 자신이 왜 그리도 한심하게 생각되던지……. 그 권혁수 덕분에 빛 좋은 개살구에 불과한 연예인들의 실상을 어느 정도 파악했고 그날 이후론 겉모습에 혹해 철없이 열광하는 일은 하지 않게 되었다.

하지만 4년 전 그때, 정신을 차린 건 좋았는데 자신이 누군지 밝혀 버리는 실수를 하고 말았다. 우연을 가장해 권혁수와 광고회사 간의 미팅 자리에 합석하게 된 은아는 그의 거만한 태도와 꽤 미인 축에 속하는 광고회사 직원인 선주 언니를 느끼하게 훑어 내리는 시선뿐 아니라, 팬을 팬으로 보지 않고 진드기보다 못한 존재로 취급해 버리는 그의 행태에 너무노 화가 난 나머지 '너 가만 안 둬!!' 라는 맘으로다가 자신의 집안 배경을 자랑하듯 쏟아냈던 것이다.

국내 섬유 생산과 의류, 유통, 서비스 부분에서 독보적 위치를 차지하고 있는 제일그룹의 회장이 바로 할아버지라는 것과 총자산 가치만으로도 국내 1, 2위를 다투는 삼미그룹의 후계자가 곧 형부가 될 거라며 앞으로 네 연예인 인생 종치게 만들어주겠다는 저주 비슷한 말까지도 했었다. 물론 그 당시엔 설마라는 듯 하얗게 질려가는 그의 표정에 통쾌함을 느꼈던 건 사실이었다. 스물세 살의 꽃다운 나이에 꿈에 그리던 왕자님이 싸가지는 바가지인데다 색기만 철철 넘치는 난봉꾼이란 걸 접하게 된 충격으로 그리했다지만 솔직히 철없는 행동이긴 했다. 그래서 돌아서서 금방 후회했고 친구들에게도 하지 않았던 가족 얘기를 뭐 하러 저런 놈한테 했나 싶어 입술을 쥐어박기도 했다.

그렇듯 은아에게 권혁수라는 이름은 이미 오래전에 묻혀졌고 그가 무슨 활동을 어떻게 영위해 나가는지 또한 관심 밖이었다. 그런데 출장차 상하이를 찾은 뒤 귀국하는 공항에서 그를 보게 되다니! 처음 든 생각은 '혹시 같은 비행기면 어떡하지?' 라는 걱정이었으나 이내 떨쳐 냈다. 한 비행기라 해도 수백 명이 타는 건데 얼굴 마주칠 일이 있을까 싶었고, 설사 얼굴을 마주친다 해도 그녀가 예전에 그 악담을 퍼붓던 사람이라고 알아볼 일은 없을 거라 여겼다.

'혹시, 서은아 씨?' 라고 말을 걸어오기 전까진 말이다.

은아는 저절로 눈살이 찌푸려지는 걸 참으며 예의상 고개를 돌렸다.

"저요?"

"맞죠? 서은아 씨!"

혁수는 씩 미소를 지으며 친근함을 내비쳤지만 은아의 표정은 태연했다.

"절 아세요?"

"어, 나 모른 척하고 싶어요? 그래도 한땐 '혁사마'의 멤버셨으면서."

혁사마? 두 사람의 대화를 듣고 있던 진희의 귀가 쫑긋 세워졌다. 그런 이름의 연예인 단체도 있었나?

"혁사마라니요? 그게 뭔데요?"

너무도 태연하게 되묻는 은아의 말에 혁수가 충격을 받았는지 잠시 아무 반응이 없었다.

진희는 대체 혁사마가 무슨 모임인지 궁금해 저도 모르게 상체를 앞으로 기울였다. 그 움직임에 은아의 시선이 살짝 돌아보자 얼른 신문을 올리며 등을 기댔다.

"이거 너무 서운한데요? 설마 예전의 앙금을 아직도 갖고 있는 건 아니죠?"

"무슨 말이 하고 싶은 건지 모르겠지만, 저 지금 책 읽던 중이거든요."

은아는 책을 들어 보이고는 대화를 끊겠다는 듯 고개를 돌렸다.

뭐야, 왜 갑자기 아는 척인데?

4년 전 불쾌했던 만남 이후, 얼마 지나지 않아 권혁수는 제일패션의 사장으로 계시는 그녀의 아빠를 통해 연락을 취해온 적이 있었다. 자신의 열혈팬이 그린 든든한 뒷배성을 가지고 있다는데 어떻게든 잘 구슬려 이용해 보려는 작정이었던 것 같았다. 뭔가 그녀와의 연결고리를 만들고 싶었는지 집요하게 파고들던 그는 결국 할아버지가 나서서 두 번 다시 연락하지 말라는 엄포를 놓고서야 물러났다. 직원들과도 친근한 유대감을 형성하며 사원복지와

신바람 나는 일터 만들기를 최우선으로 삼는 할아버지가 그처럼 강한 모습을 보인 적은 은아가 알기로도 처음이었다. 어쨌든 은아의 저주대로 연예계 활동에 행여 불똥이 튈까 찔끔했는지 권혁수는 그날 이후 조용했다. 그리고 은아는 대학을 졸업한 후 곧바로 제일패션 총무팀으로 사회생활을 시작하게 되었다.

오너 일가로서 뚝 떨어진 낙하산이 아닌 처음부터 부대끼며 배우라는 할아버지의 지시에 은아는 군말 없이 응했고, 상사들도 그녀를 여느 부하 직원처럼 대하며 하나하나 직접 깨우쳐 나가도록 했다. 그렇게 다른 데 눈 돌릴 여유 없이 업무에 임한 까닭에 작년엔 대리로 승진하여 홍보팀으로 자리를 옮겼고, 나름 실력을 인정받고 있는 중인데 권혁수 때문에 신경 쓰는 일이 생기는 건 원치 않았다.

오호…….

진희는 저 '서은아' 라는 여자에게 더욱 호기심이 일었다. 이십 대 중반 정도나 되었을까? 설사 연예인이 아니라 해도—실은 아니길 바라는 마음이 컸다—어지간히 인기 좀 있다는 남자 가수가 인사를 건네는데도 아무런 관심도 없다는 듯, 아니, 오히려 그만 집적거리라는 듯한 태도를 보인 게 그녀에 대한 궁금증을 자극했다.

인천공항에 도착할 때까지 앞자리의 가수는 은아에게 계속 말을 걸고 싶어하는 것 같은데 그녀 쪽에서 아무런 반응을 보이질 않았다. 그리고 착륙 후 안전벨트 표시등이 꺼짐과 동시에 그녀는 선반에서 트렁크를 꺼내고는 곧바로 나가 버렸다. 진희 역시 그녀의 뒤를 따르려고 빠르게 일어난 뒤 앞자리를 힐끗 보니 어린 나이에 솔로로 데뷔해 큰 인기를 누렸던, 이제는 중견가수 축에 속하는 권혁수가 보였다. 요즘이야 아이돌 그룹이 대세라 데뷔 년차가 높은 남자 솔로들의 입지가 많이 줄긴 했지만 권혁수 정도면 아직 젊은 여자들에게 어필할 만도 한데 두 시간여 동안 무시를 당하다니……. 왠지 안쓰럽다는 생각도 들었다.

진희가 은아의 뒷모습을 놓치지 않고 적당한 거리를 유지하며 탑승교를 걷는데 뒤에서 뛰다시피한 빠른 발자국 소리가 들리더니 혁수가 스쳐 지나갔다. 그러고는 저 앞에 트렁크를 끌고 가는 은아를 따라잡았다.

"은아 씨!"

저리 쫓아가는 걸 보면 권혁수 저 친구도 꽤나 끈질긴 데가 있는 듯했다. 그들을 보는 진희의 발걸음 역시 빨라졌다. '서은아'라는 여자의 정체도 궁금했지만, 저 두 사람이 무슨 얘기를 나누는지도 신경이 쓰였다. 해서, 입국장에서 귀국하는 가수들을 기다리는 기자들이 진을 치고 기다리고 있을 거란 생각을 미처 하질 못했다.

혁수는 수화물 찾는 곳을 그대로 지나쳐 은이를 쫓았고, 진희 역시 간단한 백팩뿐이었기에 곧바로 그들을 따라갈 수 있었다. 빠르게 걷는 은아의 걸음과 화물을 찾기 위해 기다리고 선 다른 승객들 때문에 그들 셋은 자연히 맨 먼저 입국 심사대를 통과했다.

"그러지 말고 오랜만인데 잠깐 차 한잔해요. 이렇게 우연히 만난 것도 인연이잖아요?"

"아뇨. 전 별로 그러고 싶지 않네요."

입국 심사를 혁수 바로 뒤에서 마친 탓에 진희는 그들의 대화를 바로 옆에서 들을 수 있었다. 진희는 괜히 웃음이 나오려 하자 숨을 죽인 채 자연스런 걸음으로 그들과 나란히 입국장을 향했다.

은아는 바로 곁에서 따라붙는 혁수 때문에 반대쪽에서 다른 이가 함께 걷고 있다는 걸 신경 쓰지 못하고 있었다. 오래전 잠시 봤던, 진드기라 칭했던 여자를 이리 쉽게 알아보고 능청스레 인사를 건네며 친근한 척 구는 권혁수라는 남자가 어이없을 뿐이었다.

"바빠서 이만 실례할게요."

은아는 혁수에게 약간 고개를 끄덕인 후 트렁크를 잡아끌며 발걸음을 빨리했다. 그러자 혁수가 앞으로 나서며 은아의 팔을 잡아 세웠다.

"은아 씨!"

진희는 순간적으로 그녀를 보호하려는 듯 혁수를 막아설 뻔하였다. 하지만 이 상황에서 그가 나섰다간 문제만 복잡해질 뿐 저 여자에게도 아무런 도움이 안 될 터였다. 그리고 짐을 찾은 승객 몇 명이 심사대를 통과하며 호기심 어린 눈으로 세 사람을 보고 있었다. 수군거리는 게 혁수를 알아본 듯싶었다. 진희는 뭔가 아쉬움이 느껴졌지만 모자챙을 아래로 당기며 그들을 지나쳐 먼저 입국장을 빠져나가야겠다는 생각을 하던 참이었다. 그때였다.

"정말 왜 이러는 거예요? 사람 말이 말 같지도 않아요?"

차갑게 내뱉으며 혁수의 손을 뿌리치던 은아는 너무 세차게 팔을 흔든 탓인지 그만 휘청거리고 말았다. 8센티의 굽이 흔들리며 균형을 잃은 그녀를 진희가 엉겁결에 손을 내밀어 잡아주었다. 그와 동시에 입국장의 문이 스르륵 열렸고 바깥쪽에서 가수들을 기다리고 있던 기자들과 팬들의 시선에 그대로 노출되었다. 양손으로 은아를 부축하고 선 진희와 넘어지지 않으려 반사적으로 그의 어깨를 잡은 그녀의 애매한 포즈, 그리고 옆에서 어정쩡하게 선 혁수의 모습은 사람들의 눈길을 사로잡기 충분했다.

이 모든 상황이 진희로선 느리게 지나가는 슬로모션처럼 느껴졌다. 그를 보는 그녀의 얼굴이 놀라서 굳어지는가 싶더니 빨갛게 달아올랐고, 혁수의 놀란 눈동자 역시 그를 알아본 듯 점점 커다랗게 변해갔다. 순간 한쪽에서 하이 소프라노의 목소리가 울려 퍼지며 진희를 깨어나게 했다.

"꺄악―! 하진이닷!!"

동시에 파바박 카메라 플래시가 터졌다.

"이런…….."

낮게 읊조리는 음성과 함께 은아를 잡고 있던 단단한 힘이 사라졌다. 모자를 푹 눌러쓰고 황급히 사람들 틈에 파묻혀 사라지는 남자를 은아의 멍한 눈이 좇았다.

진희가 사라진 뒤 덩그러니 남게 된 은아는 기자들이 질문 세례를 받아야 했다. 언제부터였냐, 밀월여행을 다녀온 거냐, 권혁수와는 어떻게 된 거냐 등등 그 잠깐 사이에 무한한 상상력들을 펼쳤는지 말도 안 되는 엉뚱한 추측들을 쏟아냈다. 노코멘트로 일관하며 기자들을 밀치고 나오니 마중 나온 은해 언니의 황당한 얼굴이 보였다. 헐렁한 니트에 청바지 차림으로 서 있는 은해를 보고 삼미그룹의 안주인이라 여길 사람은 아무도 없을 터였다. 그래도 괜히 날카로운 기자들의 시선을 받아 정체를 들키게 할 순 없는지라 은아는 먼저 가겠다는 무언의 눈짓을 던지고는 빠른 걸음으로 공항을 빠져나갔다.

기자들은 은아를 쫓아야 할지 가수들을 기다려야 할지 망설이는 듯 우왕좌왕하더니 혁수에게 우르르 달려갔다. 마침 혁수의 매니저가 카트를 밀고 나오더니 기자들을 저지했고 하진과 관련해 쏟아지는 질문에 영문을 모르겠다는 얼굴로 혁수를 보았다. 하지만 혁수는 당황한 기색 없이 미소를 보이며 차차 말씀드리겠다는 말로 일관했다. 마치 조만간 발표할 일이 있을 거라는 듯한 반응에 기자들의 관심은 다른 가수들보다 혁수에게 맞춰졌다.

그 모든 걸 지켜보던 은해는 한숨을 내쉬며 머리에 얹어놓은 선글라스를 꼈다. 권혁수도 모자라 하진까지 얽히다니……. 호기심을 자극하는 가십거리로 부풀려지기 전에 막아야 했다.

은해가 주차장으로 나갔을 때 은아는 서너 대 떨어진 곳에 세워진 봉고 뒤에 서 있었다. 그리고 은해 뒤로 누군가 따라오는 사람이 없다는 걸 확인하고는 찌푸린 얼굴로 나왔다.

"어떻게 된 거야?"

"나도 어찌 된 일인지 모르겠네요. 얼른 문이나 열어줘."

은아는 뒷자리에 트렁크를 던지다시피 넣은 뒤 조수석에 올랐다. 그리곤 운전석에 오른 은해가 출발할 생각은 않고 쳐다보자 어깨를 으쓱거렸다.

"하진이랑은 권혁수 떼어내려다 우연히 부딪힌 거고 권혁수는 재수 없게 한 비행기를 탄 것뿐이야."

"권혁수를 떼어내다니? 그 녀석이 널 알아봐?"

놀란 얼굴의 은해를 보는 은아의 콧등에 살짝 주름이 잡혔다.

"그러게? 그때도 아주 잠깐 마주했을 뿐인데, 아니, 난 제대로 보지도 않고 선주 언니만 쳐다보던 놈인데 날 어떻게 알아봤을까? 보기보다 눈썰미 하난 좋은가 봐?"

"눈썰미가 좋다기보단 너한테 받은 충격이 커서 뇌리에 확 박혀 있었던 거겠지."

은해는 쯧쯧거리며 덧붙였다.

"울 아빠는 누구고, 울 형부 될 사람은 누군데 내가 너 같은 놈 가만둘 성싶냐, 모든 인맥 동원해서 연예계 생활 쫑나게 만들겠다며 저주를 퍼부었지? 그러니 좀 충격이 컸겠어?"

피식거리며 옛 이야기를 꺼낸 은해에게 은아가 삐죽거렸다.

"순수했던 내 맘에 상처를 준 놈인데 그 정도도 못해? 그리고 말만 그랬지 내가 뭔 일을 벌인 건 아니잖아?"

"솔직한 말로 널 상처 준 게 아니라 환상에 빠져 있던 너한테 본 모습을 보여 치료해 준 거지, 난 원래 이런 놈이다 하면서."

"그나저나 왜 아는 척을 한 거야? 나한테 볼일이 뭐가 있다구."

은아의 말에 은해는 한숨을 푹 내쉬며 차를 출발시켰다.

"그 녀석 하는 걸 보니 너랑 엮이고 싶은 것 같던데?"

"말도 안 돼! 왜? 뭣 땜에?"

동그래진 눈으로 은아는 끔찍하다는 듯 부르르 떨었다.

"예전에 지가 누구라 밝히며 너 찾는다고 회사로 전화했을 때부터 속이 보였잖아. 그러니 할아버지까지 나서서 못을 박아놨는데 비행기에서 널 보고 얼씨구나 했겠지. 걔 요즘 좀 시들하잖니.”

“미친놈.”

“쯧, 그 미친놈한테 오랜 세월 목매던 사람은 너다?”

“지금은 아니잖아! 이젠 그치가 뭘 하든 요만큼의 관심도 없거든?”

“암튼 그 녀석 입에서 무슨 말이 나오기 전에 기사 뜨는 거나 막아야 해. 할아버지나 아빠 아시면 언짢으실 테니 니 형부한테 말해야겠다.”

“설마 뭔 기사가 벌써부터 뜨려구. 그리고 이상한 억측 기사 나오면 하진 쪽에서도 가만있지 않겠지.”

은아의 말에 은해가 풋 하고 웃음을 터뜨렸다.

“하진도 기사 뜨면 이게 뭔 일이래 하겠는걸? 얼마나 황당할까?”

“완전 어이없어 하겠지.”

그러다 은아는 어젯밤 황포강 유람선에서의 일이 생각나자 입을 다물었다. 그런 은아의 반응이 또 의아했는지 은해가 힐끗 쳐다보았다.

“왜?”

은아는 가방 안에서 휴대폰을 꺼내고는 어젯밤에 찍은 사진을 보여주었다.

“이거 누가 찍어준 줄 알아?”

“동방명주구나? 잘 찍었네?”

은해는 마침 신호에 걸리자 휴대폰을 들여다보았다.

“그거…… 하진이 찍어준 거다?”

“뭐? 너!”

깜짝 놀라 소리친 은해에게 진정하라는 듯 은아가 손짓을 했다.

“나 혼자 셀카짓하는 게 보기 안됐는지 찍어준 거야.”

“그럼 아까 입국할 때 나란히 나오던 건…….”

“그건 진짜 우연이라니까. 난 옆에 그 사람이 있는 줄도 몰랐다구. 그 사람도 어제 사진 찍어준 여자가 나인지 모를걸?”

“암튼 아까 너랑 하진이랑 함께 있는 사진이 뜨기라도 하면 난리 날 거야! 장소도 하필 공항이고! 너 신상 털리면 큰일 나겠다?”

“설마…….”

은아는 눈살을 찌푸렸다가 걱정이라는 듯 인터넷을 뒤적였다. 아직까지는 하진이나 권혁수의 공항 사건에 관한 기사는 뜨지 않은 상태였다.

“난 일반인인데 얼굴을 함부로 올리기야 하겠어?”

“사진이야 처리를 한다 해도 연예부 기자들이 얼마나 독종인지 몰라? 니가 누군지, 뭐 하는 여잔지 궁금해서라도 뒤지다가 어이쿠나 대박이었네! 하겠지. 그럼 J그룹의 딸이 하진이랑 어쩌고, 권혁수랑 어쩌고 말 나오는 건 금방이다? 것두 완전 부풀려서!”

“그걸 말이라고 하는 거야? 그랬다간 할머니 쓰러지시게!”

“왜? 할머닌 하진 팬이잖아. 그냥 손주사위로 들이자고 하실지도 모르지.”

은해의 피식거리는 말투에 은아는 어이없다는 듯 눈을 흘겼다.

“언닌 지금 이 상황이 재밌는 거야?”

“그러게 출장 간 거면 일 마친 금욜에 직원들이랑 왔으면 되지 뭐 하러 혼자 남았다가 오는 건데!"

"그건 전화로 말했잖아! 어차피 주말이었는데 이왕 간 거 관광 좀 하면 안 되나?"

"너랑 하진 기사 터지면 직원들이 뭐라겠어? 출장 후 혼자 남았던 것도 하진이랑 만나려고 그랬던 거라고 생각할 수도 있잖아! 그럼 둘 사이에 무슨 일이 있었는지 말 만들어지는 건 금방이야. 이젠 상황 파악이 좀 되니?"

"설마 그렇게까지 생각하겠어?"

"사람들 남 얘기하는 거 얼마나 좋아하는지 몰라? 것두 연예인 일인데?"

은해의 지적에 은아는 뚱한 표정으로 중얼거렸다.

"어차피 조만간 만나야 될 테니 말 나오면 업무 차원이었다고 갖다 붙이지, 뭐."

"조만간 만나다니? 하진이랑?"

"아웃도어 브랜드 새 모델로 하진 씨를 캐스팅할 거야."

"그래? 백화점은 곧 끝날 때 되지 않았나?"

"아빠 말씀으론 백화점도 재계약으로 갈 것 같다고 하시던데?"

그 말에 은해가 웃음을 터뜨리며 말했다.

"할머니의 입김이 너무 세게 작용한 거 아니니? 그러다 제일광고는 순 하진이 도맡아 하겠는걸?"

그러자 은아도 따라 웃으며 고개를 끄덕였다.

"실은 할머니가 할아버지께 이미지 광고모델두 하진으로 바꾸는 거 어떠냐고 하시던데."

“정말? 너 하진 만나게 되면 꼭 사인이라도 한 장 받아다 드려라.”

“사인은 무슨? 계약 성사가 먼저지.”

“왜? 혹시 알아? 널 알아보고 친절히 대해줄지.”

놀리듯 말하는 은해를 은아가 찌릿하고 노려보았다.

“언닌 지금 나랑 대화하는 초점을 어디다 맞춰놓고 있는 거야?”

“하진이잖아. 너 사진도 찍어주고, 함께 사진도 찍힌?”

“됐어, 그만해.”

은아는 입술을 삐죽거리며 다시 인터넷을 검색했다.

“아직은 기사 뜬 것 없어.”

“다행이네.”

“형부한테 전화할까?”

“지금 명성 강 사장님이랑 한참 라운딩 중일 거야.”

“그럼…….”

“내가 서울 가서 전화할게.”

은해는 최대한으로 속도를 높였고, 은아는 설마 걱정하는 것만큼 문제가 터지진 않을 거라 생각하기로 했다. 권혁수야 어찌 됐든 하진 측에서 벌써 손을 썼을 수도 있는 일이었다.

은아는 문득 하진이 다시 그녀를 만나게 되었을 때 과연 알아볼까 궁금해졌다. 그런 인기 연예인들의 경우 자기들과 함께 작업을 하는 사람들을 제외하곤 그다지 신경 쓰지 않는 듯하니 알아볼 일은 거의 없을 터였다. 그 생각에 왠지 서운한 기분이 느껴지자 은아의 눈살이 절로 찌푸려졌다. 권혁수 사건 이후로 연예인에 대해선 눈곱만큼의 관심도 갖지 않았는데……. 어젯밤 이후부터 머릿속에선 하진의 얼굴이 떠나질 않고 있었다.

그런데다 조금 전 그와 상당히 가까운 거리에서 얼굴을 마주한 상황이 떠오르자 볼이 화끈 달아올랐다. 그녀를 잡아주던 그의 손과 팔이 닿았던 곳에서부터 전신으로 찌르르함이 번지며 심장이 콩닥거리기 시작하더니 얼결에 움켜잡았던 그의 탄탄한 어깨의 감촉까지 손끝에서 되살아났다. 그처럼 진한 남성적인 매력을 풍기는 남자와 그런 식의 접촉을 해보지 못했던 은아에게는 그 짧은 순간도 긴 여운으로 남아버린 것이다.

서은아, 너 왜 이래? 다른 사람도 아닌 연예인 때문에 이러면 안 되는 거잖아!

행여 언니가 눈치라도 챌까 봐 얼른 창밖 경치를 보는 듯 고개를 돌린 은아는 그를 지워내려 애썼다. 근사한 미소를 머금은 그 다부진 품 안에 꼬옥 안겨보고 싶다는 생각을 갖게 하는 조각미남이라 해도 그에게만큼은 빠져들고 싶지 않았다. 함께 영화를 찍은 여배우와 염문을 뿌린 적도 있는 그런 남자 연예인과는 앞으로 업무 외에 만날 일은 없을 터였다. 설령 업무상의 일로 만난다 해도 사적으로 친해질 일은 절대 없을 남자이니 더는 생각할 필요조차 없었다.

2

압구정의 사무실 문을 박차듯 열고 들어서며 진희는 선글라스를 휙 벗고 수완을 쏘아보았다. 반면 수완은 모니터를 보던 눈을 들어 진희를 한 번 보더니 한숨을 내쉬며 시선을 다시 모니터로 향했다.

"뭐야? 뻔히 몇 시 도착인 줄 알았으면 차라도 대기시켜 놨어야지."

언언 한번 만들어볼까 싶었는데 실행하지 못하고 허둥지둥 빠져나와야 했기에 수완을 향한 목소리가 통명스럽기 그지없었다.

"그 비행기를 탈 거라는 확신이 있었어야 말이지."

쳐다보지도 않고 기운 없이 대꾸하는 수완을 노려보며 진희는 모니터를 휙 잡아 돌렸다.

"뭘 보느라 이래? 호출 건에 대해 설명…… 뭐야, 이거?"

어느새 인터넷 뉴스를 장식하고 있는 공항 사진에 진희의 눈이 크게 열렸다.

"이번엔 또 누구냐? 어떤 여자이기에 권혁수와 한 두름으로 엮인 거야?"

수완은 착잡한 얼굴로 진희를 올려다봤다. 그리고 모자만 달랑 쓰고 있는 진희의 모습에 한숨을 푹 내쉬었다.

"너, 그 상태로 공항에 나타난 거야? 기자들 잔뜩 기다리고 있는 곳에? 그래 놓고 왜!!!"

점점 목소리가 커지더니 책상을 탕 치고 수완이 일어났다. 그때 조심스레 문이 열리더니 직원 하나가 얼굴을 빼꼼 내밀었다.

"저기…… 실장님, 기사에 대해 묻는 전화가…….'

"전화 받지 말라니까!!"

수완이 버럭 소리치자 직원은 찔끔하며 얼른 문을 닫았다. 그런 수완의 기세완 달리 진희는 걱정보다는 묘한 표정으로 모니터의 사진을 보고 있었다.

"야! 하진희!!"

"자세가 오해하기 십상이겠는데?"

껴안은 포즈는 아니지만 한 손으로 그녀의 허리 부근을 받치고 다른 손으로는 팔을 붙들고 있는 모습은 사진만으로 봤을 때 보통 사이는 아닌 듯 보여졌다. 그리고 그 뒤로 놀란 표정을 하고 선 혁수까지……. 말 만들기 좋아하는 기자들이 신날 만도 했다.

"너 상하이에서 계속 이 여자랑 있었던 거야? 변장이라도 좀 제대로……."

"여권 사진이랑 대조하는데 가면이라도 쓰라는 거야?"

진희는 툭 잘라 말하고는 마우스를 클릭했다.

"이거 말고 다른 기사는 없어?"

"정확히 5분 전에 첫 기사 뜨고 나서 우후죽순으로 퍼지고 있는데 없겠냐? 지금 다들 하진이랑 권혁수가 이 미지의 여인이랑 삼각이냐 아니냐로 난린데! 너 진짜……."

"이 여잔 누군지 안 나왔어?"

진희는 또 다른 내용의 기사가 있는지 찾으며 물었다.

"모르는 여자야?"

놀란 목소리의 수완에게 답을 하는 대신 진희는 호기심에 찬 표정으로 기사만 클릭했다. 어쩌면 이 여자와 다시 만나게 될 거란 강한 예감이 들었다.

"기자들이 이 여자가 누군지 알려면 얼마나 걸릴까?"

"너 정말 모르는 여자였어? 이 상황은 뭔데?"

"어쩌다 보니 그리된 거야."

여전히 다른 기사를 살피며 진희가 대구하자 수완의 눈이 의심스레 변해갔다.

"얼굴을 흐리게 해놔서 일반 사람들이 알아볼 일은 없을 테고……."

혼자서 중얼거리는 진희의 어깨를 부여잡으며 수완이 휙 돌려 세웠다.

"이 여자, 연예인이거나 아님 준비하는 중이라거나 뭐 그런 거 아냐?"

수완의 목소리가 심히 걱정된다는 듯 떨려왔고 진희 역시 그 말엔 심각함을 느꼈는지 미간을 모았다.

"너 앞으로 한 번만 더 이쪽 여자랑 썸씽 일으키면 투자고 뭐고 아예 다리몽둥이를 분질러 버린다고 하셨는데……."

수완이 생각도 하기 싫다는 듯 부르르 몸을 떨자 진희의 눈빛이 날카롭게 변했다.

"오늘 호출 이유 정확히 뭐야?"

"지난번 드라마 끝나고 뒤풀이할 때 같이 춤춘 애 있지?"

역시나 그거였다. 진희는 고개를 숙이고 짜증스레 한숨을 푹 내쉬더니 수완을 다시 보았다.

"엄마가 걔를 어떻게 아셨는데? 누가 꼬질렀는데?"

"꼬지르긴 누가 꼬질러? 그 당사자가 직접 대표님한테……."

수완이 말끝을 흐리자 진희의 얼굴에 황당함이 번졌다.

"그게 뭔 소리야? 울 엄마한테 뭘?"

"어제 찾아갔나 보더라. 지가 누구란 것도 말하고."

"뭐어? 걔 제정신이래?"

"그런 애들 한두 번 겪어? 작정하고 다가온 애 상대해 준 너도 잘한 건 없지! 치마만 두르면 그저 좋아서……."

"내가 언제? 그런 거 아냐!"

짜증이 확 받친 진희가 버럭 소리치는 걸 수완 역시 맞받아쳤다.

"아니긴 뭐가 아냐! 너랑 보낸 밤을 도저히 잊을 수 없어 창피함을 무릅쓰고 찾아왔다고 했다던데!"

"으아! 진짜!!"

진희는 모자를 벗어던지며 벅벅 머리를 헝클어댔다.

"많은 걸 바라지 않는다, 그냥 너와의 만남을 허락해 달라, 그럼 연기 욕심도 버리겠다, 찬찬히 지켜봐 달라! 이런 말이 대체 무슨 의미인 것 같냐?"

"걔 소속사가 어디야? 우리 뒤풀이 장소에 어떻게 나타난 거였어?"

"이제 와서 그게 다 무슨 상관이냐고!"

"형! 나 진짜 사람들이랑 같이 있는 자리에서 술 마시고 춤춘 일밖에 없어. 나 그날 집에 가서 잤다니까!"

"어쨌든 너랑 클럽에서 비비적거리면서 춤춘 사진을 대표님한테 보여 드렸으니 뭐, 말 다한 거지."

"사진도 있었대? 하, 아주 작정을 했었구만? 그래서 요구 조건이 뭔데? 어디에 출연시켜 달라고 그러는 거야?"

"아직. 그런 말은 없었어."

고개를 젓는 수완을 보며 진희는 잠시 멈칫했다가 피식거렸다.

"우선은 날 공략하겠다? 그게 안 되면 사진을 가지고 출연 조건을 내세우겠다는 거군?"

"너 진짜 걔가 탤런트인지 몰랐었어?"

"그땐 몰랐지! 말을 안 하는데 내가 어떻게 알아?"

"으이구! 난 몰라. 대표님한텐 네가 말씀드려야지 별수 있냐? 그나저나……."

수완은 모니터의 사진을 다시금 보며 걱정스레 말을 이었다.

"이 여자도 연예인이면 어떡하냐. 혹시…… 그럴 가능성이 1퍼센트라도 있어?"

진희 역시 우려하던 일이었다. 그건 수완이 걱정하는 종류의 것이 아닌, 그가 앞으로는 절대로 동료 연예인과는 연애 비슷한 것, 사적 만남도 하지 않겠다고 스스로 정해놓은 규칙 때문이었다. 식사 한 끼만 같이해도 스캔들 기사를 터뜨리는 데 질린 것이다.

"권혁수와는 안면이 있는 것 같긴 하던데……."

"뭐? 진짜?"

진희는 문득 비행기에서 혁수가 했던 말이 생각나 검색창에 입력해 보았다.

"혁, 사, 마?"

진희가 키보드에 치는 걸 그대로 따라 읽던 수완이 검색 결과를 보고 의아한 표정을 지어 보였다.

"권혁수 팬클럽이 왜?"

그러곤 킥킥거리며 웃었다.

"혁수를 사랑하는 마마님들? 재밌는데?"

"권혁수 팬클럽 멤버였다……? 근데 왜?"

진희는 은아의 태도에 더욱 궁금증이 생겼다. 팬클럽에 가입할 정도로 좋아했으면서 왜 그렇게 찬바람 쌩쌩 일으키며 모른 척한 걸까? 그리고 혁수는 그 여자를 왜 그렇게 쫓아간 거고? 혹, 두 사람이…….

거기까지 생각이 미치자 진희는 괜히 불쾌한 기분에 눈살을 찌푸렸다. 과거에 무슨 일이 있었든 이제 와서 혁수가 자기 팬이었던 여자에게 그렇게까지 다가가려 한다는 건…….

그때 휴대폰이 울리자 발신자를 확인한 수완이 기겁하며 진희를 붙잡았다.

"대표님이야!"

진희는 별수 없다는 듯 손을 내밀었다.

"이리 내."

"이 기사 보신 거면……."

"내가 알아서 할 테니까 이리 주기나 해."

진희는 수완이 꼭 쥐고 있는 휴대폰을 빼앗듯 가져간 뒤 망설임 없이 전화를 받았다.

"엄마, 저예요."

밝은 목소리의 진희를 수완은 걱정스레 지켜보았고 역시나 휴대폰 너머에서 들려오는 고함에 두 눈을 질끈 감았다. 이제 수완, 자신에게까지 불똥이 튀는 건 당연지사였다.

☆　　　☆　　　☆

은해가 진명에게 전화로 간단히 상황 설명을 하고 손을 써달라고 할 때 이미 인터넷엔 하진의 공항 기사가 올라오고 있었다. 옆에서 은아가 질겁한 얼굴로 '언니!' 라고 소리치자 은해의 눈이 화면으로 향했다.

　　─하진과 권혁수, 그리고 미지의 여인은?

제목만으로도 호기심을 제공하기에 충분했다.

"자기야, 벌써 떴어. 은아 이제 큰일 났다."

은해의 착잡한 말투에 진명은 최대한 빨리 조치를 취하겠다며 전화를 끊었다.

기사를 보는 은아의 표정은 황당함을 감추지 못했고, 삼각관계 운운하는 내용을 볼 땐 벌게진 얼굴로 소리쳤다.

"이것들이 정말!!"

"진정해, 밖에까지 들리겠어."

일산 호수공원 근처에서 카페를 운영하고 있는 은해는 사무실 문이 확실히 닫혔는지 다시 한 번 확인했다. 거친 손놀림으로 다른 기사들을 확인하던 은아가 갑자기 고개를 들었다.

"근데, 형부가 나서면 기자들이 더 의심하지 않을까? 왜 삼미그룹 회장까지 나서는지."

"니 형부가 그렇게 생각 없는 사람이니? 알아서 잘 처리할 거야."

그러다가 혹시나 싶어 은아를 똑바로 보며 덧붙였다.

"만에 하나 누군가 널 알아채고 접근하더라도 아무 말도, 아무런 언급도 하지 마. 알았니?"

"설마 권혁수가…….'

"바보가 아닌 이상 네가 누구라고 말하겠니? 그랬단 우리 쪽에서 가만있을 거라고 생각하겠어?"

"그치?"

은아는 고개를 끄덕이며 다시금 태블릿PC 화면으로 눈을 돌렸다. 그러다 절묘하게 찍힌 하진과의 사진을 보고는 다시금 한숨을 내쉬었다.

왜 하필 나한테 이런 일이……. 이게 다 권혁수 그 자식 때문이야!!

은아가 주먹을 불끈 쥐며 파르르 떠는 걸 은혜는 걱정스런 얼굴로 지켜볼 따름이었다.

☆　　☆　　☆

진희는 전화를 받은 지 정확히 30분 후 엄마를 마주한 채 앉아 있었다. 국내 최대의 영화 제작, 배급사임과 동시에 진희를 포함한 십여 명의 톱배우를 거느리고 있는 연예기획사인 '수미디어'의 대표가 바로 진희의 모친, 이미수였다. 미인대회 출신으로 영화배우 활동을 하다가 하성욱 감독을 만나 화촉을 밝힌 그녀는 곧바로 은퇴선언을 한 뒤, 짱짱한 친정의 재력을 바탕으로 영화 제작사를 만들어 남편인 하 감독의 작품 활동에 전폭적인 지지를 하는 여걸이라 할 수 있었다. 그리고 이젠 배급뿐 아니라 멀티플렉스관 운영까지 해 국내 영화산업에 주된 역할을 담당하고 있었다.

어지간한 성인 남자들도 그녀 앞에서 얼굴을 제대로 들지 못할 만큼 상렬한 카리스마로 무장한 미수는 한심스런 눈으로 진희를 쳐다보았다.

"엄마를 속일 수 있다고 생각한 거니?"

"속이려고 그런 게 아니라니까! 엄만 그런 애들 한두 번 겪어?"

아무 잘못 없다는 듯 오히려 당당한 태도로 답하던 진희의 두 팔이 순식간에 엑스자로 교차하며 얼굴을 가렸다. 미수가 바로 앞

테이블 위의 신문뭉치를 집어 든 것이다.

"엄마는 쫌!! 나도 이제 스물여덟이라구!"

진희가 짜증이라는 목소리로 외치자 미수 역시 맞받아쳤다.

"스물여덟씩이나 먹은 녀석이 그래? 아직도 애야, 애! 언제 철 들래?"

"내가 이렇게 구박당하는 줄 알면 내 팬들이 가만 안 있을걸?"

"그래, 말 잘했네. 니 팬들도 니가 그러고 노는 줄 알면 정 떨어 질걸?"

"걘 정말 우연히 만난 거야. 와서 사인해 달래서 해줬고, 옆 사람들 틈에 비집고 앉아 계속 말 걸기에 좀 상대해 준 게 왜? 지가 탤런트란 말은 입도 뻥긋 안 했다니까."

"아들! 제발 좀 신중하자, 응? 언제까지 엄마가 니 뒤치다꺼리를 해야겠어?"

미수의 말에 진희의 입술이 삐죽거렸다.

"언제는 애라며?"

"이게 정말!!"

다시금 신문을 확 치켜든 미수를 피해 진희가 멀찍이 떨어졌다.

"엄마도 신경 쓸 필요 없어. 부비적대는 사진 공개하든 말든 지도 같이 놀았으면서 무슨 협박? 지는 뭐 이미지 없나?"

"널 등에 업고 가려하니까 문제지! 친분 과시, 몰라? 너 정말 아무 여자랑 그렇게 막 놀 거야?"

"그날은 뒤풀이하느라 그랬던 거지, 요즘 나 클럽에도 잘 안 나간다구!"

“어쨌든!”

“알았어. 조심할게.”

진희의 진지한 말투에 미수는 쯧쯧거리더니 휴대폰을 열었다.

“공항 여잔 누군지 말해.”

“그 여자가 누군지는 나두 무지 궁금하거든?”

“또 까분다! 일은 저질러 놓고 상하이까지 가서 또 말썽을 일으켜? 너 같으면 너한테 투자하고 싶겠어?”

“아무도 몰래, 진짜 조용히 갔다 온 거야! 완전한 휴가였다구!”

그 말에 어이가 없다는 듯 미수는 인터넷을 연결하던 걸 멈추고 찌릿한 눈초리로 진희를 쏘아보았다.

“근데 사진이 찍혀? 그것도 딴 연예인이랑 삼각?”

“아니거든요! 당사자인 나도 모르는 상황인데 그런 기사를 믿어?”

“그러니까 애초에 왜 그런 상황을 만든 거냐구! 완전한 휴가였다면서 사진은 왜 찍혀!”

“그건…….”

순식간에 벌어진 일이라 어쩔 수 없었다는 말을 하려던 진희는 엄마가 휴대폰을 보며 놀란 얼굴로 고개를 갸웃하지 입을 다물었다.

“이상하네?”

“왜?”

“사라졌어.”

미수가 다시금 검색을 해보았지만 공항 관련 기사는 깨끗이 지워져 있었다.

"뭐가 사라져?"

진희가 궁금한 얼굴로 물었지만 미수는 다른 대답 없이 책상으로 다가가 노트북으로 다시 검색을 했다. 하지만 어디에도 기사는 없었고 심지어 재빠르게 퍼다 나른 개인 블로그 등에도 포털업체에서 차단을 시켰는지 보이질 않았다.

옆으로 다가가 노트북 모니터를 함께 지켜보던 진희도 놀랐는지 잠시 멍한 표정이었다. 그리곤 엄마를 돌아보며 물었다.

"엄마가 내렸어?"

"아닌데……."

사실 확인을 위해 수많은 기자들이 전화를 해왔지만 진희의 입에서 무슨 말이 나올지 몰라 미수는 아무런 반응을 하지 않았던 것이다. 우선 진희와 얘기를 나눈 뒤 기사 삭제와 정정 기사를 요청할 생각이었는데 기사가 올라오고 한 시간도 채 되지 않아서 모두 사라져 있었다. 어떻게?

"엄마도 모르는 거야? 그럼 권혁수 측에서?"

진희의 말에 미수는 그럴 리가 없다는 듯 머리를 저었다. 이렇게 빨리 포털까지 동원할 정도면 권혁수가 했을 리 없었다. 잘은 몰라도 권혁수는 거의 일인 소속사라 봐도 무방했기에 이 정도의 영향력 행사는 불가능했다.

"엄마가 아니면 권혁수밖에 없잖아. 원래는 주연인데 조연으로 나와서 기분 나빴을 수도 있거든."

"그게 무슨 말이야? 너도 모르는 상황이라며?"

진희는 실수라는 듯 입술을 모았지만 이미 내뱉은 말을 다시 주워 담을 순 없었다.

"자세한 건 모르고……."

"똑바로 말 안 해? 그 여자 누구야? 진짜 권혁수랑 관련된 여자야?"

매서운 미수의 눈빛에도 진희는 태연하게 머리를 저었다.

"아닐걸?"

"너 진짜!!"

답답한지 버럭 소리치던 미수의 눈매가 가늘게 변했다.

"혹시 그 여자도 신인……."

"것도 아냐!"

진희는 재빨리 부정하고 나섰다. 처음엔 혁수와 아는 사이라는 것 때문에 그럴지도 모른다는 의구심을 갖긴 했지만 팬클럽 멤버였다는 걸 알고 난 뒤엔 그렇지는 않을 거란 확신이 들었다. 그리고 그녀와 혁수 사이에 그 이상의 다른 무언가가 있다고도 생각하고 싶지 않았다.

"확실해? 그럼 어떻게 세 사람이 한데 엮여서 그런 사진이나 찍히고 그래? 난 네 기획사 대표이자 엄마로서 모든 사실을 알아야겠으니 다 털어놔. 아님 진짜 투자 없을 줄 알아!"

미수의 빠른 말에 이번엔 진희의 눈매가 가늘게 변했다.

"투자를 해줄 생각은 있는 거야?"

"뭐?"

"내가 그 기획서를 낸 지 벌써 두 달이 넘었는데 확답을 피하는 거 보면……. 걸루 내 약점을 잡았다 여기는 게 아니냐구."

“내가 언제……”

“그럼 내 시나리오, 받아줄 거야?”

은근한 표정으로 미소 지으며 물어오는 진희를 흘기듯 바라보다 미수는 머리를 저었다.

“시나리오는 생각해 보겠지만, 감독은 안 돼.”

“왜 안 되는데?”

“넌 연출이 그렇게 쉬운 줄 알아? 카메라 앞에만 서본 녀석이 무슨 카메라를 잡겠다는 거야?”

“나 대학 때 단편영화로 상도 받았는데? 그때 엄마랑 아빠도 무지 자랑스러워한 거 기억 안 나?”

“아마추어랑 프로랑 같니? 그리고 지금은 이 문젤 논할 때가 아니라고 보는데?”

“그럼 사실대로 이야기할 테니까 감독 자리 나한테 줘.”

꽤나 진지한 투로 말하는 진희를 미수는 잠시 찬찬히 쳐다보았다. 그리고는 휙 몸을 돌리며 책상 앞 의자에 앉았다.

“됐어. 나가봐.”

갑작스런 태도 변화에 진희의 얼굴이 단번에 일그러졌다.

“엄마!”

“네 얘기 들을 필요 없으니까 나가보라구. 다른 문제가 생기면 소속사 대표로서 알아서 처리할 테니 그리 알아.”

갑자기 사업가의 모습으로 싹 변해 버린 엄마를 보며 진희는 머리를 굴렸다. 솔직히 ‘서은아’ 라는 여자를 더 알고 싶어졌기에 엄마의 힘을 빌려 그녀의 정체를 알아내 볼까도 생각 중이었다. 그렇다면 그녀에게 느낀 호감을 있는 그대로 설명하는 게 나을 수도 있었다. 하지만 기사가 이렇듯 빠르게 사라진 이유도 궁금했다. 혹시 그 여자가 무슨…….

"대표님!!"

진희의 생각을 차단시키며 미수의 비서가 급하게 뛰어들어 왔다. 미수와 진희가 쳐다보자 비서는 어쩔 줄 몰라 하는 표정으로 말했다.

"누가 찾아왔는데요……. 그게……."

"어이구, 안녕하십니까. 잠시 실례해도?"

비서의 말 사이로 삼십대 중반의 한 남자가 얼굴을 내밀며 씩 웃었다.

"누구시죠?"

미수의 눈빛에 어린 강한 기운에 남자는 멈칫하더니 다시 씨익 미소를 보였다.

"지금 저한테 그러시면 안 되는데."

"누구시냐고 물었는데요?"

"아, 이거 죄송합니다. 여기 제 명함입니다."

비서기 진달해 준 명함엔 〈주간 연예〉란 큰 글자와 함께 대표 직함이 찍혀 있었다. 연예인들이나 유명인들의 뒷얘기를 캐는 삼류 가십지였다. 절로 미수와 진희의 눈살이 찌푸려지자 남자가 웃음소리를 내었다.

"제가 오늘 두 종류의 사진을 받아봤는데 말입죠. 하나는 얼마 전까지 인터넷에 올라 있던 공항 사진이고, 또 하나는……."

말꼬리를 늘이던 남자는 진희를 보며 히죽 웃었다.

"상하이의 야경을 배경으로 한 하진 씨와……."

진희의 미간에 좀 더 깊은 주름이 패었고, 미수 역시 얼굴을 굳혔다. 그 두 사람의 표정을 즐거운 듯 바라보며 남자는 말을 이었다.

"한 여자가 함께 찍힌 사진인데요. 아, 글쎄!!"

"이봐요, 당신!"

버럭 소리치는 진희의 눈이 매섭게 빛났지만 남자는 그다지 놀라지 않은 얼굴이었다.

"그 여자와 공항 사진의 여자가 동일인이라는 건 어떻게 생각하시는지?"

순간 미수가 설마라는 듯 진희를 돌아봤지만 진희는 이미 그 남자 앞에 다가가 멱살을 잡은 상태였다.

"뭘 어떻게 생각한다는 거지? 사진만으로 무슨 이야길 꾸며내겠다는 거야?"

"하진! 그 손 놔!"

미수가 소리쳤지만 진희는 더욱더 꽉 조이며 당겼다.

"당신네들이 만든 그런 쓰레기 기사 때문에……."

"쓰레기? 하진 씬 그 여자랑 아무 사이도 아니라고 단언할 수 있소? 정말?"

왠지 비웃는 것처럼 들리는 말투에 진희의 눈빛이 흔들렸다.

"진짜 아무 사이도 아니다? 나 같으면 일부러 만들어서라도 기사 써달라고 부탁할 것 같은데?"

“뭐?”

“진희야, 그 손 먼저 놔.”

미수가 진희의 손을 잡으며 조용히 타일렀다. 그리곤 남자를 돌아보며 차갑게 말했다.

“협상이 하고 싶은 거라면 먼저 그 사진을 보여주시죠!”

“물론입니다. 당연히 보여 드려야지요.”

그는 씩 웃으며 재킷 안주머니에서 여러 장의 사진을 꺼냈다. 맨 윗장엔 예의 기사에도 실렸던 공항 사진이 올려져 있었다. 다만 은아의 얼굴이 모자이크 처리 없이 고스란히 담겨져 있었다.

미수는 혹시나 연예계 쪽에서 보았던 얼굴인지 확인하기 위해 은아를 자세히 살핀 후 다음 장으로 넘겼다. 순간 진희의 표정이 딱딱하게 굳어졌다. 은아의 미소 띤 얼굴과 그녀를 찍고 있는 진희의 모습이었다. 그리고 그다음부턴 은아와 진희가 휴대폰을 건네며 서로를 바라보는 사진이 연속적으로 찍혀져 있었다.

“나랑 거래를 하는 파파라치가 상하이에 가 있었거든요, 그 가수들 공연 때문에.”

남자는 흥미진진한 표정을 얼굴 가득 담으며 이어 말했다.

“그런데 유람선에서 하진 씨가 어떤 여자랑 함께 있는 걸 딱 하니 포착하게 된 거죠. 바로 그 아가씨요. 어때요? 잘 나왔죠? 아니라는 발뺌 못하겠죠?”

사진을 보던 미수가 굳어진 채로 있는 진희를 힐끗 쳐다봤다가 남자에게 말했다.

"이 사진만으로 뭘 이야기하겠다는 거죠? 상하이에 여행 간 우리나라 사람이 어디 한둘인가요?"

"이거 왜 이러세요? 다 아는 사람들끼리. 이런 대형 사건은 기사 내린 걸로 끝났다고 볼 순 없잖아요?"

"물론 권혁수 씨와 엮이게 되어 문제가 커지긴 했지만……."

"권혁수는 아무 상관없다는 거 다 눈치 깠는데 무슨?"

"뭐라구요?"

미수가 되묻자 이제껏 히죽거리는 표정이던 남자의 얼굴도 차갑게 변했다.

"정말 아니라고 발뺌하고 싶다는 거군요? 뭐, 좋아요. 그쪽 눈치를 봐야 하는 거라면야 뭐, 충분히 이해할 순 있어요. 하지만 너무 오래 끌진 맙시다."

진희는 아까부터 이 남자가 하는 말들을 하나하나 곱씹어보는 중이었다. 듣자 하니 이 작자는 서은아에 대해 뭔가 알고 있는 듯했고, 그녀에 대한 걸 우리가 일부러 숨기고 있다 생각하는 것 같았다. 그런데 그쪽 눈치를 보다니? 왜?

"거기 사람들이야 사생활 숨기기로 유명하지만 내가 이쪽 일을 좀 오래했어야지. 딴 기자들은 누군지 몰라서도 캘 생각을 못하고 있겠지만 난 다르다구. 예전에 거기 큰딸 결혼할 때 내가 그 집 사람들 사진도 다 찍어뒀거든요? 그 집안이 워낙에 드러내 놓고 살질 않으니 그날이 기회다 싶었지. 그러니 이거 모른 척하지 맙시다."

"넘겨짚어서 뭘 캐내려는 수작이면 관두는 게 좋을걸! 그 사진 아니라도 우리가 밝히고 싶다면 언제든 밝힐 수 있는 일이니까.”

일부러 낚싯밥을 던지는 진희의 말에 남자의 입이 쩍 하고 벌어졌다. 그리고 미수 역시 진희의 말을 알아들을 수 없어 놀란 눈으로 쳐다보았다.

“그, 그러니까 지금 둘 사이를 인정하겠다는……?”

남자의 눈이 반짝 빛나며 대박을 건졌다는 표정을 보였다. 보아하니 머릿속으로 계산을 하는 듯했다. 진희는 서은아의 정체를 남자 입에서 꺼내게 하려고 한 방 더 날려주었다.

“그만큼 조심스럽고 이슈가 될 일인데, 우리가 당신네 같은 삼류 가십지에 첫 기사를 내라고 할 것 같아? 그녀가 누군지 확실히 알지도 못하면서 지금 나한테 확인하려는 거 뻔히 보이거든?”

“진희야?”

미수가 걱정스런 얼굴로 나섰지만 진희가 손을 들어 보였다. 역시나 남자는 붉으락푸르락거리며 양 허리에 손을 얹었다.

“어이, 하진 씨. 나 이쪽 경력이 만만찮다고 말했을 텐데? 제일그룹 둘째 딸인지 내가 모를 줄 알아? 그래, 좋아, 인정해! 삼미그룹까지 떡하니 버티고 있으니 나 같은 조무래기 주간지가 덤비긴 좀 부담스럽다는 거. 그러니까 당신들한테 협상을 제의하는 거잖소!”

남자의 말에 충격을 받은 건 이제 미수와 진희 쪽이었다. 기사를 내린 게 어디라는 건 굳이 말하지 않아도 알 것 같았다. 미수가 바쁘게 돌아가는 머릿속을 정리하려 눈살을 찌푸릴 때 하진의 딱딱한 목소리가 먼저 들렸다.

"내가 그 사진을 산다면, 당신네 파파라치가 가지고 있는 원본 파일도 다 삭제하겠다고 약속할 수 있어?"

"이제 좀 얘기가 되네요? 그런 게 다 서로 협의할 사항 아니겠습니까?"

남자가 히죽 웃자 하진도 고개를 끄덕였다.

"만약 이 사진들이 인터넷뿐 아니라 생활정보지 쪼가리에라도 실리는 일이 생긴다면 어떻게 될지 알고 있겠지?"

"당연한 얘길 그렇게 입 아프게 하실까~ 나야 어차피 사진 팔아 장사하는 입장인데 거래 내용만 좋으면 그만이지. 안 그래요?"

남자의 말에 미수는 진희의 팔을 잡아 뒤로 당기고는 자신이 나섰다. 삼십여 년 동안 수많은 종류의 사람들을 만나 계약을 성사시킨 베테랑답게 미수의 얼굴엔 미소가 깃들었으나 조금의 틈도 보이지 않았다. 그 제일그룹 둘째 딸과의 관계에 대해선 나중에 추궁하면 될 일. 우선은 이 남자의 패를 빼앗고 보내야 했다.

 3

"번거로운 일 부탁드려서 죄송해요, 형부."

은아가 무안한 표정으로 말하자 진명이 손을 내저었다.

"무슨 그런 말을. 처제 일인데 당연히 내가 도와야지."

"자기가 나선 것처럼 보이지 않게 잘 처리했지?"

은해의 물음에 진명이 무슨 말이냐는 듯 눈을 깜빡였다.

"나한테 처리해 달랬잖아."

"여보!"

"형부, 설마……."

은해와 은아가 동시에 동그래진 눈으로 쳐다보자 진명이 피식 미소를 지었다.

"걱정 마. 처제 때문에 기사 내려달라고 한 거 아니니까."

"그럼?"

"삼미전자 신제품 모델로 하진을 캐스팅하자는 의견이 나왔거든. 그래서 확인되지 않은 내용으로 하진의 이미지가 실추된다면 손해배상청구 소송에 들어가겠다고 했지."

"어? 제일패션에서도 하진을 새 모델로 한다던데."

은해가 은아를 돌아보며 말했지만 진명은 별로 상관없다는 얼굴이었다.

"그렇다고 문제될 거 있어?"

"그렇진 않지만 할머니께서 기업 이미지 광고까지 맡기고 싶어 하신다던데?"

"정말이야, 처제?"

일개 브랜드 광고와 그룹 전체 이미지 광고는 다른 문제였다. 그룹 내에 속하는 모든 계열사들에 대한 전반적인 내용을 다룰 수도 있는 문제라 서로가 조심스러울 수밖에 없었다. 물론 제일과 삼미는 경쟁 관계에 있는 계열사가 없으니 크게 문제될 건 없다손 치더라도 광고를 접하는 사람들의 생각과 반응은 고려해 봐야 했고, 광고모델이 원치 않을 수도 있었다.

"어디까지나 할머니 생각일 뿐이에요."

은아가 미소 지으며 손을 내젓자 진명이 눈을 가늘게 떴다.

"할머니께선 여전히 하진 팬이셔?"

"요번 드라마 보시곤 더 이쁘다고 하시던데요?"

"그럼 삼미전자 모델로 캐스팅했다고 하면 좋아하시겠네?"

"어쩌면요? TV에서 자주 봤으면 좋겠다는 말씀은 하시더라구요.”

“어휴, 우리 할머니 조만간 촬영장 구경 가겠단 말씀은 안 하시려나 몰라?”

은해의 말에 은아는 피식 웃었다. 하지만 속으론 조만간 그를 다시 만나게 될 거란 사실에 가슴이 두근거리며 설레기까지 했다. 혹시 그가 자신을 알아봐 주진 않을까라는 기대감까지 피어나자 얼른 표정을 굳혔다. 저도 모르게 바보처럼 헬렐레 입이 벌어지려 했던 것이다.

뭐, 이 정도는 당연한 거 아닌가? 그래도 현재 최고의 주가를 구가하고 있는 연예인을 실제로 만나 대화까지 나누게 될 텐데, 설레는 건 당연한 일이라 할 수 있었다. 그렇다. 단지 최고 인기 연예인이라 그런 것일 뿐! 한데, 지난번 모델로 캐스팅한 남자 탤런트를 만났을 때도 그랬던가? 그 역시 하진 못지않은 인기 탤런트였는데…….

은아의 미간에 미세한 주름이 패었다. 그저 업무상의 만남으로 인한 공적인 자리라는 생각 외에 다른 기대나 흥분 따윈 느끼지도 않았었다. 얼굴값하기 대장인 연예인들에겐 더 이상 관심 갖고 싶지도 않았으니까! 하지만 하진은…….

그래! 쓸데없이 엮이게 된 기사 때문에 행여 다른 말이 나올까 걱정되어 심장박동이 빨라진 것뿐이야. 은아는 어깨를 털어내며 쓸데없는 생각들도 함께 털어냈다. 기사도 형부가 처리해 줬으니 걱정할 필요는 없을 터였다.

☆   ☆   ☆

혁수는 잔뜩 찡그린 얼굴로 모니터를 응시했다. 그 옆에서 걱정 스런 표정이 역력한 매니저, 영태가 혁수를 살피고 있었다. 거친 손놀림으로 마우스를 딸깍거리던 혁수는 마우스를 확 던지며 등 받이에 몸을 기댔다.

"혁수야?"

조심스레 영태가 불렀지만 혁수는 여전히 찌푸린 얼굴로 모니 터만을 응시하고 있었다. 그리고는 혼잣말을 중얼거렸다.

"이렇게 기사를 빨리 내린 걸로 봐선 상당히 기분 나빴다는 건 데……."

혁수는 피식거리는 소리를 내며 자세를 바로 했다. 서은아라는 여자의 정체를 알았다면 이리 쉽게 기사를 내렸겠는가! 쯧쯧, 잘만 이용한다면 호박이 넝쿨째, 아니, 호박 정도가 아닌 무엇보다 튼튼 한 동아줄을 잡을 수 있었을 텐데 그걸 모르고 덮기에 급급하다니.

아무것도 모르는 하진이 조금은 안쓰럽다는 생각도 들었다. 뭐, 하진 쪽에서 그리 나온다면 오히려 다행스러운 일이었다. 서 은아와 하진의 관계에 대한 기사 따위 더는 실리지 않는 게 나았 다.

혁수는 공항 사건에 대해 궁금증을 드러내는 팬들을 달래며 서 은아와의 관계를 살짝 드러내는 것도 나쁘진 않을 거란 생각이 들 었다. 그리고 하진은 지나가다 얼결에 그들과 얽히게 되었다는 사 실 그대로를 밝혀준다면 하진 측에서도 고마워할 테니 이래저래 플러스가 될 터였다. 왕년의 스타로만 인식되고 이젠 한물갔다는 평가를 받고 있는 혁수로서는 충무로의 귀공자로 태어나 연예계에서 막강 파워를 자랑하는 하진이 아니꼽기도 하면서 부러울 수밖에 없었다.

나이도 한 살 차이밖에 나지 않는데 그는 부모를 잘 만난 덕인지 매번 승승장구였다. 아무리 아역 때부터 활동을 했다지만 성인이 되어 본격적으로 활동한 건 이제 겨우 3년째인데 어디에서든 섭외 1순위 대접을 받고 있었다. 그런 만큼 이 바닥에서 오래 살아가려면 하진과 친해지는 것도 중요했다. 하진의 죽마고우 중 한 명이 히트곡 제조 프로듀서라는 건 누구나 아는 거라 가수들도 그와 친해지길 원했다.

문제는 서은아 쪽인데……. 그녀가 과거 자신의 팬클럽 열혈멤버였다는 건 분명한 사실! 또한 그녀가 제일그룹 일가라는 것도 분명한 사실이니 거짓으로 꾸며댈 건 없었다. 그가 남긴 글을 어떻게 해석하는지는 읽는 이들의 몫일 뿐, 제일그룹의 눈치를 살필 필요까진 없지 않은가! 서은아와 자신의 관계에 대해 네티즌들이 궁금증을 몰아가며 부풀려 주기만 해도 그로서는 손해날 게 없었다.

모 아니면 도! 이대로 흐지부지한 연예인 생활을 하다 잊히느니 차라리 한 건이라도 터뜨려 상황을 지켜보며 입장표명을 하는 게 나을 듯했다.

혁수가 팬카페로 들어가자 영태가 마우스를 쥔 혁수의 손을 잡았다.

"뭐 하려고?"

"뭔가 해명글이라도 남겨줘야지."

"무슨 해명? 기사도 다 삭제된 판에. 뭘 해명하겠다는 거야?"

"기사야 하진 측에서 덮은 거지. 난 덮을 이유가 없거든."

"혁수야, 우리 좀 조용히 가자! 응?"

영태는 혁수의 손을 꼭 쥐며 아예 부탁조로 나왔다.

"너 괜한 스캔들 나서 사람들 입방아에 오르내리면 더 힘들어져!"

"아무것도 모르면 좀 가만히 있어!"

혁수는 귀찮다는 듯 영태를 밀치며 팬카페 게시판을 클릭했다. 그러자 영태도 버럭 소리를 질렀다.

"또 문제 일으키면 나 정말 가만 안 있는다!"

"기다려 봐. 형도 나한테 고맙다고 할 테니까."

"대체 뭔 소릴 하는 거야? 무슨 해명글을 쓰겠다는 건지 먼저 말이라도 해봐. 그 여자가 누군지 알기나 해? 엉뚱한 사람이랑 연루되면 해결하기 더 힘들어져!"

글쓰기 버튼을 클릭하려던 혁수는 영태를 한 번 힐끗 보고는 씩 웃어 보였다.

"당연히 알지. 날 위한 디딤돌이자 동아줄이 되어줄 여자니까."

"……뭐?"

☆　　☆　　☆

"이제 모든 걸 털어놔야 되지 않겠니?"

미수의 목소리는 제법 차분했으나 실은 득달같이 달려들어 꼬치꼬치 캐묻고 싶은 심정이었다. 다만 진희의 표정이 꽤나 심각해 보여 조심스레 물었다.

"제일그룹 둘째 딸이라니, 언제부터야? 제일백화점 광고 찍을 때부터니?"

진희가 여전히 아무 대답도 하지 않고 혼자만의 생각에 빠져 있자 미수의 음성이 좀 더 커졌다.

"대책을 세우려면 나도 좀 알아야지! 광고 계약할 때 엄마가 모르는 다른 조건들이 있었던 거야?"

그 물음에 진희의 찌푸린 눈이 들렸다.

"다른 조건이라니?"

"혹시 제일 측에서 너한테……."

"엄마!"

진희는 말도 안 된다며 버럭 소리쳤다.

"스폰 얘기라면 내가 질색하는 거 알잖아!"

"그래! 그래서 묻는 거잖아. 네가 그쪽 딸이랑 어떻게 상하이까지 함께 가게 된 건지!"

"모르는 여자야."

"뭐……?"

미수는 황당하다는 듯 입을 쩍 벌리며 진희를 보았다. 그리고는 책상 위의 사진들을 진희 앞 테이블로 휙 던졌다.

"모르는 여자?"

진희는 눈앞에 펼쳐진, 은아와 함께 찍힌 사진들을 보며 짜증스레 한숨을 내쉬었다.

"하필 재벌가냐…… 것도 제일이라니…….”

착잡하게 중얼거리는 진희의 말에 미수의 눈이 날카롭게 빛났다.

"정말 몰랐던 거야? 너한테 이제껏 자기가 누군지도 말 안 했어?”

"어제 처음 본 여잔데 무슨!”

"뭐라구? 너 그럼 아깐…….”

진희는 사진 한 장을 집어 들고 은아의 얼굴을 꿰뚫듯이 바라보았다. 살짝 머리를 기울인 채 생긋 미소 짓고 있는 사진이었다. 한눈에 호감을 느낀 여자였건만 재벌녀라니.

대부분의 연예인들은 되도록 많은 CF에 출연하는 걸 활동의 목표로 삼았지만 진희는 그렇지 않았다. 하나의 업체를 대신해서 고객을 끌어모으는 역할을 해야 하는 만큼 진희의 맘에 들지 않은 회사나 사회적 물의를 일으킨 적이 있는 업체라면 사양하는 편이었다. 그랬기에 영화나 드라마가 대박 나서 CF 요청이 쇄도해도 정작 동시에 출연하는 경우는 대여섯 편에 불과했다.

그중 제일그룹은 진희가 거부하지 않은 대기업 중의 하나였고, 제일과의 광고 계약 조건에 불만스러웠던 적은 한 번도 없었다. 지금까지 이어온 깨끗한 기업 이미지에 맞게 광고모델에게 제시하는 조건 등도 깔끔한 선에서 마무리 짓곤 했던 것이다. 그래서 제일백화점과의 연장도 허락했고 제일패션과의 계약도 긍정적으로 받아들이고 있었다.

그런데 좀 더 알고 싶다 여긴 여자가 제일그룹 일가라니…….

진희는 다시 사진을 내려놓으며 미수를 보았다.

“그쪽에서도 꽤나 황당했나 봐? 이렇게 빨리 기사들을 처리한 걸 보면.”

“진희야……..”

“나도 쓸데없는 말 나오는 거 싫으니까 혹시나 싶으면 엄마가 잘 처리해 줘.”

“진희야, 너……..”

“생겼던 관심도 사라졌으니까 걱정 마. 그만 가볼게요.”

자리에서 일어나는 진희를 보는 미수의 눈에 걱정스러움이 어렸다.

“화요일에 제일패션 광고 건으로 미팅 있는 거 알지?”

진희는 고개만 한 번 끄덕이고는 그대로 사무실을 나섰다.

아무도 없는 엘리베이터에 올라 지하층을 누른 진희는 맞은편 벽에 비친 자신의 얼굴을 보았다. 뭔가 불만스러움이 가득 담긴 표정이었다.

“뭐냐, 그 얼굴은?”

뚱한 목소리로 스스로에게 묻던 진희는 한쪽 눈썹을 삐딱하게 치켜세웠다.

“왜 하필 재벌녀냐고!”

것도 광고를 찍고 있는 회사라니! 이번엔 표정만큼이나 불만이 가득 찬 목소리였다. 권혁수에게 그렇듯 쌀쌀맞고 도도하게 굴었던 게 이젠 이해가 되었다. 한때 팬클럽 가입까지 했다는 건 자신의 모든 배경을 동원해서 좋아하는 스타에게 어필을 했을 것이다. 그리고 시간이 지나 시들해지니까 관심을 뚝 끊었을 테지. 물론

팬의 마음이 변하는 건 있을 수 있는 일이었다. 하지만 이젠 너 같은 사람은 전혀 모른다는 식으로 그처럼 차갑게 대하다니. 역시 도도한 재벌녀다웠다.

어쩌면 혁수는 그녀가 어디의 누구란 걸 알았던 듯싶다. 그러니 그처럼 붙잡으려고 애썼던 거겠지.

"바보 같은 녀석."

진희는 쭛 소리를 내며 차 문을 거칠게 열었다가 쾅 하고 닫았다.

굉장히 기분이 나빴다. 같은 연예인으로서 돈 많은 여자에게 매달리는 혁수의 모습 때문인지, 아니면 호기심을 갖게 만든 여자가 가까이 하고 싶지 않은 재벌녀이기 때문인지, 그도 아니면 다른 이유가 있는 것인지……. 이 모든 것들이 진희의 기분을 상하게 만들었다.

그러다 문득 혁수가 그녀에게 했던 말이 떠올랐다.

'설마 예전의 앙금을 아직도 갖고 있는 건 아니죠?' 라고 했던가?

두 사람 사이에 무슨 일이 있었던 건지, 예전이라면 어느 정도의 예전인지도 궁금해졌다.

☆　　　☆　　　☆

"좋은 아침입니다."

환한 미소로 인사하며 들어서는 은아에게 다른 직원들도 웃는 얼굴로 인사했다.

"안녕하세요, 대리님."

"관광은 잘했어요?"

그 물음에 은아는 잠깐 멈칫하다가 고개를 한 번 끄덕여 주었다.

"나름, 재미있었어요."

"그나저나 어제 인터넷에 하진 기사가 잠깐 떴던데, 혹시 대리님 아세요?"

"네?"

저도 모르게 화들짝 놀란 얼굴로 은아가 돌아보자 질문을 던진 직원도 움찔 놀란 눈으로 쳐다보았다. 그러자 은아는 모른 척 되물었다.

"하진 씨한테 무슨 일 생겼어요?"

"가수 권혁수랑 어떤 여자랑 삼각으로 얽혔다는 내용이었는데 또 바로 삭제되더라구요. 사진까지 올라왔었는데……."

"그러게. 모델로 섭외할 판에 이상한 스캔들 터지는 거 아닌가 몰라."

가만히 듣고 있던 박 차장이 걱정스레 말하자 은아가 서둘러 답했다.

"기사가 삭제된 거라면 사실무구인 거겠죠. 특별히 문세될 일이 있을까요?"

그때, 이제껏 별말 없이 있던 주연이 나섰다.

"혁수 오빠…… 아니, 권혁수 씨가 어젯밤 팬카페에 해명글을 남겼는데 하진 씨는 그 여자랑 전혀 상관없다고 했어요."

대번에 은아의 미간에 주름이 잡히며 주연을 돌아보았다.

"뭐라구요?"

“하진 씨가 스캔들 터질 일은 없을 테니 문제없지만…… 그 여자랑 혁수 오빠랑 뭔가 관련…….”

“말도 안 돼!”

하얗게 질린 채 소리치는 은아를 보며 주연이 고개를 끄덕거렸다.

“그쵸! 어떻게 혁수 오빠가 해명글이라면서 그런 글을 남기실 수가 있어요? 지금 팬카페가 난리도 아니에요.”

주연은 은아가 과거 ‘혁사마’의 열혈멤버였던 시절 함께 콘서트를 다니며 얼굴을 익혀온 사이였다. 그런 주연이 제일패션으로 입사하게 되어 우연히 은아와 한곳에서 일하게 되었고, 은아가 팬클럽에서 탈퇴한 이유를 궁금해하며 다시금 예전처럼 함께 권혁수를 응원하길 바라고 있었다.

은아는 얼른 표정을 가다듬고 최대한 태연히 물었다.

“권혁수 씨가 그 여자랑 무슨 관계라도 된대요?”

“네! 혁사마의 옛 멤버이기도 했다면서 지금은 그녀의 주변 상황 때문에 밝히진 못하지만 조만간 좋은 소식으로 인사드릴 수 있도록 하겠다면서…… 대리님?”

주연은 은아의 입술이 바들바들 떨리자 놀란 눈을 동그랗게 떴다.

“어머, 대리님, 아직 혁수 오빠 팬이셨구나?”

다른 직원이 은아의 충격받은 얼굴을 보며 안타깝다는 듯 말하자 주연은 같은 동지를 얻은 게 기쁘다는 표정으로 말했다.

“역시 그 마음만은 변치 않으셨던 거죠? 우리 그 여자가 누군지 꼭 밝혀내자구요! 이상한 여자일 수도 있잖아요! 혁사마 파이팅!"

"저 잠깐 나갔다 올게요."

은아는 후들거리는 걸음을 애써 옮겨 사무실을 빠져나왔다. 양손에 주먹을 불끈 쥐며 육두문자가 새어 나오려는 걸 참아냈다. 권혁수! 이 자식이 정말!!

화장실로 향하다가 생각을 바꿔 주차장으로 내려간 은아는 차에 올라탄 후 휴대폰을 꺼냈다. 먼저 권혁수의 팬카페에 들어가 내용을 확인하려 했지만 회원이 아니라 읽을 수가 없었다. 대신 권혁수라는 이름 검색으로 뜨게 된 기사를 보게 되었다.

　　—권혁수의 숨겨둔 연인?

오, 마이 갓! 은아는 두 눈을 질끈 감으며 머리를 감쌌다. 권혁수가 이런 식으로 나올 줄은 정말이지 상상도 하지 못한 일이었다. 이제 하진과는 별도로 권혁수와 미지의 여인이란 식으로 기사가 뜨고 있었다.

"내가 미쳐!"

황당한 표정으로 기사를 보던 은아는 진동과 함께 '은해 언니'가 뜨자 얼른 전화를 받았다.

"언니!"

〈통화 가능해?〉

"인터넷 봤어?"

〈거참…….〉

“완전 미친 거 아냐? 어떻게 그딴 식의 글을 올릴 수가 있지?”

〈우선 진정하구…….〉

“지금 진정이 되겠어? 내 그 자식을 그냥!!”

〈서은아!〉

은해가 버럭 소릴 치자 은아는 씩씩거리면서도 입을 다물었다.

〈무슨 생각으로 그런 글을 올렸는지 대충 짐작이 가니까 네가 먼저 나서는 일은 안 하는 게 좋겠어.〉

“확 고소해 버릴까!”

〈뭘로 고소할 건데? 과거 자신의 팬이었다, 최근 그녀와 우연히 만나게 되어 무척이나 반가웠다, 그녀의 사정상 누군지 밝힐 순 없으나 조만간 좋은 소식으로 인사드릴 수 있도록 하겠다라고 했는데 뭘로 고소할래?〉

“꼭 나랑 무슨 사이라도 되는 것처럼 쓴 거잖아!”

〈그렇다는 직접적인 언급은 없었어.〉

“어쨌든 그걸 본 사람은 다들 그렇다고 생각할 거라구.”

〈그걸 노린 거겠지.〉

“어휴, 정말이지 그런 녀석 어디가 좋다고!”

〈우선 아빠께 말씀드려야 될 것 같다. 기자들이 냄새 맡고 달려드는 것도 시간문제일 테니까. 아빠하고 상의해서 최대한 조용히 처리하는 게 낫겠어.〉

그러다 은아의 말투가 상당히 거칠게 느껴졌는지 은해가 다시 물었다.

〈지금 사무실 아냐? 아직 출근 안 했어?〉

"하두 열받아서 차로 왔어."

〈넌 그냥 모른 척 있어, 아빤 내가 찾아뵐 테니. 끊는다.〉

은아는 전화를 끊고 잠시 마음을 다스리려는 듯 심호흡을 몇 차례 했다. 도대체가 생각이란 걸 하는 사람인지가 궁금했다. 연예인이라는 자가 어떻게 그런 거짓말을 태연하게…….

은아는 문득 자신이 과거 그의 열혈팬이었다는 건 사실이라는 생각에 눈살을 찌푸렸다. 설마 팬 활동 좀 했던 걸로 발목 잡힐 일은 없겠지?

☆　　☆　　☆

"넌 잠이 오냐?"

커튼이 확 걷히면서 환한 빛이 쏟아지자 진희는 베개로 머리를 감쌌다. 그러자 수완이 베개를 잡아채며 진희의 어깨를 흔들었다.

"일어나! 얼른!"

"아, 왜? 뭔 일인데……."

진희는 찌푸린 눈을 가늘게 뜨며 잠이 덜 깬 목소리로 웅얼거렸다.

"좀 전에 대표님한테 전화 왔어."

진희가 별다른 대답 없이 이불을 끌어당기는 걸 막으며 수완이 물었다.

"권혁수랑 그 여자, 무슨 사인 줄 알아?"

대뜸 묻는 수완을 보는 진희의 눈매가 더욱 찌푸려졌다.

"뭐?"

"너랑 그 여자, 상하이에서 사진까지 찍혔다며! 근데 그 여자랑 권혁수랑 정확히 어떤 사이인 줄 넌 아냐고!"

더는 잠을 청하긴 그른 듯싶어 진희는 머리를 쓸어 넘기며 몸을 일으켰다.

"엄마가 뭐랬는데 그래?"

"그 여자 제일그룹 딸이라며? 근데 권혁수 팬클럽 멤버에다, 너랑은 상하이에서 함께 있는 사진까지 찍히고! 까딱하다가 정말 삼각관계로 꼬이게 생겼다고!"

"팬클럽 멤버였던 게 왜? 그게 무슨 삼각관계야?"

진희는 탁자 위에 아무렇게나 놓여진 가운을 걸치며 방을 나섰다. 그 뒤를 수완이 따르며 답답하다는 듯 말했다.

"권혁수가 그 여자랑 무슨 사이라도 되는 것처럼 직접 글을 올렸으니까 문제지!"

대번에 걸음을 멈춘 진희가 돌아보자 수완이 한숨을 푹 내쉬었다.

"어제 파파라치한텐 너랑 그 여자랑 사귀는 중이라 했다며? 근데 이젠 권혁수가 직접 그런 글을 올렸으니 말 만들기 좋아하는 기자들이 알면 어떻게 되겠냐? 남자 연예인 둘에 재벌가 딸이라니……."

권혁수가 왜 그런 글을? 그녀를 진심으로 붙잡고 싶은 나머지 무리수를 둔 게 아닌가 싶은 생각이 들었다. 그녀 쪽에서 알게 되면 가만히 있을 거라 생각한 걸까? 진희는 혁수를 차갑게 내치던 은아를 떠올리며 쓴웃음을 지었다. 소위 재벌이라 불리는 사람들은 연예인들 못지않게 이미지 관리를 철저히 하는 법이었다. 그런데 원치 않은 스캔들이 터지는 걸 두고 볼 리가 없었다.

수완은 진희가 뚱한 얼굴로 생각에 잠겨 있자 가만히 팔을 흔들었다.

"진희야?"

"우리가 나설 일이 뭐 있어? 제일 측에서 알아서 하겠지."

진희는 어깨를 으쓱이며 냉장고에서 물을 꺼냈다.

"하지만 너도 그 여자랑 사귄다고……."

"난 그런 말 한 적 없어."

"없다니? 대표님이 네가 어제……."

"우리가 밝히고 싶으면 언제든 밝힐 수 있다라고만 했는데 뭐?"

진희가 태연한 얼굴로 물을 마시자 수완의 입이 쩍 벌렸다.

"그치만 그 파파라치가……."

"사진도 다 삭제하겠다고 약속했는데 지들이 이제 와서 뭐라 떠들겠어?"

"그런 사람들 이쪽 사생활 캐는 게 일이잖아. 대표님도 그 사람들을 못 믿으니 걱정하시는 걸 테고. 괜히 우리한테도 불똥이 튀면……."

시원한 물을 들이켜던 진희의 움직임이 멈추더니 찬찬히 수완을 보았다.

"제일 측에서 우리한테 다른 연락 온 건 없었지?"

"응. 내일 제일패션 미팅 있는 거 말고는."

진희는 남은 물을 마저 다 마시고 도로 방으로 향했다.

"그 여자, 권혁수하고 아무런 사이 아니니까 우리가 미리부터 걱정할 일은 없을 거야."

"정말? 확실해? 네가 어떻게 알고?"

수완이 뒤를 졸졸 따르며 묻자 진희가 휙 돌아보았다.

"어제 내가 다 봤으니까. 됐지?"

"어제 두 사람이 어쨌는데? 대체 무슨 일이 있었는데? 응?"

"형!"

진희가 버럭 소리치자 수완이 주춤하고 뒤로 물러났다.

"아니, 난 두 사람이……."

진희는 팔짱을 낀 채 쯧쯧 소리를 내었다.

"형도 이렇게 관심이 많은데 사람들은 오죽할까. 거참, 말 만들어지는 거 쉽겠네. 그치?"

"그렇지. 그래서 걱정도 되는 거고."

"오늘까지는 나 휴가거든? 그니까 방해하지 마."

"야! 하진!"

눈앞에서 방문이 닫히자 수완이 쾅쾅 두드렸다.

"하진희! 너 지금 이렇게 태평하면 안 돼! 그 여자랑 정확히 무슨 일이 어떻게 있었는지 확실히 말해줘야 대표님이나 나나 대책을 세워두고……. 앗!"

문을 두드리며 말하던 수완은 다시 문이 벌컥 열리자 헛손질을 하며 앞으로 몸이 쏠렸다.

"갑자기 문을 열면 어떡해!"

“형, 원래 이렇게 시끄러웠어?”

문틀에 팔을 기대고 선 진희의 눈매에 삐딱한 날이 섰다. 수완은 흠칫했지만 역시나 딱딱한 표정을 지으며 말했다.

“대표님이 지금 얼마나 걱정하고 계시는데…….”

“권혁수랑 그 여자 연락처나 좀 알아봐.”

불쑥 던진 진희의 말에 수완의 눈이 동그랗게 열렸다.

“뭐?”

“아니, 권혁수는 관두고 그 여자, 서은아 연락처만 알아봐 줘.”

“왜? 만나려고?”

“확실한 말을 해달라며!”

“그랬지. 그니까 네가 직접 만나서 입을 맞춰두려고?”

“입을 맞추긴 무슨 입을 맞춰?”

진희의 황당하다는 표정에 수완도 헛웃음을 지었다.

“내 말은 서로 말을 맞춰두려는 거냐고 물은 거잖아. 못 알아들은 거야?”

“아니, 알아들었는데, 형이 오늘 좀 얼빵하게 구는 것 같아서 확인차 물은 거야.”

놀리듯 빙글거리며 말하는 진희를 수완이 벌게진 얼굴로 쏘아보았다.

“뭐? 얼빵? 너…….”

그때 수완의 휴대폰이 울렸다. 발끈하던 수완은 진희에게 잠깐만 기다리라는 손짓을 하고는 휴대폰을 꺼냈다. 저장되지 않은 모르는 번호였다.

"누구지?"

"받아봐."

계속 울려대는 벨소리에 진희가 한마디 툭 던지며 방 안으로 들어갔다. 가운을 벗어 침대 위로 던지고 욕실문을 여는데 '권혁수 씨?'라는 수완의 목소리가 크게 들려왔다. 진희에게 들으라는 듯 일부러 큰 목소리로 말하는 것 같았다.

"아, 그게…… 오늘 하진 스케줄이 조금 빠듯하긴 한데……."

어느새 가까인 다가간 진희가 손을 내밀었다. 고개를 저어 보인 수완은 진희가 계속 달라는 듯 손을 흔들자 별수 없이 휴대폰을 건넸다.

"하진입니다."

〈안녕하세요, 처음 인사드리는 것 같네요.〉

혁수의 싹싹한 음성에 진희는 의아한 눈빛을 수완에게 던지며 말했다.

"그래요, 반가워요. 근데, 무슨 일로?"

혁수와 달리 진희의 목소리는 덤덤하고 낮았다.

〈어제 일로 상심이 크실 것 같아서요. 부지불식간에 당한 일이라 많이 놀라셨죠? 실은 어제 바로 전화를 드려야겠다고 생각했는데 여러 일이 겹쳐서 이렇게 늦어졌습니다.〉

"나는 뭐, 괜찮아요. 그리 놀라지도 않았고."

진희의 답이 의외였는지 혁수가 잠시 머뭇거리더니 다시금 친근하니 말을 건넸다.

〈그래도 바로 기사를 내리신 걸 보니 역시 대처 능력이 탁월하

십니다. 어쨌든 어제 일에 관해선 제가 책임지도록 할 테니 형님 께서 더는 신경 쓰지 않으셔도 될 거예요.〉

형님? 바로 친한 형님, 아우 사이라도 되는 듯 구는 혁수의 말 투가 진희의 신경에 거슬렸다. 자기보다 센 사람 앞에선 한없이 몸을 낮추고 꼬리를 흔드는 듯한 비굴한 어조가 느껴진 탓이다. 점점 못마땅한 표정으로 변해가는 진희의 얼굴에 수완이 걱정스 러운지 한 발 앞으로 다가섰다.

〈제 개인적인 일이었는데 형님까지 엮이게 해서 죄송해요. 제 가 은아 씨랑도 잘 얘기해서…….〉

"권혁수 씨?"

〈예, 형님!〉

"그 형님이란 소리는 좀 빼지?"

〈예? 아…… 그럼…….〉

"됐고. 혁수 씨가 올린 글 때문에 오히려 내가 더 피곤하게 됐거 든? 그러니까 우리 쪽에서 입장을 정리할 때까지 좀 조용히 있어 줬으면 좋겠어."

드로즈 팬티 한 장만 달랑 걸친 채 허리에 손을 얹고 퉁명스런 목소리로 말하는 진희의 모습은 그야말로 우스꽝스러웠지만 수완 은 두 사람의 대화가 대체 어떻게 흘러가는지 궁금해서 진지한 눈 으로 쳐다볼 뿐이었다.

〈그게 무슨…….〉

"은아가 그 글을 보고 어떻게 생각할 건지는 생각 안 해본 건 가? 아니면, 반응을 살피려고 일부러?"

진희의 말에 수완이 입을 쩍 벌리며 놀란 표정을 지었고, 혁수 역시 놀랐는지 숨을 삼키는 소리만 들리고 별다른 말이 없었다.

"내 말 이해한 걸로 알고 이만 끊지."

그 말만 하고 진희는 전화를 뚝 끊어버렸다. 그러자 수완이 얼른 휴대폰을 채가듯 가져가며 진희를 보았다.

"너 뭐야? 무슨 말을 또 그렇게 해? 너 진짜 그 여자랑……."

"서은아 연락처 당장 알아와."

강조하듯 한 손가락을 치켜들며 말하는 진희의 눈매가 제법 날카로웠다.

"어……. 그래……."

얼결에 고개를 끄덕인 수완은 쿵쿵거리는 발걸음으로 사라지는 진희를 쳐다보며 갸웃거렸다.

뭐야, 정말 모르는 여자 같은데…… 왜? 대체 무슨 생각인 거야?

칫솔에 치약을 듬뿍 짜낸 진희는 혁수의 말을 떠올리며 혀를 찼다.

은아 씨랑도 잘 얘기해서? 잘 얘기해서 뭘 어쩌겠다는 건데? 하, 정말 두 사람이 무슨 사이라도 된다는 거야? 짜증스런 눈으로 앞의 거울을 보던 진희는 입술을 씰룩거리며 양치를 했다. 함께 연루된 사건인데 그 두 사람의 일은 전혀 모른다는 게 기분 나빴다. 무엇보다 그녀와 뭔가 있다는 듯한 뉘앙스를 풍기는 혁수의 말투가 더욱 신경을 거슬리게 했다.

그런데 혁수는 어제 기사를 제일 측에서 내린지 모르고 있었다. 그렇다는 건 그쪽과 아무런 연락도 취해지지 않았다는 거고, 서은아와도 특별한 사이는 아니라는 것과 같았다.

뭐, 어쨌든 지금 중요한 건 그게 아니지 않은가! 엄마의 걱정처럼 어제의 파파라치가 혁수의 글에 호기심을 품고 약속을 어기기라도 한다면 사태는 더욱더 커질 터였다.

샴푸를 머리에 벅벅 문지르며 '재벌녀, 서은아'를 만나 어떻게 얘기를 꺼낼지 궁리하던 진희의 손놀림이 멈췄다. 돈 많은 젊은 여자답게 다른 사람의 말을 우습게 여길 테니 초장부터 세게 나가야겠다는 생각을 하던 참이었다. 그러다 문득 상하이에서 보았던 은아의 모습이 떠오른 것이다. 그의 호감을 얻어냈던 순수해 보이던 미소나 표정 등은 그녀 혼자서 자연스레 짓던 것들이었다. 그 나이 또래의 지극히 평범해 보이는 아가씨의 모습이었는데 재벌녀라는 걸 안 순간부터 진희의 머릿속엔 어느덧 자기밖에 모르는 안하무인의 여자로 변해 있었다.

쯧, 이래서 기억이란 게 무서운 거로군.

진희는 씁쓸하게 웃으며 샤워기를 틀었다. 세찬 물줄기 아래서 떠올리고 싶지 않은 옛 기억을 떨쳐 낸 진희는 내일 있을 제일패션과의 미팅 전 서은아를 먼저 만날 일만 생각했다.

☆　　☆　　☆

끊긴 전화를 보는 혁수의 얼굴이 천천히 일그러졌다.

"뭐 이딴 자식이 다 있어!"

휴대폰에게 화풀이하듯 거칠게 집어 던진 혁수는 소파에서 벌떡 일어났다.

형님 대접 해주면서 깍듯이 대하려 했더니만, 뭐? 쳇, 부모 잘 만나 그 자리에 올랐으면서 뻐기긴!

입술을 씰룩거리며 떨어진 휴대폰을 뚫어져라 노려보던 혁수는 하진이 했던 말들을 종합해 보기 시작했다. 하지만 자신이 남긴 글 때문에 그에게 피해가 갈 일이 대체 뭔지 이해할 수가 없었다. 그리고…….

"은아?"

혁수의 눈썹이 꿈틀거렸다. 그처럼 친근하게 이름을 말하다니, 두 사람이 아는 사이였나? 어제 공항에서의 사건부터 그전 비행기 안에서의 시간까지 주욱 기억을 더듬어간 혁수는 '설마' 라는 결론을 내리며 머리를 설레설레 저었다. 그러다 다시 '혹 다른 사람들의 눈을 피해?' 라는 생각을 했다가 '에이, 아냐' 라며 또 머리를 흔들었다.

분명 두 사람은 서로 모르는 사이였다. 무슨 썸씽이라도 있는 관계였다면 서은아를 그렇게 버려두고 홀랑 도망갈 수는 없을 터였다. 그리고 솔직히 기자들에게 알려지면 좋은 거지, 바보가 아닌 이상 그 좋은 뉴스를 왜 숨기겠는가! 우연히라도 알려지길 바라는 게 당연한 거 아냐? 그러니 하진의 말투가 그녀를 감싸는 것처럼 느껴진 건 괜한 억측일 뿐, 신경 쓸 일이 아니었다.

하진은 그저 엉뚱한 기사 때문에 심기가 불편한 것일 수도 있었다. 요 근래 특별한 사건 없이 드라마와 영화에만 올인하는 진중

한 모습을 보여왔기에 쓸데없이 터진 기사가 맘에 들 리 없었다.

"거참, 가만있으면 알아서 해결해 준다니까 뭐가 나 땜에 피곤하다는 거야? 하여간 잘났어."

든든한 뒷백을 둔 하진과 이번 기회에 친분을 쌓고 싶은 혁수로서는 툴툴거리면서도 그를 이해해 줄 생각이었다.

 4

일이 손에 잡힐 리가 없었다. 상하이에 새로 오픈한 대형 쇼핑몰에 입점하는 제일패션 브랜드의 홍보 전략을 위해 함께 출장을 다녀온 박 차장이 이야기하는 동안에도 은아는 집중하질 못하고 있었다.

"서 대리?"

이미 몇 차례 불렀는지 팀장의 음성이 높아진 상태였다. 은아는 옆에 앉은 직원이 허벅지를 푹 찌르자 그제야 발딱 고개를 들고 팀장과 눈을 맞췄다.

"예…… 팀장님."

무안해진 은아의 목소리가 조그맣게 새어 나왔다.

"죄송합니다."

"어디 아픈 거 아니에요? 왜 그렇게 창백해?"

딴생각으로 약간 멍한 표정을 지어 더욱 그렇게 보인 듯했다. 은아는 얼른 고개를 저으며 밝게 말했다.

"아뇨. 괜찮습니다."

팀장은 은아의 얼굴을 다시금 보고는 박 차장에게 계속하라는 제스처를 보냈다. 은아는 자세를 바로 하고 업무수첩 위로 펜을 들었으나 어느덧 저 위층 사장실에서 나누고 있을 대화가 어떻게 진행되고 있을지에 더 몰두하게 되었다.

지금쯤이면 언니가 도착했을 테고, 아빠도 어제 일어난 일들을 모두 알게 되었을 텐데 어떤 얘기들을 나누고 있을지 궁금해 미칠 지경이었다. 설마 권혁수가 이상한 요구를 한다거나……. 물론 약점 잡힌 건 없지만 권혁수의 행보가 어디로 튈지 모르니 불안하긴 했다.

따르르르릉~ 따르르르릉~

사무실 전화가 울리기 시작하자 팀장이 문가에 앉은 주연에게 눈짓을 했다. 전화를 받으러 나간 주연이 잠시 후 조용히 들어오더니 팀장에게 양해를 구하며 은아를 보았다.

"어제 공항 일 때문이라며 서 대리님을 급하게 찾는데요?"

순간 은아의 얼굴이 하얗게 변하자 팀장이 걱정스레 물었다.

"공항에서 무슨 일 있었어요?"

"아뇨, 그건 아닌데……."

권혁수가 분명했다.

"저 잠깐 전화 좀 받아도 될까요? 죄송합니다."

뭔가 조급함이 깃든 은아의 목소리에 팀장이 얼른 나가보라는 손짓을 했다. 회의실을 나가는 은아에게 주연이 낮은 목소리로 일러주었다.

"남자 분이셨어요."

역시……. 권혁수였다. 감히 전화질까지?

회의실의 문을 닫고 나온 은아는 두 주먹을 불끈 쥐고 책상으로 다가갔다. 그리고 찬찬히 심호흡을 한 번 한 뒤 수화기를 들었다.

"전화 바꿨습니다."

〈서은아 씨?〉

"그래요, 회사로 전화까지 하다니 참 말귀를 못 알아들으시네요. 저랑 그쪽이랑 이렇게 통화할 이유가 뭐가 있죠? 도대체가 무슨 사람이!!"

〈하진입니다.〉

저도 모르게 윽박지르는 듯한 목소리를 내던 은아는 머리를 한 대 맞은 사람처럼 띵 하니 굳어지고 말았다.

〈서은아 씨?〉

이런 젠장! 은아는 두 눈을 질끈 감으며 속으로 욕을 한 바가지 퍼부었다.

〈제 전화가 불쾌했다면 사과드리죠. 한 가지 은아 씨도 알고 계셔야 할 일이 있어서 연락을 드렸는데, 원치 않으시다면…….〉

"아, 아뇨! 아녜요. 잠시만요, 그러니까 전……."

허공으로 손을 내저으며 뭐라 말을 꺼내기 위해 횡설수설하던 은아의 눈이 번쩍 빛났다.

"제가 누군지 어떻게 아셨죠?"

혹시 권혁수가?

〈제가 당신을 어떻게 알았는지도 그리 중요한 문제는 아닐 텐데요.〉

꽤나 차갑게 들리는 말투였다. 은아는 근사한 미소를 짓던 하진의 얼굴과 차갑기 그지없는 목소리가 잘 매치되지 않자 저도 모르게 얼굴을 찌푸렸다.

〈뭐, 제일패션 홍보팀이라면 조만간 업무 차원으로도 만나게 됐을 테니 은아 씨가 누군지 아는 건 시간문제 아니었나요?〉

뭔가 약간은 비웃는 듯한 음성이 은아의 표정을 굳어지게 했다. 직감적으로 이 남자는 자신을 싫어한다는 느낌을 받은 것이다.

아니, 왜? 내가 뭘 어쨌기에? 내가 잡아달라고 들이댄 것도 아니잖아! 누군 사진이 찍히고 싶었겠냐고요!

"전화하신 용건은요?"

기분이 상한 은아의 목소리 역시 딱딱할 수밖에 없었다.

〈권혁수가 인터넷에 올린 글 때문에 일이 좀 복잡하게 꼬일 것 같아서요.〉

"하진 씨와는 아무런 관련이 없다는 식으로 썼던데, 당신이 복잡할 게 뭐죠?"

은아의 말에 잠시 동안 하진은 말이 없었다. 그러더니 피식 소리가 들려왔다.

〈이거 미안해지는군요. 두 사람 사이에 본의 아니게 끼어들게

된 걸 진심으로 사과하죠.〉

"이, 이봐요, 지금 뭔 소릴 하는 거예요? 두 사람 사이라뇨! 전혀 아니거든요!"

〈전혀?〉

"무슨 말을 하려는 건데요? 확실히 말해요."

〈한 시간 후면 점심시간인가요?〉

뜬금없는 물음에 은아의 눈살이 찌푸려졌다. 그러면서도 시계를 확인했다.

"그렇긴 하지만……."

〈그때 만나서 얘기하죠. 보여줄 것도 있으니까.〉

"예? 그치만……."

점심시간엔 언니를 만나 이번 일의 진행 상황 먼저 들어야 했다. 하지만 하진이 직접 전화를 하고 만나자고 하는 것도 분명 이유가 있을 터였다. 그리고 보여줄 거라니?

〈그쪽 근처에서 연락드리죠. 그럼.〉

무뚝뚝한 말투로 전화를 끊으려던 그가 황급히 말을 이었다.

〈참! 핸드폰번호 불러봐요.〉

"예?"

〈이따 연락해야 하는데, 또 사무실로 할까요?〉

"아뇨. 010……."

얼결에 번호를 불러준 은아는 전화를 끊은 뒤 고개를 갸웃거렸다. 대체 무슨 일이지?

그때 바로 책상 위에 놓아둔 휴대폰이 진동하자 화들짝 놀라 얼른 집어 들었다. 설마 했는데 발신자는 아빠였다.

"여보세요?"

〈잠깐 올라올 수 있겠니?〉

"지금…….."

회의 중이었다는 말을 하려는데 막 회의실 문이 열리며 직원들이 나왔다.

"예, 바로 갈게요."

은아가 사장실에 들어갔을 때 안에는 은해 언니뿐 아니라 아빠의 오랜 비서인 윤 실장님도 함께였다. 그리고 상당히 심각한 표정들임을 감추지 않고 있었다. 뭔가 더 안 좋은 일이 생긴 건가 싶어 언니에게 묻는 듯한 시선을 던지자 은해는 살짝 콧잔등을 찡그리며 어깨를 으쓱거렸다. 은아의 걱정스런 시선이 자연스레 아빠에게로 향했다.

"……아빠?"

"그렇게 서 있지 말고 여기 와서 앉거라."

서 사장이 맞은편 소파를 가리키자 은이는 걱정스런 얼굴로 자리에 앉았다.

"저기…… 권혁수가 무슨 이상한 말이라도……."

"권혁수가 아니라, 하진이야."

은해의 지적에 은아의 눈이 동그랗게 커졌다.

"하진…… 이라니?"

"하진이 너 사진 찍어줬다고 했잖아."

은해가 말하자 옆에 있던 윤 실장이 태블릿PC를 은아에게 보여주었다. 황포강 유람선에서 은아와 하진이 함께 찍힌 사진이 윤 실장의 메일로 들어와 있었다.

"어떻게 이런 게……."

화끈 달아오른 얼굴로 외치며 은아가 눈을 들자 은해가 고개를 끄덕였다.

"파파라치한테 잘못 걸린 거지."

"그나마 바로 퍼뜨리지 않고 우리에게 먼저 보냈으니 망정이지 안 그랬으면 지금 인터넷이 난리가 났을 거야."

윤 실장의 설명에 은아가 눈살을 찌푸렸다.

"그러니까 돈을 원한다는 거죠?"

"이를테면."

윤 실장의 말을 받아 은해가 말했다.

"그 사람들이야 뻔하지. 언론사보다 우리한테 넘기면 더 많이 챙길 수 있겠다 여길 테니까. 그런데 문제는 너랑 하진이랑 연인 사이면서 숨기고 있다고 생각한다는 거야."

"여, 연인 사이?"

몇 차례나 눈을 깜박이며 어이없다는 반응을 보이는 은아에게 은해의 설명이 이어졌다.

"거기다 권혁수의 의미심장한 글 때문에 최고의 스캔들 거리가 아니냐면서 터무니없는 요구 조건을 내세우는 중이랄까?"

"그게 말이 돼? 사실도 아닌 일 가지고 지들이 무슨 요구를 한다는 거야?"

발끈해서 소리치는 은아에게 윤 실장이 차분한 태도로 물었다.

"그럼, 이 사진이 인터넷상에 퍼져도 괜찮아? 보니까 권혁수도 서 대리와 특별한 존재인 것처럼 굴고 싶어 하던데, 이렇게 되면 네티즌들의 뭇매를 맞는 건 그 남자 연예인들보다 서 대리일 수도 있어. 그리고 그동안 깨끗하게 유지되어 온 우리 제일 그룹의 이미지도 하루아침에 지저분한 소문들로 뒤덮여지겠지."

"설마 그렇게까지……."

하얗게 질린 은아가 머리를 젓자 조용히 듣고 있던 서 사장이 입을 열었다.

"내 생각으론 그 사람이 우리에게만 요구 조건을 제시하진 않았을 거란 거다. 분명 하진 측에도 사진을 보여줬을 테고, 너와 관련해 뭔가 캐내려고 했겠지."

"하진이 그래서……."

은아의 중얼거림을 놓치지 않고 은해가 물었다.

"하진이 뭘?"

"좀 전에 전화가 왔었기든."

"하진이 너한테?"

서 사장의 물음에 은아의 고개가 천천히 끄덕여졌다.

"일이 좀 복잡하게 꼬였다면서 저한테 보여줄 게 있으니까 만나서 얘기하자고 했어요."

"만나자구? 직접?"

은해가 뜻밖이라는 듯 묻자 은아의 표정에 걱정스러움이 담겼다.

"점심때 맞춰서 이쪽으로 오겠다고 했는데, 나한테 무슨 말을 하려는 걸까?"

세 명의 가족이 잠시 생각에 잠겨 침묵할 때 윤 실장이 조심스레 나섰다.

"우선은, 하진 측과 좋은 방향으로 이야기를 맞춰놔야 하지 않을까 싶은데…….."

"좋은 방향이라뇨?"

"어떻게요?"

은아와 은해는 동시에 물었고 서 사장은 살짝 찌푸린 눈으로 윤 실장을 보았다. 서 사장의 눈빛에 윤 실장은 잠깐 머뭇거리더니 천천히 입을 열었다.

"지금 중요한 건 권혁수의 두루뭉술한 글보다 사람들이 접하게 될 사진이에요. 어제 잠깐 올라왔다 사라진 공항 사진도 이미 많은 사람들이 봤을 테고, 상하이 사진이 퍼지게 되면 공항에서의 여자가 누구였다는 건 금방 알게 될 겁니다. 게다가 지금 이 남자는 서 대리와 하진의 관계를 의심하면서 사진값을 더 높일 방법을 궁리하고 있고요. 솔직한 제 생각을 말하자면, 이 사진을 굳이 돈 주고 산다 한들 완전히 막을 수는 없을 거란 겁니다. 그리고 권혁수도 서 대리를 계속 들먹이고 싶어 하니 그럴 바엔 차라리…….."

"차라리 뭐요? 하진과 무슨 이야기를 어떻게 맞춰야 하는데요?"

조급증이 난 은아가 재촉하자 윤 실장이 좋은 생각이 있으니 걱정하지 말라는 듯한 미소를 지어 보였다. 뭔가 불길한 느낌에 은아의 표정이 굳어졌다.

"권혁수보다는 하진이 훨씬 더 낫지 않아 싶어서. 당분간은 우리 제일하고도 떼려야 뗄 수 없는 관계가 될 테니 차라리 하진과……."

"말도 안 돼!"

은해가 불쑥 소리치는 바람에 은아 역시 똑같이 튀어나오려던 말을 멈추고 그저 입을 벌린 채로 고개를 끄덕일 뿐이었다. 은해는 실망스럽다는 표정을 감추지 않은 채 윤 실장을 보았다.

"은아하고 하진이요? 어떻게 은아를 하진이랑!"

"물론 저도 서 대리가 하진과 정말로 어떤 관계를 맺었음 한다는 게 아니라, 연예인들끼리도 서로 편의에 의해 연인 사이로 나서기도 하니까……."

"그러니까 소위 말하는 계약 관계를 말씀하시는 거예요?"

은해는 여전히 찌푸린 얼굴이었다. 어제 은아와는 장난말로 할머니께서 손주사위로 삼고 싶어 하실지도 모른다는 말을 하긴 했지만 그거 어디까지나 농담이었고, 하진과 같은 연예인을 제부로 들이고 싶은 생각은 추호도 없었다. 그리고 계약 관계라니! 연예인들이야 스캔들 터지는 데 이력이 나서 나중에 깨지는 사이가 되더라도 상관없을 테지만 은아는 달랐다. 하진의 연인이었다는 꼬리표가 두고두고 따라다닐 테고 욕먹는 건 하진보다 은아일 수도 있었다.

"이참에 은아 너, 선이나 봐라."

"뭐?"

은해의 뜬금없는 발언에 은아는 또 한 번 경악스런 표정을 해 보였다. 안 그래도 하진과의 계약 관계라는 말에 충격을 받은 상태인데 선을 보라니!

"이렇게 된 거 차라리 선봐서 얼른 결혼해 버려! 그깟 사진들이야 사실대로 해명하면 되지 복잡할 게 뭐야?"

"갑자기 무슨 결혼이야! 싫어!"

"왜 싫어? 형부한테 말해서 좋은 남자……."

"됐거든! 이제 스물일곱인데 무슨 결혼!"

"야, 난 니 나이에……."

"그만! 둘 다 그만하거라."

서 사장이 진정하라며 둘을 돌아보았다.

"우선 하진이 은아에게 만나자고 했으니까 그쪽에선 뭐라 하는지부터 들어보자. 이런 말도 안 되는 상황들은 여러 번 겪어봤을 테니 그에 따른 대처 방안도 있겠지."

"아녜요, 아빠. 하진도 하진이지만 권혁수도 문제라구요. 은아를 이용해 대중들의 관심을 받고 싶어 하는 게 뻔히 보이잖아요. 행여 은아가 아직도 자길 좋아하고 있을지도 모른다는 착각을 하는 건지도 모르는데 정신 차리게 해줘야죠! 스물일곱이면 빠른 것도 아니니까 이참에 번듯한 남자 하나 골라서……."

"언니, 정말 왜 이래?"

은아는 질색했지만 은해의 표정은 진지했다.

"난 그게 최선이라 생각해."

“자, 자. 이 문제는 우리끼리 해결할 수 있는 게 아니니까 할아
버지랑 다 같이 의논하는 걸로 하자. 그리고 윤 실장?”

“네, 사장님.”

“나도 계약 연애는 반댈세.”

서 사장의 말에 윤 실장의 이마에 식은땀이 삐질 흘렀다. 지난
번 새 모델 건으로 얘길 나눌 때 회장님 역시 하진에 대해 좋은 평
가를 내리기에 어쩌면 그 방법도 괜찮지 않을까 싶었는데 아니었
나 보다.

“죄송합니다.”

“진짜 연애라면 몰라도.”

피식 웃으며 한마디 던진 서 사장에게 세 쌍의 동그란 눈이 향
했다.

“농담이야.”

서 사장은 자리에서 일어나며 두 딸을 보았다.

“심각하게 생각하면 할수록 오히려 더 복잡해지는 것 같아서
해본 말이야. 어차피 사실이 아닌 일이니 하진 측과 상의해서 서
로 잘 마무리 짓는 방향으로 해보자꾸나. 다만, 온해 밀대로 권혁
수가 엉뚱한 일을 벌일까가 문제지.”

서 사장은 은아의 어깨를 가만히 토닥어 주었다.

“너무 걱정하지 말거라.”

“그럼…… 하진에겐 뭐라 하죠?”

은아는 곧 있으면 하진을 마주한다는 생각에 가슴이 두근거
리기 시작하더니 양볼이 붉게 물드는 것을 느꼈다. 하지만 이건

분명 무슨 일이 생길지 모른다는 불안과 긴장 때문이라 생각했
다.

"그가 먼저 만나자고 한 걸 보니 뭔가 할 말이 있는 거겠지. 우
선 그쪽 의견을 들어보고 서로가 합의점을 찾도록 해보자."

"그러지 말고 아빠가 만나보시는 건 어때요? 괜히 두 사람이 만
나는 걸 누가 보기라도 하면 더 시끄러워질 텐데."

은해의 말에 은아는 저도 모르게 '괜찮다' 라는 말을 할 뻔했다.
불안한 마음 외에 약간의 기대감도 함께 느끼고 있었던 걸까? 아
빠가 뭐라 대답할지 기다리며 은아는 침을 꼴딱 삼켰다.

"점심땐 내가 선약이 있어서 안 되겠구나. 정 걱정되면 은해 네
가 같이 나가련?"

은아의 긴장된 시선이 대번에 은해에게로 향했다.

"저도 카페에 가봐야 해요."

그렇게 답한 은해는 가늘어진 눈으로 은아를 보았다.

"왠지 너 안심하는 것 같아 보인다?"

"내가?"

"혹시 하진 만난다구 막 두근거리고 그러는 건 아니겠지?"

"언니는 날 뭘로 보구!"

발끈했다가 은아는 입술을 삐죽였다.

"솔직히 하진이랑 독대하게 생겼는데 심드렁할 여자가 대한민
국에 어딨냐?"

"어머, 그래서 막 심장이 떨리고 그래?"

"건 아니라니까!"

은해는 가방을 챙겨 일어나며 은아에게 경고의 시선을 던졌다.

"연예인은 말 그대로 연예인이야. 알지? 겉모습과 실제 모습은 차이가 많다는 거."

"알거든!"

"행여 너한테 작업 걸더라도 절대 넘어가면 안 된다!"

"작업은 무슨? 말이 되는 소릴 해."

은아가 어이없다는 웃음을 보였지만 은해는 전혀 웃지 않았다.

"어쨌든 조심하라구! 작년엔 스캔들까지 난 거 몰라? 한마디로 늑대과란 말야."

"거야 뭐, 같이 촬영하다 잠시 가까워질 수도 있는 거지. 암튼 요즘은 이미지 괜찮잖아. 그래서 제일에서도 모델로 캐스팅한 거고."

은아의 대답이 은해의 발목을 잡은 듯 걱정스레 쳐다봤다.

"너 혼자 보내도 되려나 모르겠다."

"걱정 말고 가서 일보셔."

"그래, 그만 가봐라. 은아가 알아서 잘할 거야."

서 사장은 은해의 어깨를 토닥이고는 시계를 보있다. 그러자 윤 실장이 얼른 말했다.

"십 분 후 출발하시면 됩니다."

"자, 이 문제는 저녁에 집에서 애기하는 걸로 하고 각자 일 보러 갑시다."

서 사장은 두 딸이 사장실을 나가는 걸 보며 은아에게 기운 내라는 듯 미소를 지어주었다.

함께 엘리베이터를 타고 내려오며 은해는 다시 한 번 신신당부를 했다.

"다른 사람들 눈에 띄지 않게 조심해서 만나구, 분위기 이상하게 군다 싶으면……."

"그럴 리가 없잖아. 그 남자가 뭐가 부족해서 그러겠어."

"뭐가 부족해서가 아니라 네가 여자니까. 것두 직접 나서서 사진까지 찍어주겠다고 한 게 왠지 맘에 걸려."

"뭐……?"

은아가 무슨 뜻이냐는 듯 쳐다보자 은해의 미간이 좁혀졌다.

"하진 정도 되는 남자가 생판 모르는 여자에게 사진 찍어주겠다고 나선 것 자체가 좀 이상하지 않니? 아무리 셀카짓 하는 게 안되어 보인다 해서 그런 친절을 베풀 연예인이 얼마나 있겠어?"

"그래서……? 설마 내가 누군지 알아보고 일부러……."

"바보."

쯧쯧거리는 은해의 말에 은아가 눈을 치떴다.

"뭐가!"

"네 말대로 부족할 게 없는 남잔데 네가 누구인들 무슨 상관이겠어!"

"그럼?"

"말했잖아. 넌 여자라구!"

"언젠 남자였나?"

도대체 뭔 소린지 모르겠다는 듯 입술을 삐죽이는 은아를 은해는 찬찬히 훑어보았다. 패션업에 종사하는 만큼 세련된 이미지에 귀염성을 겸비한 어여쁜 아가씨라 할 수 있었다. 한데 은아 자신은 그리 생각하지 않는 듯했다. 어쩌면 지난날 나름 잔뜩 멋을 내고 권혁수 앞에 나섰는데 그가 꿔다 놓은 보릿자루 취급을 한 데 충격을 받아 그런지도 몰랐다.

반면 하진은 은아의 상큼하면서도 순수해 보이는 매력을 알아채고 작업을 걸려고 했을 수도 있었다. 그런데 이렇게까지 문제가 커졌으니 어쩌면 대놓고 은아에게 접근을 하려 할 수도 있다는 생각이 들었다. 윤 실장님이 제시했던 이유를 대며 일이 이렇게 된 거 차라리 연인 사이가 되는 게 어떻겠냐고 한다면?

제대로 된 연애 한 번 못해본 이 맹꽁이 여동생은 허걱 놀라며 어찌할 바를 모를 테고, 정말 그러고 싶어 할지도 몰랐다. 하진이 그런 제의를 한다면 거절할 여자가 과연 몇이나 되겠는가!

은아는 은해의 입에서 새어 나온 뭔가 착잡함이 깃든 한숨에 눈살을 찌푸렸다.

"왜? 무슨 말이 하고 싶은 건데?"

"늑대의 유혹을 잘 견뎌내면 언니기 늑대보나 더 멋지고 늠름하고 충성스럽기까지 한 강아지로 꼭 알아볼게."

"말 같지도 않은 소리 그만하구, 얼른 가. 나 내려야 해."

피식 웃으며 은아는 손을 한 번 들어 보였다. 엘리베이터에서 내린 은아에게 은해는 다시금 신중하란 말을 한 뒤 문을 닫았다.

사무실로 들어서며 은아는 은해의 머릿속에 그려진 그림이 어떤 건지 대충 그려지자 웃음이 새어 나왔다. 천하의 하진이 그럴 리는 절대 없었다. 이 나라 최고의 미녀들과 함께 작업을 하는 그의 눈에 자신이 여자로 비춰졌을 가능성은 희박했다.

"아, 잠시만요. 지금 들어오시네요. 서 대리님!"

주연의 목소리에 자리로 가려던 은아가 돌아보았다.

"전화 받아보세요."

"누군데요?"

"어제 일 때문이라는데……. 정말 뭔 일 있으셨어요?"

궁금한 눈으로 묻는 주연을 보며 은아는 저도 모르게 얼굴이 확 달아오름을 느낄 수 있었다. 휴대폰으로 한다더니 왜 또 사무실로 했나 싶었다.

"내 자리로 돌려주세요."

은아는 주연에게 손짓한 다음 얼른 자리로 가서 수화기를 들었다.

"서은아예요. 휴대폰으로 하지 그랬어요."

목소리를 낮추고 전화를 받은 은아는 상대방의 음성에 뒷목이 뻣뻣해지고 말았다.

〈번호를 알면 당연히 그렇게 했죠.〉

유들유들한 이 목소리는 설마?

"누구시죠?"

〈기다리는 전화가 있으셨나 봅니다?〉

"누구시냐고 물었는데요? 잘못 거신 거라면……."

싸늘한 은아의 음성에 상대가 얼른 답했다.

〈권혁수라고 합니다.〉

“잘못 거신 게 맞네요, 저랑 할 얘기가 없을 테니.”

〈실은 은아 씨한테 연락이 오지 않을까 기다리고 있었거든요.〉

하! 이 남자 봐라?

“제가 그럴 이유가 없는데 왜요? 그쪽에서 무슨 말을 떠들든 그쪽 자유지만, 말도 안 되는 억측이나 거짓을 꾸며댔다간 어떻게 될지 잘 알거라 믿고 이만 끊죠.”

〈제가 쓴 글에 거짓이 있던가요?〉

“이봐요, 권…….”

이름을 말하려던 은아는 아차 싶어 말을 바꿨다.

“예전에 내가 뭘 했든, 그게 지금 무슨 상관이라고 이러는 거죠? 그쪽이 지금 하는 행동들, 얼마나 유치한 줄 알아요?”

〈나한테 쏟아부은 열정이 그리 쉽게 사그라질 거라 생각해요?〉

헐……. 지, 지금 뭐라는 거야?

은아는 끔찍한 소리라도 들은 것처럼 수화기를 멀찍이 떨어뜨렸다. 갑자기 온몸에 소름이 돋으면서 화가 솟구쳐 올랐다.

〈우리 한번 만나죠? 얼굴 보면서 얘길 나누다 보면 옛 감정도 새록새록 살아날 테고…….〉

쾅!

도저히 들어줄 수가 없었다. 은아는 벌게진 얼굴로 수화기를 거칠게 내려놓고 말았다. 아무리 뚫린 입이라지만 무슨 그런 말 같지도 않은 소리를 내뱉을 수가 있지?

“열저엉? 하, 옛 감정이 어째?”

부들거리는 목소리를 내뱉던 은아는 아직 손에 꽉 쥐고 있는 수화기가 가볍게 떨리며 벨소리를 내자 으드득 이를 갈았다. 그리고 전투에라도 나갈 기세로 다시 수화기를 집어 들었다.

"여기가 니 전화방인 줄 알앗?! 엇따 대고 장난질이야?"

은아의 으르렁거리는 소리는 가까이 있던 다른 직원들까지도 소스라치게 만들었다. 회사 전화를 받으면서 누군지 묻지도 않고 큰 소리를 버럭 질러 버리다니! 은아는 순간 눈앞이 캄캄해지는 기분을 맛보았다. 상대방도 놀랐는지 잠시 동안 아무런 반응을 보이지 않고 있었다.

제발…… 제발 권혁수가 했길……. 은아는 간절히 빌면서 수화기를 두 손으로 붙들었다.

"제일패션 홍보팀입니다……."

역시나 반응이 없었다. 식은땀이 삐질 나면서 시말서를 쓰고 있는 자신의 모습이 그려졌다. 누구신지, 무슨 일이냐고 정중히 물으려는데 상대방의 목소리가 들려왔다.

〈서은아 씨 좀 부탁합니다.〉

이런! 이 목소리는 분명 권혁수가 아닌 하진이었다.

이 남자들이 정말!! 왜 사람 헷갈리게 돌아가면서 전화를 해대는 거야!

은아는 두 눈을 질끈 감고 최대한 감정을 억제한 음성으로 답했다.

"저예요. 핸드폰으로 하신다더니 왜……."

〈핸드폰 확인해요. 부재중 전화가 두 통은 들어와 있을 테니. 건너편 주차빌딩 4층이니까 이쪽으로 와서 전화해요.〉

　그리고 전화는 끊어졌다. 은아는 풀썩 머리를 떨구며 속으로만 욕을 한 바가지 내뱉었다. 그대로 엎드린 채로 손을 재킷 주머니에 넣어 휴대폰을 꺼낸 후 부재중 전화가 찍힌 걸 확인하자 온몸에 힘이 쭉 빠져나가는 걸 느낄 수 있었다. 아까 사장실에 올라가며 재킷 주머니에 진동 상태로 넣어두고는 권혁수와 통화하는 바람에 알아차리지 못한 듯했다.

　명색이 회사 홍보팀에 근무하면서 전화를 그딴 식으로 받다니! 뭐 이런 여자가 다 있나 했을 것이다.

　"서 대리님……? 괜찮으세요?"

　건너편의 주연이 머리를 내밀며 걱정스레 물어오자 은아는 괜찮다는 듯 천천히 손을 들어 보였다.

　"식사는 어떻게……."

　여전히 걱정스런 말투의 주연을 안심시키기 위해 은아는 고개를 들고 어색한 미소를 그려 보였다.

　"약속 있어서 금방 나갈 거예요."

　"어제 일로 계속 전화 오는 게 무슨 일……."

　"아뇨! 아무 일 없어요. 정말 괜찮아요. 방금 전화는……."

　두 손을 들어 보이던 은아는 낮은 한숨을 내쉬며 말을 이었다.

　"어제 기억하고 싶지 않은 사람을 만난 바람에 좀 흥분해서 막말이 나온 거예요. 놀라게 했다면 미안해요."

　"어머, 무슨 일 있었던 거 맞네요! 누가 서 대리님 쫓아다니면서 괴롭히고 그래요?"

　틀린 말은 아니지만 주연에게 곧이곧대로 설명할 수는 없는 일이었다. 은아는 얼른 가방을 챙기며 미안한 표정을 지어 보였다.

"점심 맛있게 먹어요."

뭔가 재밌는 이야깃거리라도 들을 거라 생각했는지 주연은 실망한 기색을 감추지 않으며 고개를 끄덕였다.

"예…… 대리님두요."

5

룸미러를 통해 엘리베이터에서 은아가 내리는 모습을 지켜보는 진희의 눈매가 가늘어졌다. 베이지색의 세미정장 스타일로 차려 입은 그녀는 그가 처음 보고 만족을 나타낸 만큼 매력적이었지만 얼굴엔 미소가 아닌 딱딱함만이 감돌고 있었다. 좀 전의 날카롭게 받았던 전화로 미뤄보건대 상당히 불쾌한 일을 서지고 나온 듯했다.

어제의 파파라치가 무슨 말을 어떻게 전했는지 대충 짐작이 되었다. 그리고 그 내용이 그녀에겐 꽤나 기분 나쁘게 들렸던 게 뻔했다. 괜히 씁쓸함이 느껴지자 진희의 미간에 깊은 골이 패었다.

조금 전, 기자들에게 꼬리를 밟힐까 염려되어 수완의 차를 빌려 나오려는데 머리끝까지 화가 난 엄마가 들이닥쳤다. 한 번도 해보

지 않았을 거친 말로 파파라치들을 욕하며 쉽게 해결될 거라 생각
한 게 어리석었다고 투덜거렸다.

역시나 진희가 걱정했던 대로 그 파파라치는 혁수의 글에서 풍
기는 의미심장함에 촉각을 곤두세우며 일을 이런 식으로 무마할
생각이었냐고 따졌다는 것이다. 거기다 제일패션 측에도 사진을
보냈으니 그쪽에서도 곧 답변이 올 거라고 했다던가?

미수는 진희가 최고의 주가를 날리는 이때에 엉뚱한 소문에 휩
쓸려 사람들의 입방아에 오르내리는 것뿐 아니라 제일그룹과의
계약들, 더 나아가 삼미그룹과의 일들도 안 좋은 방향으로 흐르
게 될까 노심초사하고 있었다. CF도 광고주가 어떤 사람이냐를
따져 골라 찍는 진희의 편식성 때문에 제일과 삼미는 놓치고 싶
지 않은 업체였던 것이다. 그런 상황에서 진희가 직접 은아를 만
나러 나가는 길이었다는 말을 듣고는 펄쩍 뛰며 말렸다. 엄마가
제일 측과 직접 합의하고 처리할 테니 진희에겐 가만히 있길 권
했다.

"네가 나서봐야 오히려 더 복잡해질 텐데 뭐 하러 그래? 만나서
무슨 말을 하려고?"

"그 여잔 이번 일을 어떻게 받아들이고 있는지부터 살펴보려고."

"그래서? 살펴본 다음엔 뭘 어떻게 할 건데? 그러지 말고⋯⋯."

"엄마, 내가 알아서 할게."

진희는 미수의 양어깨에 손을 얹으며 안심시켜 주었다. 그래도
엄마 입장으로서 아들이 걱정되는 건 어쩔 수 없는 일. 미수는 어

깨에 놓인 진희의 손을 감싸며 단호히 말했다.

"혹시 그 여자가 널 무시하거나 자존심을 건드리는 말 같은 걸 조금이라도 하면……."

"그럼 내가 가만있게?"

씩 웃으며 끼어드는 진희를 나무라듯 보았다.

"그렇다고 똑같이 굴진 말고! 상대할 필요가 없겠다 싶으면 그냥 적당히 마무리하고 헤어져. 그다음은 엄마가 다 알아서 할 테니까."

"걱정 마, 그렇게 안하무인인 성격은 아닐 거라 믿으니까."

그렇게 믿고 싶었다. 서은아, 그 여자는 여타 다른 재벌 2세녀들과는 다른 모습을 보여줄 거라고. 사실, 이 믿음은 그녀를 처음 보았을 때 느꼈던 자신의 감정을 믿고 싶기 때문이었다.

스물여덟이란 나이를 먹는 동안 많은 여자들을 알아오고 만나왔지만 누군가를 진심으로 담아본 적은 없었다. 그에게 홀딱 반해 죽어라 쫓아다니며 애원하는 여자들도 그의 마음을 움직일 순 없었고, 돈이면 뭐든 다 되겠지라고 생각하며 그를 대한 재벌녀들은 정말 두 번 다시 보고 싶지 않은 족속들이었다. 솔직히 그의 주변엔 단순히 그의 외양, 배경만으로 사랑을 호소하는 입에 발린 말과 가식적인 웃음, 행동들을 취하는 여자들이 대부분이었다.

하지만 서은아는 그의 시선을 끌었던 순수한 미소뿐 아니라 그의 자존심에 생채기를 입힐 만큼 그를 보고도 자리를 피해 버린 여자였다. 때문에 조금은, 기존에 그가 알고 있던 여자들과 다르지 않을까라는 기대감과 함께 그녀를 제대로 판단했다는 자신을 믿고 싶었던 것이다.

그런데 저리 굳은 얼굴을 보니 크게 한 방 먹이며 들어올 듯했다. 뭐, 그렇다고 기죽을 하진희가 아니었다. 진희는 은아가 휴대폰을 꺼내는 걸 보며 먼저 번호를 눌렀다. 그러자 그녀는 그가 보고 있다는 걸 알았는지 주위를 둘러보더니 전화를 받았다.

〈여보세요?〉

"바로 앞 3297 은색 세단으로 와요."

그리고 딸깍 하고 끊어지는 전화에 은아는 헛웃음을 터뜨렸다. 그는 이런 식의 첩보놀이를 많이 해봐서 자연스러울지 몰라도 은아로서는 우스울 수밖에 없었다. 텅 빈 자리가 군데군데 있었지만 남의 눈에 띄지 않으려고 그랬는지 그는 양옆으로 모두 차가 있는 곳에 주차를 하고 기다리고 있었다.

은아가 차에 가까이 가자 조수석의 문이 살짝 열렸다. 순간 은아는 심장이 크게 한 번 두근대는 걸 느꼈다. 그도 보통의 남자와 다를 게 없다라는 주문을 몇 차례 되뇌인 후 조수석에 오르며 자연스럽게 보이도록 인사를 건넸다.

"안녕하세요."

진희는 그녀의 미끈한 다리가 먼저 차로 들어오는 걸 지켜보며 선글라스의 다양한 역할에 감사했다. 하지만 그녀는 착석하며 살짝 올라간 스커트를 최대한 아래로 끌어 내리더니 그걸로도 모자라 큼지막한 가방을 다리 위로 척 하니 올려놓았다. 그 모습에 진희는 저도 모르게 콧등을 찡그리며 맘에 안 든다는 듯 머리를 저을 뻔했다.

도대체가 여자들은 저렇듯 커다란 가방이 뭔 필요가 있는 걸까? 끽해봐야 지갑, 휴대폰, 화장품파우치 정도만 넣어가지고 다닐 거면서 저런 포댓자루 같은 가방을 들고 다니는 걸 이해할 수가 없었다.

"하진 씨?"

진희는 아차 싶어 괜히 선글라스를 한 번 밀어 올리는 동작을 취했다.

"어서 와요."

"엉뚱한 사건 때문에 하진 씨를 만나게 되네요. 어찌 됐든 반가워요."

내일도 업무차 또 만나야 할 사람이니 은아는 그와 좋은 방향으로 이야기를 나누고 싶었다.

진희는 그녀가 파파라치에게 무슨 소릴 어떻게 했냐며 다짜고짜 따지고 들 줄 알았는데 악수를 청하듯 손을 내밀자 잠시 혼란을 느꼈다. 어쩌면 모델 계약서에 사인하기 전이라 최대한 감정을 억제하는 건지도 몰랐다. 그는 이내 한쪽 입매를 비스듬히 올리며 손을 맞잡아주었다.

"그래요, 어찌 됐든 반가운 일이죠."

은아는 생각보다 따스함을 전하는 그의 손의 감촉에 찌릿하는 전기가 온몸을 훑고 지나는 걸 느낄 수 있었다. 이런 게 바로 믿음직한 남자의 손이라 생각되자 은아는 흠칫 놀라며 얼른 손을 빼냈다. 왜 갑자기 그런 생각을 한 건지 스스로도 이해불가였다.

"아까 제게 보여줄 게 있다고 하셨죠? 혹시 상하이에서 찍힌 사진인가요?"

진희는 작고 보드라운 손이 순식간에 사라지며 허전함만 남은 자신의 손을 힐끗 내려다본 후 그녀를 보았다.

"그때 은아 씬 내가 누구란 걸 알았나요?"

은아는 무슨 그런 질문이 있냐는 식으로 풋 하고 웃었다.

"그럼 몰라볼 줄 알았어요?"

"나흘간 아무한테도 들키지 않았는데, 날 알아봤다고요?"

"그렇게 드러내고 다니는데도 사람들이 모르던가요? 그럼 안 되는데? 하진 씨 인지도가 그 정도밖에……."

"흠! 그땐!"

알아봤다면 왜 그렇게 가버린 거냐고 물으려던 게 오히려 한 방 먹은 셈이 되어버린 진희는 얼른 은아의 말을 자르며 끼어들었다.

"원랜 완벽하게 꾸미고 다녔는데, 그땐 밤이라 변장을 좀 약하게 한 거죠."

일부러 당신한테 내 존재를 드러내고 싶어 그랬다는 말은 지금 상황에선 하고 싶지 않았다.

은아는 분위기를 편하게 유도하기 위해 약간의 농담조로 한 말이었기에 고개를 끄덕이며 그에게 동조하는 반응을 나타내 주었다. 사적인 일이든, 업무적인 일이든 그와는 대화를 잘 풀어나가야 할 입장이었던 것이다.

"원래 연예인들 그렇게 무방비로 혼자 있으면 사람들이 긴가민가하잖아요. 제가 하진 씰 금방 알아본 건 그만큼 관심을 가지고 있었다는 뜻이에요."

살짝 미소 띤 얼굴로 말한 은아는 그가 유심히 자신을 쳐다보자 무슨 말실수를 했나 돌이켜 보았다. 하지만 딱히…….

"관심이라?"

그의 입꼬리가 빙긋 올라가자 은아는 갑자기 양볼에 화끈한 기운이 번짐을 느낄 수 있었다.

"아뇨, 제가 말한 관심은 저희 회사에서 하진 씨를 섭외하려고……."

"뭐, 좋아요. 어쨌든 듣기 싫은 말은 아니니까. 근데 왜 그렇게 도망치듯 가버린 거예요?"

그는 그녀에게 만나자고 한 본질적인 문제를 잠시 잊어버린 듯 진심으로 궁금했던 점을 묻고 있었다. 아직 붉은 기를 머금은 그녀의 어색해하는 얼굴이 그를 그제 밤의 상황으로 데려다 놓은 것이다. 지금 그녀는 도도한 재벌녀가 아니라 그가 순수하게 호감을 느꼈던 한 여자였다.

하지만 곧바로 들려온 그녀의 목소리에 진희는 현실을 직시하게 되었다.

"행여 이런 사건이 생길까 염려스러웠던 거죠."

진희는 잠시 잠깐 혼자만의 생각에 빠져 있던 자신을 꾸짖으며 선글라스를 벗고 있지 않음을 감사히 여겼다. 그가 익히 알고 있는, 거만하고 으스대는 표정으로 상대를 눈 아래로 보는 여타 재벌녀들과는 달리 먼저 미소 띤 얼굴로 악수를 건네고 자연스레 말을 건네는 모습에 잠시 긴장 상태를 풀어버렸던 것이다. 하지만 이젠 그녀에 대해 파악할 시간이었다. 미소로 부드럽게 곡선을 그리던 그의 입매가 굳어졌고 목소리도 방금까지와는 다르게 지극히 사무적으로 흘러나왔다.

"그럼 본론으로 바로 들어가도록 합시다. 파파라치 사진은 은아 씨도 알고 있으니 굳이 설명할 필요는 없을 테고, 우선 내가 궁금한 점부터 물을게요."

"저한테요?"

"서로 간에 알 건 알아야 그 사진들을 어떻게 해결할지 방법도 생기겠죠? 아님 그냥 돈으로 해결?"

약간의 비아냥이 담긴 듯한 마지막 물음에 은아의 눈썹이 위로 휘었다.

"그 사람들이 원하는 게 돈 아닌가요?"

"한 번 주는 걸로 끝나지 않을 텐데, 협박받을 때마다 내놓으시려고?"

어제 그자에게 있는 사진을 빼앗고, 파일도 삭제하겠다는 각서를 받은 것만으로 해결됐다 생각했던 게 실수였다는 것까지 굳이 설명할 필요는 없을 듯했다.

조금 전 윤 실장님도 지적했던 사항인지라 은아는 그의 해결책을 물었다.

"그럼, 다른 방법은요?"

"그 사진들을 가치 없게 만들어야죠."

왼팔을 핸들에 얹은 채 살짝 몸을 틀고 있는 그가 가벼운 어깻짓을 했다. 그의 작은 몸짓과 입술의 움직임만으로도 심장에 팔딱거리는 반응을 일으킨다는 걸 들킬까 봐 은아는 얼굴을 마주하지 않고 일부러 전방을 응시했다.

“어떻게요?”

“예전에 권혁수 팬클럽 회원이었다던데, 이제는 아닌 건가요?”

“그 사진이랑 권혁수는 상관없지 않나요?”

듣기 싫은 이름을 들은 것만으로도 기분이 상한 은아가 휙 고개를 돌렸다. 그러자 그가 머리를 약간 옆으로 기울이며 그녀의 표정을 살폈다.

“권혁수에게 좋은 감정이 아니라는 건 알겠는데…… 그가 은아 씨와 특별한 관계인 것처럼 구는 문제는 어떻게 대처할 건가요?”

은아는 계속되는 권혁수와 관련된 내용에 못마땅한 눈초리를 그에게 던졌다. 사진 얘기를 하다 뜬금없이 그 남자 얘기는 왜 꺼내나 싶었다.

“지금 하진 씨한테 그 대처 방법이 뭔지 허락받아야 하는 거예요?”

“남사 연예인 둘에 재벌가 여자 하나. 기자들이 알면 무지 좋아할 스캔들거리 아닌가요? 이야기가 이대로 흘러가게 그냥 내버려두겠다? 아니면 그냥 권혁수가 원하는 대로…….”

“미쳤어요?”

권혁수에 대한 그녀의 생각을 직접 듣고 싶어 넌지시 말을 꺼낸 게 효과가 있었다. 발끈하며 치고 들어오는 그녀의 표정만으로도 권혁수를 상당히 맘에 들어 하지 않는다는 걸 알 수 있었다. 대체 왜? 그가 정작 궁금한 건 그 이유였다.

"오전에 권혁수에게 전화가 왔었는데……."

진희의 말에 은아는 혹시나 하는 생각이 들었다.

"두 사람, 친해요?"

"전혀요. 오늘 처음 통화한 거예요."

대번에 안도하는 표정이 그녀의 얼굴 위로 스쳐 지나갔다.

"나한테 그러더군요. 괜한 일에 엮이게 해서 죄송하다, 자기가 은아 씨랑 잘 얘기해서 해결할 거니까 신경 쓸 필요 없다. 그 말투로 봐선 은아 씨와 꽤나 가까운 사이인 것처럼 들리던데……."

일부러 말꼬리를 늘이는데 그의 생각대로 그녀가 도리질까지 치며 끼어들었다.

"전혀 아니거든요! 전 권혁수의 기역 자에도 관심 없는 사람이니까 이제 그 남자 얘긴 좀 그만하죠?"

"뭐, 은아 씨는 그렇다고 하지만 상대방은 그게 아닌 것 같아서 지금 문제인 거죠. 권혁수와의 일을 어떻게 해결할 건지를 알아야 내 입장도 세울 수가 있지 않겠어요? 까딱하단 연인 사이에 끼어든 눈치 없는 놈 취급을 당할 수도 있으니까."

권혁수와 연인 사이라는 말만으로도 은아는 온몸에 소름이 돋는 걸 느낄 수 있었다. 과거엔 제발 그리되었으면 좋겠다는 말을 입에 달고 살았다는 게 끔찍해 더욱 진저리가 쳐졌다.

"막말로 파파라치가 권혁수에게도 우리 사진을 보여주며 진의를 파악하려 한다면? 설마 당신과 내가 정말 무슨 사이라도 되는 건가 헷갈려 하면서도 선수를 치고 싶어 할지도 모르죠. '서은아 이 여자는 원래 내. 여.자.다' 라고?"

"말만 들어도 끔찍하네요!"

잔뜩 찡그린 눈으로 쳐다보는 그녀에게 진희는 또 한 번 물었다.

"그렇게 싫다면 대처 방안을 마련해 뒀을 법도 한데, 그냥 무조건 피하면 된다고 생각하는 거예요?"

뭐라 딱히 할 말이 없던 은아는 그의 다그치는 듯한 말투가 거슬려 은해 언니가 제안했던 방법을 툭 내뱉고 말았다.

"결혼하면 되죠."

그 말과 동시에 진희의 콧등에 걸린 선글라스가 약간 아래로 흐르며 그의 놀란 눈동자가 보였다. 그리고는 천천히 그의 입술이 움직거렸다.

"권…… 혁수랑……?"

"말이 되는 소릴 해요!!"

경악에 가까운 목소리로 화들짝 놀라 외치는 은아를 그가 선글라스를 획 벗고 쳐다보았다.

"약혼자가 있어요?"

어디까지나 가능한 일이었다. 그쪽 사람들은 대부분 집안들 끼리끼리 맺어주는 게 다반사니까 충분히 있을 수 있는 일이었다. 한데, 그 생각만으로도 기운이 확 빠지며 실망감이 퍼지자 진희의 얼굴은 자연 찌푸려질 수밖에 없었다.

은아는 빤히 쳐다보는 그의 눈동자를 도저히 마주할 수 없어 고개를 팩 돌려 다시 전방을 응시하며 말했다.

"없거든요!"

"방금 결혼할 거라고 한 것 같은데?"

"어떻게 해결할 거냐고 물은 건 하진 씨잖아요!"

퉁명스레 입술을 삐죽이면서까지 말하는 그녀가 우스우면서도 귀엽게 느껴져 진희는 풋 하고 웃음을 터뜨리고 말았다.

"아니, 아무리 그렇다고 결혼이라니. 갑자기 신랑감을 어디서 찾으려고요?"

"맘만 먹으면 못 찾겠어요? 울 언니도 할아버지가 정해준 형부랑 선봐서 한 달 반 만에 결혼했는데."

"아, 삼미그룹의 그 젊은 회장님? 뭐, 그 정도면 어느 여자나 다들 좋다고 하지 않나?"

"그러니까 우리 언니가 형부의 조건이 좋아서 결혼했다는 거예요?"

너무도 황당한 말을 들었다는 얼굴로 은아가 쳐다보자 그는 별 대답 없이 당연하지 않냐는 듯한 표정으로 그녀를 마주했다.

"모르면 잠자코 계시죠? 둘이 얼마나……."

자신의 가족을 조건이나 따지는 그런 사람으로 봤다는 게 기분 나빠 언니의 러브스토리를 늘어놓으려던 은아는 지금 중요한 게 이 얘기는 아니라는 생각에 말을 돌렸다.

"하진 씨의 입장은요? 그 사진을 어떻게 처리할 생각이죠?"

"흠…… 당신이 정말 결혼하겠다고 하면 굳이 내 입장 같은 건 필요 없겠는데요?"

뭐, 뭐시라? 결혼할 생각 같은 건 눈곱만큼도 없는 은아로선 하진의 대답에 띵한 기분을 맛봐야만 했다. 은아의 표정을 보면서도 진희는 싱긋 웃는 얼굴로 설명했다.

"나와 엮인 건 사실대로 밝히면 될 테고, 권혁수도 결혼하는 여자에게까지 들이대지는 않을 테니 이대로 해결하면 되겠네요."

고민할 필요도 없겠다는 듯 진희는 가볍게 박수까지 쳤다. 짝, 짝, 짝, 들리는 그 소리가 마치 판결을 내린 망치 소리처럼 들려오자 은아가 그 손을 잡아버렸다.

"잠깐만요! 그러니까 내가 결혼을 해야 해결이 된다는 뜻이에요?"

"은아 씨가 그러겠다고 한 것 같은데?"

은아에게 두 손을 잡힌 채인 그의 표정엔 재미있다는 기색이 역력했다.

"그건…… 그런 방법도 있다는 거죠!"

은아는 화끈 달아오른 얼굴로 말하다가 아직껏 그의 손을 붙들고 있다는 생각에 얼른 손을 놓았다. 진희는 자신의 두 손에서 무릎 위의 가방 끈으로 자리를 옮긴 그녀의 작고 하얀 손을 응시했다. 왼손 검지에 알록달록한 작은 보석들로 이뤄진 동그란 장식이 박힌 반지 하나와 가느다란 검은 가죽 줄로 이어진 시계만 보일 뿐 다른 액세서리는 없었고, 잘 다듬어진 손톱도 은은한 펄이 들어간 연분홍빛 칼라로 발라져 있었다.

천천히 시선을 들어 은아를 보는 그의 입매가 부드러운 선을 그렸다.

“또 생각해 놓은 다른 방법은요?”

부드럽게 미소 짓는 그의 치명적인 매력에 취하지 않으려 은아는 다시 창밖을 보며 눈을 굴렸다. 또 다른 방법이라면? 윤 실장님이 말한 계약 연애인데, 그 말은 죽어도 할 수 없었고 내키지도 않았다.

“내 의견만 물을 게 아니라 하진 씨의 생각도 좀 말해줄래요? 그쪽 사람들이 이런 일 처리엔 더 일가견이 있을 텐데, 아닌가요?”

“일가견이라, 흠……. 난 스캔들 터진 게 두어 번뿐이라 일가견까진 아닌데.”

그의 말에 은아의 눈이 호기심에 반짝거렸다.

“그럼 작년에 정말……. 아니, 그게 아니라.”

저도 모르게 그의 과거 연애사에 궁금증을 내보이고 만 은아는 황급히 고개를 돌리며 말했다.

“어쨌든 뭔가 생각이 있으니 날 만나자고 한 거 아녜요?”

“얘기를 할 땐 상대방을 좀 봐가면서 하는 게 어때요?”

갑자기 어깨를 그의 손이 톡톡 두드리자 흠칫 놀란 은아는 그를 마주했다가 더욱 굳어지고 말았다. 그의 얼굴이 생각보다 상당히 가까운 거리까지 다가와 있었던 것이다.

“밖에 뭐가 있다고 자꾸 바깥으로만 눈을 돌려요?”

당황한 빛을 보이지 않으려 애쓰며 슬쩍 머리를 뒤로 더 빼는 그녀에게 그는 더욱 짙은 미소를 마주하게 했다. 모든 여자들의 가슴에 불을 지른다는 표현을 듣곤 하던 하진의 미소였다. 역시 그녀의 눈빛이 흠칫 떨리더니 눈동자가 또르륵 굴러 다른 쪽을 보았다.

"날 보라구요."

재밌다는 듯한 그의 말투에 은아는 이 남자가 자신을 놀리고 있다는 걸 알 수 있었다.

"그럼 그렇게 실실 웃지 좀 말래요?"

"실실?"

대번에 그의 미소가 싹 걷혔다.

"내가 실실거렸다고요?"

"좀……."

은아는 입술을 한 번 삐죽이며 그렇다는 반응을 나타냈다. 그러자 이번엔 그가 창밖으로 고개를 팩 돌렸다. 모두들 멋지다는 찬양 일색의 말만 해줬을 텐데 실실거린다고 했으니 혹 기분이 상한 건가 싶었다. 이 남자를 달래줘야 하나 슬쩍 걱정이 되면서 은아는 그의 표정을 살폈다.

잘 빗어 넘긴 머리칼 사이로 선글라스를 아무렇게나 찔러 넣고 뭔가 생각에 잠긴 듯한 그의 옆 얼굴선은 말 그대로 조각을 깎은 듯 또렷하고 우아했다. TV에서만 보던 사람을 실제로 보면 실망하는 경우도 많다던데 하진의 경우는 전혀 그렇지 않았다. 화장을 하지 않은 상태인 피부도 남자의 것이라 생각되지 않을 정도로 정말 깨끗했다. 이러다 또 멍한 눈을 한 얼빠진 모습을 하게 될까 봐 은아는 그에게 막 말을 걸려던 참이었다.

"저기……."

"연애는 많이 해봤어요?"

뜬금없는 물음에 은아의 두 눈이 깜박거렸다. 연애라니?

"나한테 물은 거예요?"

그러자 그는 주위를 두리번거리더니 뒷자리까지 머리를 내밀고 확인하는 시늉을 했다.

"여기 우리 말고 또 누가 있나요?"

"지금 내 연애 스토리가 궁금할 상황은 아닌 것 같은데요?"

"아, 노코멘트?"

은아의 답을 그렇게 받아들인 그가 고개를 끄덕이며 바로 말을 이었다.

"그 사진들을 사실화시키는 건 어때요?"

"……사실화시키자니요?"

처음엔 이해를 못한 표정이던 은아의 눈이 점점 더 동그랗게 커졌다. 설마……?

"갑작스런 결혼까지도 감행할 작정이라면 눈속임 연애 정도는 문제없겠죠?"

"지, 지금…… 나랑……."

"그래요. 나랑 연애나 합시다, 서은아 씨."

연애를 하자고? 너무도 태연하게 말을 뱉어내는 그를 향한 은아의 눈엔 황당함이 가득 담겼다. 그는 분명 '눈속임 연애'라고 했다. 그렇다는 건 조금 전 윤 실장님이 말했던 계약 연애를 말하는 것과 같았다. 그녀 역시 그 방법도 있다는 걸 떠올리긴 했지만 지극히 사적인 관계를 거래 조건으로 하고 싶지도 않았고 더더군다나 상대가 이 남자라면 자신 없었다.

"하진 씨가 그러자고 하면 내가 넙죽 받아들일 줄 알았어요?"

"싫어요?"

"그런 거짓 연애를 좋다고 할 여자가 있을 거라 생각해요?"

화가 난 듯 빨갛게 달아오르는 그녀를 보더니 그는 또 아무렇지 않게 물었다.

"그럼 진짜 연애로 할까요?"

이번엔 두 눈뿐 아니라 은아의 입까지 쩍 벌어지고 말았다.

"단, 서로 구속하지 않는 조건으로 합시다."

이, 이 남자가 정말! 날 뭘로 보고!!

그의 말에 잠깐이나마 심장이 벌렁거리는 느낌을 가진 건 사실이었다. 하지만 무슨 선심 쓰듯 차라리 그렇게 하자라는 식의 말은 그녀의 자존심에 생채기를 남겼다.

"됐거든요? 누가 하진 씨랑 연애하고 싶대요?"

"나도 딱히 그러고 싶은 건 아니지만 그 방법이 꽤 괜찮을 것 같은데, 안 내켜요?"

딱히 그러고 싶지 않다? 은아는 그를 있는 힘껏 노려보다가 문고리에 손을 얹었다. 당장에라도 문을 박차고 나가 버려야지 했지만 몸이 따르질 않았다.

그녀의 표정과 부르르 떨리는 입매만으로도 꽤나 기분이 상했다는 걸 알 수 있었다. 진희는 이런 식으로 삐딱하게 나갈 생각은 아니었다. 권혁수를 떨쳐 내기 위해 결혼까지 하겠다는 각오를 한 걸 보면 사건이 잠잠해질 때까지 잠깐 동안 연인 노릇은 못할까 싶었다. 그럼 권혁수도 괜한 헛물을 켜는 꼴이 될 테니 더는 언급을 못할 테고, 파파라치보다 먼저 자료 사진을 언론에 배포시켜 버리면 간단히 해결될 문제였다.

다만 걸리는 게 있다면 광고주 여자들과는 사적인 관계를 맺지 않겠다는 그의 원칙이 깨진다는 거였다. 그리고 그 원칙을 깨면서까지 이 여자에게 연인 제의를 한 건 일종의 호기심이었다. 이제껏 그가 보아오고, 만나왔던 돈 좀 있다는 집안의 소위 재벌녀들은 그의 관심을 독점하기 위해 뭐든 돈으로 해결하려 했다. CF 촬영 때문에 만날 수 없다 하면 위약금을 내줄 테니 만나러 와달라는 말과 드라마 촬영을 해야 할 때면 스텝들한테는 자기가 알아서 약을 칠 테니 시간만 내주라는 말까지 들어봤다.

촬영은 진희에게 있어 열정을 가지고 임하는 일이었지만 그녀들은 그저 돈 벌기 위해 하는 일, 그날 펑크내서 못 벌게 되면 자기들이 해결해 줄 수 있다는 식이었다. 재작년 그가 찍은 영화가 크게 히트한 후 모 건설사의 광고를 하게 되었는데 그 광고주의 딸이 그에게 접근을 해왔다. 집안끼리 정해진 약혼자와 결혼을 앞두고 있음에도 진희에게 대놓고 애인이 되어달라 청한 것이다. 그녀는 아예 수십억을 호가하는 고급 빌라를 내주며 오로지 자기만 상대해 달라는 말을 하기도 했다.

진희 역시 부유하게 자라왔기에 돈, 돈 하며 돈에 얽매여 일을 찾진 않았지만 어쨌든 그의 일은 개런티가 얼마고 계약금을 얼마 받느냐에 따라 등급이 매겨지는 삶이었다. 그래서인지 그는 돈의

위력을 앞세워 그를 좌지우지하려는 여자들에 환멸을 느끼게 되었기에 돈만 좇는 일은 하지 않으려 했다. 가끔은 출연료 한 푼 받지 않고 재능 있는 대학 후배가 찍는 단편영화에 우정출연을 하기도 했고, CF도 무작위가 아닌 그가 마음이 동하는 업체만을 택해 골라 찍었다.

그런데 이 서은아라는 여자는 그가 생각했던 재벌녀와 다른 듯했다. 말하는 투에서부터 은근히 남을 깔아뭉개는 듯한 보통의 재벌녀들과는 달랐고, 그를 보며 살짝씩 얼굴을 붉히고 어쩔 줄 몰라 시선을 피하는 것도 달랐다. 조금 전 그냥 돈으로 해결할 거냐고 비아냥댔던 것도 어떤 반응을 보일지 궁금해서였는데 이 여잔 순순히 그의 말을 받아들이고 다른 방법을 찾으려 했다. 이러한 점들 모두가 이 여자는 과연 어떤 여자인지, 처음 볼 때 짓던 귀여운 미소처럼 정말 순수함을 지닌 건지 궁금하게 만들었다. 때문에 그가 세웠던 원칙에 벗어난다 해도 이 여자와는 잠깐이라도 연인 관계가 되어도 괜찮을 성싶었다.

은아는 무릎 위의 가방 끈을 꽉 부여잡으며 냉정한 목소리로 말했다.

"이번 사건은 저희가 알아서 처리하는 걸로 하죠. 하진 씨에겐 피해가 가지 않도록 조치할 테니 걱정하지 않으셔도 될 거예요. 그럼 전 이만."

"기다려요."

진희의 손이 불쑥 다가와 가방 끈을 쥐고 있는 은아의 손을 잡았다.

“내 말투가 좋지 않았다는 건 사과하죠.”

“말투뿐이라 생각해요?”

“사귀자고 청한 내용은 사과하고 싶은 마음이 없는데요?”

그는 장난스럽지 않은 최대한 진지함이 묻어나는 미소를 띠고 그녀를 보았다. 하지만 은아의 대답은 역시나 차가웠다.

“전 하진 씨와 거짓 연애놀음 같은 거 하고 싶지 않아요.”

“말했잖아요, 진짜 연애를 하자고.”

“왜요? 딱히 그러고 싶지도 않다면서 왜 그래야 하죠?”

“아, 내가 그런 말을 했었나요?”

불과 3분 전에 했던 말을 모른다고? 은아의 어이없다는 표정에 그가 싱긋 웃었다.

“그럼 그 말도 사과하죠. 은아 씨가 안 받아주니까 욱해서 그런 쓸데없는 소리가 튀어나왔나 보네요. 미안해요.”

“갑자기 왜 이래요? 나랑 정말 사귀고 싶긴 해요?”

일거수일투족이 대중들에게 관심의 대상이 되는 그가 먼저 이런 말을 했다는 게 이해가 되지 않았다.

“청하지도 않았는데 왜 내가 나서서 은아 씨 사진을 찍어줬겠어요? 사람들도 금방 알아볼 만한 그런 변장도 아닌 변장을 하고?”

그의 말에 은아의 머릿속엔 은해 언니가 걱정스레 했던 말이 떠올랐다.

“하진 정도 되는 남자가 생판 모르는 여자에게 사진 찍어주겠다고 나선 것 자체가 좀 이상하지 않니?"

설마 이 남자가 정말…….

은아의 눈동자가 흔들리자 진희는 한마디 더 해주었다.

"그리고 공항에서 내가 은아 씨를 잡아줄 만큼 가까운 위치에서 있었던 이유는 뭐였을까요?"

당황스럽다는 듯 그를 바로 보지도 못한 채 은아의 표정은 변화무쌍하게 변해갔다. 그 모습에 진희 역시 '설마?' 라는 의문을 가졌다. 그리고 머뭇거리던 그녀가 조심스런 시선으로 그를 보며 '왜, 그랬어요?' 라고 물어오자 어느 정도 확신을 가지게 되었다.

자신을 바라보는 남자의 눈길에 어떤 감정이 담겨 있는지, 건네는 말엔 무슨 의미가 내포된 건지도 제대로 파악하지 못하는 걸 보니 이 여자는, 연애 경험이 없는 게 분명했다. 이제 당황스러운 건 진희 쪽이었다. 얌전히 신부수업만 받아온 온실 속의 화초는 아닐 터! 나름 많은 사람들을 상대한다 할 수 있는 홍보 쪽 일을 하는 아가씨가 연애 한 번을 안 해봤다? 에이, 설마……!

그런데…… 묘했다. 은연중 정말 그런 거라면 좋겠다는 바람과 함께 더욱더 그녀에 대한 호기심이 동하면서 기분이 좋아졌다.

"아까 전화론 나한테 관심 없다고 했던 것 같은데, 갑자기 왜요?"

은아의 물음에 진희는 순간 움찔했다. 이 여자, 아무래도 기억력 하나는 탁월한 듯했다. 그냥 때에 따라 욱하는 대로 내뱉었다간 엉뚱한 데서 꼬투리를 잡힐 수도 있겠다는 생각이 들었다. 진희는 일부러 두 눈을 가늘게 뜨며 그녀를 응시하다 은근히 말했다.

"밀당 몰라요?"

대체 뭔 소리냐는 듯 그녀가 되물었다.

"밀…… 당이라뇨?"

왠지 웃음이 터지려 하자 진희는 손으로 입을 가린 채 흠흠거리며 헛기침을 하고는 비스듬히 고개를 들었다.

"자고로 남녀 관계란 게 너무 쉽게 흘러가면 재미없잖아요. 적당히 완급 조절을 해가며 발전을 해나가야 서로에 대한 애정도 더욱 깊어지지 않겠어요?"

"날 놀리는 거라면……."

"네버!"

그는 손가락을 치켜들며 딱 잘라 말했다. 생각 같아선 그녀의 작은 입술 위에 손가락을 가볍게 누르고 싶었지만 화들짝 놀라 물러날까 봐 그만두었다. 대신 부드러운 미소를 입가에 그리고 두 눈에도 따사로운 기운을 듬뿍 담아 그녀를 바라보았다.

"당신에게 관심이 없었다면 이런 제안은 하지도 않았다는 것만 알아둬요. 아, 이 관심은 당신이 아까 말했던 업무상의 관심과는 다른 지극히 개인적인 관심이란 걸 말해두죠."

'두근' 떨려오는 심장을 부여잡기라도 할 것처럼 은아의 손이 가슴으로 올라왔다. 손바닥 아래에서 팔딱거리는 뜨거운 기운은 온몸을 감싸고 돌며 머리까지 멍하게 만들었다.

“내 말이 그렇게 충격적이에요?”

그는 여전히 미소 띤 얼굴이었다. 이 남자…… 치명적이었다. 매력적이란 말로는 부족한 유혹의 페로몬이 폴폴 풍기는 강한 마력을 내뿜고 있었다. 마치 어서 날 받아들이라는 보이지 않는 손길이 끌어당기는 것만 같았다. 겉모습에 혹하기 쉬운 연예인 직업을 가진 사람에게 홀딱 빠져드는 일만은 절대 하지 않겠다 다짐한 것도 아무 소용이 없었다. 은아는 눈을 한 번 질끈 감았다 뜨며 생각을 정리했다.

그의 미소에 취해 무턱대고 고개를 끄덕거릴 순 없는 일! 지금 당장은 어떤 대답도 할 수 없었다. 분명 언니는 펄펄 뛸 테고, 아빠도 신중하자는 말씀을 하실 거였다. 그러면서 한편으론 어린애도 아닌데 연애하는 문제까지 가족들의 허락을 받을 일이 뭐 있냐는 생각이 툭 튀어나왔다. 하지만 이건 단순한 연애가 아니었다. 계약 연애가 아니라 해도 하진과 연인 사이가 된다는 건 간단한 문제가 아니었으니까.

“저 혼자 결정할 일이 아니라서 뭐라 답을 해줄 수가 없겠네요.”

“부모님 허락을 받아야 할 나이는 아닌 것 같은데?”

놀리는 투는 아니었지만 은아는 그의 도발에 넘어가지 않으려 애쓰며 침착한 태도를 유지했다.

“하진 씨만 아니면 허락받을 필요도 없겠죠.”

“나라서 허락이 필요하다?”

“사람들에게 조명받고 있는 당신과 애인 사이가 되는 게 쉬운 일은 아니잖아요.”

“연예인들이 그 많은 스캔들을 일으키면서도 여전히 인기를 유지하며 활동하는 이유가 뭔지 알아요? 사람들은, 금방 잊어요. 한순간 우리 사이가 반짝 이슈로 다뤄지긴 하겠지만 그게 얼마나 오래갈 것 같아요? 누군가 다른 문제를 터뜨리면 금방 묻힐 일이죠.”

보통의 연예인들 열애 사건이라면 그럴 테지만 하진이라면 언제나 기자들의 주목을 받고 있으니 쉽게 잊힐 만한 뉴스가 아닐 터였다. 거기다 제일그룹과 엮인 일이라 두 사람이 결혼까지 가느냐 못 가느냐를 주목할 게 뻔했다.

하진과 결혼이라니? 그건 그야말로 상상할 수도 없는 일이었다!

은아의 찌푸린 눈썹에 담긴 생각을 읽었는지 그는 싱긋 웃으며 말했다.

“젊은 남녀가 만나고 헤어지는 일은 지극히 자연스러운 일 아닌가? 잘 알지도 못하는 남자 하나 잡아서 덜컥 결혼하는 것보다는 나와 사귀는 게 더 쉬운 일 같은데, 안 그래요?”

그건 당연한 얘기지만, 어쨌든 은아는 지금 당장 아무런 답을 할 수가 없었다.

“좋아요. 생각할 시간을 줄 테니 엉뚱한 남자와 결혼인지 나랑 연애인지 결정해요. 둘 다 싫다면?”

그는 잠깐 한 템포 쉬면서 은아를 찬찬히 보더니 어쩔 수 없다는 듯 어깨를 으쓱해 보였다.

“난 빼고 권혁수와 알아서 해결해요.”

“예에?”

대번에 질색하는 표정을 짓는 그녀를 보는 게 은근한 재미가 있었다. 그렇다고 너무 자주 놀리면 오히려 역효과가 날 테니 권혁수에 대한 건 궁금해도 참아야 할 듯했다.

“답은 내일 미팅 때 듣기로 하죠. 미팅에 은아 씨가 나오는 거 맞죠?”

“그렇긴 하지만…….”

“답은 내일! 오케이?”

그가 강조하듯 손가락을 세워 보였지만 은아는 여전히 망설이다가 한 번 더 물었다.

“다른 방법은…… 없을까요?”

“생각나면 나한테도 알려줄래요?”

그랬다가 그는 슬쩍 고개를 틀어 은아를 보았다.

“근데, 난 은아 씨랑 정말 사귀고 싶은데, 내가 그리 맘에 안 들어요?”

정면보다 저 각도로 얼굴을 틀면 훨씬 더 각이 살아 근사해 보인다는 걸 아는 게 분명했다. 게다가 저런 말을 어쩜 저리도 태연하게 할 수 있단 말인가! 은아의 얼굴은 이미 빨갛게 달아오른 뒤였다.

당황하는 기색이 역력한 은아에게 그는 씨익 미소를 날리더니 뒷자리에서 무언가를 꺼냈다.

“오늘 대화는 이것으로 마치고 식사나 합시다.”

유명한 일식집 로고가 그려진 종이봉투를 보는 은아의 눈이 커졌다.

"도시락을 사온 거예요?"

"점심시간이잖아요. 우리 둘이 식당에 갈 순 없으니 이 방법밖에 더 있어요?"

그가 도시락 하나를 꺼내 뚜껑을 열며 건넸다. 은아는 그때까진 배가 고프다는 생각은 들지도 않았는데 먹음직스럽게 담긴 롤과 초밥을 보자 입안에 군침이 고이는 게 느껴졌다. 얼핏 시계를 보니 점심시간도 얼마 남지 않은 상태였다. 까딱했으면 커피 한 잔으로 때워야 했을지도 몰랐다. 이런 도시락 하나로 감동을 받거나 하진 않았지만 그가 달리 보인 건 사실이었다.

"고마워요."

젓가락을 받아 들며 인사하는 그녀를 진희는 새삼스럽다는 눈으로 보다가 고개를 끄덕였다.

"입맛에 맞았으면 좋겠네요."

"초밥 좋아해요. 특별히 가리는 것도 없고."

"흠, 참고할게요."

"네?"

"가리는 음식 없다는 말, 참고한다고요."

새우가 올려진 초밥 하나를 입에 넣으려던 은아가 얼른 말했다.

"아예 없는 게 아니라 안 먹는 것도 있어요."

"그래요?"

진희는 참치를 한 점 집어 먹더니 대수롭지 않은 투로 물었다.

"그럼 다음번에 피해야 할 종류는요?"

"곱창이랑 보신……."

문득 그와의 대화가 다음 데이트를 계획하는 것처럼 흘러가자 은아는 젓가락질을 멈추고 그를 보았다. 하지만 그는 은아의 반응은 아랑곳없이 너무도 자연스럽게 말을 받았다.

"곱창 맛있는데? 그 쫀득한 맛을 모르는 거예요? 잘하는 집 아는데, 다음에 데려갈게요."

"아뇨. 저기……."

은아가 그를 저지하듯 손을 들어 보이자 그는 싱긋 웃으며 말했다.

"나랑 몰래 데이트 하는 일, 재밌을 것 같지 않아요? 난 완전 기대되는데."

"저기요, 하진 씨. 난 아직……."

"답은 내일 듣기로 한 것 같은데?"

그는 국물이 담긴 플라스틱 통의 뚜껑을 열어 컵 홀더에 끼워주었다.

"여기 된장국은 식어도 맛있으니까 국물 마시면서 먹어요."

"……예, 고마워요."

하진, 이 남자……. 생각과는 달리 조금은 사람 냄새가 나는 것 같았다. 최고의 인기를 구가하는 톱탤런트가 차 안에 앉아 도시락을 까먹으며 지극히 일상적인 이야기를 하고 있는 모습이 친근하게 다가온 것이다.

친근하다고? 은아는 양 눈썹에 힘을 주며 그에게 점점 흘러가는 마음의 고삐를 다잡았다. 이렇듯 너무 쉽게 그에게 빠져드는 건 있을 수 없는 일이었다. 냉정하게! 한 발짝만 더 뒤로 물러나 냉정하게 생각해야 했다.

☆　　☆　　☆

압구정 사무실로 진희가 들어서자 수완이 재빨리 일어나 다가 왔다.

"어떻게 됐어? 그 여자가 뭐래? 짜증 내든? 아님 너한테 이상한 말이라도 해?"

"맞아, 이상해……."

수완의 말에 대꾸를 하는 건지 아님 혼잣말인지 알 수 없게 중얼거리며 진희는 푹신한 소파에 몸을 묻었다. 긴 다리를 앞 테이블에 올리고 양 팔걸이에 팔꿈치를 걸치며 깍지를 낀 채 어느 한 곳을 뚫어질 듯 쳐다보는 게 정말 이상해 보이긴 했다. 수완은 걱정스런 얼굴로 맞은편 소파에 엉덩이만 걸친 자세로 앉아 바싹 앞으로 몸을 기울였다.

"왜? 무슨 일인데 그래?"

진희는 수완을 한 번 힐끗 봤다가 다시 시선을 돌리며 머리를 갸웃거렸다.

"차를 타고 오면서 계속 생각해 봤어. 혹시 내가 흘렸던 걸까 하고. 상하이에서라면 충분히 그랬을 수도 있지만 그 여자가 누군지 알고 나선 그럴 생각이 사라졌었거든? 근데 사귀자는 말이 그처럼 쉽게 나온 걸 보면……."

"사귀재? 그 여자가?"

벼락과도 같은 소리로 수완이 외치는 바람에 깜짝 놀란 진희가 짜증스레 돌아보았다.

"귀청 떨어지겠잖아!"

"제대로 말해! 그 여자가 너보고 사귀재?"

"내가 사귀자고 했다고, 내가!"

진희가 본인의 가슴을 두드리며 말하자 수완이 이해할 수 없다는 듯 눈을 껌벅였다.

"니가?"

그러더니 고개를 갸웃했다가 다시 물었다.

"니가 왜?"

"글쎄? 왜 그랬을 것 같아?"

진희가 피식 웃음을 보였지만 수완은 여전히 이해가 안 된다는 표정을 보이다 점점 두 눈을 동그랗게 뜨며 소리쳤다.

"그 여자가 혹시 널 어떻게 해볼 생각으로 일부러……."

"건 아냐."

"아니긴 뭐가 아냐? 일부러 널 도발시키려고 직장한 선지도 모르지. 안 되겠다, 제일패션 미팅 취소해야겠어. 그 사진 나부랭이들도 대표님한테 처리해 달라고……."

"왜 이리 호들갑이야? 좀 진정해."

큰 문제라도 터진 양 어찌할 바를 모르는 수완의 팔을 잡으며 진희가 다시 소파에 앉혔다.

"먼저 사귀자고 한 건 나라니까!"

“그니까 왜! 니가 왜! 또 뭔 꼴을 당하려고!”

수완의 걱정이 뭔지 알기에 진희는 웃음을 보였다. 그러다가 아예 큰 소리를 내며 재밌다는 듯 신나게 웃어댔다.

“야, 하진……. 진희야?”

“우습잖아, 내가 재벌녀에게 먼저 대시를 하다니.”

진희는 큭큭거리는 웃음소리를 멈추지 않은 채 말했다.

“그 여자, 상하이에서부터 내 눈에 띄었다는 건 분명 이유가 있어.”

“거봐! 일부러 너한테…….”

“그게 아니라!”

수완의 말을 딱 자르며 진희는 가늘게 뜬 눈으로 빙글거렸다.

“인연이라 생각해.”

“헐……. 인여언?”

어이없어하는 수완을 무시하며 진희가 한마디 더 했다.

“묘한 매력도 있고.”

“매력 같은 소리 하네. 그닥 미인도 아니더만 무슨…….”

“형은 쫌!!”

진희는 버럭 소릴 지르더니 쯧쯧거렸다.

“성형미인들한테만 둘러싸여 있는 형이 뭘 알겠어? 도대체가 똑같은 눈에 똑같은 코, 그런 애들이랑 같아? 은아 씨 얼굴이면 요즘 보기 드문 자연미인이라구!”

“헐……. 너 홀린 거 맞다…….”

상당히 놀랐다는 듯 수완이 머리까지 설레설레 저으며 한숨을 내쉬었지만 진희는 뭐가 좋은지 또 킥킥 웃음소리를 내었다.

"은아 씨가 나한테 뭐라는 줄 알아? 내가 백만 불짜리 미소를 보내는데도 실실거린다면서 웃지 말라는 거 있지? 은근 귀여운 구석이 있더라니까."

수완은 고개를 푹 숙이며 다시 한 번 한숨 소리를 내뱉었다.

"대표님의 충격받으신 얼굴이 그려진다……."

 6

출시한 지 몇 년은 지난 흰색 소형차 한 대가 상도동 주택가로 들어서더니 어느 대문 앞에 멈췄다. 주물과 목재로 만들어진 평범한 주택의 대문 앞에 차를 세운 채 한동안 내릴 생각을 않고 앉아 있는 이는 다름 아닌 은아였다. 여러 개의 계열사를 거느린 그룹의 회장님 집이라고 하기엔 좀 궁색해 보인다 싶을 정도로 아담한 집이었다. 서 회장을 잘 모르는 사람들은 왜? 라는 의아한 시선으로 바라볼 테지만 서 회장의 철학이 그러했다.

일제 식민지와 전쟁이라는 참혹한 시대에 배곯고 자라면서 어렵게 공부해 겨우 상업고등학교를 마친 그에게 돈이란 내 가족을 먹여 살리고 나아가 어려운 이웃을 도울 수 있을 정도면 충분한 거였다. 때문에 남에게 과시하기 위한 쓸데없는 낭비는 그에게 가장 부끄러운 일이라 할 수 있었다. 삼대가 함께하는 이 집이 남들이 보기엔 평범하기 그지없는 2층집인 것과 은아의 애마라 할 수 있는 4년 된 흰색 소형차도 모두 그러한 이유에서였다.

이런 생활에 은아뿐 아니라 언니나 남동생 모두 조금의 불만도 없었고, 오히려 학교를 다닐 때도 재벌이라는 딱지 없이 다양한 친구들과 두루두루 친하게 지낼 수 있음을 감사했다. 검소하다는 이유로 언론의 주목을 받는 것 자체를 싫어했기에 제일그룹 일가에 대해선 4년 전 은해의 결혼식 외엔 노출된 게 별로 없었다. 그런데 하진과 찍힌 사진으로 인해 이젠 온 국민의 시선을 받게 될 상황이었다.

핸들을 손끝으로 톡톡 두드리는 중인 그녀는 할아버지 이하 어른들께 뭐라 말을 꺼내는 게 좋을지 아직 결정을 내리지 못하고 있었다. 사실 퇴근 시간이 되기까지 은아는 내내 하진의 제안을 생각하고 또 생각했다. 그런 그녀의 머릿속에 붙박이처럼 매달린 건 그는 권혁수와는 다르다는 거였다. 상대방을 대놓고 무시한다거나 핀잔을 주는 등의 거만 떠는 행동 따윈 하지 않을 사람이었다. 함께한 건 고작 한 시간 남짓이었지만 그에겐 거부감보다는 끌림을 더 강하게 느끼지 않았던가! 그래서 좀 더 냉정하게 생각하기 위해 오후 내내 업무는 딴전으로 미뤄두기까지 했었고……. 은아는 핸들을 움켜쥐며 낮은 한숨을 내쉬었다.

연예인을 보고 가슴을 설레는 일을 그만둔 후 회사를 다니게 되면서 할아버지, 아빠께 누를 끼치지 않으려 누구보다 열심히 업무에 임했기에 누군가에게 호감을 느낄 만큼 주위를 돌아볼 시간을 갖질 못했다. 그런 그녀에게 하진이란 남자는 연예인이라는 직업을 떠나 한번 붙잡아보고 싶다는 생각이 들 정도로 유혹적이었다. 연예인만 아니라면…….

칫! 연예인이면 뭐 어때? 그처럼 잘난 남자가 먼저 대시를 해오는데 멍청이처럼 계속 머뭇거리기만 할 거야? 요즘 세상에 연애 한두 번 해보는 건 흉이라 할 수도 없는 거잖아?

무엇보다 하진이었다! 대한민국 모든 여자들의 선망의 대상 하진! 보기만 해도 가슴이 두근거리고 정신까지 혼미하게 만들어 버리는 마력의 소유자인 그를 마다할 필요가 있을까? 언니가 들으면 제발 좀 겉모습에 현혹되지 말라고 잔소릴 해댈 테지만, 은아는 하진이 보여준 일상적인 모습들을 좀 더 느껴보고 싶었다.

조금은 장난기 섞인 듯하면서도 진지함이 깃들어 있던 그의 미소가 떠오르자 은아의 가슴은 금방 두방망이질 치기 시작했다. 이제껏 고민하며 이랬다저랬다 생각해 왔지만 사실 그녀의 마음은 이미 하진과 연인 사이가 되고 싶다는 쪽으로 기울어진 상태나 마찬가지였다.

차 문을 벌컥 열고 내린 그녀의 표정은 확고한 결심을 한 사람처럼 단호해 보였다. 대문을 열고 들어선 은아는 마당의 한 켠 텃밭에서 상추를 뜯고 막 몸을 일으키는 중인 엄마를 보았다.

"어두워졌는데 뭐 해?"

"왔구나? 아까 외출하고 들어와 보니 잘 자라 있더라구. 옷만 갈아입고 나와 뜯는다면서 깜빡 잊고 있었지 뭐니."

영희는 자그마한 소쿠리에 담긴 부드러운 상춧잎을 보며 미소 지었다.

"겉절이 하면 맛있겠지? 들어가자."

아직 은아의 소식을 듣지 못한 탓에 영희의 표정은 여느 때와 다를 바 없었다. 그런 엄마를 보며 은아는 살짝 긴장을 했지만 태연히 엄마에게 팔짱을 끼고는 현관으로 향했다.

저녁 식사를 하는 동안에도 식탁 분위기는 평소와 같이 화기애애했다. 할머니와 엄마에겐 이번 사태에 대한 확실한 해결책이 생긴 다음 말하는 게 낫겠다고 아빠가 미리 일러주셔서 은아는 엄마의 농담에 웃기도 하고, 할머니가 하진의 모델 섭외 건에 대해 물어도 아무렇지 않게 대답을 했다.

그렇게 식사가 끝난 후 서 회장의 서재엔 세 사람만이 자리를 한 채 앉아 있었다. 그리고 서 회장은 은아의 입에서 나온 말을 제대로 들은 건가 싶은 표정으로 그녀를 보고 있었다. 그때 서 사장이 먼저 조심스레 입을 열었다.

"그러니까, 은아 너랑 하진이랑 사귀겠다고?"

"예, 그러고 싶어요."

"윤 실장이 말한 그 계약 관계가 아닌, 진짜로 사귀겠다고?"

서 사장은 오전까지만 해도 전혀 그런 내색을 보이지 않던 애가 왜 갑자기 이러나 궁금했다. 농담처럼 던진, 차라리 진짜 연애를 하라는 아빠의 말을 따르겠다는 건 아닐 터였다. 그렇다면……? 그의 외모가 출중하다는 건 익히 알고 있지만 은아가 그 외모에 혹해서 그런 결정을 했다고는 믿고 싶지 않았다.

"하진이 그러든? 그 방법이 제일 낫겠대?"

“제가 권혁수를 떼어내려면 결혼하는 방법도 있다니까 그럴 바엔…….”

“자기랑 사귀는 걸로 하자든?”

은아의 말을 받아 서 회장이 물었다. 은아는 살짝 얼굴을 붉히며 끄덕였다.

“네, 생판 모르는 남자 만나 결혼하느니 그냥 우리 둘이 사귀는 게 더 낫지 않겠냐고.”

“흐음…….”

길게 숨을 내쉬며 미간을 모으는 할아버지를 보며 은아는 침을 꼴깍 삼켰다. 걱정했던 대로 할아버지는 이 방법을 내켜하지 않으신 듯 보였다.

“네 신랑감이야 구하려고만 하면 당장에라도…….”

구할 수 있다는 말을 하려던 서 회장은 질겁한 얼굴로 도리도리 고개를 젓는 은아를 보며 말을 멈췄다.

“결혼은 싫으냐?”

“예! 할아버지! 결혼은 아직! 제발 선 자리 알아보시는 건 하지 말아주세요, 네?”

두 손 모아 간절히 비는 은아를 보다가 서 회장은 서 사장 쪽으로 시선을 돌렸다. 솔직히 서 사장도 은아를 당장 결혼시키고 싶은 마음은 없었다. 게다가 이런 이유로 급하게 사윗감을 찾는 일은 하고 싶지 않았고, 큰딸 은혜를 일찍 시집보낸 탓에 은아는 좀 더 곁에 두고 싶었다.

“하진이 그런 제안을 한 이유가 단지 지금 상황을 무마하기 위한 거니?”

그렇게 묻긴 했지만 하진 입장에선 굳이 은아와 사귀면서까지 이 문제를 해결할 필요는 없다는 생각이 들었다. 급한 건 오히려 권혁수의 집적거림을 피해야 하는 은아였다. 그랬기에 서 사장은 하진의 제안에 조금은 은아를 진지하게 바라보고 있다는 이유가 포함되어 있길 바랐다. 그냥 장난처럼 ‘이 여자랑 한번 놀아볼까?’ 라는 식이라면 허락지 않을 생각이었다.

“꼭 그렇지만은 않구요…… 상하이에서 날 관심 있게 보던 참이었다고…….”

하진이 자기에게 여자로서 관심을 보였다는 말을 하려니 어색하기도 하면서 쑥스러워 은아의 얼굴이 더욱 빨개졌다.

“그 말에 넘어갔구먼.”

“아, 아뇨! 할아버지. 사실 상하이에서 찍힌 사진도 그가 먼저 저한테 말을 걸어서…… 그리된 거예요…….”

별로 설득력 있는 말이 아니라는 생각 때문인지 은아의 목소리가 점점 작아졌다.

“할애비는 너희들 연애 문제에 왈가왈부할 생각은 없다. 선보기 싫다던 은혜도 유 서방이 아까워 내가 밀어붙이긴 했다만 두 사람 마음이 닿지 않았다면 난 그 결혼도 받아들이지 않았을 게다.”

“……알아요.”

“내가 아직은 그 하진이란 청년에 대해 속속들이 알지 못하니 이런 말을 하는 것도 실례일 수 있지만, 너 지난번 그 가수 때문에 힘들었던 건 생각 안 나? 지금 일도 그 가수 녀석까지 엮어서 벌어진 일인데다가 하진 역시 네가 누구란 걸 안 상태라……. 난 좀 신중했으면 싶구나."

"할아버지께서 걱정하시는 게 뭔지 저도 잘 알아요. 하지만 그 사람은, 절 그런 식으로 보지 않았어요. 그리고…… 한 번 사귀어보고 싶어요."

은아의 차분한 말에 서 회장은 한동안 침묵으로 일관하며 손녀를 물끄러미 바라보았다.

"연예인이랑 사귀면 앞으로 네 생활이 어떻게 될지 모르진 않겠지?"

"어느 정도는 각오하고 있어요."

"어느 정도 각오하는 것만으로 되겠어? 니들 학교 다닐 때 친구들과 거리감 생기고 불편해지는 거 싫다고 할애비가 누군지도 밝히지 않았는데, 하진이랑 사귀면 넌 네 일상을 내놓고 있어야 될지도 몰라. 곱지 않은 시선으로 보는 이들도 많을 테고."

"네……."

은아의 목소리가 기어들어 가자 서 회장이 가만히 손을 당겨 잡았다.

"그래도 사귀고 싶으냐?"

잠시 아무 대답도 않고 입술을 모으고 있던 은아가 천천히 시선을 들어 할아버지를 마주했다.

"할아버지께서 허락하시면요."

그러자 서 회장은 옆에 잠자코 듣고만 있는 서 사장에게 물었다.

"자네 생각은 어때? 윤 실장이랑 계약 연애 어쩌고까지 말했다면서? 딸래미가 연예인이랑 사귀겠다는 거 허락할 테야?"

서 사장은 은아의 확고해 보이는 눈빛을 보며 별수 없다는 듯 미소를 지었다.

"요즘은 누가 누구와 사귀고 헤어지는 게 흉이 되지는 않잖아요. 하진 군도 아버님이 우리 제일 모델로 허락하신 만큼 평판이 나쁘지 않고, 부모님 두 분 모두 각자의 분야에서 존경받는 사람들이고 하니 굳이 반대할 필요까진 없다고 봅니다. 게다가 하진 군 입장에서도 우리 은아랑 사귄다는 게 알려지면 안 좋은 루머에 휩싸일 수도 있는데 그러자고 했다는 건, 은아에게 정말 호감을 가지고 있는 걸 수도 있고요."

'아빠, 땡큐~!!' 라는 말을 금방이라도 날리고 싶다는 듯 은아의 두 눈이 초롱초롱 빛나자 서 회장은 허허 웃음소리를 내었다.

"이거 나만 미리부터 걱정하는 꼴이 된 게야?"

"아뇨, 할아버지!"

은아는 얼른 할아버지의 손을 양손으로 움켜쥐며 좀 더 가까이 다가앉았다.

"저 힘들어하거니 속상해하는 일 없도록 할게요. 이상한 소리 들려도 다 대범하게 넘길 거구요. 그 사람 때문에 마음 아파하지도 않을게요. 정말로요!"

"권혁수 그 친구도 그때 한 번 경고했는데도 이리 나오는 거 보면 작정을 한 것 같으니 이 방법이 나을 듯해요."

곁에서 서 사장이 한 번 더 거들어주자 은아의 고개가 연신 끄덕여졌다.

"거참……."

서 회장은 생각에 잠긴 듯 잠시 침묵하더니 결국은 잔잔한 미소를 지어주었다.

"니 할머니가 들으면 좋아하겠구나."

"꺄아~ 할아버지 최고!"

은아가 손을 번쩍 치켜들어 목을 끌어안자 서 회장이 쯧쯧거리며 꿀밤 때리는 시늉을 했다.

"예끼, 녀석! 고작 이런 걸로 최고 소릴 들어야겠어?"

"우리 할아버지야 언제나 넘버원이죠!"

엄지손가락을 세워 보이는 은아에게 됐다는 듯 콧잔등을 한번 찡그려 보인 서 회장은 서 사장을 돌아보았다.

"이왕 이렇게 된 거 윤 실장 통해서 당장 하진 측과 접촉하거라. 둘은 이미 몇 달 전부터 몰래 사귀던 중이었다고 말을 맞추고 보도자료도 만들어서 오늘 밤 안으로 언론에 배포해."

"예?"

너무도 갑작스런 지시에 은아의 눈이 휘둥그레졌다.

"내일 아침 기사로 바로 뜰 수 있게 해야 그 파파라치 놈들한테 한 방 먹이지! 어디서 그딴 사진으로 우릴 협박하려 들어?"

삼십 년을 넘게 그룹을 진두지휘해 온 서 회장은 한 번 결정 내린 일에 대해선 미적거림 없이 빠른 일 처리를 진행해 왔다. 그걸 알기에 서 사장은 그다지 놀란 기색 없이 빙긋 웃는 얼굴로 답했다.

"알겠습니다."

그리곤 은아에게도 한마디 덧붙였다.

"마음 단단히 먹거라."

"걱정 마세요."

살짝 붉어진 얼굴로 답하는 은아의 가슴은 이미 두근거리기 시작했다. 내일부터 당장 하진의 연인이란 타이틀이 붙게 된다니! 걱정보다는 기대감이 싹트면서 배시시 웃음까지 새어 나오려 했다. 얼른 손으로 입을 가린 은아의 눈망울이 반짝반짝 빛나고 있었다.

☆　　☆　　☆

미수는 미수대로 황당한 표정을 감추지 못한 채 진희를 마주한 상태였다. 안 그래도 새로 작품 활동에 들어가는 남편을 위해 준비할 일이 많은데 진희 녀석이 대박 스캔들을 터뜨리겠다고 하니 머리가 지끈 아파오며 걱정이 되었다.

"너, 후회하지 않을 자신 있어? 나중에 엄마한테 짜증 내거나 일 때려 친다고 숨어버리면 어떻게 되는 줄 알지?"

"걱정 마, 그럴 일 없을 테니."

"그 여사가 널 구속하려 해도?"

그 물음에 진희는 살짝 고개를 갸웃하더니 싱긋 미소 지었다.

"엄마가 봐도 내가 그렇게 매력적…… 윽!"

갑자기 날아든 쿠션에 진희의 머리가 뒤로 꺾였다.

"그놈의 자뻑 기질은 왜 안 없어지나 몰라! 확실히 말해! 그 여자가 예전 광고주 여자들처럼 널 대해도 상관없겠는지!"

"그 여잔 달라."

진희는 쿠션을 머리 뒤로 받치며 느긋한 자세를 취했다.

"달라? 뭐가 다른데? 고작 한 시간 얘기한 걸로 뭘 얼마나 파악했다고 그래?"

"우선, 자기가 훨씬 더 우월하다는 식의 잘난 척이 없어."

"널 추켜세워 주던? 그래서, 좋았어?"

"그래서가 아니라!"

미수를 찌릿 노려본 진희는 다시금 웃으며 말했다.

"은아 씬 내가 밥맛처럼 생각하던 여자들이랑은 뇌구조부터 다른 것 같으니까 걱정 안 해도 될 거야."

미수는 진희가 저렇듯 태연한 게 더 걱정이었다. 제일 측에서 그 사진으로 불쾌한 내색을 비추지 않았다는 건 물론 다행스러운 일이었다. 하지만 그 사진 때문에 굳이 연인 사이가 될 필요는 없을 텐데, 본인이 먼저 나서서 사귀자는 말까지 한 거 보면 분명 뭔가 있었다.

"네 진심은 뭔데? 정말 괜찮겠어? 며칠 안 가서 후회할 것 같으면……."

"음, 후회할 거야, 그 여잘 모른 채 그냥 지나가게 되면."

여자에게 한눈에 뽕 갈 녀석이 아닌데 저런 소릴 하니 미수로서는 어이가 없었다. 진희가 누군가에게 저렇듯 호감을 표시한다는 게 이젠 궁금증으로 다가오기 시작했다. 진희는 그런 엄마의 머릿속이 훤히 보인다는 듯 미소를 지어주었다.

"얼굴에 힘 잔뜩 주고 다니면서 뒤론 호박씨 까는 여자들하곤 달라. 꽤 귀여운 구석도 있고.”

“그럼 그 여자도 너랑 사귀겠대?”

“아마 그렇게 될걸?”

“확실해? 괜히 너만…….”

혹시나 제일 측에서 받아들이지 않으면 진희만 우스운 꼴이 되지 않을까 걱정될 때 휴대폰이 울렸다. 수완이었다.

“응, 나 실장.”

전화를 받는 미수의 표정이 묘하게 변하더니 진희를 보았다. 진희는 또 무슨 일이 터진 건가 싶어 상체를 앞으로 세웠다.

“음……. 그래, 그쪽에서 그리하자면야……. 응, 보도자료 완성되면 보내줘. 사진은 우리가 이미 대가도 지불했는데 지들이 뭐 할 말이 있겠어? 그 사진 그대로 써. 그래, 알았어.”

“뭔데? 무슨 보도자료?”

진희는 미수의 통화가 끝나기가 무섭게 물었다. 그러자 미수는 잠시 뜸을 들이다 어깨를 한 번 추슬렀다.

“넌, 서은아랑 상하이로 여행을 갔던 거야. 남들 눈에 띄지 않게 조용히 관광을 했던 거고. 무슨 말인지 알지?”

“……뭐?”

“관계의 시작은 네가 제일백화점 광고 찍은 후부터 몇 차례 얼굴을 익히다 연인 사이로 발전하게 된 거야. 주위 사람 아무도 모르게! 오직 너희 둘만 몰래 사귀어왔던 거지. 알겠어?”

“지금 은아 씨랑 나랑, 연인 발표 보도자료를 내겠다는 거야?”

답은 내일 듣기로 했는데 갑자기 이게 무슨 말이냐는 듯 진희가 반문하자 미수의 어깨가 또 한 번 으쓱거렸다.

"제일 측에서 그렇게 하잰다, 내일 아침엔 바로 기사가 뜰 수 있
도록."

"정말?"

상당히 의외라는 듯한 진희의 놀란 얼굴에 미수는 머리를 흔들
며 중얼거렸다.

"딸이 저런 녀석이랑 사귀겠다는 걸 허락하는 건 뭐야? 이해가
안 되네."

"엄마!!"

진희가 다 들었다는 듯 버럭 소리치자 미수는 찌릿 눈초리를 세
웠다.

"너, 경고야! 한 번만 더 클럽이나 술집에서 딴 여자들이랑 부비
부비했다간 죽을 줄 알아! 아니, 엄마 손까지 오기 전에 그쪽 사람
들한테 먼저 끌려갈지도 모르겠네."

미수는 제일 측에서 진희를 흔쾌히 받아들인 게 놀랍기도 하면
서 다행스럽다는 생각이 들었다. 어쩌면 여자를 진지하게 생각하
지 않고 잠깐 스쳐 지나는 상대라는 듯 쉽게 대하는 태도를 고칠
수 있을 테니 이번 발표가 오히려 도움이 될 수도 있었다.

"내가 언제 부비부비했다고……. 그건 분위기상 그랬던 거지!
앞으론 절대 안 그런다니까."

진희가 정색하자 미수는 팔짱을 끼고 아들을 찬찬히 보았다.

"공개 연애, 괜찮겠어? 너 이제껏 스캔들 터진 거 실제로도 사
귀는 중이라 인정한 적은 한 번도 없었어. 열애 사실 인정은 이번

이 처음이란 거 알지?"

"그런가?"

"너 그 여자랑 정말 진지한 관계로 발전하고 싶으면 지금부터 진짜 조심해야 해."

"자꾸 어린애 취급하지 말라니까 그러네."

진희는 빙긋 웃더니 몸을 주욱 늘려 기지개를 켰다.

"내일 아침을 위하여 오늘은 이만 자볼까나? 엄만 이제 갈 거지?"

볼일 끝났으면 그만 가라는 듯 쫓아내는 진희를 흘기며 미수는 가방을 들었다.

"기자회견도 해야 할 거야."

"제일패션 미팅 후로 잡아. 은아 씨랑 먼저 얘기할 거니까."

"쉬어."

"응, 조심히 가."

진희는 현관 앞에서 손을 흔들어준 뒤 문이 닫히자 리듬을 타듯 빙글 몸을 돌렸다.

제일그룹 사람들, 역시 꽉 막힌 사람들은 아닌 듯했다. 과거 그를 차지하려 별짓을 다 하던 재벌녀들이 들으면 상당히 아니꼽게 여길 테지만 그러거나 말거나 상관할 일이 아니었다.

이제 진희에게 중요한 건 서은아였다.

이렇게 금방 동의할 거면서 아깐 왜 그리 뜸을 들인 거지? 뭐, 아닌 척 굴고 싶었던 거라면 그리 이해해 주지.

진희의 입가에 싱글거리는 미소가 걸렸다. 사귀겠다 동의한 만

큼 자신에게 홀딱 빠지게 만들고 싶어졌다. 물론 서로를 구속하지
않는 범위 내에서.

> ―하진, 제일그룹 서영수 회장의 손녀딸과 열애 중
> ―제일백화점 광고로 그녀를 얻다!
> ―하진과 제일그룹 서은아의 상하이 밀애

타이틀은 제각각이지만 내용은 모두 똑같았다. 인터넷에 기사
가 뜨길 기다리느라 잠을 설친 진희는 비록 눈은 빨갛게 충혈됐어
도 만족스런 표정으로 모니터를 보고 있었다.

"열애라……. 나쁘지 않아."

씩 하니 미소 지으며 진희는 몸을 일으켰다. 미팅은 11시니까
두어 시간 눈을 붙일 순 있을 듯했다. 이렇게 충혈된 눈으로 나타
나면 다들 놀랄 테니 조금이라도 잠을 자두는 게 나을 성싶었다.

☆　　☆　　☆

〈너 제정신이야?〉

출근 전 은해의 벼락같은 전화를 받은 은아는 이미 각오한 듯
차분히 말을 받았다.

"그 방법이 최선이라 결정을 내린 거뿐이야."

〈뒷일을 어떻게 감당하려구 그래?〉

"어떤 결과가 나올지 모르는데 뭘 벌써부터 걱정을 해?"

〈설마, 너 하진이랑 결혼까지 생각하는 거야?〉

어이없다는 듯한 은해의 말투에 은아는 립스틱을 바르다 말고 웃음을 터뜨렸다.

"결혼을 전제로 사귄다는 말 같은 건 안 했어."

〈당연하지! 하진 같은 연예인이랑 결혼한다는 게 말이 되니? 좋은 남자 소개시켜 준다니까 뭐가 급해서 덜컥 그런 결정을 해버린 거야?〉

"언니, 나 출근해야 해."

은아는 언니의 걱정이 뭔지 모르는 바는 아니지만 이제 그런 말들은 그만 듣고 싶었다.

〈어휴, 난 모르겠다.〉

"응, 걱정 마."

〈너, 하진 땜에 나한테 질질 짜면서 전화하면 가만 안 둘 줄 알아!〉

"절대 안 그래."

〈끊어!〉

은아는 혀를 한 번 날름해 보였다가 휴대폰을 내렸다. 평소보다 더욱 공들여 화장을 한 얼굴이 거울 속에서 화사하게 빛났다. 몸매의 볼륨감을 살려주는 원피스에 짧은 재킷을 걸친 후 어깨에 닿는 머리칼을 한 번 더 매만져 웨이브를 살렸다. 모든 준비를 완벽하게 끝내고 아래층으로 내려가자 영희와 정임이 반짝반짝 빛나는 눈으로 은아를 기다리고 있었다.

어제저녁, 상황이 이러이러해서 은아와 하진이 사귀기로 했다고 하자 두 분은 눈조차 깜빡이지 않고 잠시 동안 굳은 채로 앉아 있었다. 그리곤 정임은 다른 내용은 다 필요 없고 오직 평소 예뻐라 하는 하진이 손녀의 애인이 된다는 데만 관심을 집중했다. 그에 따른 부수적인 문제라든지 다른 상황들은 남편이 어련히 알아서 정리할 거란 생각을 한 것이다. 반면 영희는 기분이 좋기도 하면서 조금은 염려도 된다는 반응을 보이다 두 사람이 정말 서로에게 끌리고 호감을 느끼고 있는 거라면 굳이 반대하고 싶지 않다는 입장을 보였다.

역시, 대한민국 어지간한 여자들을 제 편으로 만들어놓은 하진의 파워는 대단했다.

"우리 딸 예쁘네. 오늘 하진이랑 미팅 있다며?"

"밖에서만 보지 말고 집으로 한번 데려와."

정임이 어깨와 등을 가볍게 털어주며 현관까지 배웅을 해주자 은아는 수줍게 웃었다.

"네, 할머니."

"오늘 만나는 김에 둘이 다정하게 사진 한 방 찍어서 엄마한테 보내. 오늘 점심 모임 있는데 다들 난리 날 테니까 인증샷이라도 보여줘야지."

"그럴 시간이……."

다정한 인증샷까지는 장담할 수 없어 은아가 머뭇거리자 영희가 응원하듯 엉덩이를 토닥였다.

"사진 한 장이면 돼. 알았지? 12시 반까지는 보내줘야 해."

"……가능할지 모르겠네……."

"늦겠다, 얼른 가."

영희가 현관문까지 열어주며 환한 얼굴로 손을 흔들어주자 은아는 난감한 표정을 감추려 살짝 고개를 숙여 보이며 돌아섰다. 갑자기 사진을 찍자고 하면 그가 뭐라 할지 고민스러웠다. 그것도 다정하게? 대체 어느 정도 다정함을 보여야 하는 건지도 문제였다. 어깨동무 정도면……? 상상만으로도 가슴이 두근거리며 입가에 실실거리는 웃음이 매달리자 은아는 얼른 입을 가렸다. 이러다 정말 그 앞에만 서면 맹추처럼 멍한 얼굴을 보이게 될까 걱정스럽기도 했다. 그를 넋 놓고 바라보는 행동은 절대 안 해야지 다짐하면서도 운전하는 은아의 얼굴엔 이미 해사함만이 가득했다.

☆　　☆　　☆

　　최근 어울려 다니기 시작한 죽이 잘 맞다 할 수 있는 동료들과 늦게까지 술판을 벌인 혁수는 영태가 여러 차례 몸을 흔들어 깨우자 부스스한 눈을 들었다.

　　"아, 씨~ 머리 아파 죽겠는데 왜 깨우고 지랄이야."

　　"지랄 같은 소리 하네! 지랄은 니가 떨었지! 퍼뜩 일어나!"

　　"아, 왜!"

　　혁수는 여전히 베개에 머리를 파묻으며 소리쳤다. 그러자 영태가 베개를 확 치워내며 돌돌 만 신문뭉치로 머리를 때렸다.

　　"내가 쓸데없는 글 올리지 말라 했지! 넌 왜 허구한 날 이 모양이냐?"

　　"자꾸 왜 이래? 매니저 일 관두고 싶어?!"

　　신문뭉치를 잡아채며 버럭 소리치는 혁수에게 영태가 주먹 쥔 손을 들었다가 놓았다.

"그래! 니 뒤치다꺼리하는 거 진짜 관두고 싶다!"

씹어내듯 말하며 방문을 쾅 닫고 나가는 영태의 뒷모습에 잔뜩 찌푸린 시선을 던진 혁수는 신문을 바닥으로 휙 던지고 다시 벌러덩 누웠다. 그러다 다시 두 눈을 번쩍 뜨고 신문을 주워 들었다.

뭐야, 이것들은?

하진과 서은아가 서로를 마주 보고 선 사진이 대문짝만 하게 실려 있었다. 그리고 '상하이 밀애' 라는 제목에 혁수의 얼굴이 시뻘겋게 변하며 괴성을 내질렀다.

"으아악! 이것들이 정말!!"

꾸깃꾸깃해진 신문을 들고 나와 영태 앞에 던지며 혁수가 소리쳤다.

"이게 뭐냐고!"

"뭐긴 뭐야! 두 사람 열애 기사지!"

"그니까 왜 두 사람이 열애 기사를 낸 건데!"

"그걸 내가 어떻게 알아? 넌 잘 알지도 못하면서 뭐 하러 팬카페엔 그딴 글을 올린 거야? 니가 제일그룹 손녀랑 무슨 사이라고 그딴 낚싯글을 쓰냔 말야!"

영태는 붉으락푸르락 변해가는 혁수의 표정 따윈 신경도 안 쓰며 그동안 참아왔던 말들을 쏟아내기 시작했다.

"하진은 뭐 그 여자랑 아무 상관이 없어? 니가 뭘 알아? 그 여자가 왜 너한테 디딤돌이 되어주는데? 제발 정신 좀 차리고 살자, 응? 니가 서림엔터 나오면서 일인 회사 차리겠다고 나 꼬드길 때 내가 말렸어야 하는데, 너 땜에 내가 진짜 못살겠다. 애인 사이에 니가 뭐 하러 끼어드냐고, 끼어들길! 것도 하진한테 왜 깝죽대고 지랄이야! 있는 돈도 다 까먹고 있는 주제에 지금 뭐 하는 짓이냐고!"

혁수는 잠자코 영태가 하는 말을 듣고 있더니 성큼성큼 방으로 들어가 상자 하나를 가지고 나왔다. 그리고는 영태 앞에 상자를 열어 보였다.

"형, 이것들 생각나?"

영태는 예전 혁수가 받은 팬레터와 선물들 중 서은아라는 팬이 보낸 걸 찾아오라고 했던 게 생각났다. 한창 잘나가던 때 일일이 다 확인하지 못할 정도로 쌓이는 편지와 선물들을 사무실 한쪽 창고에 던져 놨다가 시간이 지나면 대충 값나가는 것만 두고 포장 그대로 쓰레기로 버리곤 했었다. 그러던 혁수가 언젠가 씩씩거리며 오더니 창고에서 '서은아' 라는 이름이 쓰인 편지며 선물이 있으면 다 찾아오라고 한 적이 있었다. 편지를 꺼내 날짜를 보니 거의 4년 전에 보내진 것들이었다.

가만…… 서은아?

영태가 편지봉투를 보다가 고개를 휙 치켜들자 혁수가 피식 웃었다.

"서은아, 걔 내 빠순이였어."

"이 서은아가 그 서은아라고?"

갖가지 화려한 장식들로 멋을 낸 편지들과 앙증맞은 액세서리에 장식품, 인형 등 다양한 선물을 보낸 걸로 봐선 꽤나 극성팬이었음을 알 수 있었다.

"그럼 진즉에 좀 잡지 그랬어?"

"그땐 제일그룹 회장 손녀딸인 줄 몰랐지!"

"언제 알았는데?"

영태가 아쉽다는 듯 묻자 혁수는 시선을 돌렸다.

"그거 찾아오라고 한 날."

"아, 그럼 그때라도 낚아채지 왜……."

"물론 나도 그러고 싶었지!"

혁수는 영태의 말을 자르며 버럭 하다가 인상을 썼다. 근엄하게 생긴 할아버지 회장님이 다시는 은아에게 연락하지 말라고 경고하던 게 생각났다. 무섭게 생긴 어깨들을 대동한 것도 아니고 험악한 분위기를 조성한 것도 아니었지만 재벌 회장을 마주하고 있으려니 주눅이 들어 다리까지 오들오들 떨렸던 것이다. 대중들에게 사랑받고 사는 게 업인 사람이 다른 사람을 괴롭히는 일을 한다는 게 말이 되느냐며 또 한 번 연락을 취하면 정말 가만있지 않을 거라는 엄포를 놓는 바람에 물러나게 된 거였다. 그 당시엔 정말 그의 가수 생활에 영향력을 행사할까 겁이 나서 그랬지만 지금은 상황이 달랐다. 어떻게든 치고 올라가야지 이보다 더 떨어지는 생활은 하고 싶지 않았다.

"암튼 그렇게 됐어. 그니까 그 여잔 원래부터 날 좋아했다구."

"어쨌든 지금은 아니잖아? 너보다 하진이 더 좋아졌나 보지."

"형은 지금 그걸 말이라고 해?"

"지나간 버스에 손 흔들면 뭐 하냐고! 있을 때 잘해야지. 팬이 언제까지나 팬인 줄 알아?"

영태는 쯧쯧거리며 편지를 다시 상자에 집어넣었다.

"그렇게 따지면 하진도 마찬가지지."

"뭐……?"

"지금이야 하진이 제일이랑 광고 찍으면서 그 여자한테 알랑방
귀를 뀌었나 본데 좀 지나면 은아 씨도 제정신을 차리겠지. 원래
여자들은 첫사랑을 못 잊는 법이거든."

"그건 남자거든? 여자들은 첫사랑이고 뭐고 상관 않고 결혼해
서 잘만 살더라. 암튼 서은아 얘긴 이걸로 끝내! 팬카페에 그 어떤
질문이 올라와도 넌 가만히 있어. 아무런 언급도 말고 그냥 가만
히, 내가 하란 대로만 해. 알았어?"

혁수는 영태의 말이 맘에 안 든다는 듯 얼굴을 일그러뜨렸다.
그러다 영태가 상자를 집어 들자 얼른 나섰다.

"그대로 둬. 내가 치울 거니까."

"이런 걸 뭐 하러 둬. 그냥 버려!"

"알았으니까 그냥 두라구. 내가 알아서 치울 테니까."

영태는 별수 없이 상자를 내려놓고 손을 탈탈 털며 말했다.

"디씽이라도 하나 내야지 언제까지 그러고 있을래? 낼모레 '하
트를 쏴라' 첫 녹화 있으니까 잊지 말고."

"거 꼭 해야 해? 지상파도 아니고, 그 채널 프로그램들 다 별로
던데. 거기다 이상한 애랑 짝 하라고 하면 어떡해?"

"니가 지금 찬밥, 더운밥 가릴 처지야? 첫방에 출연시켜 주겠다
는 것만 해도 어딘데! 잔말 말고 그리 알아."

영태는 꾸짖듯 할 말만 하고는 너저분한 거실을 빙 둘러보더니
한숨을 푹 내쉬고 나가 버렸다. 짜증스런 표정을 지으며 양 허리

에 손을 얹은 채 상자와 신문을 번갈아 보던 혁수의 입가에 비릿한 미소가 번졌다.

☆ ☆ ☆

어쩜 그렇게 아무 내색 없이 지낼 수가 있었냐는 말부터 둘 사이가 어느 정도까지 진행되었는지 묻는 말까지 은아는 회사 건물에 들어선 직후부터 직원들의 질문 때문에 꼼짝할 수가 없었다. 때마침 팀장님이 나타나 미팅 준비해야 하는데 뭐 하냐는 호통에 직원들 틈바구니에서 벗어날 수 있었다.

원래는 외부에서 만나기로 되어 있었는데 기자들에게 둘러싸일 것을 대비해 미팅 장소가 제일그룹 본사의 소회의실로 바뀐 상태였다. 회의실 테이블과 의자를 정리하며 주연이 은아 곁으로 다가와 조용히 물었다.

"혁수 오빠가 쓴 글의 여자가 서 대리님이었던 거예요?"

뜨끔했지만 그건 은아가 인정할 사항이 아니었다.

"글쎄요. 그 사람이 누구를 대상으로 그런 글을 남겼는지는 모르죠."

"그날 공항에서 함께 있던 여자는 서 대리님이잖아요. 지금 혁사마에선 서 대리님이 양다리 걸친 거냐면서 난리도 아닌데……."

뚱한 표정으로 보는 게 제발 그런 게 아니라는 답을 해달라는 것 같았다. 양다리라는 말에 은아는 울컥 화가 솟았지만 애써 침착한 어조를 유지했다.

"주연 씨도 알다시피 내가 혁사마를 탈퇴한 건 4년 전이에요. 그리고 그 사람이 그런 글을 쓸 만큼 나와 가까웠던 적은 한 번도 없는데 내가 왜 그 글의 주인공이 되어야 하는 거죠?"

"그치만 혁수 오빠……."

"그 사람이 무슨 생각을 하는지 어찌 알겠어요?"

"서 대리님은 혁수 오빠한테 이제 정말 아무런 관심도 없는 거예요? 팬으로서두?"

이번엔 아쉬움이 담긴 듯한 말투였다.

"권혁수는 그냥 학창 시절 좋아했던 가수일 뿐이에요."

은아의 냉정한 대답에 주연은 풀이 죽었다. 다시 혁수 오빠의 팬으로 돌아와 같이 콘서트도 다니며 더욱 친해지길 원했는데 이젠 영 글러먹은 듯했다. 하긴 주연이 입사 후 3년이 다 되어가는 동안 혁수 오빠에 대한 관심 한 자락 내비치지 않은 걸 보면 팬심도 모두 사라진 것 같았다.

"그럼 하진 씨는……. 팬이 아닌, 진심으로 좋아하는 거구요?"

슬슬 주연과의 대화가 질리기 시작했다. 싹싹한 성격이라 함께 있기 불편한 사람은 아니지만 말이 너무 많다는 게 단점인 이가씨였다. 궁금한 게 많은 만큼 여기저기에서 들은풍월을 끼워 맞추기 식으로 만들어내는 재주도 있는지라 주연에겐 되도록 개인적인 노출은 피하고 싶었다.

"주연 씨, 사적인 이야긴 안 하고 싶은데."

"아, 예…… 알겠어요."

주연은 은아의 눈치를 보며 아랫입술을 삐죽 내밀었다. 부족할

것 없는 위치에 있는 사람이 부럽다 여겨지는 또 하나의 이유였
다. 자신이 원하는 남자를 손쉽게 선택할 수 있는 능력. 이 얼마나
부러운 능력인가! 새로운 모델로 하진이 물망에 올랐을 때 적극적
인 찬성 의사를 표명했던 이유를 알 것 같았다.

근데…… 혁수 오빠 정말 무슨 생각으로 그런 글을 올렸는지 궁
금했다. 기사로 떴다 사라진 공항 사진을 해명하는 글이었으니 분
명 서 대리님을 지칭하는 걸 텐데……. 그녀가 어디의 누군지 사
정상 밝힐 수 없다고까지 한 걸 보면, 서 대리님이 맞는 것 같은
데……. 대체나 서 대리님을 어떻게 아는 거지?

7

모차르트가 진희의 뒷덜미를 잡아챘다. 그녀를 잡기 위해 발바닥에 땀이 나도록 뛰고 있는데 더는 앞으로 나갈 수가 없었다. 나풀거리는 옷자락을 날리며 저 멀리 사라지는 여자의 얼굴도 확인하지 못한 상태라 애가 탔다. 젠장! 이것 좀 놔! 소리쳤지만 진희의 목소린 들리지 않았고 오히려 모차르트의 공격에 머릿속이 띵띵 서려왔다. 짜증스레 돌아서는데 익숙한 소리가 귓가에 울려 퍼졌다.

바라바라바라라라라밤~

번쩍 눈을 뜬 진희는 잠시 동안 멍하니 천장을 응시했다. 여전히 들려오는 벨소리 공격에 황급히 몸을 일으킨 그의 시선이 시계로 향했다.

10시 35분?

"헉!!"

후다닥 침대에서 뛰어내려 온 진희는 탁자 위의 휴대폰을 집어 들었다.

"형!!"

〈어, 그래. 어디쯤이냐? 난 거의 도착했으니까…….〉

"이제 깨우면 어떡해!!"

벼락같은 진희의 음성에 수완이 말문이 막힌 듯 조용했다. 그러더니…….

〈너…… 이제 일어난 거야?〉

"날 데려가던지 해야지 왜 혼자 간 거야?"

〈야, 이 녀석아! 니가 은아 씨랑 점심 먹으러 갈 거라면서 니 차로 따로 온다고 했잖아!〉

맞다……. 진희는 어젯밤 수완이 보도자료를 작성했다면서 전화했을 때 그리 말했던 게 생각났다. 끄응, 신음 소리와 함께 눈을 질끈 감은 진희는 끊으라는 말도 제대로 하지 않고 휴대폰을 내팽개치며 욕실로 뛰어들어 갔다.

미팅룸으로 마련된 소회의실 내부엔 홍보팀 박 차장과 은아, 그리고 수완만이 자리를 지킨 채 멀뚱하니 서로를 바라보고 있었다. 은아는 수완과 같은 비밀을 공유한 사람들끼리의 어색한 미소로 인사를 나눈 뒤라 그런지 긴장된 표정이었고, 수완 역시 진희의 지각으로 인해 좌불안석인 상태였다.

"서 대리가 한 번 더 연락해 봐."

시계바늘이 11시 20분을 향해 갈 때 박 차장이 은아에게 나직이 말하자 수완이 얼른 나섰다.

"곧 도착할 겁니다."

진희가 갑작스런 일 때문에 조금 늦을 거라는 말을 이미 전하긴 했지만 수완의 이마엔 식은땀이 삐질 새어 나오는 중이었다. 한창 밟아대며 오고 있을 테니 전화는 굳이 안 하는 게 나을 듯했다. 그나마 미팅 장소가 진희 녀석 집에서 멀지 않은 제일 본사로 바뀐 게 천만다행이라 할 수 있었다.

그때 급한 노크 소리가 들리더니 곧바로 문이 활짝 열렸다.

"대리님~!"

주연의 들뜬 목소리와 함께 열린 문으로 은은한 핑크빛의 커다란 장미 다발이 불쑥 들어왔다. 100송이는 족히 넘어 보이는 장미 다발을 들고 온 배달직원을 안내해 준 주연이 따라오며 호들갑을 떨었다.

"하진 씨가 보냈대요!"

당황스런 표정의 은아에게 배달직원은 꽃다발을 내밀며 서명을 요청했다. 양팔 가득 꽃다발을 안았다가 테이블 위로 놓으며 빨개진 얼굴로 서명을 하는 은아를 보는 수완의 표정에도 황당함이 번져 있었다.

"거기, 카드 있는 것 같던데!"

주연이 흥분된 얼굴로 손가락을 가리키자 박 차장이 눈초리를 세웠다.

"주연 씬 그만 가서 일봐요."

"……예."

주연은 궁금증과 아쉬움이 섞인 표정을 감추지 않으며 머뭇거리다 회의실을 나갔다.

은아는 수완 역시 놀란 눈으로 쳐다보는 걸 보고는 조심스레 카드를 꺼냈다. 주연에게 핀잔을 주던 차장도 궁금하긴 했는지 은아가 카드를 여는 걸 힐끔 보았다.

늦어서 미안! 금방 갈게! —진.

자필이 아닌 인쇄된 문구였지만 친근함이 물씬 풍기는 어투에 은아의 얼굴은 더욱 달아올랐다. 너무도 자연스런 반말투의 글은 두 사람이 이미 충분히 가까운 사이라도 되는 것처럼 느껴질 정도였다. 거기다 '진'이라니! 이건 뭐 애칭을 붙여놓은 것 같지 않은가!

은아가 화끈거리는 얼굴로 미소가 번지려는 걸 막기라도 하듯이 입술을 깨무는 모습을 지켜보며 수완은 두 눈을 가늘게 떴다. 보이진 않아도 카드에 뭐라 적혔는지는 뻔했다. 진희 그 녀석…… 저런 데 돌아가는 머리는 역시 비상했다.

사실 수완은 진희가 '홀렸다'는 표현까지 써가며 열애 기사를 내겠다고 작정한 데 대해 미적 기준이 현저히 낮아진 게 아닌가 걱정하기도 했다. 또한 재벌이란 타이틀에 유혹당했을 리가 없다는 걸 알기에 진희가 칭찬한 '자연미인'이 궁금하기도 했다. 한데 막상 서은아를 만나 인사를 나누며 말 몇 마디라도 섞고 보니 진희가 호기심을 품기에 충분하다 여겨졌다.

수완에게 미소를 지으며 인사를 건넬 때의 상기된 얼굴에선 오만함 따윈 보이지 않았고, 오너의 딸임에도 차장을 대하는 태도 역시 부하 직원으로서 부족함이 없었다. 어쨌든 이제껏 진희가 알아왔던 재벌녀들과는 다른 축에 속한다는 걸 알 수 있었다.

꽃이 배달되고 5분도 지나지 않아 복도에서 웅성거리는 소리가 들리기 시작하더니 곧이어 회의실 문이 열리며 진희가 나타났다. 시상식이나 특별히 격식을 갖추는 자리가 아니면 잘 입지 않는 수트를 입은 모습에 수완의 입이 벌어졌다.

진희의 등장에 두 눈이 동그래지긴 은아도 마찬가지였다. 타이는 매지 않았지만 가는 세로줄 무늬의 셔츠와 진회색의 슬림슈트는 그의 탄탄하고 쭉 뻗은 날렵한 몸을 충분히 살려주고 있었다. 야상점퍼와 블랙진에 워커를 신었던 상하이에서의 모습과 평범한 가죽재킷을 걸치고 있던 어제의 모습과는 또 다른 분위기를 연출하는 그에게 은아의 시선은 벗어나질 못했다. 그 어떤 옷을 입혀놔도, 지극히 평범한 면티에 반바지만 입혀놔도 그에게선 빛이 날 것 같았다.

"제가 너무 늦었죠!"

연갈색 선글라스를 벗으며 미소 짓고 들어오던 진희는 그를 향해 두 눈동자를 활짝 열고 바라보는 은아에게 먼저 다가갔다. 그녀의 눈동자에 담긴 자신의 모습이 단순히 반사되는 것만이 아닌 동경의 빛이 함께 포함된 게 느껴졌다. 기분이 좋아진 진희는 더욱 진한 미소와 함께 그녀의 어깨를 가볍게 안아주었다. 그러자 그녀가 정신을 차린 듯 화들짝 놀라는 반응을 보였지만 개의치 않고 지극히 자연스러운 일인 듯 굴었다.

"기다리게 해서 미안."

"어……."

멍한 얼굴로 애매한 소리만 흘리는 은아를 향해 찡긋 윙크를 날린 후 진희는 그 옆의 박 차장에게도 미소와 함께 손을 내밀었다.

"안녕하세요, 하진입니다."

"아, 예. 안녕하세요, 반가워요."

삼십대 후반의 여차장의 볼에도 붉은기가 확 번지더니 진희의 손을 두 손으로 맞잡았다.

"늦었으니 빨리 진행할까요?"

진희가 여전히 붙잡힌 손에 시선을 한 번 준 후 씩 웃으며 말하자 박 차장이 황급히 손을 떼었다. 진희는 수완의 옆자리에 앉으며 테이블 위에 놓인 계약 사항과 브랜드에 대한 자료들을 살폈다. 이미 수완에게서 전달받은 내용들이라 굳이 더 따지고 들 것도 없었다.

"광고 제작은 대영기획이고…… 혹시 콘티도 나왔나요?"

"방향은 잡혔지만 모델 섭외가 우선이라 아직 결정된 건 없어요."

박 차장의 말에 진희는 은아를 한 번 보더니 곧바로 서명을 했다.

"대영에 미리 말해요, 산행 촬영을 할 거면 해외 이상한 산으로 데려갈 생각 말고 국내에 있는 산으로 정하라고. 지금 시기면 한

라산도 괜찮겠네요. 진달래도 한창일 테고 하늘빛도 예쁠 테니 그림으로 좋을 듯한데, 어때요?"

"굳이 산에 안 가셔도……."

"한라산입니다."

박 차장의 말을 자르며 진희는 강조하듯 펜을 탁 내려놓았다. 그리곤 은아를 보며 눈썹을 치켜올렸다.

"한라산 콜?"

은아는 그를 어떻게 대해야 할지 아직도 감을 잡지 못한 상태였다. 보도대로라면 이미 몇 개월은 진행된 사이이니 당연히 친한 척해야 할 테지만 어디 그게 쉬운 일인가 말이다. 저 남자야 뛰어난 연기력으로 때우면 그만일 테지만 은아는 어색할 수밖에 없는 상황이었다.

"등산은 가을 시즌에 맞춰 기획할 생각이구, 이번 광고는 캠핑 쪽으로 가려고 해…… 요."

그가 하는 것처럼 차마 '해'라고 말을 끊지 못하고 은아는 머뭇거리며 '요' 자를 붙였다. 그러자 그가 고개를 갸웃하더니 브랜드 설명 자료들을 다시 훑었다.

"기능성 바람막이 어쩌고 하는데, 캠핑?"

"최근 캠핑 인구가 많이 늘었기든요. 시기적으로도 본격적인 캠핑 시즌이 다가오고 있구요. 가족 단위도 그렇고 연인들끼리도 호텔여행보다 자연을 벗삼아 캠핑으로 휴일을 즐기는 횟수가 많아졌다고 해요."

그에게 조사 자료들을 펼치며 설명하던 은아는 그와 시선이 마주치자 황급히 자료 더미로 눈을 돌렸다.

"그래서 우린 하진 씨가 사랑하는 사람을 위해 캠핑을 준비하는 모습을 담았으면 해요. 아웃도어 의류라는 게 다 고기능성 등산복만을 말하는 건 아니니까요. 솔직히 우리나라 사람들이 모두 다 히말라야나 알프스 등반을 목표로 하는 것도 아닌데 그런 고기능성만을 강조할 필요는 없다고 생각해서, 저희는 외부 활동 시의 편안함을 더 부각시키고 싶거든요."

처음엔 그와 눈을 마주하다가 다시 시선을 옮겨 버리는 은아를 진희는 빤히 쳐다보았다. 업무와 관련된 미팅이라 해도 어차피 연인이라 발표까지 난 사이인데 꼬박꼬박 존대를 하는 게 꽤나 거리감을 느끼게 했다. 시간 약속을 못 지킨 게 미안하기도 했고, 그런만큼 연인으로서 뭔가 보여줘야겠다는 생각에 그 바쁜 와중에 꽃배달까지 시켰구만! 그녀는 여전히 어제 처음 만난 사이처럼 빨개진 얼굴로 어색한 표정을 짓고 있었다.

진희는 테이블 쪽으로 상체를 기울이며 은아와의 거리를 좀 더 좁혔다. 자신을 불편해하는 그녀에게 좀 더 장난을 치고 싶어졌다.

"캠핑이라…… 은아, 너도 그래?"

다정하게 웃으며 묻는 그를 향한 은아의 두 눈이 동그랗게 커졌다. 은아 씨도 아닌 그냥 은아…… 라고? 옆자리의 박 차장 역시 숨을 삼키는 게 놀란 듯했다. 두 사람의 반응엔 상관없이 진희는 손끝으로 턱을 쓸더니 고개를 끄덕였다.

"겸사겸사 뭐, 그것도 괜찮겠네."

"겸사겸사⋯⋯? 뭐가?"

왠지 불안한 느낌에 수완이 조심스레 물었다.

"촬영도 하고 캠핑도 하고! 우리 아직 캠핑은 못해봤거든. 은아, 네 생각은 어때?"

어깨까지 으쓱하며 천연덕스러운 얼굴인 그에게 은아는 지금 뭐 하는 시추에이션이냐고 묻고 싶은 심정이었다. 그의 매니저는 둘째 치더라도 엄연히 회사 차장까지 동석한 자리인데 저렇듯 아무렇지 않게 굴다니! 워낙 공사 구분이 뚜렷하고 쓸데없는 말은 입에 올리지도 않는 매사 똑 부러진 성격의 박 차장인지라 하진의 저런 태도를 가지고 입방아 찧는 일은 없을 테지만 은아로서는 이런 식으로 그와 스스럼없는 사이가 되고 싶진 않았다. 은아가 헛기침 하는 시늉을 하며 말을 고를 때 그가 먼저 박 차장에게 물었다.

"제일백화점 촬영 땐 본사 측에서 직원이 나오던데, 제일패션도 그렇겠죠?"

그가 무슨 의도로 묻는지 뻔히 알기에 박 차장은 은아를 한 번 봤다가 천천히 머리를 끄덕거렸다.

"특별히 정해진 사항은 아니지만, 저희가 체크할 일이 생길 수도 있으니까⋯⋯."

"이왕이면 다른 사람 말고 은아 네가 오는 게 낫겠다. 그치?"

대놓고 은아에게 캠핑데이트를 청하는 그를 보며 박 차장은 은근히 부러우면서도 웃음이 나려 하자 얼른 입을 가렸다. 박 차장의 눈에도 은아의 당황하는 기색이 역력히 보인 것이다.

"당연히 하진 씨의 광고는 서 대리가 담당하게 될 거예요. 모쪼록 일 년 동안 잘 부탁드릴게요. 그럼 오늘 미팅은 이쯤에서 마무리해도 되겠네요.”

박 차장이 알아서 자리를 피해주려는 듯 서류철을 챙기자 진희가 빙긋 미소를 지었다.

“담에 홍보팀 회식 자리 한번 마련할게요.”

“정말요?”

듣던 중 반가운 소리인지 박 차장의 얼굴이 활짝 폈다. 홍보팀에 4년을 있었지만 이제껏 광고모델로 발탁된 연예인이 이렇게 나온 적은 처음이었다. 다들 광고만 찍고 지들이 필요한 것들은 홀라당 챙겨가면서 정작 일하느라 애쓴 직원들한텐 커피 한 잔 대접한 적이 없었다. 한데 현존 가장 톱클래스에 속하는 하진이 회식을 쏜다? 야근에, 출장에 뼈빠지게 홍보팀을 위해 헌신한 보람이 있었다.

진희는 은아의 불안한 표정을 모른 척하며 여전히 과장에게 매력적인 미소를 던졌다.

“촬영 끝나고 자리 한번 갖죠.”

“그렇게 알고 있을게요.”

박 차장은 서류철들을 가슴 앞으로 안으며 그에게 먼저 인사를 한 후, 은아에게도 의미심장한 미소로 인사를 대신했다. 그렇게 박 차장이 회의실을 나가자 진희가 몸을 틀며 은아를 보았다. 그러고는 한 손을 허리에 척 하니 걸치며 삐딱한 시선으로 은아에게 다가갔다.

“왜 그렇게 뻣뻣해요?”

“……예?”

“한창 좋아지내는 사인데 은아 씨는 전혀 그래 보이질 않는다
는 거, 이상하지 않아요?”

“지금은 업무상 미팅이잖아요! 오히려 하진 씨가 더…….”

“봐, 봐. 또 하진 씨래.”

쯧쯧거리며 은아의 말 사이로 끼어든 진희는 그녀 앞으로 얼굴
을 가까이 했다. 흠칫 놀라 뒷걸음질로 물러서는 은아의 팔을 붙
들며 그가 입꼬리를 말아 올렸다.

“내가 업무상 미팅 자리라 해서 애인한테 꼬박꼬박 존댓말 쓰
며 예의 차릴 사람으로 보여요?”

또렷하게 쳐다보는 그의 눈동자에 잡혀 시선을 피하지 못한 은
아의 입술이 천천히 열렸다.

“아뇨…….”

“그치? 그럼 내가 은아라고 불러도 상관없는 거고?”

여전히 미소 띤 얼굴로 묻는 그에게 은아는 고개를 끄덕일 수밖
에 없었다.

“당신도 날 하진 씨가 아닌 오빠라고 부르는 게 낫겠지?”

“……예…… 예?”

또 한 번 고개를 끄덕이려던 은아가 정신이 번쩍 드는 얼굴로
눈썹을 치켜세웠다.

“오빠요?”

“싫어? 난 은아야 할 건데, 당신은 하진 씨 하려고?”

“……그건…….”

“분명히 하자구. 우린 계약 연애 따위가 아닌 정말로, 진짜로 사

귀는 사이라는 거. 맞지?"

"건 그렇지만……."

"그렇다면 우리 사이에 격식 따지는 것도 우습지 않을까?"

"그렇게 말 끊고 들어오는 것 좀 고칠래요?"

찌푸린 표정으로 훈계하듯 말하는 은아에게 놀랐는지 진희가 이번엔 멍한 눈으로 쳐다보았다. 순간 뒤쪽에서 수완이 '풋!' 하고 웃음을 터뜨리자 휙 고개를 돌려 경고의 눈빛을 보내고는 다시 은아를 보았다. 이런 식으로 지적당한 것은 엄마 말고는 실로 오랜만이었다.

은아는 그에게 잡힌 팔을 빼내며 시선의 각도를 좀 더 편히 하려고 한 발 뒤로 물러났다.

"무슨 말인지 알겠는데요, 다른 사람들도 있는 업무상의 자리에선 어느 정도는 지킬 건 지키는 게 낫지 않아요?"

진희는 은아의 똑부러진 말투 뒤에 숨은 발그레한 수줍음을 볼 수 있었다. 엄밀히 따지고 보면 이제 시작하는 사이니만큼 갑작스런 진도는 부담스럽다는 건가? 그렇다면, 현재 시점에 지켜야 할 선은? 핑크빛으로 촉촉하게 반짝이고 있는 은아의 입술에 시선을 두며 진희는 씨익 매력적인 미소를 머금었다.

"좋아, 받아들이지. 또 내가 지켜야 할 게 있나?"

나른함을 느끼게 하는 그의 눈길과 미소로 뜨거운 열기가 온몸에 퍼져 나가자 은아는 쭈뼛 몸을 세웠다. 이렇듯 쉽게 무방비 상태로 변하고 싶진 않았는데…….

"아뇨. 하지만……."

그런 눈으로 보지 말아달라는 말은 도저히 할 수 없었다. 야릇

한 이 느낌이 전달해 주는 묘한 흥분이 나쁘지 않았던 것이다. 저도 모르게 침을 한 번 꼴깍 삼킨 은아는 그의 손이 다가오자 어깨를 움츠렸다.

진희는 그녀의 어깨 위로 손을 얹으며 엄지손가락으로 슬며시 쓸어 자극을 더했다.

"하지만……?"

그의 은근한 목소리까지 더해져 아까 느꼈던 열기와는 비교가 되지 않을 정도의 화끈거림이 어깨에서부터 시작되어 저 발끝까지 단숨에 전달되었다. 커다랗게 열린 눈동자에 그를 가득 담으며 은아는 저절로 입술이 벌어지려는 걸 막으려 이를 앙다물었다. 때문에 오히려 은아의 입술이 파르르 떨렸고 진희의 미소 또한 더욱 진해졌다.

그들을 지켜보던 수완은 머리를 설레설레 저었다. 이거 회의실 문을 잠그고 나가줘야 될지, 아님 이쯤에서 진희 녀석한테 브레이크를 걸어야 할지 망설여질 지경이었다. 하지만 그의 고민도 잠시뿐, 휴대폰 진동 소리가 크게 한 번 울렸다.

탁자 위에 놓아둔 은아의 휴대폰이었다. 번쩍 정신을 차린 은아는 황급히 그의 손에서 벗어나 휴대폰을 집어 들었다.

〈사진 어떻게 됐어?〉

엄마의 재촉 문자였다.

"무슨 급한 일이라도 생겼어?"

진희는 조금 전의 야릇했던 분위기는 조금도 신경 쓰지 않는 듯 은아 곁에 바싹 붙어 섰다. 함께 점심을 먹으러 갈 생각이었는데 다른 일이 생겼다면 곤란했다.

수완은 지금이 사라져 줄 때란 걸 알았다.

"난 사무실에 일이 있어서 지금 가봐야겠는데?"

"그래, 먼저 들어가. 난 은아랑 같이 점심 먹고 갈게."

진희의 말에 은아가 휙 고개를 돌려 그를 보았다. 점심?

진희는 수완에게 얼른 가라는 듯 손짓을 해 보이며 은아를 돌아보았다.

"혹시 다른 약속 있어?"

"지금, 나랑, 둘이, 같이, 식당엘 가자구요?"

"그래! 지금, 너랑, 둘이, 같이, 가자구."

진희는 은아의 말투를 똑같이 따라 하며 빙그레 웃었다.

"거 어지간하면 말 좀 편히 하지 그래? 계속 요요 할 거야?"

"그건 좀 기다려요. 원래 내가 말을 쉽게 놓질 못하니까."

"아, 예의 바른 아가씨로군?"

"그 말을 바란 건 아니거든요?"

은아의 콧잔등에 살짝 주름이 지자 진희가 그러지 말라는 듯 손끝으로 콧등을 톡톡 건드렸다. 그의 자연스런 접촉에 은아는 또 한 번 흠칫 놀라며 뒤로 물러났다.

"나한테 너무 거리감 느끼는 건 싫은데? 그렇게 깜짝깜짝 놀라지도 말고."

"이렇게 갑자기! 다가오지는 말아줬으면 해요……."

첫말을 발끈한 채로 시작했던 은아의 목소리가 엄마의 요청 사항인 '다정한 포즈'가 생각나는 바람에 점점 더 사그라졌다. 그러자 그의 눈이 가늘어졌다.

"달리 또 하고 싶은 말이 있는 것 같은데?"

"그게……."

은아는 휴대폰을 필요 이상으로 꽉 쥐었다가 카메라를 켰다.

"엄마가 사진 한 장만 보내달래요."

"사진? 어떤 거?"

"하진 씨랑 같이 찍은 걸루요."

무슨 뜻인지 알겠다는 듯 그는 씩 웃으며 눈썹을 까닥거리더니 은아의 손에서 휴대폰을 가져왔다. 그리고는 어깨동무를 하겠다는 듯 왼팔을 들어 보였다.

"이건 갑자기 다가가는 거 아니니 괜찮지?"

은아는 묵묵히 그의 팔 안에 서며 그가 휴대폰을 쭉 뻗어 화면을 맞추는 걸 응시했다. 바싹 긴장한 채 굳어진 얼굴의 은아와 싱긋 미소 짓고 있는 그의 얼굴이 화면에 대비되어 보여졌다.

"좀 웃는 게 어때?"

그가 어깨를 안은 팔에 힘을 주며 좀 더 가까이 끌어안자 은아의 몸이 더욱 빳빳하게 변했다.

"어허, 좀 부드럽게 가자구. 스마일~"

은아는 입술을 스윽 늘리며 중얼거렸다.

"그냥 대충 찍어요!"

"너무 어색해! 좀 더 웃어봐. 김치~"

그는 은아에게 머리를 더 기울이며 눈을 깜빡거렸다. 그녀를 웃게 하려고 일부러 귀여운 표정을 지은 건데 은아는 관자놀이 바로 옆에서 그의 숨결이 느껴지는 바람에 더욱 얼굴을 굳히고 말았다. 게다가 화면에 보이는 그의 입술은 그녀의 이마에 거의 닿을 듯 말 듯한 거리에 있었다. 숨이 콱 막히며 온몸의 솜털들이 올올이 일어서는 것만 같았다.

화면을 통해 잠시 그녀를 바라보던 그가 살짝 고개를 돌리며 입술을 이마에 눌렀다. 동시에 은아의 두 눈이 활짝 열리며 놀란 표정을 지을 때 찰칵 사진이 찍혔다.

"어색하게 웃는 것보단 이 편이 훨 낫지?"

그는 방금 찍은 사진을 열어 은아에게 보여주었다. 당황하는 은아는 전혀 개의치 않는 듯했다.

"혼자 찍을 땐 잘만 웃더니 왜 그리 굳은 거야?"

"그렇다고 갑자기 그러면 어떡해요? 이걸 어떻게 보내요!"

"그럼 다시 찍을까?"

그가 다시금 팔을 두르려 하자 은아는 멀찍이 떨어졌다.

"아뇨! 됐어요."

"사진 안 보낼 거야?"

"못 찍었다고 하면 돼요."

"누구 때문에 못 찍었다고 할 건데? 나?"

이건 마치 사진을 다시 찍자는 말과 다를 바가 없었다. 은아가 찌릿한 눈빛으로 그를 보자 그는 피식 웃으며 카메라를 다시 켰다.

"이리 오시죠?"

"그냥 나란히 선 채 찍어도 돼요."

"그런 재미없는 사진을 나보고 찍으라고?"

"어깨동무만요!"

"그럼 좀 웃는 게 어때? 자, 레디~"

그는 또 한 번 은아의 어깨를 안으며 얼굴을 나란히 했다.

"머리를 이쪽으로 좀 더 기울이고, 눈에 힘 좀 풀자구. 오케이! 그 상태에서 입술 양끝만 살짝 올려볼까? 좀만 더."

화면을 보며 지시하는 그를 따라 은아의 표정이 점점 자연스레 변했다. 그가 맘에 든다는 듯 찡긋 윙크를 하자 은아의 미소가 진해졌다.

찰칵!

머리를 맞대고 미소 짓는 두 사람의 얼굴엔 가식 없는 환한 미소가 번져 있었다.

☆　　☆　　☆

"어머니~ 이것 좀 보실래요?"

영희는 구두를 벗기가 무섭게 거실로 뛰어들었다. 주방에서 찻잔을 들고 나오던 정임이 대체 무슨 일이냐는 듯 동그래진 눈으로 다가왔다.

"뭔데 그래?"

"이거요!"

영희가 은아와 하진의 사진을 열어 보여주자 정임이 초점을 맞추려 눈살을 찌푸리며 휴대폰을 멀찌감치 떨어뜨리더니 주변을 두리번거렸다.

"내 돋보기가 어딨누?"

"잠깐만요, 갖다 드릴게요."

영희는 소파 옆 탁자 위에 놓인 돋보기를 보고는 황급히 집어왔다.

"애들 너무 예쁘지 않아요? 이 표정 좀 봐요! 너무 자연스럽죠? 어쩜!"

사진을 보는 정임의 얼굴에도 빙그레 미소가 그려졌다. 하진이 손녀딸과 나란히 웃고 있는 게 여간 좋아 보이지 않았다.

"애네 둘, 우리들 몰래 정말 사귀고 있었던 거 아닐까요? 갑작스런 발표해 놓고 이런 사진 찍기 쉽지 않잖아요!"

"이런들 어떻고 저런들 어때? 허, 참말로 깎은 밤톨마냥 잘생겼네!"

정임이 흐뭇함을 나타내자 영희도 옆에서 고개를 끄덕였다.

"은아 이 지지배, 연애 한 번도 제대로 안 해보고 나이만 먹나 했는데 처음 사귀는 남자치곤 아주 괜찮죠?"

"괜찮다마다! 이 정도면 흠잡을 데 없지. 직업도 전문직인데 부족할 게 뭐야?"

"전문직이요?"

"탤런트를 아무나 해? 하진 정도면 우수전문직종이지!"

"하긴, 뭐 그렇다 볼 수도 있겠네요."

쿡쿡거리며 사진을 들여다보던 영희가 나름 진지한 표정을 짓더니 말을 이었다.

“은아가 사귀겠다고 나선 걸 보면 TV에서 보이는 것만큼 꽤 괜찮은 거겠죠? 예전에 한 번 데였는데 겉과 속을 구분 못할 리는 없잖아요.”

“벌써부터 뭘 걱정이야? 이제 시작인 애들인데. 아범도 괜찮을 거라 한 거 보면 걱정할 필요 없을 게야. 궁금하면 날 잡아서 한번 초대하면 되잖어.”

“너무 빨리 초대하면 좀 속보일까요? 언제쯤 부르는 게 좋을까요?”

“나야 되도록 빠른 게 좋지만……. 안 될까?”

하진을 빨리 만나길 기대하는 표정을 숨기지 않고 은근히 웃는 정임의 팔을 잡으며 영희도 호호 거렸다.

“어머니가 아버님한테 말씀해 보세요. 저야 언제가 됐든 준비할 테니까요.”

은아의 애인을 소개받기 위한 초대라기보단 탤런트 하진을 직접 보고픈 마음이 더 크게 작용하는 걸 두 사람은 숨기지 않았다. 70대 할머니든, 50대 중년 부인이든 살랑살랑 불어오는 봄바람에 꽃도령을 맞이하고픈 마음은 똑같았다.

☆   ☆   ☆

은아가 카페 문을 밀고 들어서자 은해가 놀란 눈을 해 보이다가 시계를 보았다.

“이 시간에 웬일이야?”

퇴근했으면 바로 집으로 가면 되지 일산까지 찾은 이유가 궁금했다. 한데, 심각한 일이 생겼다고 보기엔 표정이 너무 밝았다. 은아는 손님들로 가득 찬 홀을 돌아보며 물었다.

"많이 바빠?"

"아무리 바빠도 너랑 얘기할 시간 없겠니? 사무실로 갈까?"

"응!"

웃는 얼굴로 고개를 끄덕이는 은아를 은해가 게슴츠레한 눈으로 보았다.

"커피?"

"무지 달달한 걸로. 크림두 잔뜩 얹어주고!"

"너 지금 그 정신 상태로 여기까지 운전하고 온 거야?"

"내가 왜?"

여전히 방긋거리며 눈을 깜빡이는 은아에게 은해는 더 묻지 않고 손사래를 쳤다.

"됐다. 커피 가져갈 테니 들어가 있어."

사뿐거리는 걸음으로 사무실로 향하는 은아의 뒷모습을 좀 더 지켜보며 은해는 고개를 갸웃거렸다. 머리에 꽃이라도 하나 꽂혀 있다면 사람들이 오해하기 십상이라 할 만큼 은아의 모든 게 들떠 보였다.

듬뿍 얹은 휘핑크림 위에 캐러멜 드리즐과 초콜릿 시럽을 잔뜩 뿌린 카페모카와 아메리카노, 그리고 진한 브라우니 두 조각을 가지고 사무실로 들어간 은해는 휴대폰을 보며 배시시 웃고 있는 은아의 모습에 미간을 좁혔다. 오늘 하진이랑 미팅이라더니만 그한테 완전 푹 빠져 버린 듯했다. 이거 지금이라도 말려야 할지, 아니면 한발 물러나 지켜보는 게 나을지 고민스러웠다.

그나마 남편이 알아본 바로는 하진이 인간적으로 못된 성품이 아니라 해서 다행스럽긴 했지만 워낙에 그 주변이 불안전지대이니 걱정스럽긴 마찬가지였다. 젊고 잘생긴데다 돈까지 많은 남자에게 뻗치는 유혹의 손길이 만만찮다는 건 은해도 몸소 겪어봤기에 익히 알고 있는 사실이었다. 그런데 하진은 그저 돈 많고 잘생긴 남자가 아닌 스타였다. 벌게진 눈을 하고 달려드는 여자들뿐 아니라 같은 일을 하는 최고의 미녀 배우들이 항상 옆자리를 차지하고 있는 스타……. 그런 하진 때문에 은아가 마음고생을 하게 될까 걱정되는 건 당연한 거였다.

"뭘 보는데 계속 히죽거려?"

"어? 그냥……."

은아는 하진이 찍은 두 장의 사진을 돌려보던 걸 감추며 커피를 받았다.

"와~ 크림으로 탑을 쌓은 거야?"

"달달한 게 땡기는 이유가 뭔데?"

들을 준비가 됐다는 듯 맞은편에 느긋이 등을 기대고 앉는 은해를 보며 은아가 상기된 얼굴로 말했다.

"하진 씨, 꽤 괜찮은 사람 같아! 진짜 멋진 거 있지."

예상했던 말이었기에 은해는 들릴 듯 말 듯한 숨을 내쉬고는 커피를 마셨다.

"그래? 잘해주던?"

"꼭 오랫동안 알고 지내온 사이처럼 날 대하는데, 와……. 어느 순간 나도 그가 하는 대로 따라 하게 되더라구. 나랑 점심 같이하려고 단골 레스토랑에 미리 준비까지 시켜뒀는데, 뭐, 그 정도야 대단한 건 아니라 해도 말도 참 잘하고, 표정들도 얼마나 귀엽고 예쁘고 멋지던지! 우리 둘 다 너무 자연스럽게 이야기하면서 웃고 그랬다니까. 그 사람, 정말 괜찮은 남자 같아. 넘 멋져……."

단숨에 말을 쏟아낸 탓인지, 아님 하진에 대한 열망이 고스란히 남은 탓인지 은아는 하아거리며 신음과도 같은 소리를 내었다. 반면 은해는 아까와는 달리 '에혀~' 라는 소리까지 내가며 한숨을 내쉬었다.

"언니 말이 맞잖아. 첨부터 너한테 관심이 있었던 거라구."

"음, 나 사실 기분이 되게 좋다?"

배시시 웃으며 커피잔으로 얼굴을 가리더니 다시 번쩍 고개를 들며 말을 이어갔다.

"솔직히 믿기지도 않구! 하진이랑 내가 연인이라는 게 말이 돼? 근데 내 이름 부르면서 웃어주는데……. 아……."

또 한 번 터져 나오는 간드러진 소리에 은해의 눈살이 절로 찌푸려지더니 이내 피식 소리를 내며 쯧쯧거렸다.

"일났네. 이왕 시작된 관계니 잘 지내면야 좋지만……."

"좋지만? 좋지만 뭐? 걱정된다구?"

은아는 살짝 눈을 흘겼다가 이내 방긋 웃어 보였다.

"내가 뭐 어린앤가? 넘 걱정 마! 아빠도 괜찮을 것 같다고 밀어주셨으니까."

"그래도 할아버진 염려하시는 것 같던데?"

은해의 지적에 은아의 표정이 약간 굳어지긴 했지만 털어내려는 듯 어깨를 으쓱였다.

"연예인이라는 것 때문에 그러시긴 한데, 그건 시간이 해결해 줄 거야. 우리가 별 탈 없이 잘 지내면 더는 뭐라 하시지 않겠지."

"난 모르겠다. 이미 발표까지 해버린 이상 더 할 말은 없다만, 맘 단단히 여미고 있는 게 좋을 거야. 언제 어디서 누가 치고 들어올지 모르는 일이니까."

"네에, 알았습니다!"

시럽이 묻은 크림을 스푼으로 크게 떠서 입안에 넣은 은아는 달콤함을 음미하듯 눈을 감으며 씨익 미소를 머금었다.

다른 손님들의 눈에 띄지 않은 커다란 룸으로 안내되어 점심 식사를 하는 동안 은아는 그를 마주 보는 게 점점 편안해짐을 느낄 수 있었다. 친근하게 다가오는 그의 말투와 표정 덕분이었을까? 어느 순간부터 은아는 그의 매력적인 미소를 마주하며 같이 웃을 수 있었고, '어머, 정말?' 이라는 호응구를 자연스레 하게 되었다.

대부분이 촬영장에서 일어난 재미난 에피소드들로 대화가 채워졌지만 은아는 그의 유머러스한 면과 따뜻한 면을 모두 느낄 수 있던 시간이었다. 하진은 누구처럼 겉과 속이 다른 양아치류는 결코 아니었다.

 8

"기자회견은 내일 오전 너 화보 촬영 끝나는 대로 하기로 했으니까 준비해. 은아 씨한테도 미리 알려주던지."

수완의 말에도 진희는 아무런 대답 없이 혼자 싱글거리고 있었다. 마치 처음 연애하는 철부지마냥 실실대는 모습이 웃기지도 않았다. 수완은 진희를 캐스팅하고 싶다고 연락해 온 영화와 드라마의 기획서와 시나리오 더미를 가져와 탁자 위에 탕 소리가 나게 놓았다.

"아, 깜짝이야!"

유리 탁자 위로 발을 쭉 뻗고 있던 진희가 자세를 바로 하며 수완을 노려보았다. 점점 자신에게 빠져들고 있는 게 확연히 보여지던 은아를 떠올리던 참인데 방해받자 입술을 삐죽였다.

“그 정도로 깨지기나 하겠어? 이것들은 뭔데?”

“다음 작품 골라야지.”

“뭘 벌써 골라? 나 지난달에 24부작 끝냈거든!!”

“그니까 차기작 준비해야지. 시놉이랑 좋은 게 무지 많더라. 니가 좀 봐봐.”

“아, 됐어. 당분간은 안 해.”

진희는 다시 몸을 쭈욱 늘이며 두 팔을 머리 뒤로 받쳤다.

“드라마 싫으면 영화로 하나 하든지. 딱 널 생각하고 썼다고…….”

“형!”

진희가 머리를 발딱 치켜들며 쏘아보자 수완이 얼른 입을 다물었다.

“내가 쓴 시나리오, 형도 봤지?”

“어…….”

“내가 그거 연출도 직접 하고 싶다고 말했지!”

“……그랬지.”

“근데 지금 나보고 딴 작품을 고르라는 게 말이 돼?”

“대표님이 허락하셨어? 난 못 들었는데?”

“시나리오는 맘에 든다고 하셨어.”

“그렇다고 그걸 당장 찍을 순 없잖아.”

심드렁한 태도를 취하는 수완에게 진희는 못마땅한 눈길을 던졌다.

“솔직히 말해, 그거 별로였어? 재미없었냐구!”

“뭐, 딱히…… 재미없는 건 아니지만, 구성상 손봐야 될 데도 좀 있는 것 같고, 또 사극인데다 궁이 주 무대이니만큼 제작 준비도 만만찮을 것 같고, 이래저래 생각해 보면…….”

“그래서 힘들 거다?”

진희가 찌릿거리며 말을 자르자 수완이 어깨를 으쓱였다.

“당장으로선?”

“준비하는 데 만만찮을 것 같으면 거기 올인할 생각을 해야지, 내가 지금 딴 작품 고르면서 시간 낭비하게 생겼냐고!”

“야! 넌…….”

“그 시나리오 내 거야! 엄마가 딴 감독한테 보여주기 전에 내가 할 거라고!”

“진희야, 그래도 그건…….”

“나 당분간 드라마는 안 해.”

“안 돼에! 드라마를 해야 전 연령층에 골고루…….”

“내가 지금 원하는 건 연출이야! 그게 원래 내 꿈이었고 목표니까.”

“건 아는데, 그래도 지금 니가 할 일은 배우야. 그게 모두가 원하는…….”

“똑같은 말은 그만합시다!”

아무 소리도 안 듣겠다는 듯 머리 뒤로 팔을 받치며 눈을 감아 버리는 진희를 보며 수완은 한 대 쥐어박고 싶다는 표정으로 주먹을 들어 보였다. 그리고는 문득 떠오른 생각에 가슴 앞으로 턱 하니 팔짱을 꼈다.

“너 그렇게 말 끊고 들어오는 거 고치라고 누가 그러던데?”

역시나 진희가 흠칫했는지 찌푸린 표정으로 눈을 떴다.

“내가 정말 그래?”

“방금도 쭉 그래 왔지.”

“그런가……?”

진희는 골똘히 생각에 잠긴 듯하다가 다시 수완을 보았다.

“내가 평소에도 그래 왔나?”

“쫌 그런 경향이 있지.”

“아까 은아 씨 앞에서도 내가 좀 많이 그랬던가?”

“그랬으니 은아 씨가 지적질을 했겠지.”

고개를 끄덕이며 답하는 수완을 가늘어진 눈으로 바라보던 진희는 탁자 위의 시나리오 더미를 발로 쭉 밀어버렸다.

“이것들 안 볼 거니까 내 눈앞에 갖다 놓지 마!”

“야! 너 정말 이럴 거야? 최 국장님이랑 한 PD가 꼭 좀 읽어보라고 부탁했단 말야! 저건 이 감독님이 널 연상하며 손수 쓴 시나리오라는데 한번 보기나 하라고!”

“형은 매니저로서 근무태만이야! 그러니 형이 가져온 건 안 본다고.”

“내가 무슨 근무태만이얏! 나만큼 너한테 시간, 정성 쏟는 사람이 어딨다고 그래?”

발끈해서 외치는 수완을 진희는 여전히 삐딱한 시선으로 보고 있었다.

“그런 매니저가! 내가 은아 씨한테 지적질당할 때까지 암 말 않고 그냥 있었단 말야?”

수완은 어이없다는 듯 입을 쩍 하니 벌렸다.

“그렇다고 날 책임 없는 매니저로 몰아가면 안 되지! 니가 너밖에 모르는 걸 내가 어찌 고쳐?”

“내가 나밖에 모른다고? 형 보기에 내가 정말 그래 보인단 말야?”

생전 처음 듣는 말인지라 나름 충격적이었는지 진희의 두 눈이 동그랗게 커져 있었다. 수완은 너무 심했나 싶어 얼른 웃음을 보였다.

“아아니, 꼭 그런다는 게 아니라. 간혹 너 내키는 대로 할 때가 있다는 거지. 뭐, 지금 네 위치에서 어느 정도는 필요한 면이긴 하니까 나쁠 건 없고, 솔직히 넌 양반이지이! 암! 딴 애들 하는 거 보면 정말 가관도 아니잖아? 촬영장 지각에, 펑크에, 걔네들하곤 비교도 안 되지. 어쨌든 좋은 작품이 많으니까 이 중에서 하나 골라 보자. 응?”

진희 달래기에 나선 수완이 다시 시나리오 더미를 차곡차곡 모았다. 하지만 진희는 관심 없다는 듯 아예 자리에서 일어났다.

“집으로 갈 거니까 내일 아침에 전화해.”

“이것들 가져가서 한번 보라니까.”

진희는 수완이 억지로 손에 들려주는 시나리오를 다시 돌려주며 강조했다.

“난, 내 거 할 거야.”

“너 그럴까 봐 대표님이 바로 차기작 들어가게 하라고…… 합!”

얼른 수완은 입을 가렸지만 진희의 표정으로 봐선 이미 엎질러진 물을 주워 담는 꼴이었다.

"엄마가 그래?"

"그게 아니라……."

수완은 눈알까지 굴리며 열심히 말을 골랐다.

"그러니까, 네가 감독으로 나서기엔 아직 시기상조잖아. 제작비도 많이 들 텐데 네가 연출한다면 투자자들도 좀 거시기할 테고, 좋은 시나리오니까 좀 더 시간을 두고 준비하는 게 낫지 않을까 걱정하시는 거지. 대표님이기 이전에 네 어머니잖아. 그러니 이것저것 다 따져서 고민하고 계시니까 믿어드려."

"좋은 시나리오니까 내가 찍겠단 거잖아! 원래 잘 찍는 감독들은 대부분이 자기가 쓴 시나리오로 영상을 만들어낸다구! 모든 그림이 이 머릿속에 있으니까!"

"차라리 하 감독님한테 부탁하면 안 될까? 우선은 극본으로만 먼저 이름 올리고 감독 데뷔는 나중에 하면 어때?"

"아빠도 아빠가 직접 쓰신 것만 찍으시는 거 몰라?"

"하긴…… 그러니 매번 대박이지."

수완이 그렇다는 듯 고개를 끄덕이자 진희가 다시 한 번 강조했다.

"내가 직접 투자자를 물색해서라도 시작할 거니까 형도 엄마를 설득시키는 데 힘 좀 보태."

"야, 아무리 그래도…… 대표님 설득은 힘들어……."

말꼬리를 흐리는 수완을 모른 척하며 진희는 손을 흔들었다.

“낼 봐.”

수완의 사무실을 나오며 진희는 짜증스런 손길로 휴대폰을 꺼냈다. 엄마에게 통화버튼을 누르려 엄지손가락을 세웠지만 잠시 망설이다 다시 주머니로 휴대폰을 넣었다.

‘대표님이기 이전에 네 어머니잖아’ 라고 한 수완의 말이 진희를 머뭇거리게 한 것이다. 사업가로서뿐 아니라 부모 된 입장에서 아들이 새로운 일에 덤벼드는 걸 걱정하는 마음을 왜 모를까……만은!! 어쨌든 진희의 결정은 변함없었다. 꼭 엄마를 설득해 직접 연출도 맡으리라고!

샤워를 마친 후 냉장고에서 맥주 한 캔을 따가지고 거실로 나오던 진희의 눈이 시계로 향했다. 10시가 넘은 시각이니 그녀도 어쩌면 하루 일과를 정리하고 쉬고 있을 거란 생각이 들었다.

DVD장에서 고전명화 중 하나를 골라 플레이어에 끼워 넣고 푹신한 라운지 체어에 몸을 맡긴 진희는 은아에게 전화를 걸었다. 벨소리 단 두 번 만에 ‘여보세요!’ 라는 흥겨운 목소리가 들리자 절로 미소가 번졌다.

“뭐 해?”

〈네? 누구…… 어? 하진…… 아니, 진희 씨!〉

발신자 확인을 안 한 건지 아님 번호 저장을 안 한 건지 모르지만 그녀는 상당히 놀란 음성으로 그의 이름을 불렀다. 점심을 함께하며 조금은 둘 사이의 격식을 허문 탓에 하진이란 예명보다는 진희라 부르라 했다. 그런데!! 대체 뭘 하고 있었기에 전화를 이렇게 받은 거지?

아까의 미소와 달리 살짝 찌푸린 표정으로 진희는 은아의 주변 소리에 신경을 집중했고 신나는 댄스음악이 들리는 걸 알 수 있었다.

"어디야? 집에 아직 안 갔어?"

〈지금 가는 중이에요. 근데 무슨 일이에요?〉

아직까지 집에 들어가지 않은 것도 그렇고, 그가 전화한 게 뜻밖이라는 듯 의아함을 나타내는 그녀에게 괜히 심술이 났다.

"퇴근이 원래 이렇게 늦어?"

〈아뇨. 언니한테 들렀다 이제 가는 길이에요.〉

"그럼 운전 중이야?"

〈네. 핸즈프리라 괜찮아요.〉

"차에 블루투스 기능 있지 않나? 내 이름 안 떠?"

〈아, 제 차가 좀 오래된 거라서요.〉

"그럼 내 번호 저장은 해둔 거고?"

그깟 번호 저장이 뭐 대수라고 이렇게 집요하게 물어대는지 본인도 약간 놀랄 정도였지만 어쨌든 꼭 확인하고 싶었다.

〈했는데…… 왜요?〉

"아냐. 그냥 궁금해서."

그리 말하고 나니 딱히 할 말이 없었다. 뭐 하는지, 오늘 하루는 어땠는지 등 일상적인 대화를 하고 싶었던 건데 사소한 걸 따져 물은 자신이 한심하단 생각이 든 탓이다.

〈전화는 왜……?〉

그가 한동안 조용해선지 그녀가 조심스런 어투로 먼저 물었다. 음악 소리도 잠잠해진 게 통화를 위해 볼륨을 줄인 듯했다.

"내일은 뭐 해?"

〈출근하는데요.〉

이런 눈치 없는 여자 같으니라고! 누가 출근하는지 몰라 물었겠나?

"퇴근 후 다른 약속은 없고?"

〈친구가 시간 되면 보자고는 했지만 아직은 잘 모르겠어요.〉

"친구?"

아하~ 그를 사귄다는 걸 알았으니 친구들이 궁금해할 건 당연했다. 그는 빙긋 웃으며 물었다.

"친구들이 뭐래? 완전 난리난 건가?"

〈아뇨, 걔네들은 아직 몰라요.〉

"모르다니? 나랑 열애 기사 난 걸 모른다고?"

오늘 하루 종일 대서특필된 기사를 모른다니, 말이 돼? 신문은 고사하더라도 인터넷도 안 보는 친구들인가?

〈그게…… 내가 제일 쪽 사람인 줄을 모르는 친구라서…….〉

어색하게 답하는 그녀의 말에 진희의 미간이 좁혀졌다.

"당신이 제일그룹 딸이란 걸 모른다고?"

〈아직 내가 말을 안 했거든요.〉

"친한 친구 맞아?"

〈그럼요! 중학교 때부터 사총사였는데!〉

"근데 어떻게 말을 않고 숨길 수가 있어?"

〈울 아빠 직업이 뭔지 시시콜콜 말하면서 친구 사귀나요? 그냥 맘 맞는 친구들끼리 어울리면서 친해지는 거지.〉

"아, 그래……?"

허허, 이 아가씨 정말 독특한 구석이 있다는 걸 또 한 번 느꼈다.

"그럼 나랑 사귀는 것도 그 친구들한텐 말 안 할 건가?"

〈어…… 글쎄요. 한 명은 유학 가 있고, 한 명은 결혼해서 호주에 있고, 한 명은 박사 과정 준비 중인데 이쪽 일에 전혀 관심이 없는 애라서요.〉

"낼 만날지도 모르는 친구는 그 박사 과정 친구고?"

〈예.〉

"어디에서 만날 건데?"

〈아직 확실하진 않아요. 낼 우리 회사 근처에서 세미나가 있다구 시간이 되면 회사 앞으로 온댔거든요.〉

"그럼, 그 친구한테도 계속 말 안 할 거야? 나중에 친구 사이에 이런 말도 안 했다고 배신감 느끼고 그러지 않을까?"

〈그럴까요……? 연예인들 이름도 잘 모르는 애데…….〉

"나도 몰라?"

설마라는 듯 어느 순간 진희는 벌떡 일어나 있었다. 대한민국 이십대 아가씨가 '하진'을 모르다니! 그건 절대 있을 수 없는 일이었다!

〈아, 아뇨. 아마 알 거예요. 당연 알 테죠! 설마 모르려구요.〉

황급히 답하며 얼버무리는 듯 들리는 게 미심쩍었다. 진희는

10시부터 화보 촬영을 시작하면 대여섯 시까지는 충분히 끝낼 수 있을 거란 생각이 들었다. 다만 하도 요구 조건이 많고 깐깐하게 찍어대는 사진작가인지라 자신할 수 없지만 6시까지는 어떻게든 끝내리라 마음먹었다.

"내일 퇴근 후 스케줄 어떻게 되는지 미리 알려줘. 나도 6시 이후엔 별다른 일 없으니까."

〈그럼…… 우리 내일도 만나요?〉

"나 때문에 친구를 포기하란 건 아니구, 그냥 그 친구랑 약속이 확실히 결정되면 알려줘. 나야 당신 얼굴 잠깐 보는 걸로도 만족할 수 있으니까."

〈…….〉

"여보세요?"

〈아, 예. 알겠어요. 내일 오후에 연락드릴게요.〉

"오케이. 조심히 운전하구."

〈네…… 끊어요.〉

"음~"

진희는 씩 웃는 얼굴로 전화를 끊은 뒤 체어 위로 벌러덩 드러누웠다. 어차피 온 국민들이 다 아는 사실! 내일 친구를 만나는 자리에 깜짝 출연을 해주리라 생각하는 진희였다.

전화를 끊고 은아는 헤벌쭉 입이 귀에 걸린 채로 운전을 했다. 그가 이렇듯 전화를 해준 게 믿어지지 않을뿐더러, 내일 또 만나자며 얼굴만 봐도 만족할 수 있다는 말을 한 것 또한 심장을 마구

두방망이질 치게 만들었다.

미안하지만, 내일 미숙이에겐 급한 약속이 생겼다고 해야 할 것 같았다. 사거리 신호등에 멈춰 선 은아는 실내등을 켜고 룸미러로 얼굴 상태를 확인했다. 마사지 받은 지가 언제였는지 생각나지도 않았다.

"팩이라도 해야겠네……."

양볼을 토닥이며 은아는 또 한 번 배시시 웃었다.

'봄의 판타지'라는 주제로 화보 촬영을 하며 진희는 여러 번에 거쳐 화장과 머리스타일을 변경해야 했다. 미세한 표정 하나하나까지 체크하며 완벽함을 추구하는 사진작가인 마누엘의 지시에 따라 불평불만 없이 포즈를 취하고 재깍재깍 반응을 보여주는 진희의 모습에 촬영 스텝이나 수완 모두 만족스러워했다.

마지막 컷으로 봄의 따스함을 시샘하는 악마 분장을 위해 거울 앞에 앉은 진희는 휴대폰을 확인했다. 은아에겐 촬영 때문에 전화 통화는 힘들 수도 있으니 메시지로 보내달라고 오전 중에 미리 연락을 해뒀었다. 새로운 메시지 표시에 진희는 빙긋 웃으며 창을 열었다.

〈미안해요……. 친구랑 꼭 만나야 할 일이 생겨서요…… 끝나면 연락할게요.〉

흠, 결국은 친구를 만난단 말이지? 뭐, 좋아. 내가 가면 되니까.

　진희는 좋은 시간 보내라는 말과 함께 전화하겠다는 말도 덧붙여 답장을 보냈다.

　"이야, 오늘 촬영은 빨리 끝낼 수 있겠다."

　음료수를 가져오며 수완이 어깨를 두드리자 진희가 힐끗 보았다.

　"당연하지. 내가 시간 맞추려고 얼마나 서두르고 있는데."

　"딱히 시간을 정하진 않았지만, 어쨌든 이 상태라면 7시 정도면 충분하겠다. 그때로 연락해 놓을게."

　수완의 말에 진희가 눈살을 찌푸렸다.

　"연락을 하다니?"

　"촬영 끝나고 기자회견한다고 했잖아."

　"오늘? 그걸 왜 이제 말해?!"

　처음 듣는 소리라는 듯 버럭 외치는 진희를 보며 수완이 한숨을 푹 내쉬었다.

　"내가 어제 분명히 말했지! 화보 촬영 끝나는 대로 기자회견할 거라고!"

　"은아 씨 만나러 갈 생각이었는데?"

　진희의 짜증스러운 말에 수완은 허허 웃음소리를 내었다.

　"너 지금 은아 씨 만날 생각에 이렇게 서두른 거야? 군소리 없이?"

　"당연하지!"

　진희는 거울을 통해 수완을 찌릿 노려본 후 분장을 위해 눈을 감았다.

"내 발표문 최대한 짧게 하고. 질문은 딱 두 개만 받는다고 해. 보나마나 뻔할 뻔자 질문들일 테니 많이 들을 것도 없어."

"야, 아무리 그래도 니가 직접 시인하는 열애 기산데 그렇게 간단히 끝내면 안 되지. 어느 정도 기자들 궁금증은 충족시켜 줘야 할 거 아냐."

"마누엘한테 촬영 최대한 빨리 끝내달라고 말해. 기자회견 6시 시작! 30분만 하고 난 자리 뜰 거야. 끝!"

단호한 투로 말을 맺는 진희를 보며 수완은 머리를 설레설레 흔들었다.

서은아, 그 여자를 만나기 위해 하진이 이런 모습을 보인다는 게 놀라울 뿐이었다.

미숙이가 결혼을 할 거라 했다.

지난달 만났을 때도 아무 말 없었는데 너무 갑작스런 발표였다. 남자엔 별 관심도 없고, 연애하는 것도 귀찮다 여기며 책만 파던 친구였던지라 혹 이상한 남자에게 잘못 걸린 건 아닌지 걱정도 되었다. 그런데 마침 인사도 시켜줄 겸 함께 나오겠다고 하니 진희와의 데이트보다 미숙일 만나러 가는 게 당연했다.

미숙이 식사까지는 힘들 것 같다고 해서 회사 앞 카페 이름을 알려준 은아는 퇴근 준비를 하며 시계를 보았다. 미숙이랑 빨리 헤어질 것 같으면 진희에게 연락을 미리 해두는 게 나을지 망설여진 것이다. 휴대폰을 손에 쥔 채 사무실을 나서는데 그에게서 먼저 전화가 왔다.

왠지 텔레파시가 통했다는 기분에 은아는 방긋 웃으며 전화를
받았다.

"네, 여보세요!"

〈통화 괜찮아?〉

"막 퇴근하는 길이에요."

〈그래? 나 이제 기자회견할 건데 미리 알려줘야 할 것 같아서.〉

"기자회견이요?"

엘리베이터 앞에 다른 직원들이 서 있자 은아는 눈인사를 하면
서 복도 끝으로 갔다.

〈특별한 건 없고, 우린 작년 가을에 가까워지기 시작했다가 본
격적으로 사귀기 시작한 건 최근이라고 할 거야. 동의하지?〉

"예? 예, 뭐……."

〈그리고 결혼을 전제로 하냐는 질문들이 주를 이룰 텐데, 우리
나이가 거기까지 생각할 정도로 많은 건 아니잖아?〉

물론 그와의 결혼을 바랐던 건 아니지만, 뭐랄까…… 그는 지금
열애 기사를 그냥 스쳐 지나가는 단순한 하나의 사건 정도로만 인
식하고 있다는 생각에 왠지 아쉬움이 느껴졌다. 그에겐 진짜 연애
라는 것도 잠깐 좋아 지내다가 그냥 또 쉽게 헤어질 수 있는 그런
가벼운 관계일지도 몰랐다. 그의 친근하고 따뜻한 면들은 누구에
게나 보여주는 당연한 것들인데 괜히 혼자 설레고 좋아하면서 특
별한 의미를 부여했나 싶어 씁쓸한 기분이 들어서인지 은아의 대
답이 느릿하게 흘러나왔다.

"……그렇죠……."

〈지금 당장은 다른 생각 없이 그저 예쁜 사랑 키워가고 싶다고 할 거니까 그렇게 알고 있으면 될 것 같아.〉

연예인들이 열애설이 터지면 항상 하는 대답인 '예쁜 사랑 키우겠다' 라는 형식적인 말을 듣고 보니 은아의 마음은 훨씬 더 착 가라앉았다.

그럼, 뭘 바란 건데? 그가 당장 영원한 사랑을 약속해 주길 바란 것도 아니잖아! 솔직한 말로 지금 그가 없으면 못살겠단 정도로 사랑에 빠진 것도 아니면서 뭘 서운해하는 거냐구!

"알겠어요."

간단히 답하는 은아의 목소리가 처음과는 다른 게 느껴졌는지 그가 궁금증이 담긴 어조로 물었다.

〈무슨 일 있어?〉

"아뇨."

〈목소린 그게 아닌데? 친구랑 안 좋은 일로 만나는 건 아니지?〉

"그런 거 아니에요. 가봐야겠어요. 끊을게요."

〈잠깐!〉

그의 목소리에 종료버튼을 누르려던 손이 멈칫했다.

〈친구는 어디에서 만나?〉

"회사 앞 카페요."

〈카페 어디?〉

이렇듯 그가 물어대는 것도 귀찮지가 않고 오히려 반갑게 느껴진다는 건…… 그를 좋아하게 된 자신의 감정을 그에게 들키고 싶지 않다는 생각에 은아의 대답은 퉁명스레 흘러나왔다.

"향기로운 집이라고 하나 있어요."

〈음……. 근데 정말 무슨 일 없는 거지?〉

"네, 그만 끊어요."

얼른 전화를 끊어버린 은아는 휴대폰을 쳐다보다 한숨을 푹 내쉬었다. 기자회견을 해야 하는 그로서는 그리 답하는 게 당연한 걸 텐데 너무 예민하게 받아들인 듯했다. 이제 두어 번 만났으면서 그에게 특별한 존재이길 바라는 게 오히려 더 우습지 않나? 그는 걱정스러워 물은 걸 텐데 그렇게 끊어버렸으니 얼마나 황당했을까 싶지만 그것 때문에 다시 전화를 할 순 없는 노릇이었다.

☆　　☆　　☆

까만 사각테 안경을 낀 남자는 미숙이 다니는 대학원의 시간강사로 오랫동안 있다가 이번에 조교수로 정식 임용을 받았다고 했다. 그간 미숙일 짝사랑하며 용기가 없어 나서지 못하다가 임용과 동시에 고백을 했다고 한다. 남자엔 관심 없다 말하던 미숙이도 뭔가 눈치를 채고 그를 지켜보고 있었던 건지, 그의 고백에 별 망설임 없이 응했고 사귄 지 두 달밖에 안 됐는데 결혼 날짜까지 잡은 상태였다. 그것도 다다음 주 토요일이라니? 저도 모르게 은아의 눈이 미숙의 배로 향하자 얼굴이 빨개진 미숙이 고개를 끄덕였다.

"5주째래."

수줍게 말하는 미숙의 옆에 앉은 약혼자도 민망했는지 물을 마시는 척하며 얼굴을 가렸다. 다른 누구도 아닌 미숙이 혼전임신을 했다는 게 놀랍기도 하면서 믿어지지도 않아 은아는 잠시 말을 잃고 말았다.

"기집애, 무슨 말이라도 좀 해."

미숙이 살짝 흘기자 그제야 은아가 눈을 깜빡이며 어색하게나마 미소를 지었다.

"어, 축하해. 이건…… 이중으로 축하해야 하나? 미숙이한테 정말 잘해주셔야겠다. 그래 주실 거죠?"

은아의 말에 그는 다부진 표정을 지으며 꾸벅 고개까지 숙여 보였다.

"그럼요! 최고로 행복하게 잘해줄 생각입니다!"

그래도 믿음직해 보이는 남자인 듯해 다행이란 생각이 들었다. 은아는 그를 향해 웃음을 보이며 커피잔을 입가로 가져갔다. 이미 결혼한 친구도 한 명 있지만, 가까이에 있던 미숙이까지 갑작스런 결혼 발표를 해버리니 기분이 묘했다. 조금 전 진희와의 통화에서 결혼에 관한 말을 나눠서 그런 걸까? 그가 했던 말처럼 그녀도 아직 결혼을 생각할 나이는 아니라 여기고 있었는데 친한 친구 두 명이 벌써 유부녀라니…….

생각에 잠겨 커피를 한 모금 마시던 은아는 주위의 웅성거림에 눈을 들었다. 맞은편의 미숙이랑 약혼자도 동그래진 눈으로 바로 옆의 창밖을 쳐다보고 있었다. 무심결에 시선을 따라간 은아는 그만 입안에 있던 커피에 사레들려 콜록거렸다.

서둘러 냅킨으로 입을 가리고 가슴을 두드리며 기침을 해대던 은아의 불안한 시선이 다시금 창밖으로 향했다. 저 남자가 왜 여기……?

은아가 앉은 테이블 옆의 유리창 너머에 서서 그녀를 보고 있던 하진이 싱긋 웃자 카페 안 여자들이 숨을 삼키는 소리가 여기저기서 들려왔다. 그리고 그는 사람들의 시선을 즐기기라도 하듯 성큼성큼 카페 입구를 향해 걸음을 옮겼다.

침을 꼴깍 넘기며 굳어진 얼굴의 은아와는 달리 미숙이와 약혼자는 다른 사람들과 마찬가지로 하진의 움직임을 좇고 있었다.

"저 사람 하진 아냐?"

"그러게?"

카페의 자동문이 스륵 열리고 그가 한 발 들어서자 '어머, 어머!', '꺄아~ 난 몰라!' 등등의 소리들이 퍼져 나갔다.

단정하게 빗어 넘긴 머리에 깃을 세운 푸른 셔츠와 캐주얼한 줄무늬 재킷을 걸친 그에게선 어느 누구도 근접하지 못할 아우라가 풍겨났다. 은아는 진희가 쭉 뻗은 몸으로 마치 모델처럼 한 손을 바지 주머니에 찔러 넣고 가까이 다가오는 걸 커다랗게 열린 눈동자로 바라보았다. 눈으로 보면서도 믿어지지가 않았다.

저 남자가 지금 여기 왜 온 거지?

여기저기서 카메라 셔터 소리가 찰칵찰칵, 들려왔지만 그는 전혀 개의치 않고 은아가 있는 테이블로 오더니 옆 의자에 자연스레 착석했다. 그리고는 아무렇지 않게 은아의 등을 토닥거려 주었다.

"괜찮아?"

은아는 그저 멍한 얼굴로 그를 쳐다볼 따름이었다. 그는 입술 한쪽 끝만을 슬쩍 늘여 보이더니 제법 날카로운 눈으로 앞의 두 사람을 보았다.

"이쪽은 은아 친구 분일 테고, 이쪽은?"

미숙의 약혼자를 보며 눈썹을 치켜올리는 폼이 '넌 대체 누구냐?'라고 묻는 듯했다.

기자회견을 대충 마무리 짓고 수완의 부름에도 모른 척하며 쌩하니 이쪽으로 달려온 진희였다. 은아의 통화 목소리에 뭔가 석연찮은 기운이 느껴진 게 계속 신경 쓰였던 것이다. 한데 와서 보니 이건 뭐 소개팅을 주선하는 자리처럼 보이지 않는가! 거기다 한술 더 떠서 저 남자에게 눈까지 미소를 담아 보내는 걸 보니 머리끝까지 피가 쏠리는 느낌을 받았다. 친구가 그녀의 정체를 모른 탓에 마련해 준 자리라 해도 이런 건 거절해야 마땅했다.

진희는 앞의 두 사람도 멍한 눈으로 쳐다보고만 있자 다시 은아를 돌아보았다.

"내 등장이 너무 드라마틱했나? 왜 아무 말도 안 하지?"

주위의 호기심 어린 시선들과 수군거림에 은아의 얼굴은 이미 빨갛게 달아오른 상태였다. 간신히 호흡을 가다듬었지만 여전히 깜짝 놀란 심장은 정상으로 돌아오지 않고 있었다.

"여긴 어떻게……. 기자회견할 거라고……."

"끝내고 바로 온 거야."

"이렇게 빨리요?"

"오래 앉아 있으면 뭐 해. 할 말 다 했으면 끝나는 거지."

진희는 어깨를 으쓱해 보이곤 다시 앞의 남자를 힐끗 쳐다보고는 은아에게 물었다.

"누군지 말 안 해줄 거야? 설마 내 추측이 맞는 건 아니겠지?"

살짝 찡그린 그의 표정에 은아의 얼굴도 똑같이 찌푸려졌다.

"추측…… 이라뇨?"

"스토옵!"

갑자기 미숙이 손을 뻗으며 은아와 진희의 대화를 끊었다. 그러고는 두 사람을 번갈아 가리키며 조심스레 물었다.

"하진이랑 너랑! 어떻게……?"

은아의 어쩔 줄 몰라 하는 표정과 진희의 씨익 웃는 얼굴에서 미숙은 답을 얻었는지 입을 쩍 하니 벌렸다.

"서은아! 너 정말! 방금 전까진 나한테 말 안 했다고 뭐라 했잖아! 근데 넌 어떻게 이런 빅뉴스를 숨길 수가……."

버럭 소리치는 미숙의 소매를 툭툭 당기며 약혼자가 귀에 대고 뭐라 하자 미숙이 머리를 갸웃거렸다. 그러고는 진희를 의아한 눈으로 쳐다보았다.

"하진 씬 제일그룹 딸이랑 사귄다고 했다는대? 지금 은아랑은 왜……?"

"당신 친구, 정말 연예기사는 안 보나 봐? 내 기억으론 제일그룹 딸 얼굴이 신문에도 실렸던 것 같은데."

능청스레 말하는 진희와 여전히 민망한 표정을 짓고 있는 은아를 돌아보던 미숙의 눈이 점점 동그랗게 커졌다.

"설마, 너…… 너희 집이 제일그룹?"

믿을 수 없다는 듯한 미숙의 반응에 은아는 어색하니 머리를 매만지며 고개를 끄덕였다.

"헐……."

"어어, 미숙 씨! 조심조심! 릴렉스!"

미숙이 손으로 이마를 짚으며 뒤로 풀썩 기대자 약혼자가 깜짝 놀라며 손부채를 부치고 얼굴을 만져 주었다. 그 호들갑스런 모습에 진희의 한쪽 눈썹이 꿈틀거렸다. 그리곤 휙 하니 은아를 돌아보았다.

"당신, 소개팅받는 거 아니었어?"

"예에?"

혼란스러운 카페에서의 만남을 정리하고 미숙의 커플과 서둘러 인사를 마친 은아는 진희의 차 안에서 그를 흘겨보는 중이었고, 그는 뭐가 그리 재밌는지 혼자 쿡쿡거리며 웃음을 참지 못하고 있었다.

"어떻게 소개팅을 한다고 생각할 수 있어요?"

"아, 미안…… 후……."

그는 상체를 주욱 펴며 숨을 한 번 내쉰 후 은아를 보았다.

"전화상으로 뭔가 머뭇거리는 듯한 느낌을 받았었거든. 혹시 말 못할 사정이 생긴 건가 싶어서 신경이 쓰였는데."

그의 얼굴에 감돌던 미소가 연해지는가 싶더니 은아를 가늘어진 눈으로 응시했다.

"그 남자를 보고 당신이 웃더군."

"그래서요……?"

"기분이 나빴지!"

"왜요?"

"애인이 다른 남자한테 그렇게 해사한 미소를 짓는데 아무렇지 않을 남자가 어딨어? 앞으론 딴 남자 앞에서 그렇게 웃지 말았으면 해."

"흠……."

생각지도 않았던 그의 질투하는 모습에 괜히 웃음이 나려 하자 은아는 헛기침을 하는 척 손으로 입을 가렸다.

"당신은 이제 만천하에 나, 하진의 애인이라 등록되었으니 다른 남자랑 단둘이 만나는 것도 안 되는 거라구."

"으흠, 그럼 당신두요?"

은아의 물음에 진희의 고개가 크게 끄덕여졌다.

"난 사람들 눈이 무서워서라도 여자랑 둘이 만나는 일은 안 해 왔거든? 꽤 오래전부터!"

"아…… 그럼 앞으로도 쭉?"

"당연하지."

한 치의 망설임도 없이 곧바로 답하는 그를 보며 은아의 입가에 희미한 미소가 번졌다. 하지만 아까와 같은 행동을 그냥 넘어갈 순 없을 듯했다.

"당신도 다음부턴 그렇게 아무 말도 없이 나타나지 말았으면 해요."

"서프라이즈~! 재밌지 않나?"

그가 양손을 벌리며 씨익 웃었지만 은아는 머리를 저었다.

"난 사람들한테 그렇게 주목받는 거 익숙하지 않아요."

"이미 신문에도 났는데 익숙해져야지."

"사진 한 번 실린 걸로는 알아보는 사람 없거든요?"

“아마 내일 또 실리지 않을까? 좀 전에 사진 찍어대는 사람 엄청 많던데. 블로그며 카페며 어마어마할걸?”

너무도 태연하게 말하는 그에게 은아는 어이없다는 시선을 던졌다.

“그럴 걸 알면서 나한텐 연락 한 줄 없이 나타난 거예요?”

“따지고 보면 내가 발표한 첫 열애 사건인데, 숨어 다니며 데이트하는 것도 아닌 것 같아서.”

그는 자신만의 무기이자 트레이드마크인 백만 불짜리 미소를 날리며 그윽한 눈빛으로 은아의 시선을 붙잡았다.

“당당히 밖으로 나서자구!”

그의 눈을 마주하는 것만으로도 몸이 흐물흐물 녹아내리는 것만 같았다. 은아는 초점이 풀리려 하는 눈동자를 또렷하게 집중하며 정신을 한데 모았다.

“그럼, 나랑 여기저기 상관없이 다니겠다고요? 몰래 데이트가 아니라?”

“물론. 당신이 원하면 내 촬영하는 곳에도 데려갈 수 있어.”

“우리 할머니도요?”

“뭐?”

뜬금없는 은아의 물음에 그가 미간을 모았다.

“우리 할머니가 무지무지 왕팬이시거든요.”

“당신 할머니가, 내 팬이시라고?”

조금은 의외의 말을 들었다는 듯 그가 반문하자 은아의 눈썹이 약간 위로 향했다.

“할머니 팬은 싫어요?”

“그럴 리가 있나! 당연 반가운 소리지! 사인 한 장 해드릴까?”

“사인보다는 직접 얼굴 한 번 보여주면 더 좋아하실걸요?”

“촬영장으로 모시면 할머니께서 불편하실 텐데?”

“별 걱정을 다하시네요. 울 할머니 얼마나 정정하신데요!”

은아가 손을 흔들며 웃어 보이자 진희가 그 손을 잡으며 얼굴을 가까이 가져왔다.

“가만, 난 당신이랑 하는 데이트 이야길 하고 있었던 것 같은데?”

흠칫 놀라며 순간적으로 은아의 호흡이 멈추었다. 그와의 거리가 가까워지면 질수록 그녀의 정신세계는 혼미해지며 아무런 생각도 할 수가 없었던 것이다. 은아의 두 눈에 힘이 들어가며 입술을 꽉 다무는 걸 보며 그가 빙긋 웃었다.

“배고프지 않아?”

“할머니가…….”

“할머니 얘긴 그만하고 당신이랑 내 이야길 하자구.”

“할머니가 한번, 초대하고 싶으신 것 같으니까 촬영장보다는…… 언제 집으로…….”

은아는 그를 좀 더 떨어뜨리기 위해 뒷머리를 유리창에 붙였다. 할머니가 어젯밤 넌지시 꺼낸 얘기였지만 가족들 모두 긍정적인 반응이었기에 그에게 초대 얘기를 하며 후끈해지는 분위기를 돌리고 싶었다. 하지만 그는 은아의 표정을 살피듯 두 눈을 가늘게 뜨더니 아예 그녀의 좌석 등받이에 팔꿈치를 괴며 턱을 받쳤다.

비스듬한 자세로 둘의 상체가 닿을 듯 말 듯 가까워지자 은아는 딱딱하게 굳어지고 말았다.

"저녁은 뭘 먹지? 나 지금 무지 배가 고프거든."

그의 얼굴이 좀 더 다가오자 은아는 그만 두 눈을 꼭 감아버렸다. 적막한 차 안에서 그녀의 심장 소리만 크게 울리는 듯했다. 진희는 옆으로 머리를 붙인 채 바싹 얼어붙은 그녀를 보고 빙그레 웃으며 자세를 바로 하고는 시동을 켰다.

"밥이나 먹으러 가자구."

은아는 한쪽 눈을 슬쩍 열어 그를 살폈다가 이제껏 참아왔던 숨을 나직이 내쉬었다. 너무 긴장을 했는지 등이며 허리 근육에 욱신거리는 통증까지 느껴졌다. 정말이지 순간적으로 그의 입술이 닿는 줄만 알았다. 근데…… 이거 서운한 건가? 은아는 안도의 한숨이었는지, 아쉬움의 한숨이었는지 스스로도 갈피를 잡지 못하자 눈살을 찌푸렸다. 그를 힐끔 보니 입가에 미소까지 감돌고 있는 게 혼자만 재미를 느낀 듯했다.

이 남자…… 이런 식으로 살살 놀리는 데 재미를 붙인 게 아닐까라는 생각까지 들었다. 정말 그런 거라면…… 다음번엔 예상외의 반전도 있다는 걸 보여줘야겠군!

9

“꺄악～!!”

하루 업무를 시작한 지 얼마 안 된 시간, 사무실에 갑자기 주연의 새된 소리가 울려 퍼졌다. 그리고는 황급히 두 손으로 입을 가리며 고개를 수그렸다. 박 차장의 찌릿한 눈초리와 다른 직원들의 깜짝 놀란 눈길에 얼굴은 온통 홍당무처럼 달아올라 있었다.

“죄송합니다…….”

웅얼거리는 목소리로 사과를 한 뒤에도 주연은 모니터를 들여다보며 좋아서 어쩔 줄 모르는 표정을 지었다. 그러더니 벌떡 일어나 건너편의 은아에게 머리를 내밀었다.

“있잖아요, 대리님～! 저한테…….”

활짝 웃는 얼굴로 말하던 주연이 별안간 입을 다물고는 고민에 빠진 듯 눈동자를 굴렸다.

"뭔데요?"

은아가 묻자 주연은 얼른 또 머리를 흔들었다.

"아무것도 아니에요."

주연은 헤 하고 한번 웃어 보이기만 하고는 다시 쏙 머리를 내렸다. 모니터를 보는 주연의 눈동자가 반짝거렸다.

메일을 받았다! 그동안 수백 통이 넘는 메일과 쪽지를 보냈어도 단 한 번도 답을 받지 못했었는데! 권혁수에게 답 메일을 받은 것이다! 주연은 혁수가 보낸 메일을 정성스레 읽고 또 읽기를 반복했다.

콘티가 완성되어 또 한 번의 업무상의 미팅이 이뤄졌다. 진희와 은아의 연인 관계에 대해 모르는 사람은 없었지만 이번 미팅에서 진희는 은아의 말대로 깍듯이 예의를 지켜 공적인 자세를 유지했다. 광고를 담당한 대영기획 측 사람들은 은아와 진희가 혹시나 무언의 눈짓을 보내며 사랑을 속삭이는 건 아닌지 호기심 어린 얼굴로 두 사람을 지켜보았지만 이렇다 할 반응을 찾아내진 못했다. 대신 톱스타를 모델로 캐스팅한 경우 그들의 요구 조건 때문에 회의가 난항을 겪을 때도 있었지만 진희는 상당히 우호적인 자세로 임해주고 있어서 다들 다행이라 여기는 중이었다.

광고는 최근 추세에 맞춰 스토리를 입히기로 결정되었다. 여자 모델의 얼굴은 드러내지 않고 진희를 중심으로 이끌어 나가되 두세 달 후 스토리를 이어 새로운 광고를 찍는 걸로 했다. 어차피 제일패션과 계약 당시 계절에 맞춰 1년에 네 번을 찍기로 했으니 별 무리는 없었다.

첫 촬영은 캠핑 장비를 준비하는 신으로 세트장에서 찍기로 했고, 캠핑장은 인위적으로 만들어둔 곳이 아닌 경치가 좋은 삼림욕장을 섭외하는 걸로 정했다. 이미 봄이 시작된 만큼 촬영을 서두르는 데 진희도 동의했다.

미팅을 마무리 지으며 함께한 사람들과 인사를 나눈 후, 진희는 당연한 것처럼 은아에게 다가가 수고했다는 듯 어깨를 가볍게 안아주었다. 다른 사람들은 그럼 그렇지라는 표정으로 두 사람을 부러움과 흐뭇함이 담긴 눈으로 보았지만 은아는 흠칫 놀라며 경고조로 눈동자를 굴렸다.

"이 정도도 안 하면 다들 우리가 싸웠다고 오해한다구."

그는 은아에게만 들리도록 낮게 속삭이며 남들에게 보란 듯 두어 번 어깨를 토닥여 주고는 팔을 풀었다.

"이따가 전화할게. 조심히 들어가. 다들 수고하셨습니다. 촬영날 뵐게요."

진희는 은아에게 먼저 싱긋 미소 띤 얼굴로 말한 뒤 다른 사람들을 둘러보며 또 한 번 손을 흔들어주었다. 수완과 함께 진희가 회의장을 나가자 그동안의 여러 작업으로 안면이 있던 대영기획 직원들이 은아에게 다가왔다.

"난 하진 씨가 저렇게 매너가 좋을 줄 몰랐어."

"서 대리님이 점점 예뻐진다 했더니만 다 이유가 있었어요, 그죠?"

등등……. 다들 한마디씩 건넸다.

은아가 멋쩍어하며 얼굴을 붉히자 박 차장은 보호자라도 되는 듯 나서서 얼른 사무실로 가봐야 된다는 말로 그들 틈에서 꺼내주었다. 함께 차를 타고 사무실로 돌아오며 박 차장은 사람들한테 관심을 받으며 연애를 하는 것도 참 쉬운 일만은 아닐 거라는 말로 위로를 한 뒤로는 다른 이들처럼 하진과의 관계에 대해 호기심 어린 질문을 하진 않았다.

덕분에 은아는 나직이 귓가에 속삭여 주던 그의 음성과 어깨를 안아주던 손길을 다시금 떠올리며 흐뭇함을 느낄 시간을 가질 수 있었다.

수완의 손에 이끌려 일산 방송국까지 오게 된 진희는 질렸다는 얼굴을 하고 있었다.

"지금 나보고 기어이 드라마를 하라는 거야?"

"꼭 드라마를 하라는 게 아니고, 최 국장님이 너 만난 지도 오래 됐다고 한번 보고 싶어 하시기에 약속을 잡은 거지."

최 국장님이야 일선 PD로 있을 때부터 진희를 예뻐해 주셨던 분이라 일 때문이 아니래도 만날 이유는 얼마든지 댈 수 있었다. 하지만 지난번 보여준 드라마 기획서도 최 국장님이 남주는 하진이 딱이라면서 적극적으로 밀고 있대서 난감한 상황이었다.

"드라마에 연달아 출연하는 것도 너무 격 떨어지는 거라고 하지 않았나?"

하진의 말에 수완은 뜨끔했다. 물론 예전에 수완이 그런 말을 한 적은 있지만 이제 와서 발길을 돌릴 순 없었다.

"편성이 여름으로 잡힌 거라 괜찮아! 한 오 개월 텀을 주는 건 시청자들이 봤을 때 연달아 출연한다는 느낌도 없다구!"

"오호, 그러니까 나보고 그거 하라는 소리네? 지금 가서 계약이라도 하려고?"

"아아니! 무슨 계약을 한다고! 그냥 최 국장님한테 이야기는 들어볼 수 있는……. 뭔데?"

수완은 진희의 시선이 자신의 뒤쪽으로 향해 있자 고개를 돌렸다. 막 출입문을 열고 들어서는 혁수의 모습이 보였다. 검은 가죽 라이더재킷에 얼룩덜룩 워싱이 들어간 스키니와 워커를 신은 모습으로 방송국 로비에 들어선 혁수는 단번에 사람들의 이목을 집중시켰다. 그리고는 진희를 보았는지 잠깐 멈칫하더니 선글라스를 벗고 예의를 갖추듯 간단히 목례를 했다.

은아가 질색을 해서인지 진희 역시 혁수에게 괜히 좋은 감정이 들지 않아 저도 모르게 미간에 주름이 잡혔다. 약간만 고개를 끄덕여 인사를 대신하고 돌아서려 했는데 혁수가 친근하게 불렀다.

"하진 선배!"

진희가 멈춰 서 있자 혁수가 가까이 다가와 다시 한 번 고개를 숙여 인사했다.

"이렇게 만나 뵙게 되어 정말 반가워요. 지난번 공항에선 제대로 인사도 못 드리고, 죄송했습니다."

"그런 걸로 죄송할 것까지야."

진희의 음성이 시니컬하게 들리자 혁수의 눈썹이 미세하게 꿈틀거리다 다시 웃음을 보였다.

"그때 미리 언질을 좀 주지 그랬어요. 두 사람이 그런 줄도 모르고 제가 은아 씨한테 너무 반가움을 표한 것 같아요."

"이제라도 알았으니 앞으론 안 그러면 되겠네."

"뭐, 아무리 그래도 옛정이란 게 그리 쉽게 떨칠 수 있는 건 아니더라구요."

태연한 태도로 진희의 말을 맞받아치는 혁수를 보며 곁에 선 수완이 조마조마해졌다. 내막은 몰라도 어쨌든 서은아가 혁수의 팬이었고, 진희가 혁수를 못마땅하게 생각하는 게 그런 이유 때문인 듯했다.

"혁수 씨가 팬을 그리 살뜰히 챙기는 줄 몰랐네? 다른 팬들한테도 그러나?"

"아무한테나 그러겠습니까? 특별히 느껴지는 사람이 있게 마련 아니겠어요?"

"아하, 그래서 혁수 씨에게도 은아가 특별한 사람이라고 말하고 싶은 건가?"

싱긋 미소까지 지으며 말하는 진희를 보는 혁수의 손에 지그시 주먹이 쥐어졌다. 은아 씨도 아닌 그냥 '은아'라고만 부르는 게 둘 사이에 니가 끼어들 자리는 없다는 것처럼 들려왔다. 하긴 얼마 전 제일패션에서 근무한다는 팬이 보낸 쪽지에서도 하진과 서은아의 사이가 부러울 만치 좋아 보였다고 했다. 그러면서 혁수 오빠 우리 대리님을 만난 적이 있었는지, 어떻게 혁사마 팬이었던 걸 아느냐면서 대리님한테 다시 또 같이 혁사마 멤버로 활동하자고 설득하는 중이라 했다. 꽤나 서은아와 가까운 동료인 듯해서 언젠간 이용 가치가 충분할 거란 생각에 친히 답장까지 써주었다.

"절 아껴주는 소중한 사람이니 당연히 특별할 수밖에요."

끝까지 은아를 포기하지 않겠다는 듯 대꾸를 하는 혁수가 꽤나 거슬렸다. 맘 같아선 이제 관심 끄라고 세게 나가고 싶었지만 보는 눈이 너무 많았다.

"은아가 지금은 혁사마 멤버가 아니라 알고 있는데?"

"좋아하는 마음은 언제든 바뀔 수 있는 거죠. 어, 몇 시나 됐지?"

그러더니 혁수는 휴대폰을 꺼내 시간을 확인했다. 휴대폰에 딸랑거리며 투명한 빨간빛의 하트 모양 장식이 달린 체인 고리가 눈에 띄었다. 흔들리는 체인 구슬 하나하나에 글자가 새겨진 게 보였다.

"제가 좀 바빠서요. 그만 가보겠습니다."

혁수는 인사를 하고는 휙 돌아섰고, 그때 휴대폰 고리가 툭 하고 끊어지며 바닥으로 떨어졌다. 진희와 수완의 시선이 자연스레 바닥으로 향했다. 급한 걸음으로 두어 발자국 앞으로 나가 있던 혁수가 다시 돌아서자 수완이 고리를 주워주었다. 그리고 호기심에 체인에 새겨진 글자를 보았다.

─은아의 사랑을 담아.

"고리가 좀 헐거워졌다 싶더니만……."

아쉬움 가득 담긴 목소리로 말하며 혁수는 수완에게서 고리를 받아 들었다.

"감사합니다. 그럼 이만."

그리고 다시 돌아서서 유유자적한 걸음으로 안으로 들어갔다. 그 뒷모습을 보며 수완의 눈이 힐끔 진희를 보았다. 분명 진희도 그 체인에 새겨진 글자를 봤을 터였다.

"감히 나랑 신경전을 펼치시겠다?"

한쪽 눈썹을 치켜세우며 코웃음을 치는 진희에게 수완이 무슨 뜻이냐 물었다.

"신경전이라니?"

"저 녀석 손목에 지 머리통만 한 시계 차고 있는 거 못 봤어?"

"어, 그러고 보니……."

"그러면서 시간 확인하는 척 휴대폰 꺼내고는 나 보란 듯이 일부러 떨어뜨린 거잖아."

"그런 거야?"

수완이 놀란 눈으로 이미 저 멀리 사라지는 혁수를 한 번 더 돌아보았다. 그러고느 다시 진희에게 물었다.

"저 은아가 그 서은아 씨, 맞을까?"

"예전 팬이었을 때 선물한 건가 보지."

"새 것 같던데, 설마…… 최근에 줬을까?"

그 말에 진희의 찌릿한 시선이 수완에게로 꽂혔다.

"절대 그럴 일 없거든!"

"근데 상당히 좋아하긴 했나 봐. 그 하트 딸랑이 진짜 루비 아냐?"

"형!! 지금 나 놀리고 싶어서 그래?"

"내가 왜? 그냥 궁금해서 그런 거지. 근데, 권혁수가 저리 나오는 거 보면 과거에 두 사람이 무슨 썸씽이라도……."

"최 국장님한테 오늘 못 뵌다고 말씀드려!"

진희는 수완의 말을 더 듣고 싶지 않아 빠르게 말하며 휙 하니 몸을 돌렸다.

"진희야! 야, 하진!"

수완이 쫓아왔으나 진희는 잡힌 손을 빼내며 돌아보지 않고 나가 버렸다. 솔직히 혁수가 일부러 떨군 체인을 봤을 땐 진희의 심장도 바닥으로 뚝 떨어진 듯했다. 언제의 일이든 은아가 사랑을 담아 다른 누군가에게 선물을 했다는 것 자체가 울컥하는 기분을 느끼게 했던 것이다. 하지만 현재 은아는 조금도 혁수를 마음에 두고 있질 않으니 지금 예민함을 나타낼 필요는 없다고 차분히 마음을 진정시켰다.

한데!! 저 눈치 없는 매니저가 잠잠해진 진희의 감정에 또 한 번 돌덩이를 쾅 던져 놓았다. 과거에 두 사람의 썸씽이라니!! 대체 뭘 상상하고 그따위 말을 하는 거야! 기분 나쁘게시리!

진희는 여전히 이름을 부르며 따라오는 수완을 경고의 눈초리로 한 번 더 돌아보았다.

"앞으로 은아에 대해 함부로 말하지 마! 이상한 상상도, 추측도 하지 마! 그런 생각들 입 밖으로 꺼내지도 마! 알았어?"

"내가 뭘 어쨌다고 그냥 궁……."

"궁금해하지도 마!"

진희가 한 손가락을 치켜들며 강조하자 수완이 움찔했다.

"저 녀석이 진짜…… 말도 못하게 하네……."

긴 다리로 성큼성큼 멀어져 가는 진희를 보며 수완은 어깨를 축 늘어뜨리며 한숨을 내쉬었다. 최 국장님한텐 또 뭐라 해야 하나 걱정이었다. 그나저나 저 녀석, 차도 없으면서 어떻게 가려고 그냥 가버린 거야? 진희가 이렇게까지 나온 걸 보면 그 서은아에게 빠져도 푸욱 빠진 듯싶었다.

☆　　☆　　☆

"어디라고요?"

은아는 눈살을 찌푸리며 시계를 확인했다. 퇴근하려면 아직 삼십 분이나 남았는데 진희가 회사 로비라면서 전화를 한 것이다. 급한 일 없으면 그냥 빨리 퇴근하는 게 어떠냐고 청하는 그에게 은아는 다른 직원들이 듣지 못하게 나직하게 물었다.

"무슨 일 있어요?"

〈음…… 멘붕 상태라서.〉

"예?"

뜬금없는 소리에 은아의 눈살이 절로 찌푸려졌다.

〈심각한 정신적 충격을 받은 상태라구.〉

정말 그렇다는 듯 축 처진 목소리였다. 웃음 띤 얼굴로 헤어지고 세 시간여밖에 지나지 않았는데 대체 무슨 일이 생긴 건지 걱정스럽기도 했다. 그렇다고 개인적인 이유 때문에 퇴근 시간도 안 됐는데 자리를 뜰 순 없었다.

〈지금 나오기 힘들어?〉

"네…… 지금은 좀……."

그리 답하면서도 마음속으론 계속 갈등을 반복하고 있었다. 어차피 조금 있으면 퇴근인데 뭐 어떠랴 싶다가도 아빠나 할아버지의 귀에 들어가면 날벼락이 떨어질 수도 있는 일이니 절대 안 된다는 생각이 은아를 혼란스럽게 만들었다. 슬쩍 고개를 들어 차장님 자리를 보니 한참 컴퓨터를 보며 자판을 두드렸다 마우스를 만졌다 하며 일에 열중인 모습이었다.

〈당신의 위로가 절실한 상황이지만…… 안 된다면야 뭐, 여기서 기다리고 있을게.〉

"로비에서요?"

〈사람들 몇 명이 날 보고 사진을 찍어대긴 하지만……. 음…… 좀 많아지네? 그렇다고 달려들기야 하겠어? 한두 명이 덮치면 갑자기 우르르 몰려드는 점이 있긴 하지만 설마…….〉

"제가 내려갈게요."

은아는 로비보다는 차라리 여기 사무실로 데려오는 게 더 낫겠다는 생각이 들었다. 박 차장에게 잠깐 손님이 찾아와서 다녀오겠다는 말을 하고 은아는 서둘러 사무실을 나갔다.

일산에서 반포까지 택시를 타고 온 진희는 제일 본사 건물 로비에 놓인 커다란 이파리의 화분들 사이 의자에 앉아 있었다. 조금 전 그가 들어올 땐 사람들이 별로 없어서 들키지 않았는데 몇몇 사람이 혹시나 하며 그의 곁으로 다가와 쳐다보는 바람에 여기저기서 사람들이 몰려와 그를 에워싸고 있었다. 차라리 처음부터 경비한테 부탁해 곧바로 사무실로 올라가 버릴 걸 그랬다는 생각이 들었다. 곧 은아가 올 테니 지금이라도 경비한테 말을 할까 싶어 일어나려는데 말끔한 양복 차림의 사내 둘과 경비원이 사람들 틈을 벌리며 다가왔다. 그리고 곧바로 중후한 분위기를 풍기는 노신사가 나타났다.

"자네, 하진 군 아닌가? 왜 여기 이러고 있나?"

서 회장은 사무실로 돌아오던 중 로비가 사람들로 북적이자 대체 무슨 일인지 물었고 곧바로 하진이 와 있다는 보고를 받을 수 있었다. 안 그래도 한 번쯤 대면하고 싶었던 차라 진희에게 다가간 것이다. 처음 만나는 사이지만 설정상 잘 알고 있는 듯 대해야 했기에 서 회장의 어투는 자연스레 흘러나왔다.

진희의 머릿속이 재빨리 회전을 하며 이 노신사가 누군지 알아차렸고 얼른 일어나 인사했다.

"안녕하셨어요. 지나는 길이었는데 은아가 곧 퇴근하겠다 싶어서 기다리던 참입니다."

싹싹한 태도의 진희를 보는 서 회장의 눈매가 약간 가늘게 변했다. 허우대도 멀쩡하고 온 집안 여자들이 호호거리며 좋아할 만큼 생긴 것도 말끔한 게 인상은 좋아 보였다.

"그래? 그럼 올라가지 왜 여기 있어?"

"제가 올라가면 더 방해가 될까 봐 조용히 있으려고 했는데, 본의 아니게…… 시끄럽게 해드려 죄송합니다."

주변에 잔뜩 몰려든 사람들을 돌아보며 진희가 예의 바른 태도로 고개를 숙여 보이자 서 회장이 손을 내밀었다.

"나랑 같이 올라가세."

"감사합니다."

진희가 보통 웃어른께 하는 서글서글한 미소를 지어 보이자 주위에 있는 몇 명의 여자들이 탄식과도 같은 신음 소리를 내었다. 서 회장은 진희의 인기를 몸소 실감하며 얼른 이 자리를 벗어나야겠다는 생각으로 비서진들에게 서두르라는 눈짓을 보냈다.

네 대의 엘리베이터가 모두 한꺼번에 내려가 버린 통에 은아는 엘리베이터 앞에서만 몇 분간 기다려야 했다. 한 대가 올라오는가 싶더니 아예 꼭대기까지 가버렸고 다른 한 대는 은아가 있는 층까지 오다 말고 중간에 한참을 멈춰 있었다. 잠시 후 엘리베이터에 오른 은아는 설마 이 시간에 로비에 얼마나 사람들이 있으랴 생각하며 진희에게 별다른 일은 생기진 않았을 거라 여겼다. 대신 무슨 일로 정신적 충격을 받아 그녀의 위로가 필요하다고 한 건지 궁금하기도 하면서 걱정이 되었다.

로비로 내려왔지만 어디에도 진희의 모습은 보이질 않았다. 두리번거리는 은아를 보았는지 경비 한 명이 다가왔다.

"하진 씨 찾으시는 거면, 좀 전에 회장님과 함께 올라갔는데요."

할아버지랑? 혹시나 할아버지가 그에게 이것저것 물으며 그를 당황하게 만들까 걱정되어 은아가 서둘러 엘리베이터 버튼을 누르려는데 문자가 들어왔다.

〈회장님이랑 함께 있어. 일 다 끝난 후 연락해.〉

뭐야…… 일 다 끝난 후에 연락하라니? 그럼 할아버지랑 단둘이 있겠다는 거야?

엘리베이터에서 내리며 서 회장이 앞서 나갈 때 진희는 재빨리 문자를 날렸다. 은아에게 방해될까 아래서 기다리고 있었다고 한 만큼 그녀를 불러냈다는 걸 들키고 싶지 않았던 것이다. 잘은 몰라도 손녀딸을 평사원부터 시작하게 한 회장님이라면 업무에 있어선 칼 같은 잣대를 들이멜 거라 생각했고, 퇴근 시간 전 불러내는 일을 탐탁지 않게 여길 게 분명했다. 처음 인사드리는 거나 마찬가지인데 그런 일 때문에 점수를 깎이고 싶진 않았다.

"편히 앉게."

서 회장의 집무실로 안내된 진희는 생각보다 소박한 내부에 적잖은 충격을 받았다. 대기업 총수의 사무실이라기보단 편안함을 풍기는 널찍한 서재로 안내된 느낌이었다. 서 회장이 재킷을 옷걸이에 걸고 자리에 앉자 진희도 기역자로 꺾어진 곳에 앉았다.

"안 그래도 자넬 한번 만나고 싶었는데, 이리 보니 반갑구먼. 우리 은아하고는 잘 지내고 있다던데 불편한 점은 없나?"

위엄을 풍기며 꼿꼿함을 내세우지 않고 온화한 표정으로 묻는 서 회장의 모습에 진희 역시 편안한 미소를 지으며 답했다.

"회장님께서 허락해 주신 덕분이죠."

진희의 말에 서 회장이 빙그레 웃음을 보였다.

“내가 허락했다고 하던가?”

“예……?”

급 당황했는지 진희의 눈이 두어 차례 깜박였다. 은아는 분명 가족들과 상의를 해야 한다고 했고, 보도자료를 내자고 제일 측에서 먼저 이야기를 꺼냈기에 당연 그런 거라 알고 있었는데…… 아니라고?

“난 우리 가족들이 언론에 노출되는 걸 되도록 피해왔다네. 자네도 느끼고 있겠지만 우리네는 잘해도 삐딱한 시선으로 보여질 때가 많고, 못하면 그런 것도 제대로 못한다면서 욕을 먹기도 하지. 해서, 난 은아가 자네와 엮이게 되면 사람들에게 휘둘리고 상처받게 될까 봐 걱정했었다네.”

“심려하신 바가 뭔지 충분히 이해가 됩니다. 하지만 저희 이제 시작하는 단계이니만큼 좀 더 지켜봐 주신다면…….”

비서가 차를 내오는 바람에 잠시 이야기를 멈춘 진희는 서 회장이 먼저 찻잔을 들어 올리자 그 역시 긴장 상태를 좀 누그러뜨리기 위해 온기가 느껴지는 찻잔을 감싸 쥐었다.

“단순히 이번 사건을 무마하기 위해 시작한 관계가 아니란 건 알아주셨으면 합니다.”

“우리 은아를 상하이에서부터 지켜봤다고?”

진희는 서 회장이 어떤 대답을 원하는지 충분히 파악한 상태였다. 그가 은아를 진심으로 대하는지 아닌지 그 진위가 궁금해 저 질문도 던진 거라 여겼다. 그녀를 처음 보았을 때부터 호감을 가졌던 건 사실인 만큼 굳이 거짓으로 꾸밀 필요도 없었다.

"처음엔 자연스레 눈길이 향했고 혹시 다시 만나게 되면 말을 걸어야겠다고 생각했었습니다."

처음 듣는 말이라 서 회장의 상체가 조금 앞으로 향했다.

"그럼 유람선에서 만난 게 처음이 아니란 겐가?"

호기심 어린 서 회장의 질문에 진희의 입가에도 연한 미소가 번졌다.

"은아 씨는 모르지만 실은 그날 오후에 와이탄에서 먼저 봤었어요. 전화를 하면서 걸어오는데 웃는 얼굴이 참 상큼하게 다가왔거든요."

"그랬어?"

이제 서 회장의 얼굴도 한층 부드럽게 변해 있었다.

"솔직히 저도 몰래 여행을 떠난 터라 한국 사람에게 섣불리 다가갈 수는 없었는데, 유람선에서 우연히 다시 보게 된 거죠."

"자넨 기회 포착을 할 줄 아는군."

만족스러운 기운이 감도는 서 회장에게 진희는 고개를 끄덕이며 답했다.

"인연이란 걸 만들어보고 싶다 생각했거든요."

"그럼 자네한텐 사진이 찍힌 게 오히려 더 다행스러운 일이었나?"

"결과적으로는 그렇다고 봅니다. 그 일이 있었든 그렇지 않든 어차피 전 은아 씨를 따라갔을 테고 연락처를 주고받을 생각이었으니까요."

서 회장은 진희의 얼굴을 다시금 살폈다. 사람을 다루는 게 일이라 할 수 있는 이런 자리에 오래 있다 보면 자연히 그 사람의 눈빛과 말투만으로도 됨됨이를 어느 정도 파악할 수 있었다. 그리고 이렇게 독대를 하게 되면 위엄을 드러내지 않는데도 상대방은 지레 겁을 먹거나 몸을 사리곤 했다. 지난번 은아에게 접근을 시도하던 그 가수 녀석 역시 그런 케이스였는데 지금 앞에 앉은 하진은 전혀 그렇지 않았다. 처음엔 살짝 긴장한 듯 보였지만 이내 평온한 태도를 유지하며 하고자 하는 이야기를 막힘없이 전달했고, 때 묻지 않은 맑은 빛깔의 눈빛 또한 서 회장에겐 플러스 점수를 받은 상태였다.

"흠, 어쨌든 요 며칠 돌아가는 상황을 보니 내가 크게 걱정할 필요까진 없을 것 같아 지켜보기로 했네."

허락이나 진배없는 말에 진희의 미소가 진해졌다.

"걱정하시는 일 없도록 잘하겠습니다."

"하나, 이것만은 알아두게. 혹 자네 주변 때문에 은아가 힘들어지는 일이 생긴다면 난 언제든 두 사람 사이에 개입할 걸세."

서 회장의 표정은 여전히 온화해 보였으나 그건 분명 경고의 의미였다. 진희는 충분히 이해한다는 듯 움찔한 기색 없이 미소를 유지했다.

"회장님께서 나서시게 될 일은 없을 겁니다."

"그래, 내 자넬 믿어보지."

서 회장은 고개를 끄덕이며 찻잔을 들다가 문득 생각난 것처럼 말했다.

"그리고…… 언제 시간 되면 우리 집에 한번 오게."

“회장님 댁에요?”

예전에 은아가 잠깐 지나는 말처럼 한 적은 있지만 지금은 좀 놀란 상태였다.

“들었는지 모르겠지만 은아 할머니가 자네 팬이거든. 해서 꼭 한 번 초대하고 싶다고 성화지 뭔가.”

“아, 네…….”

제일그룹 회장님 댁이라……. 별안간 높다란 담에 둘러싸인 대저택이 그려지자 진희는 숨이 턱 막히는 기분이 들었다.

진희가 얼른 대답하지 못하고 망설이자 서 회장은 빙그레 웃으며 한마디 더했다.

“은아를 제대로 알려면 우리 집에 한번 와봐야 될 걸세.”

서로를 구속하는 일 없이 편한 관계로 시작하기로 했기에 약간은 부담감이 느껴진 건 사실이었다. 하지만 막상 서 회장님을 대하고 보니 그의 왕팬임을 자처하는 할머님도 궁금하고 그녀가 사는 공간이 보고 싶어졌다.

“초대에 감사히 응하겠습니다.”

“그래, 그럼 서로가 편한 시간으로 날짜를 잡아보세.”

“예, 회장님.”

“그나저나 자네 혹시 그거 할 줄 아나?”

뜬금없는 물음에 진희의 눈썹이 약간 치켜올라 갔다. 난데없이 ‘그거’라고 하면 어찌 알아요? 라고 묻는 듯한 진희의 반응이 이해된다는 듯 서 회장은 희미하게 웃음을 보이더니 말을 이었다.

“실은 우리 가족들이 주기적으로 하는 행사가 하나 있는데 말야.”

서 회장이 잠깐 말을 멈췄을 때 진희의 휴대폰이 웅~ 소리를 내며 진동했다. 힐끗 벽에 걸린 시계를 보니 막 퇴근 시간을 지나는 게 은아가 건 듯했다.

“나랑 함께 있다는 말을 듣고 걱정이 됐나 보군.”

서 회장은 웃음을 보이며 자리에서 일어났다.

“은아 녀석 기다릴 테니 그만 나가보게.”

“아까 하시던 말씀은…….”

“별로 중요치 않은 얘기니 신경 쓰지 말게. 나중에 기회가 되면 알려줌세.”

서 회장이 손사래를 치자 진희는 약간 호기심이 일기도 했지만 이내 떨쳐 내고는 일어섰다.

“조만간 다시 찾아뵙도록 하겠습니다.”

예의 바른 태도로 살짝 허리를 굽혀 인사하는 진희에게 서 회장은 고개를 끄덕여 주었다.

“즐거운 시간 보내게.”

“넵, 회장님!”

제법 당찬 목소리로 대답을 한 진희는 다시 한 번 인사를 드린 후 회장실을 나왔다. 비서진들에게도 간단히 인사를 하고 막 문을 열고 나서는데 밖에 이미 은아가 와서 기다리고 있었다.

“여기 와 있었던 거야?”

진희가 놀란 눈으로 묻자 은아는 문이 닫히기 전 안쪽의 기색을 살피고는 그의 팔을 붙잡고 끌어당겼다.

“할아버지가 뭐래요?”

“뭘 걱정하는 건데?”

은아에게 좀 더 가까이 다가가며 살짝 머리를 옆으로 기울인 진희의 입가엔 미소가 걸려 있었다. 그녀가 이렇게 조급한 마음으로 그를 기다리고 있었다는 게 흐뭇함으로 다가왔다.

“별말씀…… 없으셨어요?”

“그냥, 당신 힘들게 하지 말라는 말씀 정도?”

“아…….”

은아는 역시라는 듯 고개를 끄덕였다가 다시 그의 눈치를 살피듯 보았다. 안 그래도 멘붕 상태라는 말을 하며 위로받길 원하고 있었는데 그런 잔소리 비슷한 말까지 들었으니 기분이 별로 좋진 않을 것 같았다. 근데…… 그의 얼굴은 지극히 편안해 보이는 미소가 깃들어 있었다.

“할아버지가 그 정도 걱정도 안 하실까.”

진희는 아무렇지 않다는 듯 말하며 여전히 자신의 팔을 붙들고 있는 은아의 손을 쳐다보더니 가까이 끌어당겼다.

“왜, 왜요……?”

은아는 얼른 주위를 돌아보며 그에게 잡힌 손을 빼내려 했지만 소용없는 일이었다. 그렇다고 코앞이 회장실인 복도 한가운데서 이렇게 있을 순 없는 일이었다.

“저기요, 여긴…….”

“당신과 즐거운 시간 보내라는 말씀도 해주시던걸?”

은아의 긴장 상태는 개의치 않은 듯한 그의 말에 그녀의 얼굴이 화끈 달아올랐지만 두 눈에 잔뜩 힘을 주며 말했다.

"우리 여기에서 이러지 말죠."

"보고 싶었던 당신 얼굴 좀 가까이 보겠다는데 누가 뭐라고 하겠어?"

그가 다정스런 태도를 취하며 어깨 위로 손을 올리려 하자 은아의 손이 잽싸게 그의 손을 잡았다.

"사람들이 본다구요!"

복도엔 아무도 없었지만 행여 누가 보고 듣기라도 할까 봐 은아의 목소리는 낮게 깔려 있었다. 진희는 자신의 손을 붙든 은아의 손을 당기더니 갑자기 고개를 숙여 그녀의 귓가로 입술을 가져갔다.

"그럼, 사람들 없는 데서는 괜찮아?"

그의 숨결에 귓가뿐 아니라 온몸의 솜털들이 올올이 일어나는 느낌이었다. 동요하지 않으려고 침을 한 번 삼킨 은아는 비스듬히 고개를 돌리며 그와 눈을 마주했다. 서로의 코끝이 닿을 듯 말 듯, 상당히 가까운 거리였다. 하지만 은아는 그의 짓궂은 미소가 담긴 눈동자를 피하지 않고 똑바로 응시하며 되물었다, 그가 하던 것처럼 유혹하듯 낮은 목소리로.

"원하는 게 뭔데요?"

역시 놀랐는지 그의 목이 약간 뒤로 빠지며 그녀의 얼굴을 살피듯 바라보았다. 그리고는 씨익 그의 입가가 올라가자 은아의 눈이 활짝 열렸다. 이건 분명 위험 신호였다. 그녀는 입술을 꾹 다물며 그가 어떤 미소를 보내든, 어떤 행동을 취하든 절대 휘말리지 않으리라 신경을 곤두세웠다. 하지만……

"내가 지금 바라는 건 당신의 달콤한……."

그가 다시 얼굴을 가까이 하며 마치 키스라도 하듯이 살짝 각도를 기울일 때였다. 저도 모르게 눈을 감아버린 은아의 귀에 사람들의 목소리가 들려왔다. 번쩍 눈을 뜨니 그의 입술이 바로 앞까지 다가와 있었다. 화들짝 놀란 은아는 '악~!' 하는 낮은 소리와 함께 고개를 돌리며 그를 확 밀쳤다. 창졸간에 벌러덩 뒤로 떠밀려져 엉거주춤한 자세를 취하고 선 진희의 눈이 동그랗게 커졌다.

그를 돌아볼 여유 없이 은아는 조금 전 사람들의 목소리가 들렸던 쪽으로 휙 머리를 돌렸다. 아니나 다를까, 두 사람이 막 모퉁이를 돌아 나오고 있었다. 회장실 산하 기획조정실에 근무하는 직원들이었다. 은아를 알아보고 웃는 얼굴로 인사하던 두 사람은 복도 한가운데 선 하진을 보고 놀라 멈칫하더니 이내 웃음을 보이며 다시 걸어갔다. 화장실 쪽으로 향하면서도 연신 뒤를 돌아보는 게 하진에게 사인 한 장이라도 받을 걸 그랬다는 표정들이었다. 그녀들이 사라지자 진희의 찌푸린 얼굴이 은아 앞으로 다가왔다.

"좀 전에 날 밀친 건가?"

"내 차는 지하 3층에 있는데, 진희 씨는요?"

은아는 대답 대신 화제를 바꾸며 마침 열린 엘리베이터에 올랐다.

"차 안 가져왔어."

"그럼 어떻게 왔어요?"

"설마 걸어왔을까."

진희는 엘리베이터 천장 모서리에 달린 폐쇄회로 카메라를 힐 끗 한 번 봤다. 그리곤 층 버튼 바로 앞에 선 은아를 가리듯 자세를 취하며 눈을 내리떴다.

"아깐……."

"주차장으로 가서 기다릴래요? 난 가방 챙겨서 금방 갈게요."

가까이 선 그의 눈 대신 손목시계를 쳐다보며 은아는 그의 말을 잘랐다.

"오늘 난 위로가 필요한 사람이라구."

"311번 기둥 옆에 하얀색 차니까 그쪽에 가 있어요. 퇴근 시간이라 사람들 우르르 나올 거니까 얼른 가는 게 좋겠어요."

사람들에 둘러싸이게 되는 일만은 피하고 싶은지라 진희도 별수 없이 고개를 끄덕였다. 단둘이 있게 되는 차 안이 그녀와 이야기를 나누는 데 훨씬 더 유익할 터였다.

10

　은아가 알려준 311번 주차구역에 있는 하얀색 차는 딱 한 대였다. 그것도 출시한 지 몇 년은 되어 보이는 1500cc 소형차! 진희는 설마라는 듯 얼굴을 찌푸리며 주변을 돌아보았다. 바로 건너편 구역에 투박한 모델이긴 해도 최신형 대형세단이 주차된 게 보였다. 의외로 이런 스타일을 좋아하나 싶어 피식 웃음이 나왔다. 아무래도 구역번호를 잘못 기억하고 있는 듯했다. 하긴 그는 주차하면서 구역번호를 기억해 본 적이 한 번도 없었다.

　누군가의 소유 물건을 보면 그 주인의 성향을 어느 정도는 파악할 수 있다는 책이 생각나자 진희는 이리저리 대형세단을 살피며 앞 유리 너머로 내부를 들여다보기도 했다. 한데 조수석 등받이에 걸려 있는 남색 카디건은 암만 봐도 남자용인 것 같았다. 저런 물

건이 왜 은아의 차에 턱 하니 놓여 있나 싶어 진희의 미간에 주름
이 생겼다. 머리를 갸웃하며 차를 돌아가는데 뒤 유리창에 앙증맞
은 노란 글씨체로 '아이가 타고 있어요' 라는 스티커가 붙어진 게
보였다.

"아이?"

우뚝 멈춰 서서 그 스티커를 뚫어지게 바라보던 진희는 알겠다
는 듯 고개를 끄덕였다.

"언니가 결혼했지. 조카 태울 일이 얼마나 있다고 이런 걸 붙여
놔?"

그걸로 봐선 은아도 상당히 조심성있고 꼼꼼한 성격인 듯했다.
여자가 너무 꼼꼼하고 하나하나 챙기려 드는 성격을 별로 좋아하
지 않는 진희의 얼굴에 살짝 그늘이 드리웠다.

"거기서 뭐 해요?"

갑자기 들려온 은아의 목소리에 진희가 고개를 돌렸다. 은아는
아까의 그 소형차 앞에 서서 그를 쳐다보고 있었다.

"왜 이런 걸 붙여놓은 거야?"

진희가 찡그린 얼굴로 스티커를 가리키자 은아의 얼굴에 황당
함이 번졌다.

"아이를 태우나 보죠. 요즘 어린애 있는 부모들 대부분 그런 거
붙여놓던데요?"

"……당신이 붙인 거 아냐?"

"남의 차에다 내가 그런 걸 왜 붙여요?"

"뭐? 그럼……."

진희의 시선이 그 하얀색 소형차로 향했다.

"그 차가 당신 차라고?"

놀란 얼굴로 입을 쩍 벌리는 그에게 은아는 급한 손짓을 보냈다.

"얼른 타요. 사람들 나온다구요."

문을 열고 먼저 차에 올라탄 은아는 그가 조수석으로 긴 다리를 집어넣고 불편한 자세로 앉는 걸 보고는 풋 하고 웃음이 터지려 하자 얼른 입을 가렸다. 그는 의자를 최대한 뒤로 빼내며 은아를 돌아보았다.

"당신 덕에 내가 놀라는 게 한두 번이 아니군."

"그게 내 차라 생각한 거예요?"

"제일그룹 손녀따님께서 설마 이런 작은 차를 탈 거라는 생각을 못한 거지."

"틀에 박힌 선입견을 갖고 계시군요."

"뭐, 지금까지 보아온 사람들은 다들 그 선입견과 일치했으니까."

"스물일곱밖에 안 된 일개 대리가 그런 차를 탄다는 게 말이 돼요?"

은아는 웃음을 보이며 능숙하게 차를 후진으로 빼냈다.

"이것도 대학 4학년 때 할아버지 조르고 졸라서 겨우 받아낸 거예요."

"그걸 지금까지 탄다고?"

그러고 보니 지난번 통화 때 차에 블루투스 기능이 없다면서 좀 오래됐다는 말을 한 게 생각났다.

"왜요? 익숙해서 좋기만 한데. 남의 손을 안 탄 차라 저랑 아주 잘 맞아요."

역시 머릿속에 명품 브랜드와 과시욕으로 가득 차 있는 여느 재벌녀들하곤 달랐다. 그녀가 핸들을 꺾고 기어를 조작하는 손놀림마저 진희의 눈엔 예뻐 보였다. 가만…… 기어 조작? 그의 시선이 단박에 은아가 오른손을 올리고 있는 기어로 향했다. 수동이잖아!

"오토 아니야?"

"수동인데요."

은아는 힐끗 그를 보며 대꾸했다. 그는 또 한 번 놀랐다는 듯한 눈으로 그녀를 보았다.

"왜?"

"할아버지가 운전은 뭐니 뭐니 해도 기어 조작이라면서 오토는 나중에 더 나이 먹고 하래요."

"아무리 그래도…… 오르막에서 멈추기라도 하면 어쩌려고? 뒤로 밀린다던데?"

진희의 걱정스런 물음에 은아가 그를 보며 싱긋 웃었다.

"보여줘요?"

그러더니 주차장을 다 빠져나가기기 전 마지막 오르막에서 덜컥 차를 세웠다.

"……뭐 하려고?"

"이 정도는 별론데……."

은아는 완만한 경사를 이루고 있는 앞쪽을 보며 아쉽다는 듯 혼잣말을 하더니 조금의 밀림도 없이 부드럽게 치고 올라갔다. 도로로 빠져나와 돌아보니 그는 팔짱을 낀 채 가늘어진 눈매로 그녀를 보고 있었다.

"……왜요?"

"멋있어서. 난 수동 못하거든."

약간은 으쓱한 기분을 느끼고 싶기도 해서 한 행동인데 막상 그런 말을 듣자 얼굴이 달아오르려 했다. 멋쩍은지 살포시 입술을 깨물며 전방을 응시하는 그녀를 진희는 한참 동안 그렇게 바라보았다.

클러치를 밟아야 해서 양발을 모두 사용하는 그녀의 다리는 허벅지를 가린 스커트 아래에서 부드럽게 움직였고, 속도 변화에 따라 능숙하게 바꿔주는 기어를 쥔 손등도 하얗게 빛났다. 칼라 없는 크림색 재킷 아래 받쳐 입은 살구색 블라우스에 감싸인 가슴은 봉긋했고, 컬이 들어간 머리칼은 작은 핀으로만 살짝 고정되어 자연스레 흘러내려 얼굴을 감싸고 있었다. 그의 시선을 느끼고 있는지 볼엔 연한 붉은빛이 감돌았고 입술과 턱선엔 긴장감이 배어 있었다.

운전하는 여자의 자태가 이렇게 섹시하게 다가올 줄은 꿈에도 몰랐다. 단순한 욕정이 아닌 누군가에게 마음이 온전히 동화되어 안고 싶어지긴 처음이었다. 하필 틀어놓은 라디오에서도 끈적한 재즈풍의 선율이 흘러나오며 차 안 분위기를 은밀한 쪽으로 몰아갔다.

"으흠! 무슨 일 있었는지 물어도 돼요?"

차 안에 은근하게 번지는 분위기가 부담스러웠는지 그녀는 크게 헛기침을 하며 그를 힐끗 보았다.

"아, 그거? 그냥."

"그냥?"

은아가 반문하자 진희의 고개가 끄덕여졌다.

"별거 아냐. 당신이랑 있어서 이미 다 회복됐어."

귓가에 느껴지던 그의 숨결만큼이나 찌릿함을 전해주는 말이었다. 은아의 얼굴이 금세 또 빨갛게 물들자 그가 웃음을 보였다.

"당신 혈관은 얼굴에만 집중되어 있나 봐? 툭하면 빨개지니."

"생소한 상황에서 보여지는 정상적인 반응이거든요."

"남자랑 있는 게 생소한 거야, 아님 나랑 있어서 그런 거야?"

당연히 둘 다 그렇다는 대답을 바라고 묻는 게 뻔한 질문에 은아가 그를 흘겼다.

"길가의 여자들한테 물어봐요, 누구든 당신 앞에 서면 바싹 얼어서 아무 말도 못할 테니."

"아닌데. 꺅꺅거리면서 폴짝폴짝 잘만 뛰던데?"

"정말요?"

"원래가 누구 한 명이 시작하면 다들 따라 하게 되잖아."

"난 못 그러겠던데……."

은아는 그냥 아무 생각 없이 뱉은 말이었는데 그의 눈썹이 슬쩍 올라갔다.

"누구 앞에서?"

"예?"

"귀……. 누구 앞에서 못 그랬는데?"

권혁수 앞에선 바싹 얼어붙었던 거냐고 물을 뻔했다. 진희는 괜한 이름을 꺼내 분위기를 망치고 싶지 않아 일부러 퉁명스레 말했다.

"내 앞에선 첨부터 말만 잘하더만."

"아닌데. 상하이에서 알아보고는 얼마나 당황했는데요?"

"그랬던가?"

"카메라 받자마자 바로 사라졌거든요?"

"하긴, 그래서 좀 서운했더랬지?"

그제야 생각나는 듯 그가 고개를 끄덕이며 웃었다. 얼마 안 지난 일인데 마치 오래전 둘만이 간직한 옛 추억을 끄집어낸 듯 반가운 느낌이었다.

"서운…… 했다구요?"

그의 말에 은아의 가슴이 또 두근거리기 시작했다. 떨림이 묻어나는 그녀의 물음에 그의 입가에 미소가 번졌다.

"그렇게 도망치듯 가버렸는데 당연히 서운할 수밖에. 안 그랬으면 우리의 인연은 그날 바로 시작되었을지도 모르지"

그녀의 눈가로 살풋 주름이 지며 입술을 모으는 게 그의 대답이 무척 만족스러운 듯 보였다. 그 역시 그녀의 반응에 흐뭇함을 느끼며 잠시 침묵했다. 그러다 조금 전 혁수를 떠올리다 함께 생각난 휴대폰 고리에 불쑥 물었다.

"근데 말야, 혹시 십자수나 비즈 만들기 같은 거 할 줄 알아?"

갑작스런 화제 전환에 은아가 궁금증을 담은 눈으로 그를 돌아보았다.

“그런 거 만들 줄 알면 나 핸드폰 고리 하나만 만들어줘.”

“예?”

“여자들 십자수나 인형 같은 거 직접 만들어서 선물 많이 하던데, 만들 줄 몰라?”

“그러니까 지금 십자수 핸드폰 고리를 달고 다니겠다는 거예요?”

뜬금없는 그의 요청에 이해할 수 없다는 듯 은아가 쳐다보자 진희가 주머니에서 휴대폰을 꺼내 보였다. 딸랑거리는 게 귀찮아 아무것도 달지 않은 상태였다.

“그래도 애인이 생겼는데 그런 거 하나는 달고 있어야 되지 않을까?”

“하나 사줄게요.”

“심플해도 좋으니 그냥 당신이 하나 만들어주지?”

집요하게 나오는 그가 우습기도 하고 한편으론 떼를 쓰는 어린애처럼 귀엽게 느껴지자 은아가 웃음을 터뜨렸다.

“왜요? 나 십자수 잘 못해요. 남자들도 여친이 그런 거 선물하면 제일 싫어한다던데?”

“난 딴 거 말고, 당신이 직접 만든 걸로 받고 싶어. 사랑과 정성이 듬뿍 담긴 걸로! 못하겠으면 그냥 우리 이름 이니셜만 함께 써도 돼. 가운데 빨간 하트 무늬만 하나 넣어서.”

“정말로 그걸 달고 다니려고요?”

“꼭 달고 다니겠다고 약속하지.”

그는 새끼손가락까지 들어 보이며 굳게 다짐하듯 말했다. 마침 신호등에 멈춰 선 은아는 그의 손가락을 보며 천천히 자신의 손가락을 걸어주었다.

"이상하다고 하기 없기."

"오케이!"

그는 씨익 미소를 짓더니 그녀의 손목 안쪽에 도장을 찍듯 입술을 눌렀다. 움찔 놀란 그녀가 손을 빼내자 순순히 놓아주었다. 신호가 초록불로 바뀌었던 것이다.

"근데, 우리 어디로 가는 거야?"

이 차를 빨리 멈추고 그녀와 좀 더 가까이 있고 싶은 바람으로 물었던 건데 은아는 깜짝 놀라며 그를 보았다.

"아······."

"아······?"

그가 똑같은 소리를 내며 머리를 살짝 기울이자 은아의 혀가 살짝 나왔다 사라졌다.

"나도 모르게 집으로 가고 있었네요······."

"안 그래도 회장님께서 초대하시던데, 설마 지금 당장 데려가는 건 아니겠지?"

그는 장난스레 말했지만 은아는 꽤나 놀란 표정으로 돌아보았다.

"할아버지가요?"

"왜? 당신도 전에 한 번 말하지 않았나?"

"그거야, 그땐 할머니께서······. 근데 정말 할아버지가 당신을 초대하셨다구요?"

"내가 가는 게 별론가 보네?"

진희의 눈매가 가늘게 변하자 은아가 얼른 고개를 저었다.

"아뇨, 그건 아니지만……."

할머니의 청에도 할아버지는 그간 좀 더 지켜보자고 하셨던 것이다. 남들에게 부끄러운 생활을 하는 건 아니지만 왜 이리 소탈하게 사는 거냐고 의아한 시선으로 바라보는 사람들이 간혹 있었다. 언젠가 한 번은 삐딱한 눈으로 재벌을 바라보던 한 사회부 기자가 뭘 숨기기 위해 이렇듯 소박한 생활을 하는지 모르겠다는 말까지 했었다. 그래서 할아버지는 가족들의 사생활이 언론에 드러나는 걸 피해왔고 가까운 지인이 아니면 되도록 집으로 초대하는 일도 없었다.

그런데 그를 초대했다는 건? 그를 인정해 주시겠다는 거나 마찬가지 아닐까……?

은아는 절로 미소가 피어나려 하자 입술을 살짝 깨물며 마음을 진정시켰다. 반면 진희는 그가 집으로 찾아가는 걸 그녀가 내키지 않아 한다는 생각에 일부러 날짜를 정하려는 듯 휴대폰의 다이어리를 켰다. 스케줄 관리야 수완이 알아서 하는 거라 특별히 중요한 일이 아니면 사실 그는 체크해 놓지도 않았지만 은아에게 계획성 있는 인물로 보이려면 들춰보는 척은 해야 했다.

"이번 주엔 금요일이 괜찮을 것 같고, 다음 주는 잘은 모르지만 이것저것 바쁜 일이 많을 거야."

"금요일이요?"

은아가 또 한 번 놀란 듯 휙 돌아보자 진희의 미간이 모아졌다.

"왜 그렇게 놀라?"

"난 그냥……."

어색하게 웃으며 은아는 얼버무렸다. 사실 금요일 저녁은 5년 전부터 꾸준히 이어온 가족행사가 있는 날이었다. 일명 할머니의 치매예방작전이라고나 할까? 은해가 결혼을 하고 은아가 회사에 다니게 되면서 매주 지켜지는 일은 힘들어졌지만 그래도 이삼 주에 한 번씩은 꼭 가족들이 둘러앉아 '고'와 '스톱'을 외치며 일종의 파티를 벌이는 날이었다. 게다가 이번 주엔 모처럼 형부도 시간이 된다면서 참여하겠다고 했는데 진희를 초대할 수는 없는 일이었다.

"금요일이면 내일모렌데 너무 급작스러워서요."

당황함을 숨기려는 듯한 말투가 진희에겐 오히려 궁금증을 유발했지만 그녀의 말도 일리가 있기에 고개를 끄덕여 주었다.

"하긴, 그렇긴 하지."

"할아버지께 내가 먼저 여쭐 테니까 날짜는 나중에 잡기로 해요."

"그래, 급할 건 없으니까."

진희는 그렇게 답하면서도 은아를 찬찬히 살펴보았다. 몰래 안도의 한숨을 내쉬는 듯한 표정을 보니 금요일이면 안 되는 이유가 급작스럽다는 거 외에 다른 것도 있는 듯 보였다. 무슨 약속이라도 있나? 그의 눈썹이 미세하게 찌푸려졌다. 그녀와 열애 기사를 터뜨린 후 특별히 바쁜 일이 없는 상태라면 두 사람은 퇴근 후 함께했었는데 아무래도 이번 금요일엔 그녀에게 다른 일이 있는 듯했다. 단순히 회사 일이 아닌 그에게 말할 수 없는 다른 일……?

무슨 일인지 물어볼까? 했지만 이내 생각을 바꿨다. 의심을 먼저 깔고 캐묻듯 질문을 해대는 건 그가 싫어하는 일 중의 하나였던 것이다. 서로를 구속하기 없기라고 먼저 말한 것도 그였는데 꼬치꼬치 물어댈 순 없었다. 어쩌면 금요일이 되면 자연스레 알 수도 있는 일이니 미리부터 신경 쓸 필요는 없을 터였다.

"그나저나 어디로 갈까요?"

혼자 생각에 잠겨 있던 진희는 은아의 물음에 창밖으로 눈을 돌렸다. 정확한 위치는 모르겠지만 차를 타고 온 시간과 전방에서 해가 기울고 있는 걸 봤을 때 방배동 근처를 지나는 듯했다.

"우회전해서 한강으로 가지."

"한강이요?"

"서래섬 어때? 작년 봄에 촬영하면서 보니까 유채꽃이 무지 예쁘던데."

"아직 유채꽃 필 때 아닌데."

은아는 말은 그렇게 하면서도 우회전 깜빡이를 넣고 있었다. 유채꽃은 아니어도 지금 이 시각이면 예쁜 노을을 감상할 수 있을 듯했다. 다만 그와 나란히 산책길을 거닐 수 있을지가 문제였다. 코너를 돌기 전 횡단보도 앞에 선 은아는 그를 한번 돌아보았다. 지극히 평범해 보이는 캐주얼 재킷에 면바지 차림이었지만 역시나 그라서 평범치가 않았다.

"뭘 가늠하는데?"

그가 눈을 가늘게 뜨면서 묻자 은아는 얼른 고개를 돌렸다.

"안 그랬는데요?"

"아니긴, 방금 이 남자랑 밖에 나가 데이트를 할 수 있을지 없을지 가늠했으면서?"

"아니, 어떻게 알았지?"

갑자기 은아가 개그맨 흉내를 내다가 풋 하고 웃자 진희 역시 웃음을 터뜨렸다. 생각보다 그가 너무 많이 웃는 것 같아 무안해진 은아가 퉁명스레 말했다.

"유행어가 괜히 유행어겠어요? 나도 모르게 그렇게 튀어나와 버린걸!"

"누가 뭐래? 재밌어서 웃는 건데."

그는 흠흠거리며 웃음을 잦아들게 한 후 말을 이었다.

"사람들이랑 호흡 맞추며 일하는 게 내 직업인데 그런 눈치도 없을까. 밖에 나가기 힘들 것 같으면 그냥 차에서 얘기나 하자구."

물론 그것도 나쁘지 않았다. 사람들의 이목이 집중될까 전전긍긍하는 그녀를 보는 것보다 차라리 이 작은 공간에서 함께 있는 것도 괜찮을 듯싶었던 것이다. 서래섬은, 정말 유채꽃 구경이 하고 싶어서 꺼낸 말이 아니었다. 그저 이 근처 가까우면서 나름 운치도 느낄 수 있는 야외 장소로 생각난 것일 뿐.

아직 유채꽃 시즌이 아니어서인지 주차된 차들도 많지 않았다. 길이 좀 막힌 탓에 시간이 꽤 지나 하늘은 점점 어둑어둑해지고 있었다. 은아는 저 멀리 한강 다리 아래로 사라지려는 노을을 담고 싶어 차를 세우자마자 안전벨트를 풀었다.

"안 내려요?"

"정말 내려도 되겠어?"

"그럼, 여기 있어요. 나 얼른 사진만 찍고 올게요."

"뭐?"

황당한 얼굴로 쳐다보는 그를 두고 그녀는 정말 휴대폰만 챙겨 들고 혼자서 홀라당 내려 버렸다. 애초에 여기 올 생각도 없었으면서 뭐가 급하다고 그녀는 주차장을 단숨에 지나 산책로 쪽으로 사라져 버렸다.

"헐……."

진희는 은아가 가버린 방향을 쳐다보다 키를 뽑아 들고 차에서 내렸다. 조금 어이가 없긴 했지만 기분이 나쁘진 않았다. 뭐랄까…… 흐뭇한 듯하면서 약간의 두근거림도 느껴진달까?

붉은빛과 주황빛으로 물든 하늘에 떠 있던 동그란 태양도 저 멀리 건물들 틈 사이로 사라지며 그 모양을 잃고 있었다. 은아는 그 모습을 좀 더 근사하게 잡고 싶어 자세를 살짝 숙이기도 했다가 휴대폰을 쳐들기도 했다가 하며 다양한 각도에서 셔터를 눌러댔다. 뒤쪽에서 느린 걸음으로 다가가던 진희는 은아를 보며 피식 웃다가 그도 휴대폰을 꺼냈다.

노을을 바라보며 사진을 찍는 그녀의 모습을 담은 그는 잠시 멈춰 서서 그녀를 기다렸다. 얼마 안 있어 그녀는 찍은 사진을 확인하는 듯 화면을 넘겨 보며 나름 만족스럽다는 미소를 지었다. 조용히 다가간 진희는 은아의 어깨에 손을 얹으며 물었다.

"잘 찍혔어?"

그가 올 거란 생각을 못했는지 움찔 놀라며 돌아보는 그녀의 눈동자가 동그랗게 커져 있었다. 그러더니 얼른 주위를 둘러보았다.

"왜 나왔어요? 누가 보면 어쩌려고?"

"사람도 별로 없구만. 이 시간엔 가까이 와서 보지 않으면 잘 모를 거야. 사진은 어때?"

진희는 은아가 찍은 사진들을 하나하나 넘기며 확인했다. 노을빛에 물든 한강 다리를 배경으로 조금 전 자전거를 타고 지나던 아저씨를 찍은 게 꽤나 멋지게 보였다.

"괜찮은데? 사진 찍는 게 취미야?"

"취미까진 아니고요, 그냥 예쁜 모습을 보면 찍어두고 싶잖아요."

은아의 대답에 그는 고개를 끄덕이더니 본인의 휴대폰을 꺼내 팔을 주욱 내밀었다.

"또 찍게요?"

당황한 은아의 말에 그는 또 한 번 고개를 끄덕였다.

"예쁜 모습은 찍어둬야지."

그는 그녀의 어깨 위에 얹어뒀던 손을 머리로 옮겨 가까이 당겼다. 자연스레 그의 어깨에 기댄 자세로 서게 된 은아가 어색하게 웃어 보이자 그가 살짝 미간을 모으며 주의를 주었다.

"어떻게 웃으라고 했더라? 자, 다시, 스마아일~"

역광 때문에 노을을 배경으로 하진 못했지만 그 부드러운 빛깔을 얼굴로 받으며 두 사람은 환한 미소를 그렸다. 셔터를 누른 후에도 그는 화면에 비친 그녀를 응시하며 한동안 가만히 있었다. 그 눈빛에 갇혀 버린 은아는 아무런 미동도 하지 못한 채 그를 바라보았다.

진희의 팔이 내려와 화면이 사라졌을 때 그의 눈은 그녀의 실제 얼굴로 향해 있었고, 은아 역시 자석에 이끌리듯 서서히 시선을 돌려 그를 보았다. 무슨 일이 일어날 거라는 건 하얗게 변해 버린 머릿속보다 뜨겁게 뛰기 시작한 가슴이 먼저 눈치를 챘다. 은은하게 물든 그녀의 뺨에 그의 손이 닿았고 이어 그의 입술도 그녀의 입술 위로 살포시 내려앉았다.

그의 입술이 은아의 살짝 열린 입술에 맞닿으며 부드럽게 움직였다. 가만히 아랫입술을 빨아들였다가 윗입술의 연한 속살을 혀로 간질이며 그녀의 달콤함을 맛보던 그가 좀 더 욕심을 내었다. 서두르지 않고 천천히 가지런한 치열 사이의 틈으로 침입한 그의 혀가 그녀의 입천장을 쓸며 제 짝을 찾았다. 부끄러운 듯 숨어 있던 그녀의 혀는 그의 자극에 어찌할 바를 몰라 떨더니 이내 그의 리드대로 따라갔다. 가느다랗게 새어 나오는 그녀의 신음 소리는 그의 입안으로 다시 흡수되었다.

깃털이 내려앉듯 시작된 입맞춤은 어느덧 하나 됨을 기뻐하며 점차 깊어졌다. 그의 재킷 앞섶을 꼭 부여잡은 그녀의 두 손처럼 그녀의 입술은 그에게서 떨어지지 않았고, 그는 그녀를 놓아주지 않았다.

은은하게 비추던 노을빛도 이제 완전히 사라져 짙은 어둠이 그들을 감쌌다.

베개에 묻은 은아의 머리가 자꾸 이쪽저쪽으로 움직이며 가만히 있질 못했다. 잠을 청하려 침대에 누운 지 한 시간이 지났지만 머릿속은 온통 한 가지 생각으로 가득 차 또렷한 정신을 유지하고 있었다. 이불을 푹 뒤집어쓴 그녀는 말똥거리는 눈을 억지로 감았다. 하지만 감긴 눈앞으로 펼쳐지는 그의 모습에 한숨을 내쉬며 다시 눈을 떴다. 그녀를 바라보던 눈동자……. 서서히 다가와 감미로움을 선사했던 그의 입술……. 그 모든 게 아직도 생생하게 느껴지고 있었다.

처음이었다. 제대로 된 연애를 해본 적이 없으니 처음일 수밖에 없었다. 그런데 첫 경험치고는 너무도 강렬하고 진한 여운을 남긴 키스에 그녀는 아직 헤어나질 못하고 있었던 것이다. 살짝 혀를 내밀어 입술을 핥은 은아는 끙 소리를 내며 베개로 머리를 감쌌다.

그녀의 온 정신을 몽롱하게 만들어놓은 상태로 입술을 뗀 그는 부드러운 미소를 짓고 있었다. 그 미소에 더욱 취해 버린 듯 은아의 다리가 휘청이자 그의 팔이 허리를 받쳐 주었다.

"당신을 알게 된 것에 다시금 감사하고 싶어."

"……누, 누구…… 한테요……?"

바보처럼 느릿하게 묻는 그녀의 뺨을 쓸어주며 그는 나직이 답했다.

"누구한테든."

심장의 떨림은 계속되었지만 정신은 어느 정도 맑아졌고 그에게 미소로 화답할 수도 있었다. 그 후 둘은 자연스레 손을 잡고 산책로를 조금 걷다가 꼬르륵거리는 뱃속의 신호에 졌다는 듯 차로 돌아갔다. 차를 출발하고 정확히 5분 후 보이는 식당에 들어가자고 정한 그들은 한 아파트 근처에서 멈췄다. 감자탕, 보쌈, 삼겹살, 부대찌개 등등의 간판 앞에 선 둘은 가위바위보로 이긴 사람이 그중 먹고 싶은 걸 선택하기로 했다.

이런 식의 데이트는 처음이었기에 그는 상당히 즐거워했고, 가위바위보에서 져서 '제발 거기만은!' 을 외치며 부탁하는 은아를 감자탕 집으로 끌고 들어갔다. 널찍한 홀엔 손님들이 대부분 자리 잡고 있었기에 둘은 다행히 안쪽 룸으로 안내되었다. 룸이라 해도 테이블 네 개가 설치된 공간이라 한 테이블엔 다른 한 쌍의 커플이 열심히 뼈를 발라먹고 있었다.

처음엔 설마 하진일까 싶어 흘낏거리기만 하던 그 커플과 서빙 직원이 궁금증을 참지 못했는지 결국은 질문을 했고 그냥 닮은 사람이라 하고 넘어가면 될 일을 그는 맞다고 하며 데이트하는 중이라 자랑스레 말하기까지 했다. 그 이후 일은 정말이지······.

은아는 그 앞에서 뼈를 뜯기도 어색해 조심스레 먹는 판이었는데 문 앞에 몰려들어 사진을 찍어대는 사람들 때문에 음식이 입으로 들어가는지 코로 들어가는지 모르게 식사를 해야 했다. 식당 주인은 그에게 함께 찍은 사진과 사인 한 장이면 충분하다고 식사값을 받지 않겠다고 했지만 그는 그럴 순 없다면서 기어이 계산을 했다. 그리고 그는 근처 테이크아웃 커피 전문점에서 사온 커피를

들고 소화를 시키자며 태연하게 그녀의 손을 맞잡고 거리를 걸었
다.

그렇게 사람들의 관심을 받으며 하게 된 데이트를 마치고 은아
가 집에 들어온 시각은 11시가 다 되어서였다. 그녀를 먼저 데려
다 주고 들어갈 거라 고집 피우는 그였지만 운전대를 잡은 건 은
아였기에 그녀는 그를 먼저 그의 집 앞에 내려주었다. 차도 없는
그가 택시를 타고 돌아가게 하고 싶지 않았던 것이다. 그게 맘에
안 들었는지 그는 차에서 내린 후에도 연신 툴툴거렸다.

"남자로서 이건 정말 자존심 상하는 일이라구! 어떻게 당신을
혼자 보내……."

그의 뾰로통한 입술 위에 은아의 입술이 쪽 하니 닿았다 떨어졌
다. 조금은 놀랐는지 그가 눈을 끔뻑이더니 씩 웃음을 보였다.

"이 정도로 날 달랬다고 생각하는 건 아니겠지?"

"달랜 게 아니라 그만 말하고 얼른 들어가란 뜻이었어요."

은아는 한 손을 척 하니 들어 보이고는 재빨리 차에 타버렸다.

"잘 자요!"

어안이 벙벙한 얼굴로 쳐다보는 그를 남겨두고 쌩 하니 차를 출
발시킨 은아는 몇 블록이 지나고 나서야 길가에 차를 세웠다. 그
에게 먼저 키스를 했다는 게 믿어지지가 않았다. 물론 방금 건 아
까의 진한 키스에 비하면 그냥 뽀뽀 수준이었지만……. 그의 삐죽
튀어나온 입술이 그녀에게 충동적인 반응을 유발시킨 거나 같았
다. 그나마 다행인 건 그와 이미 키스를 나눈 다음이란 거였다. 방
금 그녀가 불쑥 다가가 입 맞춘 게 첫키스였다면 더 창피해서 그

를 이제 어떻게 보나 머리를 쥐어뜯었을지도 몰랐다.

그렇게 집으로 돌아온 은아는 새벽 1시가 넘도록 잠을 못 이루고 이러고 있었다.

☆　　☆　　☆

은아와 달리 진희는 아주 달게 잠을 청했고 금방 꿈나라로 떠날 수 있었다. 아쉬운 키스만 남겨두고 떠난 그녀는 그의 바람대로 나긋나긋한 발걸음으로 꿈나라 방문을 해주었다.

하늘거리는 날개옷처럼 얇은 능라를 몸에 걸치고 나타난 그녀는 그 어떤 여신보다 아름다웠고, 그를 향해 매혹적인 눈웃음을 보이며 손을 내밀었다. 단숨에 그녀의 늘씬한 허리를 휘감은 그는 아까 못다 한 진한 키스로 갈증을 풀었다. 보드라운 입술을 벌리고 들어가 순식간에 그녀의 혀를 잡아채 빨아들였지만 여전히 그의 갈증은 풀리지 않았다. 낭창한 허리를 감싸 안으며 좀 더 몸을 밀착시키고 키스를 퍼부어댔지만 만족스럽지가 못하고 답답함만 느껴졌다. 그의 몸은 이미 달아오를 대로 달아올라 팽팽해졌건만 그녀는 무반응으로 일관하고 있었다. 뭔가 이상했다. 왜 그녀가……!!

순간 진희의 눈이 번쩍 떠졌다. 베개를 꼭 끌어안고 숨이 막힐 정도로 얼굴을 파묻고 있으니 답답할 수밖에. 그는 끄응 소리를 내며 짜증스레 베개를 퍽 치고는 반대쪽으로 벌러덩 몸을 돌렸다.

꿈에선 그녀와 맘껏 사랑을 나눌 수 있으리라 생각했건만, 아니었
다.

그에게 필요한 건 그녀의 실체였다. 멍한 눈으로 어두운 천장을
올려다보던 진희는 피식피식 웃음소리를 내었다. 이건 뭐, 여자
경험도 없는 숫총각도 아니면서 혼자서 애닳아하는 자신의 꼴이
우스웠던 것이다.

11

"금요일, 그러니까 내일 진희 씨를 초대하시겠다는 거예요?"

출근 전 서 회장의 서재로 불려간 은아는 눈이 동그래진 상태였다.

"안 될 이유라도 있니? 하진 군도 내일은 괜찮다고 했다며?"

"하지만……."

어제 그에게도 말했지만 아무리 생각해도 이건 너무 급작스러웠다. 그와 사귀자는 말이 나오고 아직 한 달도 지나지 않았는데 집에까지 초대한다는 건 뭔가 너무 빠르다는 느낌이었다. 그녀가 감당하기도 전에 모든 게 착착 진행되어 버리는 기분이랄까? 이건 마치 꾸며낸 기사 내용처럼 그와는 이미 몇 달 전부터 가까이 지내왔던 사이가 되어버린 듯한……. 순간 은아는 양볼에 화끈거림이 느껴지자 저도 모르게 입술을 깨물었다. 그와 나눴던 키스가 떠오르며 '충분히 가까운 사이네, 뭐~' 라는 목소리가 들려온 것이다.

은아가 말을 꺼내다 말고 꿀 먹은 벙어리처럼 입을 다물자 서 회장이 다시 물었다.

"내일이면 왜? 싫으냐?"

"아, 아뇨……. 싫다기보단……."

물론 싫지는 않았다! 다만 그에겐 아직 보여주고 싶지 않은 모습도 있었다. 그와 이렇듯 쉽게 가까워지게 됐다는 건 그녀로서도 놀랄 일인 만큼 앞으로는 좀 더 그 앞에서 신중하고 싶었다. 때문에 그가 그녀 가족의 금요 행사를 어떻게 받아들일지에 관해선 지금이 아닌 아주 나중 일로 미뤄두고 싶었다.

"모처럼 언니도 온대서 할머니랑 고스톱 한번 치자고 했는데……."

그를 어떻게 불러요? 라고 말하고 싶은 은아의 얼굴을 보며 서 회장이 대수롭지 않게 답했다.

"이왕 집에까지 부르는데 우리 사는 모습은 제대로 보여줘야 되지 않겠니?"

"굳이 그럴 필요까지……."

은아가 어색하게 웃어 보이자 서 회장도 빙그레 웃음을 보였다.

"너희가 서로를 진지하게 생각하는 것 같아서야. 그도 장난은 아닌 것 같으니 우리 사는 건 이렇다고 미리 알려주는 게 낫겠다 싶었거든. 하진 군 머릿속에 우릴 어떻게 그리고 있는지 모르겠지만 이번에 와서 보고 아니다 싶으면 접자고 하겠지.”

웃음 띤 얼굴로 말씀하신 것치고는 은아의 가슴을 뜨끔하게 만드는 말이었다.

“그러니까…… 그를 시험해 보고 싶으시다는 거네요?”

“할애비가 너무한다 싶으냐?”

“그 사람은…… 제 차를 보고도 아무 말 안 했어요. 수동 운전을 하는 것도 멋지다고 했구요.”

“그래? 그럼 걱정할 필요 없겠구나.”

“제 배경이 탐나서 사귀자고 한 게 아니에요.”

“알고 있다. 나도 그리 봤으니 초대를 한 거고, 너에게 좀 더 다가설지 아닐지는 우리를 보고 결정을 내릴 기회를 주려는 거야.”

“그럼, 그가 여전히 좋다고 하면 지금보다 더 발전된 관계까지 허락…….”

헉! 발전된 관계라니? 지금 무슨 말이 튀어나온 거지? 그런 걸 왜 할아버지한테 허락받는 건데?

은아는 자신이 내뱉은 말이 의미하는 바가 무엇인지 머릿속에 그려지자 저도 모르게 손으로 입을 틀어막았다. 아무래도 지난밤 키스의 여파가 크게 남은 듯했다. 몸 안 한구석에서부터 스멀스멀 전해지는 묘한 느낌에 은아의 두 눈에 힘이 들어갔다. 대체 무슨 생각을 하는 거야?

“결혼을 말하고 싶은 거냐?”

급 당황한 얼굴로 어쩔 줄 몰라 하는 은아를 보며 서 회장이 웃음을 보였다. 그 물음에 은아는 얼른 고개를 끄덕였다. 다행히 할아버지는 그녀가 상상하는 쪽으로는 생각하지 않으신 듯했다.

"거기까지 고려해도 된다는 거죠?"

"그건 그가 어떻게 나오는지 두고 보고 결정하자꾸나. 그리고 너도 나중에 생각이 바뀔 수도 있지 않니? 아직은 네가 힘든 상황에 놓이질 않아서 다행이긴 하지만 한 번쯤은 그의 연인으로서 네가 감당해야 될 몫이 생길지도 모르니까."

"저 그 사람 좋아해요. 좋은 사람이에요."

"그래, 그런 것 같더구나."

흔쾌히 그렇다 인정해 주는 할아버지를 보는 은아의 가슴이 두근거리기 시작했다. 어쩌면 할아버지는 그를 손주사위로 들이는 문제를 이미 고려하고 계셨던 건지도 몰랐다.

정말로, 그와 결혼까지 가능한 걸까……?

"하진 군한텐 네가 연락하겠니?"

"네, 그럴게요."

"자, 우리도 이제 출근하자꾸나."

서 회장이 어깨를 토닥이자 은아는 고개를 끄덕이고는 서재를 나섰다.

☆　　　☆　　　☆

"내일? 당신, 다른 약속 있던 거 아냐?"

커피 회사의 CF 의뢰가 들어와 수완과 애기 중에 있던 진희는 은아의 전화를 받고 조금은 놀란 듯한 반응을 보였다.

〈다른 약속이 있었던 건 아니구요…… 언니네랑 다 모이기로
한 날이라 그랬던 거죠.〉

"그럼, 그 삼미그룹 회장님까지 오는 자리에 나도 참석하라는
거?"

진희의 눈살이 약간 찌푸려졌지만 목소리엔 의외로 재밌다는
기색이 비쳤다. 삼미그룹 회장이라는 말에 수완의 귀도 솔깃해졌
는지 진희 쪽으로 몸을 좀 더 기울이고 있었다.

〈올 수 있겠어요? 부담스러우면…….〉

"아냐, 괜찮아. 갈게."

곧바로 답을 하는 그에 비해 은아는 잠깐 동안 말이 없었다.

"여보세요?"

〈저기…… 눈치챘을 수도 있는데 우리 집은 보통 사람들이 생
각하는 그런 집들과는 약간 다르거든요?〉

"뭐가?"

〈그러니까, 내가 소형차를 타는 것도 그렇고……. 당신한테 일
종의 선입견 같은 게 있었잖아요. 근데 우리 집은 당신이 생각하
는 다른 회장님네들 집이랑은 좀 다를 거라는 거예요.〉

뭣 때문에 뜸을 들이나 했더니 그런 선입견을 갖지 말라는 말을
어렵게 하고 있었다. 그녀의 차도 그렇고 서 회장님의 사무실도
흔히 말하는 삐까번쩍 스타일과는 거리가 멀다는 걸 알고 있었기
에 진희는 '어쩌면?' 이라는 생각을 하고 있었다.

"혹시 내가 실망할까 봐 걱정하는 거야?"

그의 목소리에 웃음이 담겨 있었지만 은아는 웃지 않았다.

〈어쨌든 우리 집이 당신이 생각하는 기준에 맞지 않을 수도 있으니까 충격이라는 반응은 좀 참아줬으면 해요.〉

"설마 내가 그럴려구."

〈저 그만 들어가 봐야 되니 끊을게요.〉

"그래, 내일 봐."

진희는 휴대폰을 내리며 싱긋 미소를 지었다. 소형차를 타는 거에 대해서도 아무렇지 않게 굴던 그녀가 집을 공개하는 데 조심스런 반응을 보이는 게 약간 의외이긴 했지만 한편으론 그를 좀 더 의식하고 있다는 느낌이 나쁘지 않았다.

"너 그 집 가는 거야? 제일그룹 회장님 댁에?"

수완이 잽싸게 물어대자 진희가 고개를 끄덕였다.

"음, 내일 저녁 식사에 초대받았어."

"이야, 벌써 그렇게 된 거야? 삼미 회장님까지 온다면 완전 가족 모임인데? 너 설마 거기까지……?"

"너무 앞서 나가진 말라구! 남친 자격으로 가족 모임에 초대받은 게 뭐 어때서?"

"그래도 기자들이 알게 되면 부풀리기 딱 좋은 뉴스감인데?"

그 말에 진희의 눈이 찌릿하고 빛났다.

"형만 입 다물면 누가 알겠어?"

"나야 당연히 샷다마우스지!"

수완이 입에 지퍼를 채우는 시늉을 하자 진희는 테이블 위의 서류를 턱으로 가리켰다.

"이 커피 광고까지만 해. 다음달 삼미전자 촬영도 있잖아."

"오케, 오케! 커피 좋지! 분위기 잡기 딱이고!"

만족스럽다는 듯 수완은 낮게 휘파람까지 불며 서류철을 가지런히 모았다.

"흠……."

'어쩌면?' 이라 생각했는데 역시나였다. 갖가지 과일들로 정성스레 포장된 바구니를 들고 선 진희는 지극히 평범한 대문에 그리 높지 않은 울타리 담을 보며 낮게 휘파람을 불었다. 외형상으론 어느 정도 돈 좀 있는 집인가 보다라는 냄새는 풍기고 있었지만, 재계 10위 안에 드는 제일그룹 회장의 본가라 하기엔 너무 궁색해 보였다. 그나마 어느 정도는 예측하고 있었기에 그리 큰 충격은 받지 않았지만, 이건…… 남양주에 있는 그의 부모님 집보다도 못한 규모였다.

솔직히 그만큼 벌었으면 어느 정도는 누리면서 남 앞에서 위세도 좀 떨고 잘난 척도 하는 게 당연한 거 아닌가? 근데 이 집안 사람들은 다들 그런 생각이 없는 듯했다. 대문 옆의 주차장 문이 활짝 열려 있어 검은색 세단 두 대가 들어 있는 게 보였고, 그 앞을 은아의 차가 막고 있었다. 그리고 그 뒤로 삼미자동차에서 출시된 최고급 대형 세단이 턱 하니 놓여 있는 게 큰사위라는 삼미그룹 회장도 이미 와 있는 듯했다. 재계 1, 2위를 다투는 삼미그룹 회장께서는 이렇듯 수수하기 그지없는 처가를 어찌 생각하고 있는지도 궁금해졌다.

오후에 있었던 잡지 인터뷰가 조금 늦어지는 바람에 은아의 퇴근 시간에 맞춰 오지 못하고 혼자 오게 된 진희는 둘러보는 걸 관두고 리모콘을 눌러 차 문을 잠갔다. 그가 대문 앞 계단을 막 오르려는데 문이 열리며 은아가 나타났다.

"어?"

그녀는 문 앞에 선 진희를 보더니 어제 전화로 걱정하던 것과는 달리 미소 띤 얼굴로 반겨주었다.

"올 때가 된 것 같아 나와 봤는데, 찾기 어렵진 않았어요?"

"뭐, 그다지. 당신 차가 있어서 바로 알겠던데."

"표정 보니까 역시 놀랐다는 얼굴이네요?"

"대충 예상을 하고 와서 그리 놀라진 않았다구."

"그렇다면 다행이구요. 다들 기다리고 있으니 얼른 들어가요."

어젠 그의 반응이 어떨지 고민스럽기도 했지만 어쩌면 그도 화려한 생활보다는 소탈하며 검소한 모습을 더 좋아할지도 모른다는 생각이 들었다. 대중 앞에 서야 하는 스타인 만큼 그의 겉모습은 언제나 고급스러웠으나 정작 함께 이야기를 나누거나 식사를 할 때는 의외로 평범한 걸 즐겼던 것이다. 해서 행여 그가 그녀 가족들의 실생활 모습에 실망스럽다는 반응을 나타낼 일은 없을 거라 믿었고 그런 쓸데없는 고민 따윈 하지 않기로 했다.

진희는 은아를 따라 대문 안으로 들어서며 주위를 둘러보았다. 차고를 만들기 위해 마당을 높인 탓에 돌계단이 이어져 있었고, 그 위로 올라가니 아담하지만 아기자기하게 꾸며진 정원이 나타났다. 차고 위쪽으론 심은 지 얼마 안 되어 보이는 채소들이 나란히 열을 맞추고 있었고 낮은 담 주변으로는 매화나무가 보였다. 예닐곱 개의 동그란 포석을 밟으면 들어갈 수 있는 건물은 기와지

붕이 얹어진 이층짜리 벽돌집이었다. 거실로 연결된 통유리 창으로 몇몇 사람들이 밖을 내다보는가 싶더니 일제히 사라졌다. 그리고 현관문이 벌컥 열렸다.

"어서 와요."

반가운 손님을 맞이하듯 미소와 함께 영희가 먼저 인사를 건넸다.

"우리 엄마예요."

굳이 은아의 설명이 아니래도 그녀와 꼭 닮은 얼굴을 보고 누군지 알 수 있었다. 진희는 예의 바른 태도로 고개를 숙여 보인 후 언제나처럼 매력적인 미소를 입가에 머금었다.

"은아가 예쁜 이유가 어머님 때문이었군요."

"어머머, 무슨 그런 당연한 사실을……."

"엄마아!"

은아가 얼른 팔을 잡으며 눈치를 주자 영희는 맞지 않냐는 듯한 표정으로 진희를 보았다.

"물론 당연한 사실입니다."

진희가 동의하자 호호 웃는 영희의 얼굴이 살짝 붉어졌다. 은아 또한 그에게 예쁘다는 말을 들어서인지 수줍은 빛을 띠며 그를 안으로 안내했다.

거실로 들어가니 회색빛 머리를 곱게 올리고 노랑과 살구색으로 이뤄진 생활한복을 입고 계신 분이 두 눈을 빛내며 그를 쳐다보고 있었다. 진희는 젊은 여성 팬들 못지않게 반짝거리는 눈으로 그를 바라보고 있는 정임에게 먼저 다가가 인사했다.

"안녕하세요. 처음 뵙겠습니다."

“어, 그래요. 잘 왔어요, 잘 왔어.”

정임이 진희의 손을 덥석 잡으며 예뻐 죽겠다는 표정을 감추지 않
자 바로 옆에 선 서 회장이 으흠 하는 헛기침 소리를 내었다. 그러자
진희가 조금 멋쩍은 듯 미소를 보이며 꾸벅 허리를 숙여 인사했다.

“초대해 주셔서 감사합니다.”

“오느라 수고 많았네. 시장하지?”

“저 때문에 너무 늦어졌죠. 죄송합니다.”

“일부러 그런 것도 아닌데 뭘. 이쪽으로 오게.”

서 회장은 주위에 서 있는 다른 가족들과도 진희가 인사를 나눌
수 있도록 소개해 주었다. 은아의 아빠 역시 서 회장님과 마찬가
지로 편안한 인상의 소유자였고, 눈에 확 띄는 미인형은 아니지만
은아처럼 귀여운 듯하면서 순수한 미소로 인사를 건네는 젊은 여
성이 언니였다. 그리고 그 옆에서 내 여자라는 티를 팍팍 풍기고
있는 큰 키의 샤프한 매력을 지닌 남자가 바로 삼미의 젊은 회장
임을 알 수 있었다. 취임 당시부터 워낙 유명세를 탄 인물이니 사
진을 통해 본 적은 있지만 실제로 보니 같은 수컷의 입장에서 한
여자를 사이에 두고 경쟁했다간 꽤나 위험한 상대가 될 거라는 게
피부로 느껴졌다. 다행히 그럴 일이 없다는 게 안심스럽기까지 했
다.

마지막으로 남동생이 한 명 있는데 지금은 국방의 의무를 충실
히 이행하느라 아쉽게도 참석하지 못했다고 설명하며 은아는 그
를 상이 차려진 곳으로 안내했다. 뭘 좋아할지 몰라 이것저것 만
들어봤다며 입맛에 맞았으면 좋겠다고 말하는 은아의 어머니께

진희는 아무거나 다 잘 먹는다며 이런 진수성찬은 처음이라는 말로 추켜세우기까지 하였다.

넉살이 보통이 아니라는 듯 은해가 눈짓을 던지자 은아는 빙긋이 웃으며 다소곳한 태도로 진희의 옆자리에 앉았다.

"오늘도 해요?"

눈에 익은 카키색 담요를 서 회장이 들고 나오자 은해가 진희를 힐끗 보며 물었다. 그가 사온 과일을 정성스레 깎아 접시에 놓는 은아의 모습을 바라보고 있던 진희의 시선이 서 회장에게로 옮겨졌다. 그와 동시에 은아의 고개도 발딱 들리며 진희의 표정을 살피듯 쳐다보았다.

"그럼 안 해? 니 할머니 유 서방이랑 하려고 벼르고 있었는데?"

"하지만 다른 손님도……."

"죄송해요, 할머님. 제가 너무 오랜만에 찾아뵀죠."

진명이 은해에게 그만 됐다는 듯 팔을 잡으며 말하자 은해는 입을 다물고 은아를 보았다. 은아 역시 조금 긴장한 빛을 띠긴 했지만 별로 당황스러운 기색은 없었고 그 옆의 진희가 상당히 놀란 얼굴이었다.

진희는 서 회장이 거실 바닥에 쫙 펼친 담요와 그 위에 턱 하니 놓인 화투를 보고 제 눈을 의심했다. 그때 문득 서 회장의 말이 떠올랐다.

"자네, 그거 할 줄 아나?"

가족들이 주기적으로 갖는 행사가 무엇인지 이제야 이해가 되었다. 그나저나 화투라니! 제일그룹 회장과 삼미그룹 회장이 화투로 맞붙는 상황이 벌어지고 있다는 걸 그 누가 상상이나 하겠는가!

그건 그렇고 똑같은 그림 맞추기밖에 할 줄 모르는 진희로서는 난감할 수밖에 없었다.

"고스톱 칠 줄 알아요?"

은해의 물음에 진희의 머리가 저절로 도리질을 했다.

"못 치는데요."

"못해?"

서 회장 내외와 서 사장이 동시에 진희를 보았고 진명은 걱정 말라는 듯 빙긋이 웃어 보였다.

"나도 여기 와서 제대로 배웠으니까 너무 염려 마. 금방 따라잡을 수 있을 테니."

"그럼 우선 하진 군한테 속성으로 가르쳐 줘야겠군. 배울 생각 있나?"

서 사장이 능숙하게 화투를 섞으며 묻자 진희가 약간 고민하다가 답했다.

"저 때문에 유익한 가족놀이 시간이 방해되면 안 되잖아요. 전 옆에서 보면서 배울게요. 칠 거지?"

마지막에 은아를 슬쩍 보면서 묻는 그에게 은해가 답을 해주었다.

"은아는 절대 빠지지 않는 원년 멤버예요."

“잘 치나 보죠?”

“잘하긴 하는데, 가끔 제 욕심만 부리다 망치는 경우가 많죠.”

“언니!”

확 달아오른 얼굴로 외치는 은아를 보며 은해가 씩 웃었다.

“오늘은 독박당하는 일 없길 바란다.”

“하다 보면 독박 쓸 때도 있는 거지!”

“패가 안 좋으면 무조건 먹을 생각만 말고 니 형부처럼 쇼당 붙일 생각을 해. 그래야 잃는 게 덜하지.”

“나두 쇼당 많이 붙여봤거든!”

“좋아, 오늘은 기대해 볼게. 하진 씨도 왔는데 실력 발휘 한번 해봐.”

독박에 쇼당이라니? 도대체가 진희로선 알아들을 수 없는 말들이었다. 우리나라 사람들 대부분이 명절이면 친척들 간 모여 앉아 즐긴다는 고스톱도 연휴를 챙기지 못하는 직업 특성상 진희네 가족들은 해보질 못했고, 간혹 친구들끼리 모여도 고스톱보다는 포커를 했기에 제대로 배워볼 기회가 없었던 것이다. 눈을 끔뻑거리며 자매간의 대화를 듣고 있는 진희에게 진명이 조용히 말했다.

“서너 판 돌아가는 것만 보면 대충 그려질 거야.”

선수로 나선 이는 정임과 서 사장, 그리고 은아와 진명이었다.

“언니는 안 해?”

“니 형부가 하는데 뭐. 난 엄마랑 구경할 거야. 우리 남편 파이팅~ 하면서.”

진명에게 팔 동작을 취해 보이는 은해를 보며 은아는 흥 하고 콧방귀를 한번 뀌어주고는 진희를 보았다. 그러자 진희가 두 팔을 번쩍 치켜들며 힘을 주어 외쳤다.

"우리 은아 파이팅!"

"어어, 뭐 하는 거야, 지금?"

서 회장이 눈살을 찌푸리며 돌아보자 양팔을 들고 있던 진희는 그대로 굳어졌고, 은아와 은해의 눈도 동그랗게 커졌다. 그때 서 회장이 빙그레 웃더니 정임을 보며 말했다.

"할멈도 힘내~"

서 회장의 말에 모두들 '우~' 소리를 내더니 동시에 영희를 쳐다보았다. 서 사장이 당신도 뭐라 한마디 해야지라는 시선으로 보자 영희는 심각하게 말했다.

"당신보다 내 실력이 더 나을 텐데, 우리 선수 바꿀까요?"

"에이, 엄마! 건 아니다!"

은아와 은해가 동시에 머리를 흔들어 보이자 영희는 새침한 표정을 지으며 자리에서 일어났다.

"술상 봐올게요."

왁자하면서도 화목한 일상의 가족들의 모습이 펼쳐지자 진희이 얼굴에도 자연스레 미소가 피어올랐다. 외동으로 태어나고 자라면서 이런 식으로 웅성거리는 가족 분위기를 느껴본 적이 없던 그에겐 생소하면서도 푸근함이 전해졌다.

일곱 판이 돌았다. 진희가 지켜보니 진명은 강적이었다. 본인이 딸 때도 그렇지만 별로 먹지 못할 때도 다른 두 사람이 치는 걸 보며 기회를 봤다가 아까 말한 쇼당이란 걸 붙이기도 하고, 또 누군가 고를 외치면 다른 사람을 밀어주면서 고박이란 걸 씌우곤 했다.

"여기 와서 제대로 배웠다고 하지 않았던가요?"

진명이 패가 너무 안 좋다면서 한 판 쉬어간다고 나오자 진희가 물었다.

"그랬지."

"근데 후발주자치곤 실력이 보통이 아닌데요?"

"처음엔 나도 내리 졌었지. 식구들끼리 오락거리로 하는 거니까 그냥 재미로 치지만 이게 상당한 전략을 필요로 하더라구."

"그래서요?"

"해서 우리 아버지랑 맞고 내기를 하며 연습 좀 했지. 남동생 불러 셋이 칠 때도 있었고."

"에? 아버지라면 그……."

냉기가 철철 흘러넘쳐 누구 하나 꼼짝달싹 못하게 만들었다던 삼미그룹의 유상운 전 회장은 재계의 호랑이로 유명했다. 그분이랑 맞고 내기를 했다고?

"지는 건 무엇보다 싫어하시는 분이라 함께 치다 보면 배울 게 많거든."

진명이 씩 웃으며 말하자 진희는 고개를 끄덕이면서 아버지를 떠올렸다. 호탕한 성격의 아버지라면 전략을 따지기보다는 지더라도 재미있으면 그만이라 생각하실 분이었다.

"자네도 이제 참가하지?"

서 사장이 진희에게 말하자 진명도 그를 끌어당겼다.

"구경보다는 직접 부딪혀서 배우는 게 더 빨라."

진희도 한자리 꿰차고 앉자 은아가 괜찮겠냐는 시선을 보냈다. 대강 판 돌아가는 걸 봤으니 뭘 먼저 먹는 게 낫다는 건 알 수 있었다. 진희가 걱정 말라는 눈짓으로 답했지만 은아는 영 못 미더운 눈치였다.

젠장!! 두 시간을 치면서 단 한 번도 따질 못했다. 슬슬 오기가 생기려 하는데 시간이 없었다. 내일이 토요일이라 해도 가족도 아닌 그가 그 집에서 밤을 새워가며 화투에 열을 올릴 순 없는 일이었다. 자고 갈 거라는 진명이 왜 그리 부럽게 느껴지던지!

11시가 다 되는 시각에 일어나게 된 진희를 배웅하러 은아가 대문 밖까지 따라 나왔다.

"우리 식구들 좀 별나지 않았어요?"

"좀이 아니라 아주 많이!"

"예?"

은아의 눈살이 찌푸려지자 진희가 싱긋 웃으며 주름진 미간을 콕 눌렀다.

"그만큼 재밌었다는 거야. 이대로 돌아가기 아쉬울 만큼!"

"좋았다는 거…… 맞죠?"

조심스레 묻는 은아에게 진희는 큰 동작으로 고개를 끄덕여 주었다.

"당연하지."

"즐거웠다니 다행이에요."

이내 웃음을 보이는 은아의 입술에 진희의 입술이 다가왔다. 갑작스런 키스였지만 은아는 놀라지 않았다. 그녀 역시 그와의 키스를 바라고 있었기 때문일까……. 대문 옆 기둥에 등을 기댄 은아의 머리가 자연스레 뒤로 젖혀지며 그의 입술을 더 깊이 받아들였다.

그녀의 입술을 빨아들였다가 보드라운 뺨을 지나 귓불을 깨물며 그가 속삭였다.

"가족들도 좋았지만…… 당신과 단둘이 있고 싶어 죽는 줄 알았어."

그 말은 그의 입술과 혀가 가하는 농밀한 애무에 더해져 은아를 점점 무력하게 만들었다. 이대로 무너지지 않으려는 듯 그의 어깨를 붙들고 있는 그녀의 손가락에 힘이 들어갔다. 다시 입술로 찾아온 그에게 화답하듯 은아도 그의 아랫입술을 지그시 깨물었다가 빨아들이며 혀로 그의 속살을 자극했다.

"하아……."

서로를 탐하던 길고 긴 입맞춤이 잠깐 멈추고 두 사람의 입에서 동시에 막혔던 숨이 터져 나왔다.

"당신이랑 오늘 밤 함께 있고 싶다고 하면…… 뭐라고 할 거야……?"

그녀의 입술 위에 대고 조심스레 말하던 그는 은아의 몸이 바싹 굳어지며 눈동자가 크게 열리자 얼굴을 떼었다.

"그, 그건……."

희미한 불빛 아래였지만 그녀의 얼굴이 홍당무처럼 빨개진 걸 알 수 있었다.

은아는 그의 말이 뭘 의미하는지 모를 만큼 순진하지가 않았다. 혼전순결을 지키겠다는 결심 따윈 해본 적이 없지만 그 은밀한 행위를 함께 나누고픈 남자를 만나지 못했기에 여태 키스도 못해본 터였다. 그런데 그가 함께 밤을 보내고 싶다 했다. 물론 만난 지 얼마 안 된 사이지만, 만난 횟수를 따져 가며 잠자리를 해야 한다는 규칙 또한 세워본 적도 없었다. 그리고 범생이과였던 미숙이도 사귄 지 얼마 되지 않아 아이까지 만들지 않았는가!

하지만 선뜻 그러겠다는 말은 할 수 없었다. 그와의 키스는 더할 나위 없이 좋았지만 지금 당장 그 이상을 나누기엔…… 겁이 났다.

"지금은……."

머뭇거리는 그녀에게 그가 싱긋 웃으며 말했다.

"당연히 안 되는 거지! 가족들 뻔히 모여 있는데 당신을 빼내가면 내가 뭘로 보이겠어?"

순간 잠시나마 고민에 빠졌던 자신이 부끄러워 은아는 제법 매서운 눈빛으로 그를 흘겼다.

"놀리니까 재밌죠?"

"반 이상은 진심이었어."

이번엔 한결 진지해진 말투였다. 그러더니 증명이라도 하듯 다시금 그녀의 입술을 찾아들어 깊은 키스를 선사했다. 이렇듯 갈증만 더 유발하는 키스만으로 만족하려니 그의 온몸이 뜨거워지다 못해 폭발할 지경이었지만 조급하게 굴고 싶진 않았다. 그가 좀 더 유혹의 손길을 뻗친다면 그녀는 분명 쉽게 승낙할 거라 믿었지만 조금 더 기다리기로 했다. 그들의 관계가 너무 가볍게 여겨지지 않도록, 그것만 밝히는 남자로 보여지지 않도록…… 좀 더 기다리는 것도 좋을 터였다.

"오늘 재밌었어. 내일 봐."

아쉽다는 듯 느리게 입술을 뗀 그는 은아의 앞머리를 다정스레 넘기더니 마지막 굿나잇 키스를 이마에 해주었다.

은아가 샤워를 하고 화장대 앞에 앉았는데 노크 소리가 들려왔다. 그리곤 바로 문이 열리며 은해가 얼굴을 빠끔 드밀었다.

"잘 거니?"

"그래야지. 왜?"

뺨에 크림을 토닥이며 은아가 돌아보자 은해가 안으로 들어와 문을 닫았다.

"얘기나 좀 할까 하고."

"진희 씨 때문에?"

은해는 그렇다는 듯 고개를 끄덕거리며 침대에 앉았다.

"사람은 괜찮은 것 같더라."

"그치? 좋은 사람 맞아."

"니 형부도 별말 않는 거 보니 처제 애인으로 썩 나쁘지 않다 여기는 것 같아."

"정말?"

거울을 통해 은해를 쳐다보는 은아의 얼굴에 은근한 미소가 번졌다. 가족들이 이렇듯 긍정적인 반응을 보여준다면, 그와 좀 더 발전적인 관계로 나아가는 데 든든한 힘을 얻을 수 있을 거란 기대감도 싹텄다. 그런 은아의 표정을 살피며 은해가 조심스레 말을 꺼냈다.

"근데 말야. 음…… 내가 결혼한 사람으로서 그냥 노파심에 하는 말일 수도 있지만……."

"뭐가?"

"그냥 좀……."

은해는 표현할 말을 찾는 듯 손짓을 하더니 결국 어깨를 으쓱하며 은아를 보았다.

"성급한 행동은 자제했으면 싶어서."

대번에 은아의 얼굴이 찡그려졌다.

"성급한 행동?"

"그 계통 사람들이 원래 좀 자유스럽고 개방적이잖아. 반면에 넌 아직 처녀고. 맞지?"

이번엔 은아의 얼굴이 홍당무처럼 빨갛게 변하고 말았다.

"그러니까 언닌 내가!"

물론 그와 사랑을 나누는 행위를 하고 싶긴 했다. 방금 전까지만 해도 그의 유혹을 받아들이고 싶었으니까! 하지만 그렇다고 지금 시대가 어느 시댄데 구식 케케묵은 잔소리를 하려고 하는지 어이가 없었다.

"서로가 정말 사랑하는 사이라면 충분히 가능하다지만 두 사람은 시작도 그렇고, 거기까지 가기엔 좀 빠르잖아."

"언니, 그만하자! 응?"

"물론 널 믿지만, 하진 씬 그쪽으로 자유롭게 지냈을 테니까 조금 염려도 되고……. 혹시나 네가 섣부른 감정에 치우쳐서 너무 쉽게 허락하는 일은 없었으면 하거든."

예전엔 사랑하는 사람을 만나 결혼을 하고 첫날밤에 그에게 순결을 허락하겠다라는 생각을 했었다. 그땐 권혁수를 향한 열정에서 비롯된 순진했던 시절이었달까? 정말 그를 사랑하고, 그도 자신을 만나게 되면 사랑하게 될 거라는 동화 같은 상상에 빠졌던 때였으니까. 하긴, 대학 4학년 때까지도 그런 생각에 빠져 있었으니 어린애의 순진함이었다고 둘러댈 수만도 없었다.

하지만 그런 것들이 다 뭐야? 이젠 누군가를 위한 순결 지키기 따윈 하고 싶지 않았다. 정말 사랑하는 이와 결혼하게 될 거라 꿈꾸긴 했지만 이제껏 제대로 된 연애도 안 해봤으면서 꿈만 꿔온 자신이 한심스러웠다. 스물일곱이나 되어서야 처음 경험해 본 키스는 정말 황홀함을 넘어 짜릿하기까지 했고, 더욱 진한 성적 욕구를 치솟게 했다. 그 상대가 진희라면 더할 나위 없이 좋을 거라 여겼다.

"내가 버진이 아니라면 언니 말 더 들을 필요 없는 거지?"

은아의 말이 상당한 충격이었는지 은해는 그저 두 눈을 동그랗게 뜬 채 아무런 반응도 보이질 않았다.

"문제 일으키지 않을 거니까 쓸데없는 걱정 마."

은아는 다시 거울을 보며 머리를 빗어 내렸다. 거울을 통해 보이는 은해의 얼굴엔 서서히 황당함을 넘어 경악에 가까운 표정이 어렸다.

"그 자식이 벌써? 하! 거 나쁜 놈일세?"

침대에서 벌떡 일어난 은해의 두 손이 허리에 얹혀졌다.

"만난 지 얼마나 됐다고 벌써부터! 니들이 정말 좋아서 시작한 사이도 아닌데 어떻게 벌써 그래? 너도 너다! 그 녀석이 어떤 놈인지 뻔히 보이는데 그걸 그냥 받아줘?"

결혼 전 괄괄하던 언니의 성격을 잊고 있었던 게 실수였다. 은아는 재빨리 은해의 팔을 당기며 입을 틀어막았다.

"조용히 해, 언니!"

"이거 놔!"

은해는 은아의 손을 뿌리쳤다.

"사람이 좋고 나쁜 걸 떠나서 만난 지 얼마 되지도 않았는데 그 짓거리 먼저 벌이고 싶어 하는 놈들은 다 똑같아! 사랑? 존중? 그런 놈들 머릿속에 이런 단어들이 들어갈 자리가 있을 줄 알아? 니가 아직도 철부지 어린애야? 왜 그딴 놈 유혹에 홀라당 넘어가고 그래? 니가 정말 좋게 생각하는 남자라면 기다리게 만들었어야지!"

"알았다구! 알았으니까 좀 진정해. 아무 일 없었어! 됐어?"

행여 문밖으로 소리가 새어 나갈까 전전긍긍해진 은아가 간청하듯 두 손을 모은 채 은해를 달랬다. 아무 일 없었다는 말을 들었지만 은해의 표정은 여전히 풀리지 않았다.

"너한테 같이 자자는 말을 하긴 했구나?"

"아, 아냐! 무슨 그런 말을 하나? 우리 아직 그런 사이 아냐! 아깐 그냥 언니 잔소리 듣기 싫어서 해본 말이야.”

은해는 그제야 마음을 가라앉히고 확실히 하려는 듯 말했다.

“하진이 만약 진짜 그랬다면 예전 권혁수 그놈이 했던 짓거리와 별반 다를 게 없단 생각이 들어서 화낸 거니까 이해해. 지들이 만난 여자들은 모두 헤벌쭉할 거란 망상 따위 더는 못하게 해야지.”

“어……..”

은아는 은해의 지적에 정신이 번쩍 들긴 했지만, 진희를 권혁수와 똑같이 취급해 버린 것엔 동의할 수 없었다. 4년 전, 은해의 친구이자 광고회사 직원이던 선주에게 조금의 거리낌도 없이 유혹의 눈빛을 보내던 권혁수와 자신을 부드러운 눈길로 바라보며 키스해 주던 진희를 절대 같은 선상에 놓을 수 없었다. 하지만 은해의 입장에선 만난 지 몇 번 되지도 않은 은아에게 잠자리 유혹을 했다는 건 그놈이나 이놈이나 다 똑같다고 생각할 수도 있는 일이었다.

그래도 진희는 그녀를 원하는 마음을 내비추긴 했지만 기어이 오늘 함께하자는 욕심을 부리진 않았다. 물론 그를 좋은 쪽으로만 생각하고 싶은 그녀의 일방적인 마음일 수도 있다. 하지만 분명한 건 그는 그녀의 몸만 취하기 위해 몸이 단, 짐승 같은 남자는 아니라는 거였다.

“진희 씬 아니니까 걱정 마. 그 정도 분별할 능력은 나도 있어.”

“이 지지배! 아깐 그렇게 깜짝 놀라게 해놓구선! 암튼 마지막 순간은 좀 기다려.”

"언제까지?"

"뭐?"

"언니 말대로 난 아직 경험이 없어. 그러니까 무지 궁금하기도 하고. 더 늦기 전에 한 번쯤 경험해 보고 싶기도 해. 근데 언제까지 기다려야 해?"

"너…… 너 그럼…….."

은해는 당황하여 말이 잘 나오지 않은 듯 입을 뻐끔거리더니 손으로 이마를 짚었다.

"너…… 하진 씨랑 자고 싶어?"

"솔직히 말해선, 그래."

너무도 태연히 답하는 동생에게 은해는 뭐라 대꾸할 말을 찾지 못했다. 어쩌면 하진이 잠자리 유혹을 할 수도 있을 거란 생각에 여자로서 너무 쉽게 받아들여선 안 된다는 주의를 주려고 한 거였는데……. 이건 뭐, 은아, 얘가 원하고 있질 않는가!

"언닌 형부랑 결혼하기 전에 안 했어? 둘이 싸우고 다시 화해했을 때 하지 않았나?"

"우린 엄연히 결혼 첫날밤에 처음 했거든!"

"어머, 진짜? 의외네?"

"의외긴 뭐가 의외야? 당연한 거지!"

이번엔 은해의 얼굴이 빨갛게 달아올라 있었다. 그 모습에 은아는 뭔가 김이 샌 것 같아 입술을 삐죽거렸다. 두 사람이 유치한 싸움을 한 뒤 헤어지겠다고 나섰을 때 은아가 나서서 둘 사이를 중재해 줬었다. 언니답지 않게 질질 짜고 있는 모습을 도저히 봐줄 수가 없었던 것이다. 그렇게 두 사람이 다시 화기애애한 분위기로 돌아와 번갯불에 콩 볶아 먹듯 결혼식을 앞당길 때 어쩌면 둘은 사랑의 의식을 치렀을 거라 생각했다. 그래서 언제까지 기다리면 좋겠냐는 질문을 일부러 던졌던 건데…… 결혼한 후였다고? 뭐야, 이 사람들!

"언니도 그렇지만 형부도 상당히 구식이었구나."

"구식이라 손해 본 적 없으니까 너도 언니 말 들어! 지지배가 어디서 남자랑 먼저 자고 싶단 말을 하고 있어?"

은해는 은아의 머리를 가볍게 콩 쥐어박은 뒤 시선을 맞췄다.

"궁금해도 참아! 그가 진정한 네 사랑이란 확신이 들 때까지!"

"그 확신이란 게…… 언제나 올까?"

"언젠간 느낌이 오겠지."

은해는 두 손으로 은아의 어깨를 잡고 강조하듯 지긋이 힘을 가했다.

"옆에서 언니가 잘 지켜봐 줄게."

그리고 찡긋 윙크를 한 번 던지고는 방을 나갔다. 거울로 은해가 나가는 모습을 지켜본 은아가 혀를 쏙 내밀었다.

잘 지켜보겠다니! 누가 자기처럼 사랑에 아파 질질 짤 줄 알구? 난 그럴 일 없거든요!

12

남자들은 모두 청계산으로 등산을 가고 집 안엔 모처럼 여자들만 남아 있었다. 모닝커피를 즐기며 TV를 시청 중인 할머니와 엄마 옆에 앉아 이메일을 확인하던 은아의 손이 딱 멈추더니 커피잔에 이가 부딪혀 으드득 소리가 났다.

"뭐야?"

"무슨 소리니?"

깜짝 놀란 영희와 정임이 돌아보자 은아는 얼른 굳은 표정을 풀었다.

"아뇨. 그냥…… 저 잠깐 방에 좀 올라갈게요."

서둘러 계단을 오르는데 명훈이가 막 깨어났는지 은해에게 안겨 눈을 비비며 내려오고 있었다.

"어디 가?"

빠르게 지나쳐 가는 은아를 돌아보며 은해가 물었지만 답이 없었다. 거실로 가니 두 할머니의 관심이 TV에서 명훈이에게로 옮겨졌다.

"아고, 우리 순둥이 이제 일어났네!"

세 살 된 명훈이 제법 의젓한 티를 풍기며 할머니들 틈바구니에 앉았다. 은해는 주방에서 우유를 빨대컵에 따라 가지고 나오며 물었다.

"은아 왜 그래요?"

"글쎄다. 핸드폰 보더니 갑자기 저러고 올라가네?"

"그래요……?"

분명 또 뭔 일이 생긴 듯싶었다. 은해는 명훈에게 컵을 건넨 후 자신의 휴대폰으로 인터넷에 무슨 기사가 떴나 확인해 보았지만 하진이나 권혁수에 관해선 이렇다 할 기사는 보이지 않았다. 가서 물어야 되나 싶다가 우선은 생각할 시간을 주는 게 나을 것 같아 그만두었다. 혼자 처리하기 힘든 일이 생긴 거라면 도움을 요청할 테니까.

노트북을 켜고 메일로 들어간 은아는 거친 숨을 내쉬었다.

발신자는 권혁수! 제목은 '당신을 기다리며……' 라고 되어 있었고, 메일엔 과거 은아가 그에게 정성들여 만들어 보냈던 스크랩북과 서방님이란 호칭까지 거침없이 써 내려갔던 팬레터가 사진 파일로 담겨 있었다. 그리고 한술 더 떠서 이 물건들은 당신이 누군지 알기 전부터 내겐 소중한 선물이었다며 그날의 실수는 정말 백 번이고 돌이키고 싶다, 사실 팬들에겐 일부러 거리를 두기 위해 한 행동이었는데 그날은 좀 더 과했던 것 같다며 당신을 만나 진지한 대화를 나누고 싶다고 끄적거려 놨다. 게다가 연락처를 알고 있다며 직접 연락하고 싶지만 당신이 먼저 해주길 바란다고 자신의 휴대폰 번호까지 척 하니 써두었다.

가슴이 답답해져 오며 호흡까지 가빠졌다. 권혁수란 남자가 이젠 무섭기까지 했다. 무엇보다 그에게 직접 써서 보낸 끔찍했던 팬레터를 다시 보게 되니 구역질까지 나오려 했고, 메일 주소나 연락처를 어떻게 알았는지도 궁금해졌다. 이렇게까지 나오는데 한 번쯤은 만나서 똑 부러지게 해결을 봐야 할 것 같았다.

후 하고 깊게 심호흡을 한번 한 뒤 은아는 권혁수의 전화번호를 눌렀다. 한참 잘나가던 시절의 히트곡이 컬러링으로 흘러나오는가 싶더니 얼마 안 있어 바로 전화를 받았다.

〈은아 씨!〉

역시나 그녀의 번호를 알고 저장을 해놓은 듯싶었다.

"지금 뭐 하자는 거예요?"

〈오전 중으론 전화가 올 거라 생각하고 있었어요.〉

그는 은아의 차가운 목소리엔 상관없이 목에 버터라도 잔뜩 바른 듯 번지르르하게 말했다.

〈메일을 보니 옛 기억이 나지 않던가요?〉

"전혀요! 철없던 시절엔 누구나 겪는 흔한 일이죠."

〈편지 날짜로 봐선 철없던 시절이라 말하기 어려운 나이 아닌

가? 불과 4년 전인데?〉

"전 그때까지 철이 없었거든요! 사리분별도 못하는 바보였어요, 내가!"

〈에이, 무슨 말을 그렇게까지. 오늘 날씨도 좋은데 한번 만나죠?〉

"됐거든요! 뭘 원하는지나 말해요, 얼른!"

은아의 경고에 그는 잠시 조용하더니 역시나 단호한 투로 말했다.

〈내가 원하는 건 은아 씰 만나는 거예요, 오늘 당장!〉

"뭐라구요?"

〈얼굴 한번 보고 이야길 나누고 싶다는 사람에게 그리 매정하게 굴 건 없잖아요? 만에 하나 내가 가진 이 물건들이 누군가에게 보여진다거나, 아니면 인터넷에 실리기라도 하면 어떻게 될 것 같아요?〉

"지금 협박하는 거예요?"

〈협박으로 들린다면 그렇다고 해두죠. 이젠 매니저도 날 내버려 두고 싶어 해서 갈 데까지 다 갔다고 봐도 좋거든요. 한마디로 무서울 게 없는 놈이죠.〉

은아는 씩씩거리는 숨을 겨우 삼키며 상대방에게 흥분된 모습을 들키지 않으려 애썼다.

"좋아요. 그 대신 그 물건들 모두 다 가지고 나와요. 알았어요?"

〈함께 추억을 되새김하는 것도 괜찮죠. 어디서 볼까요?〉

"일산 호수공원 근처에 잘 아는 카페가 하나 있어요."

　　정신병자 같은 녀석을 혼자 상대하기엔 조금 무섭기도 해서 은아는 은해의 가게로 약속 장소를 정했다. 혹시나 싶으면 언니에게 도움을 요청해야 할 듯싶었다.

　　〈방송국 근처네요? 그렇게 하죠.〉

　　은아는 전화를 끊고 마음을 진정시키려 한동안 깊게 숨을 들이마셨다 내쉬었다를 반복했다. 어쩌다 이런 사이코 같은 녀석을 좋아해서 이런 일을 겪는지 자신이 한심스럽고 부끄러웠다.

　　잠시 후 은아는 은해에게 방으로 와달라는 메시지를 보냈고, 기다렸다는 듯이 금세 나타난 은해는 설명을 듣고는 열이 뻗친 듯 뒷골을 잡으며 두 눈을 부릅떴다.

　　"와…… 무슨 그딴 자식이 다 있냐? 그것들을 다 보관하고 있었대?"

　　"응."

　　"넌 내가 그 자식 인간말종이라고 할 때 정신 차렸어야지! 서방님이 뭐야, 서방님이? 정말 결혼이라도 꿈꿨던 거냐구!"

　　속이 상한 은해의 화살이 이제 은아에게로 향했다. 그만큼 얘길 해도 귓등으로 흘려보내고 헬렐레하면서 쫓아다니더니만……. 하긴, 일이 이렇게 될 줄 그 당시엔 알기나 했을까. 그저 가까이에서 한 번 보기만 해도 좋겠다 여길 때이니 더 닦달해 무엇 하겠는가.

　　"몇 시에 온대?"

　　"내가 12시쯤 보자고 했어."

　　"근데 너 오늘 하진 씨 만나기로 안 했어?"

　　"무슨 국장님인가랑 점심 약속 있대서 오후에 보기로 했어."

“차 막힐지도 모르니까 얼른 준비하고 나가자. 우리가 미리 가서 있어야지.”

은해가 방을 나가자 은아는 침대에 털썩 주저앉으며 한숨을 푹 내쉬었다. 왜 갑자기 나타나 이렇게 거머리처럼 구는지 정말 이해할 수가……. 아! 조금은 알 것도 같았다. 매니저도 팽개쳐 무서울 게 없다는 걸 보면 보나마나 돈이겠지. 도대체 뭘 얼마나 요구하려고 그러는 건지! 솔직히 잘못한 것도 하나 없는데 뭐가 무서워 그놈한테 쩔쩔매야 하는 거지? 그까짓 것들 인터넷에 올리든 말든 무슨 상관이라고!!

어쩌면…… 조금은…… 아니, 무조건적으로 상관해야 할지도 몰랐다. 재벌가 딸입네 하며 연예인 이 남자, 저 남자한테 집적거렸다는 식으로 부풀려질 수도 있는 일이니까. 특히나 진희와 연인 발표를 한 현 시점에선 되도록 기자들이나 대중들에게 관심거리를 제공해 줘선 안 될 일이었다.

☆　　　☆　　　☆

엄마까지 나서서 최 국장님과의 점심 약속을 잡은 바람에 진희는 별수 없이 약속 장소인 일산의 한 식당으로 향하는 중이었다. 수완은 드라마에 대해 물으면 무조건 아니다, 싫다만 남발하지 말아달라고 신신당부를 하고 또 했다.

“니가 기획안을 봤다면 분명 욕심이 났을 거야.”

“봤어.”

"그래? 근데도 하고 싶지 않던? 카리스마 작렬에 순정파 남주인데 안 땡겨? 그 역할이면 온 세상이 하진앓이로 끙끙 앓아댈 텐데?"

"그게 왜 하진앓이야? 만수앓이지. 남주 이름이 만수가 뭐야, 만수가."

"약간은 언밸런스한 면이 더 튀지 않냐? 난 좋던데!"

수완은 누가 들을 사람도 없는데 목소리를 살짝 낮추어 덧붙였다.

"이건 극비라는데 여주로 임소라가 물망에 올랐단다. 어때? 죽이지?"

"죽이긴. 발연기하는 애 데려다 드라마 망칠 일 있대?"

진희가 쯧쯧거리자 수완의 얼굴에 화색이 돌았다.

"어, 너 그럼 할 생각이 있는 거네? 누구랑 하고 싶은데? 니가 조건 제시하면 되지."

"됐어. 편성은 담달로 잡아놨다면서 주인공 캐스팅도 아직 못 하고 있는 드라마에 내가 왜?"

분명 제작이 급해서 제대로 쉬는 날도 없이 촬영장에서 밤낮을 보내야 될 판인데 그럼 데이트는 언제 하라고? 어차피 몇 달 쉬려고 맘먹은 거 CF나 찍으며 여유를 부리고 싶었다. 그때 창밖으로 은아와 은해의 모습이 보였다. 'The Coffee House' 라는 간판이 걸린 카페 앞에 차를 세우고 그 안으로 들어가고 있었다.

"어? 일산까지 무슨 일이지?"

두 자매가 이 멀리 있는 카페까지 무슨 일로 왔는지가 궁금해진 진희는 수완에게 차를 세워달라고 했다. 어차피 식사만 끝내고 은아와 만날 생각이었는데 잘된 일이라 할 수 있었다.

"잠깐 은아한테 갔다 올게. 약속만 잡고 올 거니까 오래 안 걸려."

"빨리 와야 해!"

진희의 등에 대고 소리친 수완은 피식 웃음을 보였다. 진희 저 녀석이 여자한테 푹 빠지는 경우를 보게 되다니. 심심풀이로 가볍게 만나는 게 아니란 걸 알기에 수완은 진희가 은아와 잘되길 진심으로 바라고 있었다.

진희는 은아를 놀래켜 줄 생각으로 카페의 널찍한 통유리창 가장자리에 서서 안을 휘이 둘러보았다. 안쪽 테이블에 은아가 혼자 앉아 있는 모습이 보였고 은해는 보이질 않았다. 그런데…… 은아의 표정이 뭔가 이상했다. 편하지가 않은 긴장감이 감도는 듯한 분위기였다.

무슨 일 있나? 고개를 갸웃거리는데 날렵한 스포츠카 한 대가 끼익 소리를 내며 멈췄다. 자연스레 그쪽으로 시선을 돌린 진희는 스포츠카에서 혁수가 휘파람을 불며 내리는 걸 볼 수 있었다.

얼결에 모퉁이로 몸을 숨긴 진희는 눈살을 찌푸렸다. 왜 내가 숨는 거지? 스스로가 생각해도 이건 기분 나쁜 일이었다, 마치 애인의 못된 행각을 급습하러 온 사람마냥. 못된 행각이라니! 은아 씨가 왜? 설마 둘이 만나겠어?

진희는 슬쩍 다시 안을 들여다보았다. 은아와 마주 보고 앉은 혁수를 본 순간 머리를 한 대 띵 하고 맞은 사람처럼 진희의 얼굴이 그대로 굳어졌다. 저 둘이 왜 일산에 있는 카페까지 와서 얼굴을 맞대고 있는 건지 알 수가 없었다. 그나저나 은아의 언니라는 사람은 분명 같이 들어갔으면서 코빼기도 보이질 않으니 대체 무슨 일 때문인지가 궁금해졌다. 느긋한 미소를 지으며 앉은 혁수에 비해 은아의 표정은 여전히 비장해 보였다.

혹시 권혁수 저 녀석?

진희는 곧바로 카페의 문을 힘 있게 밀어젖히며 안으로 들어섰다.

"내 전화번호는 어떻게 알았죠?"

"나 방금 앉았는데. 숨 좀 돌리고 얘기하면 안 될까요?"

혁수는 다짜고짜 질문부터 던지는 은아에게 씨익 미소를 보이고는 서빙직원을 부르려는 듯 몸을 돌리며 손을 들었다.

"뭐야, 손님이 왔으면 재깍재깍 물부터 대령해야지. 서비스가 형편없네."

아무도 아는 체를 안 해주는 게 불만인지 혁수는 서비스 타령을 하며 내부를 빙 둘러보았다. 은은한 크림색과 고동색이 주를 이룬 모던한 스타일의 카페였다. 가장자리 벽 한 면을 책으로 빼곡하게 꽂아둔 거 말고는 별다른 특색도 없는 곳이었고 손님도 창가 테이블에서 넷북을 열심히 보고 있는 여자 한 명과 또 다른 테이블에 앉아 책장을 넘기고 있는 남자 한 명뿐이었다.

"인테리어도 영 구린데 여긴 어떻게 알고 찾았어요? 체인도 아닌 것 같은데."

은아는 혁수의 입에서 나오는 말 하나하나가 모두 저딴 식이라는 걸 진작부터 알았어야 했다. 만약 이 시점에서 울 언니의 카페라 한다면 금방 안색이 변하며 어쩐지 품격이 느껴진다는 식으로 말을 바꿀 게 뻔했다.

"대학로에 본점이 있어요. 여긴 작년에 새로 오픈한 가맹 1호점이고요."

"오, 잘 아는 집이다? 근데 우리 수준에 이런 카페 드나들긴 좀 그렇지 않나? 나름 격이 있는 사람들인데 이딴 카페는 별로. 직원도 수준 미달인 것 같고."

수준 미달이라는 게 절 몰라본다는 것 때문이겠지. 은아는 쯧쯧 혀를 차고 싶은 걸 꾹 참으며 본론만 얘기했다.

"그 물건들이나 먼저 내놓으시죠?"

"근데 선물해 놓고 내놓으란 건 좀 그렇지 않아요?"

혁수는 좋은 패를 쥔 건 자신이란 걸 알리려는 듯 느긋한 자세를 취했다.

"그러게 누가 먼저 유치한 장난질을 하래요?"

"에이, 장난이라 생각지 말고 좀 진지하게 받아들임 좋을 텐데. 어쨌든 차에 있으니 건 걱정 말고, 이런 데 더 있을 필요 뭐 있어요? 식사 시간인데 밥이나 먹으러 가죠? 근사한 데로 안내할 테니."

"이봐요, 난…… 어?"

너랑 밥 먹고 싶은 생각은 요만큼도 없다는 굳은 표정을 보이던 은아는 딸랑거리는 종소리와 함께 진희가 나타나자 두 눈을 동그랗게 뜨며 엉거주춤 일어서는 자세를 취했다. 그 모습에 뒤를 돌아본 혁수 역시 살짝 찌푸린 얼굴로 다가오는 진희를 볼 수 있었다.

설마 여기로 불러낸 거? 혁수는 휙 고개를 돌려 은아를 짜증스레 노려보았다. 하지만 그녀 역시 꽤나 놀란 걸로 봐선 그런 것 같진 않았다. 뭐야, 그럼 어떻게 알고 온 거지?

"뭐 해, 여기서?"

두 사람의 테이블 앞으로 온 진희는 혁수는 쳐다보지도 않고 은아에게 물었다. 그 뒤로 베이커리 장을 정리하던 직원이 잽싸게 은해가 있는 사무실로 향했다.

"점심 약속 있다지 않았어요?"

"가는 길이었어."

진희는 이번엔 혁수를 힐끗 내려다본 후 다시 은아에게 물었다.

"문제 생겼어?"

"문제라뇨? 아주 오붓한 대화 중이었죠. 선배도 앉아요."

혁수의 능청스런 대답에 진희의 눈매가 가늘어졌다.

"오붓한 분위기는 아닌 것 같고. 뭐야?"

은아는 혁수를 보는 진희의 눈초리에서 풍기는 싸늘함에 움찔 몸을 떨었다. 항시 부드럽게만 보이던 눈이었는데 저런 예리함은 처음이었다. 연기할 때 가끔 저런 차가운 표정을 지으면 꽤나 근사해 보였던 기억은 있지만 지금은 연기가 아니었다.

"하진 씨, 왔어요? 나랑 사무실로 가서 얘기하실래요?"

언제 나왔는지 은해가 다가와 그들 앞에 섰다. 어디 있다가 갑자기 나타난 건지 궁금하면서도 은해는 혁수와 은아의 만남에 대해 이미 알고 있는 상황이란 걸 눈치챌 수 있었다. 그리고 사무실이라니? 그럼 여기가……?

진희가 은해를 보며 잠시 의아함을 나타낼 때, 혁수는 직원과 은해가 함께 나오는 걸 얼핏 본 터라 이 여자가 사장이란 걸 알아차렸다. 그런데 자신이 왔을 땐 코빼기도 비추지 않더니 '하진 씨' 하며 얘기를 하고 싶다? 이건 똑같은 손님에 대한 예의가 아니었다. 엄밀히 하진은 테이블을 차지하지도 않은, 한마디로 손님도 아닌데 말이다!

"당신이 사장이요?"

대뜸 묻는 혁수에게로 세 사람의 시선이 향했다. 은해는 입술 끝을 씨익 늘여 보이며 눈썹을 까딱거렸다.

"그런데요, 손님?"

"손님? 하!"

누구는 이름 부르고 누구는 손님이라? 눈은 장식으로 달고 다니나?

혁수는 팔걸이에 팔을 걸치며 거만한 티가 팍팍 풍기도록 삐딱한 시선으로 은해를 쳐다보았다.

"여기가 방송국 앞이란 건 알고 있나?"

있나? 하대하듯 툭 하고 던진 말투에 은해의 눈썹이 다시금 꿈틀거렸다.

"물론이죠."

"그런데도 장사를 이따위로 하나? 이런 형편없는 서비스로 무슨 카페를 한다고. 내가 누군지 몰라?"

은아와 진희는 할 말을 잃은 채 어처구니없다는 표정으로 혁수를 응시할 뿐이었다. 그리고 은해의 얼굴에 번져 있던 가식적인 미소는 천천히 사라져 갔다.

"서비스가 형편없었나요? 아, 미안해서 어쩌나. 제 사업 모토가 손님 대접 해줄 만한 사람한테만 대접하자는 주의라서 말야. 근데 넌 아닌 것 같다, 이 왕 싸가지야!"

위협하듯 한 발을 앞으로 들이밀면서 으르렁거린 은해에게 상당한 충격을 받은 듯 혁수의 얼굴이 하얗게 질렸다. 그러더니 진희를 보며 뭐 이런 경우가 다 있냐는 표정으로 도움을 요청했다.

"선배 봤죠! 우리가 이런 취급을……."

"어디서 우리래? 너한테 하는 말이잖아! 내 입에서 더 험한 소리 나오기 전에 얼른 은아 물건 내놓고 꺼져!"

"헐!"

혁수는 할 말을 잃은 사람처럼 은해를 멍하니 쳐다볼 따름이었다.

"언니가 좀 참아."

은아는 이쯤에서 이 카페가 누구 소유인지 말해도 될 거라 생각했다. 아직도 남을 깔보는 듯한 기고만장한 태도를 취하는 혁수에겐 또 한 번 정신이 번쩍 드는 일이 될 거였다. 역시나 혁수의 동그래진 눈이 기계적으로 움직이며 은아를 향했다.

"언니?"

"우리 언니예요. 남들은 다 닮았다고 하던데."

"은아 씨 언니면…… 삼미그룹의……."

혁수는 아차 했는지 갑자기 벌떡 자리에서 일어났다.

"어이구, 처음 뵙겠습니다. 미리 말씀을 하시지! 근데 왜 이런 데서?"

좀 전에 했던 언사와는 전혀 딴판인 혁수의 표정과 말투에 진희는 그만 어이가 없어 헛웃음을 터뜨리고 말았다. 그동안 하는 짓거리가 예뻐 보이질 않더니만 이렇게 비굴한 면까지 있을 줄이야! 돈줄을 잡고 있는 사람들 앞에선 굽신거리기 여념 없는 같은 계통의 동료를 마주한다는 게 창피할 정도였다.

"나랑 먼저 얘기 좀 하지!"

진희는 혁수의 팔을 휙 잡아끌었다. 하지만 혁수 역시 만만찮은 힘으로 버티며 진희의 팔을 뿌리쳤다.

"미안하지만 선배! 오늘은 은아 씨와 볼일이 있어서."

진희의 눈이 은아와 은해를 향했다가 다시 혁수에게로 돌아왔다.

"좀 전에 은아 물건 얘길 하던데, 뭘 가지고 있는 거지?"

설마 은아가 과거 혁수의 팬이었을 당시 무슨 약점이라도 잡힌 게 있는 건가? 하지만 팬이 스타에게 약점 잡힐 일이 뭐가 있겠는가! 일부 격한 행동을 취하는 여성팬들은 자신들의 반라 사진을 보내기도 한다지만……. 헉! 서, 설마?

진희의 고개가 약간 기울어지며 미간에 깊은 주름을 잡은 채로 은아를 보았다. 그리고 뭘 물으려는 듯 입을 열었다가 아무런 말도 꺼내지 않고 시선까지 돌렸다. 그럴 리가 없었다. 제아무리 열혈팬이었다 해도 그런 짓까지 할 여자는 아니었다.

"선밴 아까 약속 있다고 가는 길이라지 않았어요? 여기 계속 있을 거예요?"

혁수에겐 하진이 이 자리에 있다는 거 자체가 기분 상하는 일이었다. 오늘 일은 어디까지나 은아와 자신의 과거사였고, 그가 끼어드는 게 싫은 건 당연……. 아니지…… 어차피 이렇게 된 거 그냥 그 팬레터들을 보여줘?

"제가 조금 있다가 다 설명할게요."

은아가 진희의 팔을 잡으며 그만 나가자는 자세를 취하자 혁수가 두 사람을 멈춰 세웠다.

"그 물건들! 받기 싫어요?"

진희를 더 자극하고 싶어진 혁수는 '물건들'이라 강조하며 비밀스러운 미소를 지어 보였다.

그러자 은해가 혁수의 앞에 서며 두 눈을 부릅떴다.

"권혁수 씨, 지금 뭐 하자는 거지요? 날 화나게 하면 별로 재미없을 텐데?"

"물론! 여사님을 화나게 하는 일은 절대로 없을 겁니다. 다만…… 아시다시피 제가 가진 물건들이 어떤 식으로 해석되느냐에 따라 분제가 커질 수도 있으니……."

"모두 따라와요!"

은해는 이처럼 오픈된 공간에서는 더 이상 안 되겠다는 생각에 세 사람을 사무실로 데려갔다. 진희는 수완이 노심초사 기다리고 있을 거란 걸 알았지만 지금은 은아의 일이 먼저였다. 옆에서 걷고 있는 굳은 표정의 은아를 보니 혁수가 쥐고 있는 물건이 꽤나 걱정스러운 존재임은 분명한 듯했다.

사무실에 들어서자 혁수는 먼저 화이트 톤으로 깔끔하게 꾸며진 내부를 둘러보며 낮게 휘파람을 불었다. 조금 전 카페의 분위기가 격이 떨어지네 마네 할 때완 정반대의 모습이었다.

은해는 혁수의 반응 따윈 무시하며 은아에게 무언의 눈짓을 보냈다.

이렇게 된 거 하진 씨도 아는 게 낫지 않겠니?

하지만…….

은아로서는 부끄러운 일이었다. 분명 과거 일이고, 권혁수의 팬이었다는 건 그도 아는 사실이니 까짓 어쩌랴 싶었지만, '서방님' 운운하며 낯간지러운 말들을 써내려간 편지를 그가 본다고 생각하니 도저히 그 민망함을 견딜 수 없을 것 같았다. 그리고 혹시 그가 자신의 취향에 대해 실망스러워할까도 걱정되었다. 하고많은 연예인 중에 왜 하필 저런 덜떨어진 놈을 좋아했냐고 묻는다면, 대답할 말이 없었다.

생각만으로도 은아의 얼굴이 벌겋게 달아올랐고, 그 표정 변화를 진희가 모를 리가 없었다.

"은아와 관련된 일이라면 당연히 나도 알고 있어야 된다고 봐요. 그러니 말해줘요."

"선배가 감당하기엔……."

"은아가 이 남자 팬클럽 멤버였다는 건 알죠?"

걱정된다는 듯 혁수가 능글거리는 미소를 지으며 말을 꺼낼 때 은해가 잽싸게 끼어들었다. 진희의 고개가 끄덕여지자 은해는 은아에게 마지막으로 시선을 한 번 준 뒤 말을 이었다.

"예전 은아가 보냈던 선물들과 편지를 가지고 협박하는 중이에요."

은해의 찌릿한 눈동자가 혁수를 노려봤다가 다시 진희에게로 향했다. 진희는 자신의 예상이 어느 정도 들어맞는 듯하자 심장이 두근거리기 시작했다. 선물이라 해도…… 그런 이상한 종류는 아닐 터였다. 그래, 저번의 그 휴대폰 고리처럼, 그냥 그런 것들일 뿐 특별히 문제가 될 만한 선물이나 편지는 없을 거라 믿고 싶었다.

그런데도…… 심장 저 밑에서부터 스멀스멀 기분 나쁜 무언가가 그를 자극하기 시작했다. 그를 알기 훨씬 전의 과거 일이라지만 은아의 사랑과 정성이 다른 남자에게 온전히 쏟아지던 때가 있었다는 게 싫었다.

"협박이라뇨! 그리 말씀하시면 제가 섭하죠!"

"안 만나주면 몽땅 공개하겠다고 한 게 협박이지 뭐야?"

날카로운 은해의 공격에 혁수는 콧등을 씰룩이더니 대뜸 진희에게 말했다.

"날 '서방'님이라 불렀었는데, 어떤 내용인지 궁금하지 않아요?"

순간 진희의 얼굴 근육이 팽팽하게 긴장되었다. 불쾌하게 뿜어져 나오는 이 감정을 억눌러야만 했다. 안 그랬다간 저 녀석의 빼질거리는 얼굴이 뭉개지도록 주먹을 날리게 될 것만 같았다.

"그건 그냥 일반적인 호칭이었을 뿐이에요!"

은아는 진희와 혁수, 두 사람 모두에게 외쳤다. 정말이지 진희

앞에선 부끄러워 고개를 들 수 없었고, 혁수에겐 평생 입에 담아
본 적도 없는 욕설을 한 바가지 퍼부어주고 싶은 심정이었다.

"언젠가 서방님을 눈앞에서 뵐 날이 온다면……."

"그만하지?"

편지를 외운 듯 음흉스레 뇌까리는 혁수의 말을 막은 건 진희였
다. 그의 두 손은 지긋이 주먹이 쥐어져 있었지만 표정만큼은 최
대한 태연하려 애썼다. 다만 혁수를 응시하는 눈빛만은 칼날처럼
예리하게 빛났다.

"이런 식으로 찌질하게 구는 거 창피하지도 않나?"

"……찌, 찌질?"

"그래! 넌 찌질이만도 못해! 할 짓이 없어서 옛 팬이 보내준 선
물을 가지고 장난질이야? 너한테 사랑을 고백하고 한 번이라도 만
날 수 있다면 여한이 없겠다는 편지를 보낸 게 한두 명이야? 얼마
전만 해도 넌 말 그대로 최고의 아이돌이었고 스타였어! 근데 수
백, 수천 통의 팬레터를 하나하나 확인하며 어떤 부잣집 딸래미가
나한테 목을 매나 구분해 둔 건가? 그렇게도 할 일이 없었어? 그
렇게 할 일이 없어서 이런 한심한 짓거리를 하고 다니는 거냐고!
그래도 한땐 톱의 자리에 있었으면서 왜 이렇게 바닥으로 곤두박
질쳤는지는 생각 안 해봤구나?"

점점 높아져 가는 진희의 윽박지름에 혁수의 두 눈이 커다랗게
열리며 안색이 하얗게 변해갔다. 은아와 은해 역시 아무런 말도
하지 못한 채 그저 침을 꼴딱 삼키며 진희를 쳐다볼 뿐이었다.

"네가 지금 협박할 처지라 생각해? 올바른 팬 한 명이라도 더

끌어안아야 할 입장에서 이게 무슨 스토커 같은 짓이지? 은아가 필요한 거야, 제일그룹이 필요한 거야? 그래, 회장님께서 손녀딸을 끔찍이 사랑하셔서 사람들 입에 오르내릴 일 없도록 네 뒤를 봐준다 치자. 그게 얼마나 갈까? 제일 쪽 CF 한두 개 따내는 거 말곤 아무것도 얻을 게 없을걸? 왜냐고? 내가 아는 서 회장님은 절대 쓸데없는 낭비를 하는 분이 아니시거든! 널 위해 방송 쪽 줄을 대줄 일 같은 건 꿈에서도 일어나지 않을 거란 거야!"

진희의 말에 은아와 은해의 고개가 저도 모르게 끄덕거려졌다. 반면 혁수는 꾹 다문 입술 아래 턱 근육을 바르르 떠는가 싶더니 버럭 소리쳤다.

"그래! 너 잘났다! 부족한 거 없이 태어나 뭐든 누리고만 산 네 놈이 뭘 알아?"

혁수의 반격이 의외로 재밌다는 듯 진희의 입가에 피식 웃음이 어렸다.

"뭐든 누리고만 산다? 하긴, 남들 눈엔 그렇게 보일 테지. 그럼 너도 누리게 해줘? 어디 출연시켜 줄까? 드라마? 영화? 아니면 한창 잘나가는 예능프로? 것도 아니면 히트곡 제조기인 내 친구를 소개시켜 줄까? 이런 걸 원했다면 날 걸고 넘어졌어야지, 방송 쪽과는 전혀 관련 없는 제일을 건들고 그래?"

진희의 말이 솔깃했는지 혁수의 발끈했던 표정이 혹시나 하는 기대감으로 변했다.

"친구라면 그 프로듀서 겸 작곡자인……?"

"소개는 시켜줄 수 있는데, 걔가 너한테 곡을 만들어줄 가능성은 영점 영일 퍼센트도 안 될 것 같다. 워낙에 인간성을 먼저 따지는 친구라서 말야. 그리고 그 어떤 프로에 널 집어넣어 준다 해도 너 하는 짓이 이딴 식으로 계속 천박하다면 결국엔 또 떨려져 나갈 수밖에 없겠다. 내 말 무슨 뜻인지 알겠어?”

“처, 천박?”

“너 스스로 널 끌어내리지 말란 말야, 이 자식아! 길은 내어줄 수 있지만 그 길을 갈고닦아야 하는 건 온전히 네 몫이란 걸 왜 몰라!”

진희의 호통에 혁수가 움찔 뒤로 물러나는가 싶더니 붉으락푸르락거리는 얼굴로 소리쳤다.

“내가 가만있을 줄 알아!”

위협하듯 외치며 사무실 문을 벌컥 열어젖히는 혁수에게 진희가 말했다.

“마지막 경고야. 은아가 보낸 물건들 고스란히 다 가져와. 어느 것 하나라도 어디에선가 내 눈에 띄는 날이 온다면 넌 그대로 끝인 줄 알아. 네 말대로 뭐든 누리고 살아서 너 하나쯤 어디에도 발을 못 붙이게 만들 만한 힘이 나한텐 있거든.”

문고리를 쥔 혁수의 손이 부들부들 떨리는가 싶더니 아무런 대꾸도 못하고 그대로 사무실을 나갔다. 은해는 은아와 진희를 한번 쳐다본 뒤 혁수를 따라 사무실을 나가며 문을 닫았다. 물건 수거는 자신이 해야 될 듯했고, 저 두 사람한테는 잠시 둘만의 시간을 줘야겠단 생각이 든 것이다.

둘만 남은 사무실엔 한동안 정적이 감돌았다. 잠시 후 진희의 입에서 나온 '휴우~' 하는 숨소리가 정적을 갈랐고, 마음을 가라 앉히려는 듯 옆에 있는 의자 등받이에 한 손을 짚으며 섰다. 은아를 보니 그녀는 여전히 긴장된 표정이었다. 혁수 때문만이 아닌 그의 매서운 말투에도 놀란 것 같았다. 눈이 마주치자 진희가 먼저 미소를 지어주었다.

"괜찮아?"

"예……?"

"많이 놀란 것 같아서."

"……아뇨, 그냥…….."

머리를 흔들던 그녀는 살풋 웃음을 보이더니 그에게로 다가와 가만히 허리를 껴안았다.

"고마워요."

미안하다는 말도 입안에서 맴돌았지만 왠지 그 말은 어울리지 않을 듯했고, 그 또한 원치 않을 듯했다. 그에게 부끄러운 마음이 들기도 했지만 지금은 그의 든든한 존재감을 확인한 게 좋았고 정말 고마움을 느끼고 있었다.

진희는 대답하듯 그녀의 어깨를 토닥이다 보드라운 머리칼을 쓸어내렸다. 그리곤 일부러 상난스럽게 말했다.

"또 다른 누가 그딴 식으로 협박하면 말해, 다 혼내줄 테니까."

"정말요?"

대번에 그의 미간으로 주름이 번졌다.

"설마…… 또 있는 거야?"

"뭐든 말만 해라고 하니까 그런 건데?"

은아가 배시시 웃으며 혀를 살짝 내밀자 그의 눈이 가늘어졌다.

"다 큰 아가씨가 아무한테나 서방님이라 부르고 말야! 팬레터에 쓰는 호칭치고는 좀 과하지 않나?"

"윽! 지금 되새김질하고 싶지 않거든요!"

"대체 얼마만큼 좋아했던 건지만 말해봐."

"정말 듣고 싶은 거예요?"

"아냐! 됐어. 대신……."

진희가 정말로 궁금한 건 그렇게 좋아했으면서 왜 싫어하게 됐는지 그 이유였다. 혁수에 관해 그동안 그리 관심이 없었기에 잘은 모르지만 소문이 깨끗하지만은 않았다는 건 알고 있었다. 때문에 그녀가 팬으로 있다가 갑자기 돌아서게 된 건 무슨 이유 때문인지 궁금했다.

"왜 싫어하게 된 거냐?"

그의 질문을 대신 말한 그녀에게 진희가 고개를 끄덕거렸다.

"날 거부했거든요."

어깨를 으쓱이며 간단히 답하는 은아를 보는 그의 눈동자가 점점 커다래졌다.

"……거, 거부……? 무슨 거부? 뭘 거부했는데?"

"지금 이상한 생각 하는 거죠?"

"어?"

설마 그럴 리가 없다는 건 알지만 '거부'라는 단어가 왠지 그쪽으로 상상을 하게 만든 것뿐이었다. 진희가 재빨리 고개를 저어 보이자 은아는 다시금 어깨를 한 번 으쓱이곤 말을 꺼냈다.

광고회사 직원인 선주 언니와 권혁수의 미팅이 있다는 걸 알고 일부러 사적인 만남을 갖고 싶어 함께 자리를 했는데 꿔다 놓은 보릿자루보다 못한 취급을 받았던 이야기를 해주었다.

"혁수가 당신을? 이렇게 예쁜 아가씨를 왜?"

그의 추켜세움에 은아의 얼굴에 절로 미소가 번졌다.

"선주 언니가 한 미모 하거든요. 완벽한 바디라인에 섹시함까지 갖춘 미인이에요."

"어디 광고회사라고?"

그가 넌지시 물어오자 이번엔 은아의 얼굴에 미소 대신 예리함이 떠올랐다.

"궁금해요?"

"아, 아니. 나도 광고라면 나름 많이 찍었는데 광고회사 직원 중 그리 예쁘다는 미인은 못 만나봐서 하는 말이지. 근데! 그 언니한테 열 올리느라 당신을 진드기 취급했다 그거지?"

"그랬죠. 난 옆에 가만있는데 눈치 없이 군다면서 사인해 줄 테니 빨랑 가라더라구요. 그 거만한 눈빛이랑 태도에 어찌나 열받던지……. 내가 홧김에 우리 아빠, 형부 줄줄이 읊으면서 묵사발을 만들어주겠다고 하니까 또 금방 몸을 수그리는데, 아까도 봤죠? 그 녀석은 상대가 누구냐에 따라 태도를 호떡 뒤집듯 하는 인간이에요."

"흠……."

"궁금했다면서 무슨 반응이 그래요?"

은아가 살피듯 쳐다보자 진희가 씩 웃었다.

"다행스럽잖아. 당신이 권혁수한테 그렇게 치를 떨고 돌아섰으니 나랑 이렇게 연인 사이도 될 수 있었고. 안 그래?"

"뭐……."

은아의 머리가 천천히 끄덕거려 오자 진희가 다시금 어깨를 토닥이며 안아주었다. 혁수로 인해 들끓었던 불쾌했던 기운은 이제 모두 사라진 듯했다. 그녀가 과거 누구를 좋아했든 이제 중요하지 않았다. 그가 신경 쓰고 관심을 기울여야 할 일은 지금 그녀와 함께하는 이 순간이었다.

"이제 더는 권혁수 때문에 신경 쓰는 일은 없었으면 해."

"네."

"지금부터 당신 머릿속에 남자는 나 하진희 한 명뿐이야. 좋은 일이든 나쁜 일이든. 알았지?"

"나쁜 일?"

"모든 일들에서 말야. 딴 남자 때문에 걱정하는 일도, 두근거릴 일도 없었으면 한다구!"

그의 질투 섞인 감정을 살짝 엿본 것 같아 나쁘진 않았다. 그러면서 약간은 그를 놀리고 싶어졌다.

"구속하기 없기라고 해놓고, 날 구속하려구요?"

역시나 그가 펄쩍 뛰며 고개를 저었다.

"이게 어떻게 구속이야? 내가 말한 구속이라는 건 하나하나 세세한 것까지 간섭하려고 드는 걸 하지 말자는 거였지!"

"그럼 당신 머릿속에도 여자는……."

일부러 말꼬리를 늘여 빼는 은아를 보며 진희는 눈가에까지 진한 미소를 그려주었다.

"물론 서은아 한 명뿐이지."

그리고 다가온 따스한 숨결을 받아들이며 은아는 눈을 감았다. 깃털처럼 보드랍게 그녀의 입술을 쓸어주는 감각에 빠져들려 할 때 그의 재킷 주머니에서 진동음이 울렸다. 하지만 조금만 더 은아의 달콤함을 느끼고 싶다는 듯 그는 키스를 멈추지 않았다. 줄기차게 떨고 있는 휴대폰이 안쓰러워진 은아가 결국 먼저 입술을 떼고는 그제야 생각난 듯 물었다.

"점심 약속 있댔잖아요!"

진희 역시 아차 했는지 얼른 휴대폰을 확인했다. 수완에게만 전화가 열 통은 넘게 와 있었는데 혁수를 신경 쓰느라 진동도 느끼지 못하고 있었던 것이다. 시계를 보니 약속 시간까지 오 분도 채 남아 있지 않았다.

"점심만 먹고 바로 연락할게. 여기 계속 있을 거야?"

"그럴게요."

"이따 봐."

진희는 은아의 뺨에 가볍게 입술을 누른 뒤 재빨리 사무실을 나갔다.

혁수에 대한 불안함이 풀리고 진희와 나누게 된 감정의 깊이도 더욱 돈독해져서인지 은아의 일굴엔 자연스레 흐뭇함이 담겼다. 진희가 나가는 걸 봤는지 얼마 안 있어 은해가 작은 상자를 들고 사무실로 들어왔다.

"날짜들을 보아하니 그 사건 있던 날의 이삼 개월 전 것들이야.

권혁수 그 녀석, 이렇게 써먹으려고 작정을 하고 네가 보낸 것들
만 추려서 모아뒀나 봐.”
　“정말?”
　은아가 상자에 담긴 것들을 보니 스크랩북과 장식물, 인형, 액
세서리와 편지 몇 통이 들어 있었다. 하긴 몇 년 동안 보냈던 그
많은 것들을 모두 다 가지고 있을 리가 없었다.
　“어쨌든 하진 씨도 그리 말했는데 널 더 괴롭히기야 하겠니? 이
젠 그치는 신경 쓰지 않아도 될 것 같다.”
　“응.”
　은아가 미소 띤 얼굴로 고개를 끄덕이자 은해도 웃음을 보였다.
　“하진 씨랑 잘해봐. 언니도 이젠 응원해 줄 테니까.”
　“고마워.”
　걱정스러움을 내비치며 반대 의사를 나타내 온 은해의 지원에
은아는 뿌듯함을 느꼈다. 이젠 정말 진희와의 만남에 불안한 요소
는 없을 거라 믿었다.

13

"으아아악!"

분을 참지 못하겠는지 혁수의 괴성이 연달아 터져 나오며 애꿎은 캐비닛을 주먹으로 내려쳤다.

"그래, 다 부숴라, 부숴!"

이런 일 겪은 게 한두 번이 아닌 듯 영태는 팔짱을 낀 채 지켜보고만 있었다.

"'하트를 쏴라'에서도 언제 떨려날지 모를 판인데 이참에 사무실 문 닫자. 까짓 닫지 뭐!"

그 말에 혁수가 휙 고개를 돌려 영태를 보았다.

"떨려나다니? 누가! 내가?"

"그럼 나겠냐? 내가 그만큼 알아듣게 얘길 했으면 좀 들어 처먹는 시늉이라도 해야지! 너 거기 막내작가한테 함부로 대했다며?”

“하도 같잖게 굴면서 이것저것 주문하기에 몇 마디 한 거밖에 없어!”

“야, 이 자식아! 예능에서 시키면 시킨 대로 해야지! 넌 지금 니 입맛대로 굴 처지가 아니란 거 몰라? 제작진이 너랑 일하기 싫다고 탈락시켜도 난 모르니까 니 알아서 해!”

영태의 지적은 조금 전 하진이 했던 말과 겹치며 혁수의 얼굴을 부르르 떨게 만들었다.

“너 하는 짓이 이딴 식으로 계속 천박하다면 결국엔 또 떨려져 나갈 수밖에 없겠다.”

“으아아악!”

혁수의 주먹이 캐비닛 문짝을 한 번 더 내려치더니 결국 제대로 닫힐 수 없게 휘어놓고 말았다. 지상파는 아니어도 연예인들끼리 짝을 맞춰 데이트를 즐기는, 일종의 서바이벌 프로라 촬영하는 일이 그리 싫지만은 않았다. 다만 간혹 작가들이 재미를 위해서라며 엉뚱한 주문을 하는 경우가 있어, 감히 날 뭘로 보고 그딴 일을 시키냐고 엄포를 놓기도 했지만 함부로 군 적은 맹세코 없었다. 이제 3회 촬영인데 이대로 떨려나는 일은 없어야 했다!

“나 절대 탈락당하지 않을 거니까 제작진한테 똑바로 전해. 만약에 나 떨쳐 내면 가만 안 있는다고.”

“가만 안 있으면? 니가 어쩔 건데? 그러니까 좀 까불지 말고 하라고! 엉?”

“제대로 할 테니까 다음 내 파트너로 정해진 여자가 누군지나 알아봐.”

“왜? 방송 전부터 꼬셔보게?”

“꼬시긴 뭘 꼬셔! 지들이 먼저 나 좋다고 들러붙는 거지!”

“제에발! 그 착각은 좀 그만하자! 권혁수 이름 약발 떨어진 지 오래야. 너 계속 옛날 생각만 하면 안 된다니까 그러네.”

“잔소리 집어치우고 내 다음 파트너가 누군지나 알아보라고!”

혁수는 소파에 털썩 몸을 묻으며 투지를 불태웠다. 절대 지금 프로에서 중도 하차하는 꼴을 보여줄 순 없었다. 그러기 위해 파트너 여자와 최대한 친해져서 제작진이 만족할 만한 영상을 만드는 데 일조할 생각이었다. 같이 놀기 좋은 쓸 만한 섹시한 미녀만 붙여준다면야 뭘 못하겠는가!

☆   ☆   ☆

은아가 출근하고 얼마 안 있어 주연이 밝은 목소리로 아침 인사를 건네며 사무실에 들어섰다. 그리고는 자기 책상으로 가기 전 은아에게로 먼저 쪼르르 다가왔다.

“주말 잘 보냈어요?”

“그렇죠, 뭐. 근데 주연 씨는 좋은 일 있었나 보네요?”

은아가 웃음을 보이며 묻자, 주연이 눈빛을 반짝였다.

“혁수 오빠한테 연락 온 거죠? 그쵸? 어땠어요?”

순간 은아의 표정이 싸늘하게 굳어졌다.

"주연 씨가 내 연락처 알려줬어요?"

"네! 접때 저한테 첨으로 답장을 보내줬지 뭐예요! 얼마나 기쁘던지~ 해서 울 대리님두 오랜 팬이었는데 지금은 아니라고 하니까 오빠가 직접 다시 돌아오게 설득해 보겠다면서 메일이랑 전화번호 알려달라더라구요. 너무 친절하지 않아요? 이런 연예인이 어딨어요?"

"그 대리님이란 사람이 여기 제일패션 서은아 대리라는 건 그도 알고 있었을 테고?"

"물론이죠! 제가 다 말했는데~ 어땠어요? 뭐래요? 직접 얘기 나누니까 정말 좋았죠?"

이 천진난만한 아가씨께선 은아의 표정 변화도 감지하지 못한 채 혼자 들떠서 재잘거리는 중이었다. 그저 은아와 함께 다시 혁사마 활동을 열심히 해보고 싶은 바람이었겠지만 더는 주연을 방치해선 안 될 듯했다. 권혁수의 구렁텅이에서 건져 올려줘야겠다는 생각에 은아는 천천히 자리에서 일어나 주연의 팔을 잡고 소회의실로 향했다.

권혁수바라기를 하다 왜 그만두게 되었는지 간단명료하게 설명을 해준 은아를 주연은 도저히 믿지 못하겠다는 얼굴로 쳐다보았다.

"혁수 오빠가…… 그런…… 정말 그랬다구요?"

"직접 겪지 못해서 못 믿겠다면 나도 어쩔 수 없어요. 예전에 우리 언니도 나한테 그랬었으니까. 근데 권혁순 정말 주연 씨가 좋아할 만한 가치가 요만큼도 없는 사람이니까 정신 차렸으면 해요."

은아는 혁수가 보낸 메일을 보여주고 엊그제 은해의 카페에서 일어난 일 또한 이야기해 주었다. 점점 주연의 표정이 굳어지며 눈물을 참으려는 듯 입술을 꾹 다물었다.

"좋아했던 마음만큼 배신감도 클 거예요. 나도 이 정도밖에 안 되는 남자를 위해 그 난리를 쳤었나 생각하니 한동안 감정이 격해졌었거든요."

은아의 말에 주연이 시무룩하게 답했다.

"내가 대리님을 언급하지 않았다면 답장을 해주지도 않았겠네요. 어쩐지…… 그동안 단 한 번도 답장 같은 거 보내주지도 않았는데 뭔 일인가 했죠."

"뭐, 그래도 팬이 보낸 쪽지를 읽기는 하나 보죠."

너무 기운이 쏙 빠진 듯해서 뭐라 위로라도 해야 될 것 같아 건넨 말인데 오히려 주연은 콧잔등을 찡그리며 머리를 저었다.

"팬카페에 글 올라오는 것도 몇 개 없어요, 고정적으로 활동하는 사람도 몇 안 되고. 그러니 쪽지라 해봐야 누가 얼마나 보내겠어요? 받아보는 대로 반가워서 넙죽넙죽 읽어대겠죠. 왠지 더 짠하고 그래서 더 힘내라고 열심히 쪽지 보내주고 글 남기면서 활동했던 건데……. 나쁜 놈! 결국은 날 이용한 거나 같잖아요."

주연을 수렁에서 건져 내는 일은 성공이었다. 얼마 동안은 충격에 싸여 있겠지만 주연을 위해서도, 나아가 은아 자신을 위해서도 잘된 일이었다. 더는 주연이 혁사마 활동을 같이하자고 조를 일도 없을 테니 피곤함이 하나 줄 터였다. 다만 개인 전화번호를 사전 양해도 없이 알려준 일은 지적하고 넘어가야 했다.

"그리고 주연 씨, 내……."

"미안해요, 대리님. 앞으론 절대 다른 사람에게 대리님 전화번호 알려주는 일 하지 않을게요! 용서해 주실 거죠?"

은아가 뭘 말하려는지 미리 눈치채고 꾸뻑 머리까지 숙여 보이는 주연이었다. 잠시 아무 답을 하지 않고 쳐다보자 은아의 팔을 붙잡으며 한껏 불쌍한 표정을 지어 보였다.

"대리니임…… 제발요오……."

하긴 은아의 휴대폰 번호는 알려고 한다면 얼마든지 알아낼 수 있는 번호였다. 어지간한 광고회사 직원들도 다들 알고 있을 테니까. 진짜 반성하는 티를 팍팍 풍기고 있는 후배에게 꾸중 섞인 말까지 하고 싶진 않았다. 안 그래도 우상이었던 남자의 실체 때문에 우울할 텐데 더 보태줄 필요가 뭐 있겠는가.

"오후 하진 씨 광고촬영 시작인데, 같이 갈래요?"

"정말요?"

금방 화색이 도는 주연을 보며 은아가 고개를 끄덕였다.

"첫 촬영이라 우리 쪽에서 준비할 것도 많으니까 도와줘요."

"물론이죠! 대리님, 뭐든 저한테 시키세요."

배낭을 챙겨 어깨에 둘러멘 후 아차 하는 얼굴로 다시 돌아서는 하진. 그는 차가운 밤공기를 막아줄 여자친구를 위한 점퍼를 챙기며 씩 웃는다.

"아아……."

저도 모르게 새어 나온 나지막한 소리에 은아는 황급히 입을 틀어막았다. 촬영팀 뒤편에 서서 그의 모습을 바라보다 그만 입도 약간 벌린 채 넋을 놓고 있었던 것이다. 행여 누가 들었을까 싶어 힐끗 주위를 둘러보았지만 다들 하진에게만 신경을 집중하고 있어선지 아무도 쳐다보는 사람이 없었다.

"휴우~"

가슴을 쓸어내리며 다시 그에게로 시선을 향한 그녀는 그와 눈을 마주치자 움찔 놀라고 말았다. 그의 눈빛과 얼굴에 담긴 장난스러운 미소가 그녀의 조금 전 반응을 모두 알고 있다는 듯 보인 것이다. 아닌 것처럼 얼른 손에 든 콘티를 쳐다보았지만 그를 보고 싶은 마음은 어쩔 수 없었다. 살짝 눈을 드니 그는 감독의 사인에 맞춰 점퍼를 챙기는 장면부터 다시 찍고 있었다. 그리고 이어지는 그의 마법과도 같은 미소는…… 자연스레 은아를 향했다.

눈에서 핑크빛 하트가 뿅뿅 튀어나오는 기분이 이런 걸까? 그의 촬영하는 모습은 평상시와 또 다른 느낌으로 다가서며 그녀의 마음을 흔들어놓았다. 이렇듯 매번 반하게 만들어 버리는 남자가 내 남자라니……. 은아는 가슴 가득 행복감이 번지는 걸 느끼며 반짝거리는 미소를 그에게 보냈다.

"컷! 좋아요."

감독의 오케이 사인과 함께 네 시간여에 걸친 촬영이 끝났다. 야외 촬영분이 아직 남아 있긴 했지만 다행히 실내 촬영은 별 무리 없이 진행되었다. 제작진들을 위한 간식을 준비해 간 은아는 진희와 함께 최종적으로 모니터를 끝내고 만족스런 미소를 지었다.

"하진 씨 오늘 아주 좋은걸?"

제일백화점 광고도 몇 번 촬영했던 감독이라 하진과 첫 작업은 아니었지만 이처럼 수월하게 넘어간 건 처음이었다. 사실 CF 촬영이란 게 대부분 톱스타와 함께하기 때문에 그들로 인한 스트레스가 만만찮은데 오늘은 별다른 트러블 없이 순조로웠다.

"제가 언젠 안 좋았나요?"

넉살 좋게 받아치는 진희에게 감독은 누구 때문인지 다 안다는 식으로 은아를 보며 눈을 찡긋거렸다. 그러자 은아는 당황하며 얼른 그들 곁에서 떨어져 주연이 있는 곳으로 갔지만 진희는 당연하다는 듯 씩 웃어 보였다.

"데이트하려면 일 분, 일 초가 아쉬운데 서둘러야죠."

"거참, 하진 씨의 이런 면을 내가 다 볼 줄이야."

"이런 면이라뇨? 전 항상 이렇답니다."

"오케, 오케! 인정하지. 나랑 제일이 아닌 다른 회사 촬영 때 만나도 오늘처럼 잘해줄 거지?"

"감독님들 주문은 새겨듣자라는 게 제 신조라 할 수 있죠!"

"좋아! 내일은 야간 촬영까지 있으니까 한번 잘해보자고!"

감독이 어깨를 툭 치며 다른 손으로 엄지손가락을 치켜세우자 진희는 알겠다는 듯 살짝 고개를 숙여 인사를 하고는 주위를 둘러보았다. 분장을 지우러 가기 전 은아와 잠깐이라도 얘길 나눴으면 했는데 다른 직원과 함께 간식을 챙기고 자잘한 물건들도 정리하며 촬영장 뒷마무리를 도와주고 있었다. 지금 다가가서 그녀를 빼낸다면 다른 사람들이야 그러려니 할 테지만 정작 은아가 눈을 흘기며 쫓아낼지도 몰랐다.

"옷 갈아입어야지."

촬영이 빨리 끝나 덩달아 신이 났는지 수완의 목소리도 들떠 있었다.

"핸드폰 줘봐."

"왜? 다른 약속 있어?"

수완은 촬영 중 가지고 있던 진희의 휴대폰을 꺼내주며 물었다.

"아니, 문자 좀 보내려고."

진희는 빠른 손놀림으로 은아에게 가지 말고 기다리라는 메시지를 보낸 후 탈의실로 향했다. 그러자 수완이 그 뒤를 따르며 의아하다는 듯 물었다.

"직접 가서 말하면 되지, 웬 문자?"

진희는 힐끗 뒤를 돌아 은아가 휴대폰을 확인하는 걸 보고는 씩 웃으며 답해주었다.

"공적인 자리잖아. 한참 일하고 있는데 가서 방해하면 혼나."

"허, 허…… 사람이 갑자기 너무 변하면 거시기가 뭐시기 한다던데……. 걱정되네?"

"거시기든 뭐시기는 걱정 마시죠?"

장난스런 표정의 수완에게 피식거리는 웃음을 한번 날리고 진희는 탈의실 안쪽의 간이 샤워장으로 들어갔다.

진희가 샤워를 마치고 나오니 좀 전까지 밝은 표정이던 수완의 얼굴에 근심이 가득 담겨 있었다. 휴대폰을 들여다보고 있는 게 뭔가 문제성 기사가 난 듯했다.

"뭐야?"

"큰일이네……."

"뭔데 그래?"

스킨으로만 간단히 얼굴을 두드린 진희가 셔츠 단추를 채우며 수완 옆으로 갔다. 수완이 손가락으로 화면을 밀어 제목을 볼 수 있게 해주었다.

—연예계, 어두운 뒷거래…… 그들에게 스폰서란?

대번에 진희의 미간에 깊은 골이 패이더니 수완의 휴대폰을 빼앗듯이 가져갔다. 그러자 수완이 쯧쯧 혀를 차며 말했다.

"Y양에 모 건설사라면 뻔하잖아. 임소라, 이번에 소속사 옮기네 마네 하더니만 그 장 대표가 안 놔주려고 언론에 뭔가 흘린 것 같다."

"버러지 같은 놈들. 이용해 먹을 땐 언제고……."

씁쓸한 진희의 목소리에 수완도 한숨을 푹 내쉬었다.

"걔 태창건설 광고 몇 년간 내리 할 때부터 쉬쉬하면서 말 나왔잖아. 거기 사장이 키우다시피 한 애라는 거 이 바닥에서 모르는 사람 있나? 하여간 언론도 문제야. 이제껏 태창건설이 광고지면 살려줄 땐 가만있다가 경기 나빠져서 종이호랑이다 싶으니까 이렇게 까대고 말야. 이 동네나 저 동네나 다들 제 잇속만 챙기면 단가……. 쯧쯧……."

"한동안 떠들어대겠군."

진희가 휴대폰을 건네주자 수완이 고개를 끄덕였다.

"할 일 없는 놈들 또 엑스파일이네 뭐네 만들어대겠지, 재벌가 비호를 받고 있는 연예인 리스트 하면서. 그나저나 이렇게 되면 임소라, 그 드라마 출연 못하겠네?"

"그렇겠지."

"허어, 최 국장님 난리 났겠구먼……. 너라도 좀 오케이하지."

엊그제 식사 자리에서 최 국장의 간곡한 부탁에도 진희는 시간상 힘들 것 같다며 정중히 거절했다. 특별히 잡힌 계획도 없으면서 시간상 힘들겠다니! 혹시 정말로 그 시나리오를 가지고 직접 촬영에 뛰어들겠다고 나서는 건 아닌지 수완으로선 걱정스럽기도 했다. 분명 대표님이 아직은 시기상조라고 했는데 저 고집을 누가 말리겠는가!

"나 오늘 저녁엔 남양주에서 자고 바로 촬영장으로 갈 거니까 그리 알아."

진희는 재킷을 걸치고 최종 점검을 하듯 거울 앞에 섰다.

"하 감독님 오셨어?"

"오전에 귀국하셨을 거야. 나, 가."

손을 한번 흔들어 보이고 진희는 탈의실을 나섰다. 새로 들어갈 영화의 주요 배경 중 하나인 카지노 헌팅을 위해 마카오에 나갔던 부친을 뵌 지 어느덧 한 달이 넘어 있었다. 서로가 각자의 일로 바쁘다 보니 일 년에 얼굴을 마주한 게 몇 차례 되지도 않았다. 실상 그리 먼 곳에 사는 것도 아닌데 자연스레 그리되어 갔다.

진희는 며칠 전 은아의 집에 다녀온 후 가족이란 존재에 대해 새삼 생각을 하곤 했다. 워낙에 바쁜 부모님 아래 외동으로 태어나 어린 시절부터 탤런트 활동을 해온 탓에 가족들과 함께 보낸 시간이 별로 없었다. 그렇다고 해서 부친과 서먹하다거나 그렇진 않았다. 언제든 전화통화로 서로의 안부를 물으며 이런저런 대화를 많이 나누었고 얼굴을 마주할 땐 아들을 먼저 챙겨주는 전형적인 아버지다. 그런 아버지와 함께하는 시간을 좀 더 자주 가지고 싶다는 바람이 생긴 것도 은아네 식구들을 본 후부터였다.

진희가 나오자 뒷마무리를 끝낸 은아가 기다리고 있었다. 그는 보일 듯 말 듯 은은한 미소를 머금고 있는 그녀를 마주하는 게 좋았다. 조금 전 CF감독에게 말한 대로 그녀와 함께하는 시간을 위해서라면 그 어떤 촬영이든 NG 한 번 없이 끝낼 수 있을 것 같았다.

처음엔 그저 괜찮다는 관심이었고, 그다음엔 조금은 의외라는 호기심이었다. 그리고 지금은 단순한 관심도, 호기심도 아닌 심장이 두근거리는 기분 좋은 떨림을 느끼는 중이었다. 떨림이라……. 그녀를 떠올리기만 해도 빙그레 미소가 지어지고 흐뭇함이 느껴졌다. 누군가를 마음에 온전히 담게 된 이런 생소한 느낌도 나쁘지 않고 오히려 반가웠다.

간섭받고 휘둘리는 걸 싫어하는 그의 방어막도 결국은 저 서은아라는 여자로 인해 무너지게 되어 있었던 걸까? 그렇다면 이런 감정이 바로 그……?

'사랑'이란 단어를 떠올리며 그녀를 생각하자 심장의 두근거림이 더욱 강해졌다. 하지만 아직은 확신할 수 없었다. 지금껏 한 번도 경험해 보지 못한 감정이기에 이게 바로 사랑이라 정의를 내릴 수가 없었다. 그저 그녀를 생각하거나 함께 있으면 행복하다는 것만 확실할 뿐.

아버지를 만나러 가려고 마음먹은 이유도 실은 이 때문이었다. 상담이라 할 것까진 없지만 이런 마음을 품게 된 걸 아버지껜 말씀드리고 싶었고, 이와 관련된 좋은 이야기들도 듣고 싶었다.

"사무실 안 들어가도 되지?"

진희의 물음에 은아의 고개가 끄덕여졌다. 상큼한 향을 풍기며 다가오는 그를 바라보는 것만으로도 수줍게 뺨이 달아올랐다. 아직 물기를 머금고 자연스레 흩어져 있는 머리칼에 손가락을 끼워 빗어 내리고 싶은 욕구가 불쑥 일어나자 은아는 가방을 쥔 손에 더욱 힘을 주었다.

"오늘은 이대로 퇴근하면 돼요."

"주연 씨던가? 같이 온 직원은 갔어?"

"네, 방금요."

분명 그가 나올 때까지 같이 기다리고 싶었을 텐데 웬일인지 눈치껏 자리를 피해주었다. 그러면서 차장님한테 들었다면서 다음에 정말 우리 팀 회식 꼭 잊지 말라고 전해달라고 했다. 물론 그가 까먹지 않고 챙겨준다면야 좋은 일이겠지만 그녀가 다시 상기시켜 주고 싶진 않았다. 혹 그가 바빠서 챙기지 못한다 해도 그를 대신해 그녀가 알아서 처리할 수 있는 일이었다.

"눈치 빠른 아가씨로군."

"그러게요."

"내일 촬영 끝나면 팀 회식 날짜 한번 잡아봐. 약속 지켜야지."

그가 싱긋 웃으며 말하자 은아의 눈이 잠깐 놀란 듯 커졌다.

"정말로요? 그래도 괜찮겠어요?"

"괜찮고 말고가 어딨어? 내가 좋아서 하고 싶다는데."

그는 은아의 어깨에 팔을 두르려고 했다가 아직 촬영장에 남은 스텝들을 보곤 그녀에게 묻는 듯 쳐다보았다. 그러자 은아는 웃음이 새어 나오려는 걸 참으며 그냥 한 손을 내밀었다. 그는 살짝 머리를 기울이며 눈을 가늘게 뜨더니 동의하듯 그녀의 손을 마주 잡았다.

은아의 차는 사람을 시켜 따로 보내고 진희의 은모래색 쿠페형 차에 올라 둘은 남산으로 방향을 잡았다. 영화 마니아답게 은아와의 데이트 코스로 꼭 한 번 들르고자 한 곳이 자동차극장이었다. 오픈된 일반 영화관은 혼자라면 모를까 데이트를 위해 찾기엔 조금 무리라는 생각을 한 것이다. 아무래도 다른 사람들 눈을 의식하느라 제대로 된 영화감상도 힘들 테고, 은아와 오붓한 분위기를 연출하기도 어려울 터였다.

해가 지려면 아직 두어 시간은 더 남아 있어서 둘은 드라이브를 좀 더 즐기기로 했다. 은아는 촬영장으로 준비해 갔던 간식들 중 샌드위치 몇 조각을 따로 챙겨둔 상태였다. 저녁을 먹기엔 시간이 애매할 것 같았고, 영화가 끝난 후엔 그도 아버지를 뵈러 본가에 갈 거라 했기에 간단히 샌드위치로만 요기를 해도 될 것 같았다.

“그럼 새로 준비하시는 영화의 주인공은 도박꾼인 거예요?”

아버지가 장소 헌팅을 위해 마카오에 다녀오셨다는 말을 하자 은아가 호기심을 가지고 물었다.

“도박꾼까지는 아니고, 좀 복잡한 인물인 것 같아.”

“하성욱 감독님 작품은 약간 어려운 면이 있어요. 대사 하나하나 잘 듣고 캐치를 해야 나중에 이해가 되거든요.”

“당신한텐 별로였어?”

진희의 물음에 은아가 웃음을 보이며 고개를 저었다.

“대표 흥행 감독님이신데 별로일 리가 있어요? 다만 친구들이나 할머니 모시고 같이 가서 보기엔 그렇더라구요. 혼자 집중해서 보고 싶은 영화들이라서요.”

“영화 볼 때 옆 사람이 말 거는 거 싫어하지?”

“어…… 진희 씬 아니에요?”

은아가 눈을 깜빡이며 되묻자 진희가 씨익 미소를 지었다.

“누구랑 함께 보느냐에 따라 다르지. 다행히 오늘 영화는 좀 가벼운 스타일이라 그리 많이 집중할 필요는 없을 거야.”

뭔가 은근한 뉘앙스가 풍기는 말에 은아는 깜깜한 차 안에 단둘이 앉은 상황을 머릿속에 그려보았다. 둘은 분명 손을 마주 잡고 있을 테고, 어쩌면 부드러운 키스를 나눌 수도 있을 것이다. 갑자기 일굴이 빨갛게 달아오르려 하자 은아는 얼른 말을 꺼냈다.

“직접 극본까지 다 쓰신다던데, 참 대단하신 것 같아요. 그 상황들 다 짜 맞추려면 얼마나 복잡해요? 아무나 할 수 있는 일이 아니죠.”

"나도 시나리오 쓰는데."

그냥 자랑을 하고 싶었다. 대학 시절에 만든 단편영화 두어 편 말고는 제대로 영상으로 만들어내진 못했지만 시나리오 작업은 그도 틈틈이 하는 일이었다. 은아가 아무나 할 수 없다고 하는 그 일을 나도 하고 있다면서 칭찬을 받고 싶었달까? 역시나 그녀는 기대를 저버리지 않고 놀란 눈으로 그를 쳐다보았다.

"어떤 영환데요?"

하지만 그녀는 대단하다는 말 대신 제목이 무엇인지부터 물었다. 젠장…….

"어…… 아직 찍은 건 없어."

"에이, 그럼 검증할 수 없는데?"

"최근에 쓴 건 꽤 괜찮다는 평가를 받았다구. 수미디어 대표님이 인정한 거면 잘 쓴 축에 속하는데."

"그 대표님이, 어머니 아니세요?"

은아의 표정이 조금 미심쩍다는 듯 변하자 진희가 동그랗게 커진 눈으로 얼른 답했다.

"아들이라고 좋게 봐준 적 한 번도 없는 분이거든? 남들보다 더 하면 더했지, 잘했다 칭찬한 적 별로 없다구! 오죽하면 내가 이 나이 되도록 어린애 취급……."

진희는 쓸데없는 말까지 하고 있는 자신의 입을 한 대 쥐어박고 싶은 걸 참으며 말을 이었다.

"암튼 이번에 쓴 건 꼭 내가 영화로 만들 거야."

"직접 메가폰을 잡겠다는 거예요?"

"그럴 생각이야."

"와, 대단하다!"

드디어!! 그가 듣고 싶은 말을 그녀가 해주었다. 으쓱한 기분에 진희는 어떤 내용인지 이야기를 해주었고 그녀는 반짝거리는 눈으로 경청했다. 가끔씩 '그래서요?' 라든지 '그 남자가 그럼 꾸민 거?' 등의 호응을 해주며 진희의 말에 열정적인 반응을 보여주었다.

"정말 재밌겠다! 배우도 다 생각해 놨어요? 혹시 출연도 할 거예요?"

"아니, 순수하게 감독으로 데뷔하고 싶어."

"멋지다……."

진심에서 우러나는 말이라는 건 그녀의 표정만으로도 알 수 있었다. 누군가에게, 아니, 다른 누구도 아닌 그녀에게 칭찬을 듣는다는 것만으로도 그는 둥실 떠오르는 듯한 기분을 맛보았다. 괜히 뺨 언저리가 화끈거리는 느낌까지 들어 그는 오른손으로 머리를 긁적이는 척했다.

"뭔가 계속 꿈꾸고 이루려고 노력하는 모습은 참 보기 좋은 것 같아요."

"음…… 고마워."

"근데 크랭크인은 언제예요?"

그 질문에 진희는 시늉만이 아닌 정말로 머리를 긁적이게 되었다.

"그건 아직……. 제작하려면 이것저것 준비할 게 많아서……."

"그래도 어머니께서 지원해 주실 테니 조만간 들어갈 수 있겠네요."

"그게…… 엄마가 반대하셔."

어깨를 한 번 추스르며 털어내듯 말하는 그에게 은아는 답을 바로 해주지 못했다. 우리나라 영화산업을 이끌고 있다고 봐도 무방할 수미디어에서 반대한다는 건, 실효성이 떨어진다는 판단을 내렸을 거란 생각이 들었던 것이다.

"그래도 시나리오는 좋다고 하셨다면서요."

"시나리오 말고. 나한테 감독을 맡길 수 없으시다는 거야. 감독이 나라면 투자자 찾기도 어려울 거라나?"

"아……."

은아는 고개를 끄덕이면서 그의 어머님 역시 사업가인지라 공과 사를 확실히 구분 짓는 분이란 걸 알았다. 그래도 새로운 시작을 하려는 아들에게 조금이라도 도움을 주시면 좋을 텐데…….

"다른 제작진들을 잘 꾸리면 되지 않을까요? 보통 드라마 PD들도 입봉할 때 좋은 스텝들과 함께한다고 하던데……."

"맞는 말이야. 그래서 지금도 설득하는 중이고."

그는 씩 웃으며 고맙다는 표정을 지어 보였다.

"내가 도울 일이 있으면 좋은데, 그쪽으로는 아는 게 너무 없네요."

"지금만으로도 충분히 많은 도움을 줬어. 당신 칭찬에 용기가 더 솟구쳤거든."

은아는 핸들을 쥔 그의 손을 가만히 감싸며 말했다.

"잘될 거예요."

"응, 그래야지."

진희는 당장에라도 차를 세우고 그녀를 끌어안고 싶었다. 이처럼 든든함을 느끼게 해주는 여자라면 뭐든 함께하고 싶다는 바람도 생겨났다. 뭐든 함께…….

남양주 본가는 초입에서부터 불이 환하게 켜져 있었다. 크리스마스트리 장식으로 쓰이는 작은 전구들까지 나무들 가지가지에 매달려 반짝거리는 게 안주인인 이미수 여사의 기분도 매우 좋다는 걸 나타내는 듯했다. 남들 앞에선 카리스마로 무장한 미수가 남편 앞에서만큼은 다소곳한 여인이라는 걸 아는 진희였기에 이 휘황찬란한 불빛들이 누구를 위한 건지도 다 이해하는 바였다.

진희는 마사토가 깔린 길을 따라 들어가 모던한 양식으로 세워진 80평 규모의 이층 건물 바로 옆 공간에 차를 대었다. 진희의 차가 들어오는 걸 보았는지 성욱이 거실로 통하는 유리문을 열고 나왔다.

"오랜만이야, 아들!"

오십내 후반임에도 훤칠하고 탄탄한 몸을 유지해서 그런지 사십대라 해도 믿을 정도였다. 진희도 씩 웃는 얼굴로 인사를 하고는 부친의 어깨를 안으며 반가움을 표했다.

"잘 다녀오셨어요?"

"나보다는 네 이야기를 먼저 들어야 할 것 같은데? 그런 중요한 이야길 전화로만 들었으니 좀이 쑤셔서 혼났다!"

성욱이 눈을 찡긋거리며 말하자 진희는 멋쩍은 미소를 보이면서도 고개를 끄덕였다,

"저도 드릴 말씀이 아주 많답니다."

"좋지! 어서 들어가자!"

거실로 들어가니 검푸른 빛깔의 이브닝드레스를 차려입은 미수가 막 계단을 내려오고 있었다.

"어? 어디 파티라도 가게?"

다소 짓궂은 어조로 묻는 진희의 팔을 성욱이 툭 쳤고 미수는 눈을 흘겼다.

"넌 나중에 따로 얘기 좀 해야지?"

"에이, 따로 할 거 뭐 있어? 아빠도 계신데 다 모인 자리에서 하면 되지."

"그래, 당신도 어서 와."

성욱은 미수를 에스코트하려는 듯 옆으로 다가가 팔을 내밀었다. 새색시처럼 고운 미소를 지으며 미수는 성욱의 팔을 잡고 간단한 음식들이 차려진 홈바로 향했다. 다정스런 두 분의 모습을 흐뭇한 눈으로 지켜보는 진희의 머릿속으로 은아와 자신이 함께하는 그림이 겹쳐졌다.

영화가 끝나자마자 시간에 쫓겨 그녀를 집까지 바래다준 뒤 급하게 남양주로 방향을 돌렸다. 그나마 내일도 점심나절부터 밤까지 함께 있을 수 있다는 생각으로 오늘의 짧은 데이트를 위로한 터였다. 만족스럽진 않더라도 그녀의 달콤한 향기도 마음껏 들이마셨고, 보드라운 손도 내 것인 것마냥 꼭 잡고 있었으니 어느 정

도는 허기를 채웠다 생각했었다. 하지만 부모님의 모습을 보니 왠지 옆자리가 허전하다는 느낌이 매우 강하게 밀려들었다. 두 분의 애정 행각이 집에서만큼은 거리낌 없다는 걸 진즉부터 알고 있었지만 그게 이처럼 부럽게 느껴진 건 처음이었다.

"뭐 하고 서 있어? 한잔해야지."

성욱이 미리 디켄팅을 해놓은 와인을 잔에 따르려 준비하며 진희를 불렀다. 그러자 미수도 진희의 표정을 살피며 혹시나 하는 눈빛으로 물었다.

"은아 양하고는 어때? 나 실장 말로는 아주 잘 지낸다고 하던데?"

"보고받으시는 대로 아주 자알 지내고 있지요."

진희가 태연하게 답하자 미수의 눈매가 더욱 가늘어졌다.

"혹시, 두 사람 전부터 몰래 사귀고 있었던 거니?"

"그니까! 나도 그게 아쉬워. 진즉 만났더라면 얼마나 좋았을까?"

"하하하핫!"

성욱이 호탕하게 웃으며 진희의 잔에 힘 있게 건배를 했다.

"우리 아들 입에서 그런 말을 듣게 되다니! 이거 참 반가운걸?"

성욱과는 달리 미수는 여전히 진희의 표정 하나하나를 놓치지 않겠다는 듯한 눈빛이었다.

"넌 그 집 초대도 받았었다며? 우리도 은아 양 한번 부를까? 니 아빠 계실 때 한번 데려올래?"

"어, 그래! 나도 보고 싶은데, 어때?"

갑작스런 물음이었지만 진희는 당황하는 대신 오히려 눈을 반짝거렸다.

"정말? 그럼 내일 데려올까?"

진희의 말에 미수는 잠깐 어이없다는 반응을 보이더니 풋 하고 웃음소리를 내었다. 그러더니 성욱에게 무언의 눈빛을 던졌다. 대놓고 부모에게 인사시키고 싶다는 여자라니! 이거 분명 예삿일이 아니었다. 자유연애 추종자임을 과시하듯 쉽게 만나서 즐기고 또 가볍게 헤어질 수 있는 여자들과 관계를 맺어온 탓에 누구 하나 집에 데려와 본 적이 없는 녀석이었다. 그런데 당장 내일 데려오겠다니!

미수는 이 사건을 반갑게 받아들여야 할지, 걱정스러워해야 할지 고민스러웠다. 꽤 좋은 기획안이었던 드라마까지 시간이 없다는 이유로 거절한 걸 보면 분명 그 아가씨하고의 만남이 작용을 했을 터였다.

"내일은 너 야간 촬영까지 있다고 하지 않았어?"

"어차피 가평이라 여기서 금방이야. 촬영 마치고 서울 들어가는 길목인데 들렀다 가면 좋지. 내일 밤에 데려와도 돼?"

기대감이 철철 넘치는 어조로 묻는 진희에게 미수의 눈이 또다시 세모꼴로 향했다.

"그럼 아예 하룻밤 재우겠다는 거네?"

"은아도 촬영 서포트해 주느라 피곤할 텐데, 그럼 안 되나?"

"피곤하면 집에 가서 편히 쉬라 그래야지."

"에이, 상도동까지 가느니 차라리 여기에서 쉬는 게 낫지."

"남의 집에서 얼마나 편히 쉬겠니?"

미수가 계속 딴지를 걸자 진희의 눈살이 찌푸려졌다.

"한번 데려오라고 한 건 엄마거든?"

"당장 내일 데려와 하룻밤을 여기서 보낸다는 건 말이 다르지."

"그게 뭐 어때서?"

"그래그래! 뭐 어때? 온 국민이 다 아는 커플인데 둘이서 어딜 가든 누가 뭐라겠어? 데려와, 데려와. 당신도 계속 궁금해했으면서 왜 그래?"

성욱이 미수에게 그만하라는 눈짓을 보내자 진희가 딱 부러지는 어투로 말했다.

"내일 데려올 거니까 엄마 진짜 잘해줘야 해!"

"허, 누가 시집살이라도 시킨다던? 너 정말 왜 이러니?"

미수는 이제 진희가 우습지도 않다는 듯 쳐다보며 머리를 설레설레 저었고, 성욱도 제법 진지해진 표정으로 물었다.

"어느 정도까지 생각하는 건데?"

"아빠 엄마와 결혼하기 전 어땠는데요?"

대화의 방향이 갑자기 두 사람에게로 돌아오자 성욱과 미수가 서로를 마수 보며 눈을 깜박였다. 그들을 보며 진희가 또다시 물었다.

"이 사람을 사랑하고 있다, 라는 걸 어떻게 확신했죠?"

"……뭐?"

"결혼까지 결심한다는 건 정말 이 사람이 아니면 안 된다라는 확신이 서기 때문이잖아요. 이 사람을 정말 사랑한다는 확신. 그 감정을 어떻게 알 수 있죠? 어떤 공식에 대입해서 풀어볼 수도 없는 건데……. 아빠는 엄마를 사랑한다는 걸 어떻게 아셨는지 궁금해서요."

진희의 질문이 의외라는 듯 성욱의 미간에 살짝 골이 패었다.

"이제껏 영화나 드라마에서 니가 해본 사랑만도 몇 차례는 될 텐데, 그걸 지금 질문이라고 하는 거야?"

"대본상에 나온 대로 표현하는 것과 실제 감정과는 엄연히 차이가 있는 거니까요."

"왜 차이가 있다는 거지? 네가 사랑하는 이를 떠나보내며 가슴 절절한 연기를 할 때 느꼈던 남자의 마음, 그저 바라만 봐도 절로 미소가 번지던 그 감정 표현들, 넌 정말 사랑에 빠진 남자를 그리고 있었던 거고, 그게 바로 네가 경험한 사랑이라는 거야. 넌 이미 수도 없이 많은 사랑의 경우를 대입시켜 확인하는 과정을 반복해 왔으면서 모르겠다는 거냐? 왜 차이가 있다고 생각하지? 지금껏 네가 빈껍데기 연기만 했다고 말하려는 건 아니겠지?"

성욱의 지적은 날카로웠다. 어떤 캐릭터를 연기한다는 건 진심으로 그 인물에 동화되는 것이란 가르침은 진희가 어린 시절부터 들어온 말이었다. 그럼에도 은아를 만나고 대하면서 느꼈던 두근거림과 설렘은 사랑에 빠진 인물을 연기할 때와는 또 다른 거라 생각해 왔다.

하지만 아니었다. 그는 이미 그녀를 사랑하고 있었다. 세상에 다시는 없을 사랑을 연기하던 때처럼, 그가 수없이 경험하고 표현해 왔던 그 감정들이 바로 그에게 사랑이란 걸 정의 내려준 공식과도 같았다.

진희의 얼굴에 희미한 미소와 함께 붉은빛이 감돌자 성욱이 턱 하니 어깨에 팔을 걸쳤다.

"네 엄마를 만나고 널 낳기까지 걸린 시간은 일 년도 채 걸리지 않았다는 것만 알아둬라."

"여봇!"

미수가 화들짝 놀란 얼굴로 성욱을 불렀지만 그는 진희를 보며 의미심장한 미소를 짓고 있었다.

"평생을 함께하고 싶단 사랑이라 확신하는 데 꼭 오랜 시간이 필요한 건 아니란 거야. 무슨 말인지 알지?"

그렇다는 듯 진희가 씩 웃는 얼굴로 고개를 끄덕이자 성욱이 벌떡 일어서며 건배를 제의했다.

"곧 태어날 손주를 위하여~!"

"예에?"

진희가 놀란 눈을 해 보이다 웃으며 손을 내젓자 성욱이 은근한 목소리로 말했다.

"내일, 우리가 자리를 피해주랴?"

"여봇! 그만 좀 해요!"

미수가 말렸지만 성욱은 진희를 자극하려는 듯 몇 차례 더 손주와 며느리라는 말을 언급하며 즐거워했고, 결국은 미수도 내일 며느리 될 자격이 있는지 볼 거라는 으름장을 놓기에 이르렀다. 그런 부모님의 호응 덕에 진희는 가슴 가득 뿌듯하게 번지는 흐뭇함을 만끽하며 은아를 떠올렸다.

　결혼이라니……. 이제껏 진지하게 생각해 본 적이 한 번도 없었다. 스물여덟이란 나이는 아직 결혼을 생각할 만큼 급하지도 않았고 그 스스로도 아직은 가정을 꾸릴 필요를 느끼지 못하고 있었다. 그런데 항상 함께하고픈 이가 생겼다면 다른 무엇보다 그녀를 곁으로 데려오는 일이 가장 중요한 일이라 생각되어졌고, 그건 바로 결혼이었다.

　프러포즈는 어떻게 하는 게 좋을까? 평범하지 않게, 뭔가 근사한 이벤트를 준비하고 싶었다. 그녀에게 진짜 감동을 선사해 줄 만한 이벤트……. 어떤 게 있을까?

14

"하진 군?"

서 회장은 점심 약속을 위해 막 사무실을 나가려던 참에 걸려온 전화로 멈칫했다.

"우리 은아한테 무슨 일이라도 생겼나?"

촬영에 들어갔을 진희가 전화를 했다는 건 그 자리에 함께 있는 은아에게 사고라도 생긴 건가 싶어 불안한 마음이 불쑥 튀어나온 것이다.

〈아닙니다, 회장님. 아무 일 없어요.〉

"아, 그래……."

서 회장이 안도의 숨을 내쉬자 진희가 잠깐 쉬었다가 말했다.

〈너무 갑작스런 전화라 놀라셨나 봐요. 죄송합니다.〉

“아닐세, 내가 괜히 넘겨짚었던 게지. 근데 무슨 일인가?”

〈직접 찾아뵙고 허락을 구했어야 하는데 전화로 이런 말씀드리게 된 걸 이해해 주셨으면 합니다.〉

“무슨 말인데 서론이 이렇게 길어?”

〈오늘 촬영 후 은아랑 함께 저희 집으로 갈까 하는데, 허락해 주십사 부탁드리려고요.〉

그 말에 서 회장이 허허 웃음소리를 내었다.

“자네 집에 초대하는 걸 왜 내 허락이 필요해?”

〈오늘 밤, 못 들여보낼 것 같아서요.〉

“……!”

역시나 놀랐는지 아무런 반응이 없는 서 회장에게 진희의 조심스런 목소리가 다시 들렸다.

〈아버지께서 마침 집에 와 계시거든요. 은아를 보고 싶다고 하시는데, 오늘이 가장 적당할 것 같아서요. 꼭 은아를 들여보내야 한다면…….〉

“으흠!”

서 회장의 기침 소리에 진희의 말이 멈췄다.

“은아에게도 말했나?”

〈회장님께서 허락해 주시면 오후에 말할 생각입니다.〉

“자넨 내가 당연히 허락해 줄 거라 생각하고 미리 전화를 한 걸 테고?”

〈아직도 저, 못 믿으시겠어요?〉

오호, 요 녀석 봐라? 손녀를 데려다 외박까지 시키겠다고 말하는 것치고는 꽤나 당당함이 묻어나는 말투였다. 그 때문인지 서 회장의 입가엔 오히려 웃음이 묻어났다.

"그 말은 은아한테 해야 될 말 아닌가?"

〈회장님만 허락하시면 은아는 무조건 절 믿을 거니까요.〉

"허허, 자네가 날 시험하겠다는 거로군. 난 엄격한 유교적인 교육을 받은 구세대 중의 구세대란 걸 잊었나? 그런데 손녀딸의 외박을 허락한다?"

〈전화로 이런 말씀드리긴 뭣하지만……. 회장님께 먼저 허락을 받으려 한다는 건, 제가 은아를 어느 정도까지 생각하고 있는지 미리 알려 드리려는 겁니다.〉

그 말을 전하는 진희의 표정이 어떨지는 진지한 어투만으로도 충분히 짐작되었다.

"자네 설마……?"

〈성급하다 생각하실 수도 있지만 우선은 지켜봐 주세요. 제 마음은 정해졌거든요.〉

"해서, 오늘 은아의 외박을 허락해 달라……."

〈네, 회장님!〉

"은아 내일 출근 시간 늦으면 어떻게 되는지 알지?"

〈물론입니다! 꼭 시간 안에 바래다주겠습니다!〉

"그래, 알았네. 부모님께도 안부 전해주고, 좋은 시간 보내게."

〈감사합니다.〉

힘찬 목소리로 답하는 진희와의 통화를 끝내며 서 회장은 피식거리는 미소를 입가에 매달았다. 어찌 보면 당돌하다 여겨지면서도 자신만만한 태도를 취하는 모습이 밉지 않았다.

"은아의 짝이라……."

열애 사건을 인정해 주고 집으로 그를 불러 지켜보면서 거기까지 생각 안 해본 건 아니었다. 은아에게 말했던 대로 우리네 사는 방식은 이렇다라는 걸 보여주고 너와 맞지 않는다 여겨지면 일찌감치 관두라고 할 생각이었다. 하지만 그는 집 안을 둘러보거나 가족들을 힐끔거리며 계산하는 듯한 모습은 보이지 않았고 그들 가족의 자연스러운 분위기에 쉽게 동화되며 은아를 따뜻한 눈으로 바라보았다.

선머슴 같기만 했던 큰손녀, 은해와는 달리 은아는 조금은 철부지처럼 보이면서도 정도 많고 속도 깊은 아이였다. 그런 은아에겐 너무 딱딱하고 매사 정확한 성격보다는 유하면서도 듬직함을 지닌 남자가 파트너로 제격일 거라 여겨왔었다. 그런 면에서 봤을 때 하진은 조건에 부합된다 할 수 있었다. 직업 역시, 한 집안에 사업가만 여럿 있을 필요가 뭐 있겠는가? 예술 계통에 종사하는 손주사위를 맞이하는 것도 나쁘지 않았고, 은아도 영화를 좋아했다.

특별한 문제만 없다면 이대로 추진해도 괜찮지 않을까?

서 회장은 오늘 저녁 아들 내외와도 이야기를 나눠봐야겠다고 생각하며 사무실을 나섰다.

☆　　　☆　　　☆

본격적인 촬영에 들어가기 전 잠시 짬을 내어 서 회장과의 통화에 성공한 진희는 조그맣게 '예스~!' 라 외치며 파이팅 포즈를 취했다. 이제 은아만 오케이한다면 오늘만큼은 밤이 새도록 그녀를 곁에 둘 수 있었다. 그녀는 조심스레 허락을 구해야 될 거라 말할 게 뻔했고, 그럴 걸 알았기에 그가 먼저 모든 걸 해결했다고 하면 조금은 감탄을 할지도 몰랐다.

텐트 건너편으로 감독과 얘기 중인 은아의 모습을 보며 진희는 흐뭇한 표정을 지어 보였다. 야외에 나온 만큼 정장을 벗고 가벼운 차림을 한 그녀는 초록 숲에 싸여 더욱 싱그러워 보였다. 마음 같아선 촬영보다 그녀와 손을 마주 잡고 산책로를 거닐며 도란도란 얘기를 주고받고 싶었다.

"자, 자! 오늘도 즐겁게 시작해 봅시다! 조명팀, 준비하고! 하진 씨! 들어갑니다!"

감독의 외침에 진희는 그녀와의 오붓한 상상에서 빠져나와 숨을 한 번 내쉬었다.

촬영은 역시나 순조롭게 진행되었다. 그의 환한 미소와 뭔가를 생각할 때 짓는 표정들 모두 은아에겐 깊게 각인되어졌다. 사랑하는 사람을 위해 모든 걸 준비하고 두근거리는 기대감을 나타내는 그의 표정은 은아까지도 설레게 만들었다. 그가 지금 머릿속에 그리고 있는 존재가 그녀 자신이었으면 좋겠다는 바람이랄까? 어쩌면……. 가끔 고개를 돌리며 그가 눈을 마주쳤고 그때마다 그의 눈가엔 좀 더 진한 미소가 번지곤 했다.

주위의 다른 여자 스텝들의 입에서 부러움의 감탄사가 흘러나오곤 하는 게 모두들 그가 누구를 떠올리며 연기를 하고 있다는

걸 아는 듯했다. 괜히 쑥스러움이 밀려와 좀 더 뒤로 물러난 은아
는 촬영장 주변을 돌았다. 수목원을 찾은 일반 손님들도 바리케이
드를 쳐둔 뒤쪽에서 하진의 촬영 모습을 구경하며 꺅꺅거리는 소
리를 내곤 했다.

그때 몸에 꼭 맞는 크림색 치마정장을 차려입고 커다란 선글라
스를 낀 여자와 수행원으로 보이는 남자 두 명이 촬영장 가까이로
다가오더니 관계자를 찾았다.

"무슨 일이시죠?"

은아가 다가가 물으니 여자가 선글라스에 가린 눈으로 은아를
힐끗 보며 말했다.

"하진 씨 만나러 왔는데, 잠깐 촬영 좀 멈추라고 전해줄래요?"

촬영을 멈추라니? 은아는 무슨 이런 황당한 여자가 있나 싶은
눈으로 쳐다보았다.

"내 말 안 들려요? 내가 직접 감독한테 가서 말해요?"

"지금 당신이 하진 씨를 만나겠다고 촬영을 멈추라구요?"

"아, 정말. 말귀 안 통해서. 내가 여기 수목원 쓰라고 허락했고,
촬영 지연 때문에 시간이 늘어난다면 그것도 다 내가 보상할 테니
문제될 거 없잖아요? 우리가 간식거리두 준비했으니까 잠깐 쉬는
시간 가지면 되겠네."

"뭐라구요?"

은아의 눈살이 절로 찌푸려지자 그 여자가 선글라스를 휙 하고
벗었다. 고양이처럼 매섭게 치켜올라간 눈매가 은아를 주욱 훑어
보더니 무시하듯 콧방귀를 뀌고는 안으로 들어갔다.

“이봐요!”

은아가 쫓아가려 하자 옆에 있던 수행원이 붙잡았다.

“뭐 하는 거예요, 지금? 이거 안 놔요?”

“어이, 아가씨. 일자리 잃고 싶지 않으면 가만있어. 저분이 누 군 줄 알고.”

“수목원 주인이라며? 그럼 엘에프리조트 사장인가 보지!”

은아의 찌릿한 눈초리와 날카로운 음성에 수행원 둘이 움찔거 리며 얼결에 손을 놓는가 싶더니 다시금 팔을 붙들었다.

“이 아가씨가 정말! 그걸 알면 얌전히 있어야지 어딜 가려고!”

“이거 진짜 안 놔요? 업무방해죄로 고소하는 수가 있어!”

그 말에 더 놀랐는지 수행원의 손이 풀렸고 은아는 그 안하무인 인 여자의 뒤를 따르다 멈춰 섰다. 어느덧 감독 옆에 선 여자가 하 진을 향해 손을 흔들고 있었다.

“하이, 진! 우리 너무 오랜만이다.”

감독은 이건 또 무슨 상황이냐는 얼굴로 엉거주춤 자리에서 일 어났고, 진희의 표정은 대번에 싸늘히 굳어졌다.

“지금 촬영 중인데…….”

삼독이 여자를 제지했지만 그 여자는 생긋 웃는 얼굴로 주변 스 텝들에게 말했다.

“잠깐 쉬었다들 하세요. 제가 목 좀 축이시라고 간단히 준비해 왔거든요.”

“장소를 빌려줬으면 그걸로 끝이지, 촬영까지 간섭하면 안 되죠?”

은아가 다가가며 말하자 그 여자가 휙 돌아보더니 못마땅한 기색을 내비쳤다.

"당신이 뭔데 이래라저래라야? 촬영 시간 지연되면 내가 보상해 준다니까?"

"우린 보상이 필요한 게 아니라 시간 안에 끝마치는 게 더 중요하거든요! 방해 그만하고 나가주시죠."

"하, 야! 너 신뼁이지?"

허리에 손을 척 하니 걸치고 노려보는 여자에게 은아 역시 두 눈에 힘을 주고 되받아쳤다.

"이 CF 광고주니까 난 충분히 자격이 있거든요? 이런 식으로 계속 촬영을 방해한다면……."

"은아야, 그만해."

어느새 다가온 진희가 은아의 어깨를 감싸며 뒤로 물러나게 했다. 그리고 차가운 눈으로 앞에 선 여자를 보며 말했다.

"자기밖에 모르는 성질머리는 여전하네요. 그만 나가주시죠?"

"서, 설마…… 이 여자가 그 서은아? 정말?"

경악에 가까운 표정으로 은아를 보던 여자가 충격이라는 듯 한 손을 머리에 얹었다.

"자기 취향 정말 독특해졌다! 제일 쪽 사람들 구리다는 말은 들어봤지만 어머머, 세상에……."

"뭐……!"

발끈한 은아가 한 발 앞으로 나섰지만 진희가 어깨를 쥔 손에 힘을 주며 진정시켰다.

"상대할 가치도 없는 여자니까 나설 필요 없어."

"어머, 나한테 그리 말하면 안 되지! 그 빌라도 난 아직 그대로
뒀다구! 언제든 자기가 원한다면……."

"그 빌라든 당신 몸뚱이든 난 관심 없다고 했을 텐데요?"

싸늘하게 내뱉는 어조에 그 여자의 눈매가 가늘어졌다.

"날 거부했으면서 어떻게 저런 여자랑 열애설을 낼 수가 있지?
저 촌닭이 대체 뭘 해줘서?"

"무개념인 사람에겐 암만 설명을 해줘도 이해를 못할 텐데 무
슨 말이 필요하겠어요?"

그리고 진희는 감독을 보며 말했다.

"관계자가 아닌 사람을 이렇게 출입시키면 촬영을 어떻게 하겠
다는 겁니까?"

"어……."

감독은 은아의 눈치를 한번 힐끗 보더니 잽싸게 손짓을 하며 사
람을 불렀다. 그리고는 붉으락푸르락거리는 얼굴로 어쩔 줄 몰라
하는 여자를 사람들이 쫓아내자 뻘쭘하게 서 있던 수행원들이 얼
른 와서 여자를 데리고 갔다.

한바탕 번진 소란에 다들 감독과 진희, 그리고 은아의 눈치를
살폈다. 이대로 촬영을 재개할 것인지 아니면 잠시 휴식 시간을
갖는 게 나을지 조율하는 분위기였다.

"삼십 분만 쉬죠."

진희의 말에 기다렸다는 듯 감독이 고개를 끄덕였다. 진희는 은
아의 손을 잡고 사람들 틈을 벗어나 차로 향했다.

"어딜 가려구요?"

"잠깐……."

그는 별다른 말 없이 은아를 차에 태우고는 급하게 시동을 걸고 차를 출발시켰다.

필요 이상으로 핸들을 꽉 쥐고 운전을 하는 그를 보며 은아는 먼저 말을 꺼낼까 말까를 망설였다. 굳은 표정으로 봐서는 그녀 못지않게 그도 지금 상당히 불쾌한 듯했다. 솔직히 그가 그런 여자와 사적인 관계를 맺었을지도 모른다는 생각만으로도 소름이 돋으며 기분이 나빠졌다. 조금 전 빌라든 몸뚱이든 관심 없다고 했던 말과 그가 2년 전쯤 엘에프건설의 아파트 광고를 한 적이 있던 게 생각나자 대강의 그림이 그려졌다. 설마, 다른 사람도 아닌 하진한테 그런 요구를 했을까 싶었지만 그처럼 뭐든 돈으로 바르면 끝이라는 식의 여자라면 충분히 가능했을 듯싶었다.

은아는 그의 손을 감싸고 위로를 먼저 해줘야 하나 생각하다가 순서를 바꾸기로 했다. 어쩌면 그 역시 그녀의 기분 상태를 파악하느라 말을 고르고 있는지도 모르니 차라리 이쪽에서 먼저 터뜨려 버리는 게 나을 수도 있었다. 촌닭이란 호칭으로 불린 건 둘째 치더라도 그따위 여자에게 제일 사람들은 구리다는 말을 들었다는 자체가 열통 터지는 일이었다. 정치권과의 결탁에 비자금까지 터져 쇠고랑까지 차고 나온 엘에프그룹에서 감히 우리 집안 사람들을 구리다고 표현할 자격은 없었다.

"오늘 촬영 접죠!"

은아의 비장함마저 깃든 목소리에 진희가 놀랐는지 휙 고개를 돌렸다.

“……뭐라구?”

“아무리 경치가 빼어나고 그림이 예쁘게 나온데도 저딴 곳에서 우리 회사 광고를 찍고 싶지 않아요.”

갑자기 머릿속이 복잡해져 오자 진희는 길가에 차를 세웠다. 촬영을 접는 거야 그의 입장에선 별문제가 되지 않았다. 지금은 스케줄이 빡빡한 게 아니었으니 오늘 찍든 다음에 찍든 상관없었다. 하지만 광고회사나 제일 측에선 다시 고려해야 할 것들이 많아지니 문제일 수밖에 없었다.

“그래도 괜찮…….”

“에잇! 신경질 나! 감히 우릴 뭘로 보고!”

탕 하니 주먹으로 대시보드를 내려치며 투덜거리는 은아를 보며 진희의 목이 저도 모르게 슬쩍 움츠러들었다. 왠지 불똥이 튈 것만 같은…….

“그렇게 못돼 처먹은 여자가 여기 주인인 줄 알았으면 진즉에 장소 섭외 다시 하라고 좀 하지! 왜 아무 말도 안 했어요? 광고 대박 나서 거기가 어디냐? 어머, 엘에프리조트 수목원이었네? 하면! 좋겠어요?”

역시나 은아의 화살이 그에게로 향하자 진희는 얼른 고개를 저었다.

“아니, 안 좋지.”

그의 대답에 은아가 제법 예리함을 띤 눈으로 그를 보았다.

“왜 안 좋은데요?”

“응……?”

"당신이 안 좋을 이유는요? 왜요?"

"그야 당연히……."

이건 뭐라 답을 해야 하지? 그 여자가 꼴 보기 싫어 그렇다고 하면 둘이 어떻게 된 사이인데 그런 거냐고 물을 테고, 그럼 세세한 이야기까지 해야 될 텐데, 혹 은아의 불난 마음에 기름을 끼얹는 건 아닐까 걱정스러웠다. 진희가 생각을 정리하느라 잠깐 머뭇거릴 때 좀 더 부드러워진 은아의 목소리가 들렸다.

"저런 여자들 많이 겪어봤어요?"

갑작스런 화제 전환에 진희의 눈썹이 위로 향했다.

"사진 문제로 주차장에서 만났을 때 나보고 그랬죠? 그냥 돈으로 해결할 거냐고."

"……내가, 그랬나?"

"그랬죠. 완전 비꼬는 투로, 니가 그리 잘났냐라는 듯?"

하긴, 그때만 해도 은아 역시 보통의 재벌녀들과 다를 게 없을 거라 생각했을 때이니 그랬을 법도 했다. 아니, 그랬을 법도 한 게 아니라 그랬던 기억이 났다. 진희가 피식 웃어 보이자 은아가 새치름하니 눈을 흘겼다.

"나도 저런 여자들과 똑같다 생각했군요?"

"흠……."

그는 답을 고르듯 목을 한번 가다듬고는 말했다.

"당신이 제일그룹 일가란 걸 알고는 좀 씁쓸하긴 했어. 게다가 권혁수한테 그처럼 쌀쌀맞게 굴었던 것도 생각나고, 어쩌면 내가 아는 부잣집 딸들과 비슷할 거라 여겼던 게지."

경청하고 있는 표정의 은아가 예뻐 보여 그의 손이 그녀의 머리를 한번 쓰다듬었다.

"한데 그날 주차장에서 당신과 얘기를 나누다 보니 전혀 그렇지 않다는 걸 알겠더군. 오히려 당신이란 여자는 어떤 사람인지 궁금해지고 더 알고 싶어졌거든. 말했지? 당신에 대한 관심은 상하이에서부터 시작됐었다고."

은아가 고개를 끄덕이자 그는 씩 하니 웃었다. 왜 재벌가 여자들에게 선입견을 갖게 됐는지 정도는 말을 해도 될 것 같았다.

"난 연예인들이 재벌가들의 스폰을 받으며 간, 쓸개 다 빼놓는다고 하는 얘길 듣는 걸 제일 싫어해. 어쩔 수 없는 선택이었다 말하는 이들도 있지만, 그렇지 않고도 떳떳하게 제 몫을 해내는 이들도 많거든. 하지만 일부 몰지각한 재벌녀들은 누구든 돈이면 다들 제 맘대로 휘두를 수 있다 생각하더군. 남편이 있든, 약혼자가 있든 그들은 정략 대상일 뿐이고 즐기는 건 나랑 하고 싶다나?"

그가 다른 여자와 즐긴다……? 갑자기 가슴이 뜨끔거리며 질투심이 솟구쳤다. 그러고 보니 좀 전의 그 여자도 유부녀 아닌가? 몇 년 전 엘에프그룹 장녀와 우송그룹 장남의 결혼 소식을 들은 기억이 났다.

"아까 그 여자처럼 말이죠?"

"그 여자 말고도 몇 더 있었지. 내가 좀 인기가 많아……. 근데! 내가 그깟 돈에 휘둘릴 사람으로 보여? 천만의 말씀, 만만의 콩떡이지!"

진희는 눈썹을 까딱이며 장난스레 말하다가 은아의 눈매가 더욱 가늘어지자 얼른 가슴을 두드리며 강조했다.

"아까도 말한 거 들었지? 빌라든 뭐든 관심 없다고 한 거. 나 그처럼 쉬운 남자 아니거든! 그런 여자들은 한 트럭을 갖다 줘도 싫다구."

"지금은 그런 요구…… 없는 거죠?"

설마 있으랴 싶지만 확인하고 싶었다. 그를 탐내는 여자들이 많은 만큼 전보다 더 업그레이드된 조건을 제시하며 유혹을 시도할지도 몰랐다. 조심스런 그녀의 목소리에 담긴 속뜻을 간파한 듯 그가 미소를 지어주었다.

"내가 그런 유혹엔 절대 넘어가지 않는다는 걸 그녀들도 알걸? 걱정 마, 최근 들어 돈을 무기로 나한테 접근하려는 여자는 없었으니까."

"하지만 오늘은……."

왜 갑자기 그 여자가 다시 나타나 빌라를 들먹인 건지 생각하던 은아는 웃음이 나려는 걸 참으며 그를 보았다.

"당신이 제일광고를 맡고 나랑 열애설까지 터뜨리니 드디어 스폰이란 걸 받나 보다고 생각했을까요?"

"모두가 자기들이랑 똑같을 거라 여기는 족속들이니까. 생각이란 것도 안 하고 사는 여자들이야. 도대체 그런 머리로 사장 자리엔 어떻게 앉아 있나 몰라? 아랫사람들이 얼마나 피곤하겠어?"

그는 이제야 좀 마음이 편해진 듯 숨을 한번 내쉬고는 은아의 뺨을 감쌌다.

"기분 많이 상했었지?"

"우리 언니였다면 그 여자 머리털을 죄 뽑아버렸을걸요? 뭐, 아깐 나도 그럴 뻔하긴 했지만."

"그럼 볼 만했을 텐데."

그가 킥킥거리며 답하다가 다시 진지해진 어조로 말했다.

"장소 섭외, 다시 할 거면……."

"아뇨. 아깐 그냥 해본 말이었어요, 당신이나 나나 좀 풀어야 할 것 같아서."

은아가 가만히 고개를 젓다가 뺨 위에 놓인 그의 손을 잡았다.

"그럼, 광고가 대박 나도……."

"어차피 우리 광고 아니라도 여긴 유명한 곳인데요, 뭘. 사사로운 감정 다 따져가며 일을 어떻게 하겠어요?"

그가 의외라는 표정을 짓자 그녀가 묻는 듯한 눈으로 보았다.

"왜요?"

"아니, 당신도 사업가 기질이 있구나라는 생각이 들어서."

"그럼 아닌 줄 알았어요? 지금 바닥에서부터 차근차근 배워가는 중인데."

"오, 그럼 제일패션을?"

"그거야 두고 봐야죠, 이사회에서 오케이해 줄 때까지."

말하고 나니 조금은 부끄럽다는 듯 은아가 생긋 웃어 보이자 그의 또 다른 손이 다가와 그녀의 어깨를 끌어안았다.

"당신이랑 있으니 참 좋다."

그의 속삭임에 은아는 살짝 몸을 떨었다. 그의 진심 어린 마음이 가슴 저 아래까지 전달되어 푸근함을 안겨주었고, 그의 목덜미에서 전해지는 맥박이 그녀의 심장과 똑같이 뛰고 있었다. 좀 더 그를 느끼고픈 욕심에 은아의 두 팔이 그의 목을 휘감으며 귀밑 어딘가쯤에 입술을 묻었다.

보드라운 입술 감촉에 진희 역시 몸을 떨었고 그녀의 둥근 어깨와 등을 더욱 끌어안았다. 이렇게 있으니 차라리 촬영이 미뤄졌다면 좋았겠다라는 바람도 일었다. 하긴, 그랬다면 이처럼 오붓한 시간을 보내진 못할 테지……. 하지만 조금만 더…… 진희가 살짝 머리를 틀어 그녀의 입술을 찾으려 할 때였다.

"삼십 분 다 됐어요."

그의 생각을 읽기라도 한 듯 은아는 그의 다리를 두드리며 몸을 바로 세웠다.

"……너무해."

허무한 듯 진희가 뚱한 표정을 짓자 은아는 다시 한 번 두 팔로 그의 목을 감고 찐하게 입술을 눌렀다. 그리곤 쪽 소리와 함께 입술을 떼고는 씨익 하니 웃었다.

"나머지는 오늘 촬영 잘 마치면 해줄게요. 됐죠?"

"이런 감질맛은 딱 싫어한다구! 더!"

그가 입술을 쭉 내밀었지만 은아의 손이 그의 얼굴을 정면으로 돌려 버렸다.

"시간 늦어지면 아무것도 없을 줄 알아요."

결국 진희는 투덜거리면서도 곧바로 촬영장으로 복귀했고, 은아의 바람대로 순조롭게 촬영이 이뤄졌다.

젊은 커리어우먼들이 선호하는 스타일의 옷 몇 벌과 구두, 그리고 그 밖에 필요한 것들을 쇼핑하고 돌아온 미수는 종이가방을 테이블 위로 내려놓은 후 팔짱을 낀 채 그것들을 쳐다보았다.

"이래서 아들 녀석은 다 소용없다는 거야."

고개를 설레설레 저으며 투덜거리는 미수를 보며 성욱은 피식 웃음을 보였다. 아까 쇼핑할 때까지만 해도 어머, 예쁘다, 이건 어떠냐며 딸이 있었으면 진즉부터 이런 예쁜 것들도 사러 다녔을 거 아니냐고 좋아하더니만 막상 집에 오니 그런 마음을 감추고 싶은 듯했다.

"그러게 말야! 엄마한테 심부름을 시키는 녀석이 어딨어? 진짜 결혼이라도 하게 되면 마누라만 알고 지 엄마를 부려먹을 놈이라니까! 이따 오면 내가 혼 좀 내줄게."

성욱이 일부러 맞장구를 쳐주자 미수가 눈을 흘겼다.

"은아 양 앞에서요?"

"암! 은아 양도 있는 데서 혼을 내야 담부턴 절대 안 그러지."

"나 들으라고 하는 소린 줄 아니까 관둡시다."

미수는 성욱의 팔을 가볍게 한 대 치고는 내려놓은 종이가방 손잡이를 다시 잡았다.

"위층 안쪽 방에 갖다 둬야겠죠? 대놓고 진희 방에 들여놓을 순 없잖아요?"

"당연하지. 아직 결혼도 안 했는데 한방에서 자라는 게 말이 돼?"

"얼씨구? 어젠 손주 만들라면서 자리까지 비켜준다고 한 사람이 누군데?”

“그거야, 말이 그렇다는 거고! 어련히 알아서 할 건데 일부러 한 침대 내줄 필요가 뭐 있어? 우린 엄연히 부모 된 입장이라구.”

성욱은 미수의 어깨를 확 끌어안으며 의미심장하게 말했다.

“나도 어젯밤에 무리했더니 오늘은 피곤해서 일찍 자고 싶어. 우리도 일찍 방으로 가자구.”

“주책맞게 정말! 애들 앞에선 그러지 좀 말아욧!”

미수는 엉덩이로 성욱을 밀어내며 작은 종이가방을 들었다. 그러고는 다른 가방을 턱으로 가리키며 말했다.

“들고 따라와요.”

“예, 마님!”

☆　　　☆　　　☆

저녁 9시가 다 되어서야 모든 뒷마무리가 끝났다. 엘에프리조트와 약속했던 10시보다도 거의 한 시간은 빨리 끝난 셈이었다. 최대한 편집 작업을 빨리하겠다는 감독의 인사를 끝으로 진희는 서둘러 은아를 차에 태웠다. 오후에 잠깐씩 쉴 때도 그녀와 단둘이 이야기할 시간을 내질 못해 부모님 집으로 갈 거라는 말을 아직 못한 상태였다. 그리고 아까 약속했던 짧은 입맞춤의 연장전도 그를 조급하게 만든 이유였다. 다른 사람들이 없는 곳으로 가려면 최대한 먼저 이곳을 빠져나가야 했다.

“무슨 일 있어요? 왜 그렇게 급해요?”

은아는 안전벨트를 채우자마자 부웅 하고 차를 출발시킨 그를
보며 물었다.

"여기 먼저 벗어나고……."

혼잣말하듯 중얼거린 그는 이십여 분 동안을 별말 없이 그대로
달렸다. 기분 좋게 촬영도 마쳤는데 무슨 일이라도 생긴 건가 싶
어 은아는 연신 그의 표정을 살폈다. 그리고 얼마 안 있어 그가 서
울로 향하는 도로에서 벗어나자 놀란 눈으로 돌아보았다.

"이 길 아닌데?"

은아의 말이 신호라도 된 듯 그가 곧바로 차를 길가에 세웠다.
그러더니 씨익 미소 띤 얼굴로 돌아보았다. 어둠이 내려앉은 차
안이었지만 그의 반짝거리는 눈과 새하얀 치아만으로도 그가 상
당히 들뜬 상태임을 알 수 있었다. 대번에 은아의 미간이 찌푸려
지는가 싶더니 풋 하고 웃음을 터뜨렸다. 설마…… 키스를 하자고
이렇게 한적한 곳까지 쉼 없이 달려온 건가 싶었다.

"왜 웃어?"

그가 머리를 살짝 갸웃하며 묻자 은아가 고개를 저었다.

"아녜요, 아무것도. 근데 왜 멈춰요?"

"저기, 할 얘기가 있는데 말야. 오후부터 말하려고 했는데 기회
가 없어서 이렇게 됐거든?"

그는 은아의 표정이 조금 진지하게 변하자 그런 얘기가 아니라
는 듯 얼른 다시 미소를 보였다.

"서 회장님께 내가 먼저 허락을 받았으니 걱정할 필요는 없을
거야. 당신은 그냥 우리 집에서 푹 쉬면 돼. 회사도 내가 늦지 않

게 바래다주겠다고 약속드렸어."

"……네?"

은아는 잠깐 동안 그가 무슨 얘기를 하나 싶어 눈을 깜빡거렸다. 그러다 점점 두 눈을 동그랗게 뜨며 물었다.

"나보고 지금, 당신 집으로 가자는 말이에요?"

"응, 부모님이 기다리고 계실 거야. 당신한테 필요한 물건도 내가 다 준비해 놓으라고 했으니까 이대로 가면 돼."

"갑자기 그러면 어떡해요! 이대로 어떻게!"

은아는 하루 종일 야외에 있느라 먼지를 뒤집어쓴 자신의 몰골을 내려다봤다가 그를 보았다.

"이 상태로 당신 부모님을 만나라구요?"

"어차피 일하고 오는 줄 아시는데 뭐 어때? 엄마한테 필요한 것들도 다 사두라고 했으니까……."

"지금, 당신 어머니께 내 물건 심부름을 시켰단 말이에요?"

입을 쩍 벌리며 충격받은 표정의 은아를 보며 진희가 어깨를 으쓱거렸다.

"난 시간이 안 되고, 당신한텐 미리 말을 못했으니 울 엄마가 준비하는 것도 괜찮지. 어차피 아버지랑 데이트 삼아 나가셨을 거니까 부담 가질 필요 없는데?"

"아무리 그래도 그렇지, 어머니 입장에선 기분 나쁘셨을 수도 있죠!"

두통이 생기는 듯 은아가 두 손으로 머리를 감싸자 진희가 그 손을 잡으며 눈을 마주했다.

“그럴 일 없으니까 걱정할 필요 없어. 분명 신나서 쇼핑하셨을 걸?”

“……정말요?”

“그럼그럼. 얼마나 당신을 보고 싶어 하셨는데. 그러니까 오늘 은 다른 생각 말고 맘 편히 하룻밤 지낸다 생각하면 된다구.”

“울 할아버지한테도 미리 허락까지 받았구요……?”

“당연하지. 걱정 마시라고 내가 다 알아서 해결해 뒀어. 잘했지?”

“할아버지가…… 그렇게 하래요?”

조심스레 묻는 은아에 비해 그는 여전히 싱글벙글이었다.

“좋은 시간 보내라고 하셨으니 걱정할 필요 없어.”

“모르겠어요……. 이대로 찾아봬도 괜찮을지…….”

은아가 낮게 한숨을 내쉬자 그의 손이 어깨를 가만히 쓸어주었다.

“당신답지 않게 왜 이래? 문제될 거 아무것도 없다니까?”

“당신은 아니어도 나한텐 있다구요! 처음 뵙는 건데 이런 몰골 에다 빈손으로 딸랑딸랑! 어떻게 그래요!”

찌릿하고 노려보는 은아의 눈빛에 기가 죽은 듯 진희의 목이 약 간 움츠러들었다.

“내기, 미리 말했어야 한 거지……?”

“해줬으면 좋죠!”

“음……. 그럼 오늘 못 간다고 할까?”

별수 없다는 투로 진희가 말하자 은아의 눈이 또 동그래졌다.

“어머니께 준비 다 시켜놓고 못 간다고 하라고요?”

“그럼 갈 거야?”

“당연히 가야죠!”

“좋아, 그럼 가지.”

그가 씩 웃으며 핸들을 꺾자 은아가 흠칫 놀랐다.

“예? 저, 정말 이대로 그냥 가요?”

“응, 그냥 이대로 가면 돼.”

진희는 은아 쪽을 힐끗 쳐다봤다가 말을 이었다.

“우리 부모님, 어려우신 분들 아니니까 긴장 풀어. 그리고 집에 데려가는 여자는 당신이 처음이야.”

순간 은아의 얼굴이 저도 모르게 화끈 달아올랐다. 당신은 특별하다는 고백이나 다름없는 말이었다. 은아가 아무 말도 않자 그가 다시 돌아보았다. 살짝 깨물고 있는 입술의 끝이 올라가 있고 두 손은 다리 위에서 수줍은 듯 깍지를 끼고 있었다. 그는 빙그레 미소를 지으며 다소 장난스런 음성으로 말했다.

“아, 맞다! 키스 빚진 거 받아야 하는데!”

그러더니 다시 또 차를 멈췄다.

“지금요?”

당황한 표정으로 은아가 쳐다보자 진희의 눈썹이 한번 까딱거리더니 그녀에게로 몸을 수그렸다. 조금 전만 해도 그가 키스를 하려고 차를 세운 거라 생각했으면서 그녀는 순간적으로 몸을 움찔 떨었다. 그의 팔이 어느새 어깨를 감싸 안았고 바로 눈앞에서 그녀를 보고 있었다.

“당신이 해주겠다고 약속한 건데?”

“……부모님께서 기다리신다고…….”

"키스를 뭐 얼마나 오래하려고?"

그가 싱긋 웃으며 장난치자 은아의 미간에 골이 패었다. 그러자 그의 입술이 그녀의 주름진 미간에 먼저 닿았고 천천히 눈썹으로 옮겨지더니 어느덧 감긴 눈꺼풀 위와 콧등으로 내려앉았다. 이윽고 그녀의 입술에 닿은 그는 혀끝으로 입술 모양을 따라 그리더니 안쪽의 연한 살을 간질이며 치열을 훑었다. 감미롭게 그녀를 자극하는 입맞춤에 은아의 혀도 그를 맞아들이며 부드럽게 엉켰다.

낮게 흘러나오는 신음 소리와 입술과 혀과 서로를 소유하는 소리가 차 안을 감쌌고, 그의 손은 둘의 안전벨트를 모두 풀어내고 바싹 그녀를 끌어안았다. 잠시 입술을 떠나 뺨과 귀 언저리를 배회하던 그의 입술이 다시 제자리를 찾아 더욱 진한 욕심을 드러내며 그녀의 숨결 하나까지 모두 빨아들였다.

"하아…… 하아……."

은아의 가쁜 숨소리에도 멈추지 않던 그의 키스는 턱을 지나 목덜미에 입술을 묻으며 잠시 진정되었다. 보드라운 입술이 목 언저리를 살짝씩 깨물며 다시 올라오더니 입가에서 멈췄다. 그리고 약간 머리를 뒤로 해서 눈을 마주하더니 나직이 속삭였다.

"사랑해."

이미 화끈 달아오른 몸에 더욱더 뜨거운 기운이 용솟음치듯 은아를 휘감았다. 분명 두 귀에 정확히 전달된 말이지만 그녀는 바보처럼 그를 멍한 눈으로 볼 뿐이었다.

"……네?"

빼꼼 벌린 입술 사이로 또렷하지 않은 쉰 목소리가 새어 나왔다. 그러자 그의 얼굴에 미소가 잔잔히 번졌다.

"당신을 사랑한다구."

"아……."

또다시 바보 같은 반응을 보이고만 은아는 그를 바로 보지 못하고 고개를 푹 수그리고 말았다.

"잠깐만요……."

제멋대로 널뛰는 가슴을 진정시킬 필요가 있었다. 이러다 콩닥거리는 심장이 목구멍까지 치고 올라오지는 않을지 걱정이 될 정도였다. 사랑한다는 말을 왜 마법과도 같다고 하는지 이제 알 것 같았다. 서로의 사랑을 확인하는 것만큼 행복한 일이 또 있을까? 그의 어깨에 이마를 박고 호흡을 가다듬은 은아는 다시 머리를 들었다. 여전히 그는 미소 띤 얼굴이었고 그녀가 눈을 마주하자 한쪽 눈썹을 슬쩍 들어 올리며 답을 기다리는 표정을 지어 보였다.

"나도…… 사랑하고 있어요."

조금은 수줍은 듯 속삭이는 그녀의 말에 그의 미소가 진해지더니 둘의 뺨을 마주 대며 서로의 입이 귓가에 닿게 했다.

"한 번 더……."

"사랑해요……."

"음, 사랑해……."

그는 확인도장이라도 찍는 듯 그녀의 귓불을 살짝 깨물더니 양볼에 쪽 소리가 나도록 입술을 꾹 눌렀다가 떼었다. 그리곤 자기한테도 입술 도장을 찍으라며 한쪽 볼을 먼저 내밀었다. 풋 하고 웃음을 터뜨리는 은아에게 그가 얼른 하라는 듯 뺨을 더 내밀자 그녀의 입술이 꾹 눌러졌다. 이어 다른 쪽 뺨으로 입술을 옮기려 할 때 그가 머리를 약간 기울이며 그녀의 입술을 삼켰다.

"흐읍……."

움찔 놀란 그녀의 숨소리는 금세 사그라졌고 그의 깊은 키스에 화답했다.

15

"악!"

거울에 비친 자신의 몰골에 은아는 얼른 손으로 입을 가린 채 낮은 비명을 내질렀다. 조금 전 그의 부모님이 그와 그녀를 맞이하며 환히 웃다가 잠시 당황한 이유가 뭣 때문이었는지 알 것 같았다. 정신없이 키스를 나누다 그의 우렁찬 휴대폰 벨소리에 둘은 퍼뜩 깨어났고, 언제쯤 도착할 건지 묻는 그의 아버지께 금방 간다는 말로 서둘러 온 거였다. 그야 운전하느라 미처 거울을 보지 못했다 해도 그녀만이라도 미리 확인을 했어야 했는데!

얌전히 입술 위에 있어야 할 립스틱 자국이 양볼에 어지러이 흩어져 있었던 것이다. 그가 하도 빨아대서 거의 남아 있지 않았지만 어쨌든 그의 입술을 타고 옮겨진 립스틱은 진하진 않아도 얼룩

덜룩한 자국을 남겨놓고 있었다.

　"욕실은 이쪽을 써요. 폼클렌저나 그 밖에 필요한 것들은 미리
챙겨뒀으니까 걱정 말고. 옷이 맘에 들었으면 좋겠네."

　그의 어머니가 조금은 어색한 미소와 함께 그녀에게 먼저 욕실
부터 사용하라며 안내해 줄 때 한 말이었다. 세면대를 양손으로
짚으며 고개를 푹 숙인 은아의 얼굴은 전체적으로 빨갛게 변해 있
었다.

　쿡쿡거리는 웃음을 참지 못하고 성욱은 진희를 손가락으로 가
리키며 신나게 웃어 젖혔다.
　"에라이! 그렇게 표내고 싶던?"
　재밌어서 어쩔 줄 몰라 하는 성욱을 거울을 통해 보며 진희는
피식피식 웃는 얼굴로 입술 주위의 립스틱 자국을 닦아냈다. 키스
를 하고 이런 민망한 경우를 겪는 건 처음이었지만 뭐, 기분은 괜
찮았다. 부모님 앞이라 그럴 수도 있지만 그 상대가 은아였기에
더 그랬다. 우리 이런 사이라고 막 자랑을 해도 좋을 것 같았다.
괜히 웃음이 더 새어 나오자 진희는 성욱을 따라 신나게 웃었다.
　"떼! 녀석! 그만 웃고 얼른 씻고 나와!"
　성욱은 진희의 엉덩이를 손바닥으로 철썩 때리고는 방을 나갔
다. 전신거울을 통해 자신을 주욱 훑어본 진희는 양손을 허리에
얹고 가슴을 빵빵하게 부풀리며 만족스런 표정을 지었다.

"흠, 좋았어."

단정한 디자인의 쉬폰 소재 원피스는 긴 소매였지만 얇은 천 사이로 은아의 늘씬한 팔을 은근히 비춰주었고, 앙증맞은 리본이 달린 허리선 아래로 두 겹의 팔랑거리는 스커트가 무릎 위까지 내려와 있었다. 쇄골을 드러낸 네크라인은 은아의 부드러운 목선을 강조하는 듯했다. 메이크업까지는 할 필요가 없을 거라 여기며 은아는 가벼운 화장과 함께 립글로스로만 마무리했다. 그의 부모님 앞에 나서기가 부끄러웠지만 이미 엎질러진 물과도 같은데 어쩌겠는가. 몇 차례의 심호흡으로 마음을 진정시킨 은아는 욕실을 나섰다.

그녀가 나오길 기다리고 있었는지 위층 복도엔 진희가 서 있었다. 편안해 보이는 니트에 면 바지를 갖춰 입은 모습조차도 그에게선 섹시한 남성미가 물씬 풍겨났다. 그가 미소 띤 얼굴로 에스코트하러 다가오자 은아의 표정이 걱정스레 변했다.

"당신 부모님이 뭐라 생각하실까요?"

"애인끼리 키스하는 게 뭐 어때서? 그런 걱정은 할 필요도 없다구."

그는 낮게 속삭여 준 뒤 은아를 한 번 빙 둘러보았다.

"야, 멋진데? 우리 엄마 옷 고르는 취향은 어때?"

"맘에 들어요."

은아는 고개를 끄덕였다가 그의 팔을 잡았다. 그의 말대로 걱정할 필요가 뭐 있으랴! 평소 어른들을 대할 때 어려움을 느끼지 않던 것처럼 편안하게 생각하면 될 일이었다. 그의 부모님이라 해서 긴장하게 된다면 오히려 더 표정만 어색해질 게 뻔했다.

진희와 함께 계단을 내려오는 은아를 맞이해 주는 그의 부모님 얼굴에 담긴 미소는 그의 것과 닮아 있었다.

단순히 안주라 하기엔 푸짐하게 차려진 음식들과 와인으로 허기를 잠재운 그들의 대화는 자연스레 영화 쪽으로 흘러갔다.

"그러고 보니, 진희 네 시나리오 나도 봤다."

성욱의 말에 진희의 얼굴은 대번에 긴장감이 어렸다. 미수는 그저 어깨를 으쓱할 뿐이었고, 은아는 그다음에 이어질 말을 기대하며 눈을 반짝였다. 어쩌면 그의 아버지의 도움으로 감독 데뷔의 애로점들이 사라질지도 몰랐다.

"네 엄마 말론 네가 감독도 했으면 한다면서?"

"네, 그러고 싶어요."

"다른 스케줄 안 잡으려는 이유가 그것 때문이야?"

"언제든 시작은 필요한 거잖아요. 마음먹었을 때 하고 싶어요."

"흠……."

성욱은 와인잔을 빙빙 돌리며 향을 음미하더니 불쑥 말했다.

"이번 내 영화 시나리오 읽었지?"

"예? 아, 예. 봤죠."

진희는 고개를 끄덕였다가 무슨 의미일까 고민했다. 설마…… 시나리오가 아직 부족하다고 지적하시려는 걸까? 진희의 표정을 읽었는지 성욱이 피식 웃었다.

"시나리오야 찍으면서도 고칠 부분이 생기는 거니까 건 넘어가고. 내가 하려는 말은, 너 이번 내 영화에 출연하지 않을래?"

"예?"

단 한 번도, 진희가 성욱의 영화에 출연한 적은 없었다. 성욱도 권하지 않았고, 진희도 굳이 하고 싶다 말한 적이 없었다.

"하지만 주연으로 차성현 선배가……."

"주연 말고."

주연 말고? 이젠 은아의 눈도 동그래져서 성욱을 쳐다보았다. 현재 최고 주가인 하진에게 주연이 아닌 배역을 맡긴다고? 그것도 아버지가?

"시나리오에 보면 M이라는 캐릭터가 있잖아. 아직 확실히 구축되지 않은 캐릭턴데, 주인공을 그림자처럼 도와주는 역이지. 잠깐씩 등장하면서 대사도 그다지 많진 않을 테고 주로 표정 연기가 주를 이뤄야 할 것 같거든. 약간 냉소적이면서 음산하기도 한? 너 그런 캐릭터 욕심나지?"

진희의 마음속에 뭔가 꿈틀거렸다. '하고 싶다' 는 생각이 가장 먼저 들었다. 하지만 그리되면 감독 데뷔는 또 뒤로 미뤄져야 할지 몰랐다.

"그 역할 맡으면 메가폰 잡는 거 내가 도와주마."

"정말요?"

"대신!"

진희의 얼굴이 화색으로 물들었지만 성욱이 손가락을 치켜들며 강조했다.

"촬영이 없는 날도 나와서 직접 보고 배워. 처음부터 끝까지! 너 단편영화 몇 개 찍은 것만 가지고 덤벼들었다간 큰코다치는 수가 있으니까 직접 내 자리 앉아서 전체적으로 돌아가는 현장감을 다 느껴봐. 알았어? 그럼 내 영화 끝나고 바로 네 영화 들어갈 수 있게 해줄게."

성욱은 그러더니 심각한 표정으로 앉아 있는 미수를 슬쩍 보고는 덧붙였다.

"네 엄마만 설득하면 되잖아? 건 내 전공이고."

"여봇!"

미수가 눈을 흘겼지만 성욱은 개의치 않는 듯 진희에게 척 하고 손을 내밀었다.

"개런티는 줄 수 있지만 스텝으로 일하는 급여는 없다. 체험학습비를 받아야 되는데 봐주는 거야."

"개런티도 안 받을게요."

진희는 성욱의 손을 덥석 잡으며 환하게 웃었다.

"배우가 개런티는 받아야지 왜 안 받아? 이러니 남자들이 경제 관념 없다는 말이나 듣지! 은아 양, 얘 이런 시으로 굴면 나중에 데리고 살기 피곤할 수도 있으니까 초장부터 교육 잘 시켜요."

데리고 살다니……!! 그 말이 의미하는 바가 무엇인지 알기에 은아는 화들짝 놀란 표정을 고스란히 드러내며 성욱과 진희를 번갈아 보았다.

"으흠! 아버지! 우리 건배부터 하죠!"

진희는 얼른 헛기침을 하며 벌떡 일어섰다. 은아에게 이제야 사랑 고백을 했고 프러포즈는 어떻게 할까 고민 중이었는데 아버지 때문에 망칠 순 없는 일이었다.

"니 아빠랑 별도로 나도 지켜볼 테니까 배역이든 촬영장 일이든 최선을 다해야 한다?"

미수가 따라 일어나며 잔을 치켜들자 성욱은 진희의 찌릿한 눈짓을 모른 척하며 빙그레 웃는 얼굴로 일어섰다. 은아도 얼결에 따라 일어서자 진희가 좀 더 가까이 오라는 듯 손을 내밀었고 두 사람은 나란히 붙어 섰다.

"이번 영화! 분명 대박입니다!"

진희가 먼저 외치자 성욱이 받으며 힘차게 잔을 부딪쳤다.

"위하여~!"

피곤한 하루였기에 은아의 눈은 밀려오는 졸음을 이기지 못하고 가물거렸다. 그의 부모님은 12시가 되자 잠자리에 들어야겠다고 먼저 침실로 올라가셨고, 은아는 진희의 안내를 받으며 정원을 산책하는 중이었다. 지하수를 끌어 올려 연못을 만들고 아래로 졸졸 흐르게끔 개울로 꾸며진 곳을 죽 따라 걷다 보니 자그마한 정자가 있었다. 그곳 벤치에 앉아 도란도란 속삭이듯 이야기를 나누던 중 점점 눈이 감겨온 것이다.

산책길에 나설 때만 해도 어쩌면 그의 아버지가 했던 '데리고 산다'는 말에 대해 좀 더 자세한 얘기를 해줄지도 모른다고 기대했지만 그에 관한 언급은 전혀 없었다. 그저 서로의 일상에 관한 대화가 이어지던 중이었다. 아직은 차가운 밤공기를 막아주려고 그가 걸쳐 준 점퍼와 좀 더 따뜻함을 전해주려는 듯 어깨를 안고 있는 그의 든든한 팔 안에서 은아의 머리가 옆으로 기울었다.

진희가 힐끗 손목시계를 보니 정원으로 나온 지도 벌써 삼십여 분이 지나 있었다. 조금 전까지만 해도 은아는 하품을 참으려 애쓰더니만 결국은 쏟아지는 졸음을 이기지 못한 듯했다. 늦지 않게 출근을 시켜주려면 그도 슬슬 잠자리에 들어야 할 시간이었다. 그렇지만 그녀와 함께 있는 이 귀한 시간을 잠으로 흘려보내고 싶지 않았다. 그녀의 잠든 얼굴을 들여다보며 머리를 쓸어 넘겨주고 싶다는 마음이 더 컸다.

하루, 이틀 밤새는 거야 촬영장에선 흔한 일이니 자신만 생각한다면 문제될 게 없지만 그녀를 회사까지 바래다주려면 눈을 좀 붙이긴 해야 했다. 진희는 그에게 머리를 기대고 꾸벅꾸벅 졸고 있는 그녀의 뺨을 손끝으로 쓸다가 입술 위에 가만히 입맞춤을 했다. 그 감촉에 그녀의 눈이 살풋 떠지자 진희는 픽 하고 웃음을 보였다.

"왕자의 키스로 눈을 뜬 걸 보니 공주 맞구만."

"왕자님이셨어요?"

웅얼거리는 음성이었지만 그녀의 입가엔 미소가 번져 있었다.

"은아 공주를 찾으러 떠난 하진 왕자 이야기 모르구나?"

태연스레 답하는 그를 보며 은아는 몸을 바로 세웠다.

"공주 소리도 듣고, 나쁘지 않은걸…… 요."

은아가 말끝을 흐리며 입을 가리고 하품을 하자 진희가 손을 잡으며 일으켰다.

“피곤하지?”

“좀 노곤하긴 하네요.”

하품하는 모습을 보인 게 민망했는지 어색하게 미소 짓는 은아에게 그가 몸을 기울였다.

“업어줄까?”

“아뇨!”

질색하며 은아가 뒤로 물러나자 그가 다시 다가왔다.

“이리 와. 집에까지만 업어줄게.”

“됐어요. 그냥 가요.”

“업어준다는데 왜 싫대?”

“업히기 싫으니까 그렇죠.”

“그니까 왜 그게 싫은데? 그럼 안아줘?”

“됐다니까요.”

은아는 그의 손을 뿌리치며 좀 더 걸음을 빨리했다. 그가 맘만 먹으면 못 잡을 리 없지만 둘은 장난이라도 치는 것처럼 걸음을 빨리했다 느리게 했다 하며 집 앞까지 다다랐다. 유리문을 밀고 들어가려는 은아의 손을 잡으며 진희가 빙글 돌려 세웠다. 은아의 등이 유리벽에 닿았고 그가 앞으로 바싹 붙어 서더니 천천히 머리칼을 쓸어내렸다.

“내 방으로 가자고 하면…….”

일부러 말꼬리를 늘이는 게 은아에게 다음 말을 잇게 하고 싶은 듯했다. 그와의 잠자리를 거부하고 싶진 않았지만 지금은 아니었다. 부모님께서 뻔히 한 지붕 아래 계신데 결혼도 안 한 처자가 애인의 침대에 든다는 건 말이 안 되는 일이었다.

"다음에요."

"그냥 손만 잡고 잘 건데?"

뚱한 표정으로 말하는 그에게 은아는 머리를 한 번 저어 보였다.

"그것도 다음에요."

과연 손만 잡고 가만히 잠을 잘 수 있을까? 절대 아니었다. 그를 못 믿어서가 아니라 그녀 스스로 자신을 장담할 수 없을 것 같았다.

"다음엔 손만 잡고 잘 일은 없을 건데?"

이번엔 풋 하고 웃음이 새어 나오자 은아는 두 팔로 그의 목을 휘감으며 얼굴을 가까이 했다.

"오늘 너무 행복했어요."

은아는 그의 입술에 부드러운 굿나잇 키스를 선사한 뒤 유리문을 열었다.

"잘 자요."

그에게 인사하듯 마지막으로 손까지 들어 보인 은아는 거실을 지나 계단을 다 올라갈 때까지 돌아보지도 않았다, 마치 미련을 남기지 않겠다는 듯. 그녀의 모습이 완전히 사라지자 그제야 진희는 어깨를 들썩이며 한숨을 푹 내쉬었다.

"진짜 손만 잡고 잔다니까……."

진희는 툴툴거리며 자신의 방으로 향했다. 그러면서도 어느덧 그의 입가엔 싱긋 미소가 번져 있었다.

"사랑을 하면 예뻐진다는 말이 맞긴 맞나 봐?"

함께 점심을 먹으며 박 차장이 꺼낸 말이었다. 은아가 쳐다보자 옆에서 주연이 거들었다.

"그쵸? 울 서 대리님 날이 갈수록 활짝 피고 있다니깐요."

"……내가?"

"표정부터가 다르잖아. 나 지금 행복하다는 광고를 얼굴 가득 담고 있거든. 그렇게 좋아?"

다소 짓궂은 눈빛을 보내며 묻는 박 차장에게 은아는 배시시 웃음으로 답을 대신했다. 그의 부모님 댁에서 하룻밤 머문 후 그와의 관계는 더욱더 돈독해졌고 막연하게 남아 있던 부담스러움도 모두 사라졌다. 그러니 마냥 좋을 수밖에.

"내일 아침 뉴스 시간이 처음이지?"

편집 작업도 모두 끝내고 방송사와의 시간대 계약도 모두 마친 상태라 이제 광고만 나오면 되었다. 과장의 물음에 은아가 고개를 끄덕였다.

"어제 보셨죠? 어때요? 멋지지 않아요?"

"음, 영상도 멋지고 하진 씨도 멋졌어."

박 차장은 국을 한 술 뜨더니 장난스레 덧붙였다.

"하진 씨 촬영 내내 서 대리 쪽 보면서 그렇게 살인미소를 날렸었다며? 팬들이 알면 가만있으려나?"

"정말 그랬다니까요. 서 대리님 계신 쪽으로 고개를 돌리면 얼굴이 더 환해지는 게 딱 보이더라구요. 완전 부러웠는데!"

주연이 맞장구를 치자 은아는 화끈 달아오르는 얼굴을 감추려 고개를 숙이고 밥을 먹는 데 열중했다. 이제는 모두들 그녀와 진희가 진심에서 우러나는 감정으로 서로를 바라보고 있다는 걸 알아주었다. 얼마 전 탤런트 Y양의 기사로 인해 연예인과 재벌가의 유착 관계에 관해 떠들어댈 때도 하진과 제일그룹에 대해선 별말 없이 지나갔던 것이다.

박 차장의 말마따나 은아의 얼굴엔 행복만이 가득했다.

"컷! 혁수 씨, 좋은데 한 번만 더 가죠? 애리 씨가 넘어지려는 순간 허리를 잡고 빙글~ 오케이?"

알았다는 듯 손짓을 한 혁수는 맞은편의 신인탤런트 이애리라는 아가씨에게 고개를 돌렸다. 뭐가 불만인지 그 아가씨는 카메라만 꺼지면 입술을 불퉁거리고 있었다.

"거 좀 잘하자고."

"그쪽에서 잘 받쳐 줘요."

"또 그쪽이래! 오빠라고 부르라니까."

"아무나 보고 오빠래요?"

입술을 삐죽이던 애리는 피디가 레디를 외치자 달려오려는 포즈를 취하며 미소를 지었다. 그 모습에 혁수는 피식거리며 쥬비했다. 얼굴이야 전체적으로 손본 흔적은 있지만 그 정도야 기본이고 늘씬한 글래머 스타일이라 봐줄 만했다.

촬영을 어느 정도 마치고 마지막 휴식 시간에 애리가 휴대폰을 들여다보며 곧 울 것 같은 표정으로 있자 혁수가 음료수캔 하나를 들고 다가갔다. 어쨌든 3, 4주간 탈락 없이 함께하려면 친해지는 게 중요했고 마음만 맞으면 얼마든지 같이 즐기기 좋을 여자란 생각이 든 것이다.

"마셔."

"생각 없어요."

기분이 별로인 듯했다.

"뭘 보는데 그래?"

힐끗 보니 하진의 광고 영상이었다, 그것도 제일패션의. 최근 사람들의 입에 오르내리며 하진을 더 띄워주는 데 한몫하고 있는 광고였다. 혁수의 입가가 살짝 비틀렸다. 그러다 애리를 다시 보았다. 이걸 보면서 왜 울 것 같은 표정을 짓는 건지가 궁금해졌다. 혹시?

"하진 형, 좋아해?"

"하진 형? 둘이 친해요?"

대번에 애리의 머리가 발딱 세워졌다. 혁수는 씨익 입꼬리를 말아 올리며 고개를 까딱거렸다.

"개인적으로도 몇 번 만나 이야기를 나눴을 정도면 친하다고 해야 할까?"

"정말요? 그럼 하진 오빠 핸드폰번호 알아요? 알려줄 수 있어요?"

좀 전만 해도 아무나 오빠라 하냐고 따지더니만 하진보고는 오빠라고 자연스레 내뱉는 게 분명 뭔가 있었다. 혁수는 일부러 애리의 입에서 더 많은 이야기가 나오게 하려고 넌지시 운을 떼었다.

"건 개인정본데 알려주기가 좀……. 뭐, 긴박한 상황이라면야……."

"그 매니저 아저씨가 두 번 다시 연락하지 말라잖아요! 어머니도 내 말은 믿어주질 않고……. 하진 오빠 번호만 알면 바로 걸 텐데……."

"어머니라면?"

"하진 오빠 어머니요. 매니저 아저씨가 하두 뭐라 그래서 내가 직접 어머닐 찾아뵙고, 사진도 보여 드리며 우리 사이 인정해 달라고 싹싹 빌었거든요? 근데……."

"잠깐만! 말 끊어서 미안한데 방금 뭐랬어?"

혁수는 잘못 들은 건가 해서 동그래진 눈으로 물었다.

"하진 형이랑 사귀던 중이었어?"

놀랐다는 얼굴로 묻는 혁수를 바로 보지 못하고 애리는 얼굴을 붉힌 채로 시선을 돌렸다. 그리고는 말을 고르듯 눈동자를 이리저리 굴렸다가 손으로 입을 가리고 헛기침도 했다가 시간을 끌더니 어깨를 으쓱이며 삐죽거렸다.

"뭐, 그럴 가능성이 높아진 상태였달까요?"

"이야, 진짜? 그럼 왜……?"

혁수가 의아하다는 반응을 보이자 애리는 또 한 번 입술을 삐죽이며 못마땅한 투로 답했다.

"재벌가 딸이랑 한참 잘되고 있을 땐데 내가 눈에 들어왔겠어요? 칫! 나랑 같이 춤도 췄으면서. 에이, 내가 쫌만 더 일찍 작업을 했어야 했는데……. 사진만 찍을 게 아니라 약이라도 먹일 걸 그랬나?"

혼잣말을 하듯 찡그린 얼굴로 투덜대는 애리를 보며 혁수의 눈이 반짝 빛났다.

사진이라? 가만, 아까 어머닐 찾아뵙고 사진까지 보여줬다고 했던가? 그럼 그 사진에 하진과 얘가 함께 무언가를 하고 있는 게 찍혔다는 건데! 그게 뭘까? 것도 서은아랑 한창 잘되고 있을 때라면? 설마 뒤에서 딴짓한 거?

혁수는 그 사진 안에 어떤 그림이 담겨 있는지 궁금해 좀이 쑤실 지경이었다. 여전히 뚱한 표정으로 하진을 낚아채지 못함을 아쉬워하고 있는 애리를 보며 얘를 어떻게 구워삶을까 궁리했다.

"음, 우리 같은 연예인이랑 재벌가 사람들이야 항상 말이 나오는 거잖아. 얼마 전 Y양……. Y양이 임소라인 건 알지? 그 사건도 그렇고. 하진 형도 제일백화점 광고 따내면서부터 그쪽이랑 뭔가 얘기가 있었겠지. 원래 돈 많은 여자들, 잘난 남자 연예인 하나 골라 마스코트처럼 세워두고 싶어 하니까."

위로하듯 조심스레 던진 혁수의 말에 애리의 고개가 발딱 들렸다.

"그럼, 하진 오빠가 그 제일 딸이랑 진짜로 사귀는 게 아니래요? 일종의 계약……?"

동그래진 눈으로 묻는 애리에게 혁수는 어깨를 으쓱해 보였다.

"나두 자세한 건 모르지. 형이랑 그런 얘기까진 나누질 않으니까. 하지만 뭐, 척 보면 대충 그림이 그려지잖아?"

"불쌍해라……. 거기 말고도 CF 출연할 데가 줄을 섰을 텐데, 그딴 여자한테 코가 꿰일 게 뭐람. 나라면 모두 다 포기하고 내조만 열심히 해줄 수 있는데."

"하진 형을 진짜 좋아하나 보네?"

"내가 추접스런 꼴 당해가면서 탤런트가 되려고 한 이유가 뭔데요? 다 하진 오빠한테 가까이 가려고 했던 거지. 지난번 뒤풀이 장소도 겨우 알아내서 일부러 찾아간 거거든요. 혹시 모르니 친구한테 사진도 잘 찍어달라고 했구요."

"대체 무슨 사진인데?"

혁수의 물음에 애리는 움찔했다가 고개를 저었다.

"하진 오빠 어머니가 그 사진들 다 삭제하라고 하셔서……."

"하나도 없어?"

이런 똘아이를 봤나! 뭔 사진인지는 몰라도 그런 걸 왜 삭제해? 언제 써 먹을지 모르는데!

"아쉬워서 두어 개 남겨두긴 했지만…… 보여줄 순 없어요……."

"하진 형 만나고 싶지 않아?"

"만나게 해줄 수 있어요?"

"뭐, 사진 봐서 애리 씨가 정말 안타깝다 여겨지면 자리는 한번 마련할 수 있는데……."

"정말요?"

"못 믿겠다면 어쩔 수 없고."

혁수가 아쉬울 게 없다는 듯 어깨를 한 번 으쓱이며 자리를 뜨려하자 애리가 그를 붙잡았다. 그리고는 당장에 휴대폰을 조작하더니만 사진 하나를 띄워 보여주었다.

가슴골이 훤히 보이는 꽉 끼는 블라우스에 미니스커트를 입은 애리의 뒤에서 하진이 껴안은 자세로 춤을 추는 모습이었다. 그리고 또 하나는 둘이 마주 보고 몸을 바싹 붙이고 선 채 하진의 손이 애리의 허리를 잡고 살짝 고개를 비틀고 있는 게 금방이라도 키스를 할 것만 같은 자세였다. 혁수는 절로 웃음이 터지려는 걸 참으며 나름 심각한 표정으로 애리를 돌아보았다.

"이때가 언제라고?"

"하진 오빠 지난 드라마 끝나고 뒤풀이니까, 2월 말 아니면 3월 초?"

그렇다면 상하이에서 돌아오던 날, 공항 사건 터지기 불과 1, 2주 전이었다. 하진은 서은아랑 사귀는 도중에도 즐길 건 맘껏 즐기며 지낸 듯했다. 혹시…… 두 사람 관계가 리얼이 아니었나? 아니, 아니지……. 둘이 진짜 사귀든 아니든 이 사진만 서은아에게 보여주면 하진은 그걸로 끝? 혁수의 입가에 비릿한 웃음이 번져 갔다.

"뭐예요? 하진 오빠랑 만나게 해줄 수 있어요?"

"음, 좋은 생각이 났거든."

혁수의 웃는 얼굴이 뭔가 불길해 보여 애리의 눈살이 찌푸려졌지만 어쨌든 하진을 다시 볼 수 있다면 그걸로 족했다. 그날도 하진을 겨우 붙잡았고 함께한 시간은 십여 분밖에 되지 않았다. 대부분의 주연급 배우들은 돌아갔지만 하진은 스텝들과 끝까지 남아 있었고 맘껏 마시며 신나게 놀고 있었다. 쭈뼛쭈뼛 다가가긴 했지만 '하진 오빠' 라고 부르자 웃는 얼굴로 돌아봐 줬고, 사인도 해주었다. 마침 새로운 곡으로 바뀌자 그 자리에 있던 사람들이 하진을 데리고 우르르 몰려 나갔고 그 틈을 놓치지 않고 애리는 그의 옆자리를 꿰찰 수 있었다. 그리고 평소 갈고닦은 섹시 댄스를 유감없이 발휘하며 그의 시선을 사로잡을 수 있었던 것이다.

주위 사람들도 박수를 쳐대며 둘이 함께 추라고 유도했고, 그렇게 애리는 꿈에도 그리던 하진과 껴안듯이 몸을 맞대며 춤을 출 수 있었다. 나름 기억에 남는 만남이었을 거다. 어쩌면 다시 찾을지도 모른다 기대했는데 그는 그렇게 춤만 추고, 동료들과 어울리더니 얼마 안 있어 돌아가 버렸다.

그래도 포기할 순 없었다. 이미 한번 눈도장을 찍고 몸을 맞댄 이상 그를 정말 갖고 싶었다. 그래서 매니저에게 연락을 했는데도 안 먹혀들자 아예 그의 어머니를 찾아갔었던 건데, 이런 일엔 이력이 났다는 듯 쓸데없는 협박을 하려는 거냐면서 애리의 진심을 몰라줬다. 다른 거 다 필요 없다, 그냥 하진 오빠 곁에 있는 걸 허락해 달라고 한 거였는데도 받아주기는커녕 지금 하고 있는 일이나 열심히 하라는 충고를 했다.

하긴, 제일그룹 딸이랑 그렇고 그런 사이로 진행 중이었으니 눈엣가시였겠지. 휴, 내가 지금 하진 오빠를 만난다 한들 뭘 어쩔 수 있겠어. 그냥 지금처럼 일 열심히 하면서 얼른 주연급으로 성장하는 게 더 낫지. 그럼 상대 배역으로라도…….

"어, 뭐 하는 거예요?"

애리는 혁수가 그녀의 휴대폰으로 뭔가를 눌러대자 화들짝 놀라 쳐다보았다.

16

"실장님! 실장님!!"

직원이 벌컥 문을 열고 들어서자 깜빡 졸고 있던 수완이 번쩍 눈을 뜨며 일어났다.

"왜? 왜? 뭔 일이야?"

"메일 좀 보셔야겠는데요."

"메일이라니?"

수완은 눈살을 찌푸렸다가 직원이 회사 대표메일로 들어온 메일 하나를 띄우는 걸 기다렸다. 보내는 이는 '하짱' 이라는 하진의 팬덤 중 하나였다.

—우리는 우리의 하진 오빠가 누구 한 사람의 하진이 되는 걸 원치

않습니다! CF를 위해 제일과 손을 잡은 건 받아줄 수 있지만 그 이상은 안 됩니다. 감히 우리의 하진 오빠를 돈으로 매수하려는 저 비열한 제일패션 여우에게도 경고장을 보낼 것입니다. 더는 하진 오빠를 노리개로 삼으려 할 시엔 수천, 수만의 팬이 가만있지 않을 거라고! 제일패션 불매운동을 해서라도 우리의 하진 오빠를 지킬 것입니다. 그러니 소속사에서도 확실히 해주시길 부탁드립니다. 하진 오빠 같은 톱 중의 톱에게 스폰이란 필요치 않습니다.

"얘네들 뭐야?"

어이가 없어진 수완이 다시금 모니터를 뚫어져라 쳐다보며 묻자 직원이 한숨을 푹 내쉬며 답했다.

"하짱이라고 얼마 전 새로 생긴 팬덤이잖아요. 보니까 십대 후반에서 이십대 초반 애들로 구성된 것 같은데, 어려서 그렇다고 하기엔 좀 심하지 않아요?"

"진희가 스폰이란 말을 얼마나 싫어하는 줄도 모르는 애들 아냐?"

"그러니까요. 지들이 무슨 불매운동을 벌이네 마네……. 어휴, 답을 뭐라고 해야 할까요?"

"있는 그대로 써. 하진은 스폰 같은 기 받은 일도 없고, 제일과는 지극히 개인적으로……. 가만, 제일패션 여우라면 누굴 말하는 거야?"

수완이 설마라는 표정을 짓자 직원이 고개를 끄덕였다.

"그 제일패션 서은아 씨 말하는 거 아녜요?"

"이것들이! 거기다가 무슨 경고장을 보낸다는 거야?"

수완은 얼른 휴대폰을 꺼내 진희의 번호를 눌렀다.

☆　　☆　　☆

같은 시각, 제일패션의 홈페이지 내 게시판에도 여러 개의 비슷비슷한 글들이 올라온 상태였다.

—제일패션 서모 양! 하진 오빠를 장난감 취급하지 마라!

—광고는 광고일 뿐, 하진 오빠를 소유하려 든다면 용서할 수 없다!

—돈으로 연예인을 마음대로 휘두르려 하다니 정말 대실망!!

—제일패션 불매운동 전개! 절대로 안 산다!

—완전 밥맛!! 지가 뭔데 감히 하진을 넘봐?

은아는 팔짱을 낀 채 모니터를 보며 아무런 반응을 나타내지 않았다.

"이제껏 아무 소리 없다가 왜 갑자기 이러는 거지? 이 사람들 대체 뭐야?"

평소 침착하던 박 차장이 열이 뻗친 듯 안경까지 밀어 올리고 두 눈에 핏대를 세웠다.

"지금, 아이피 주소랑 알아보는 중이래요."

주연의 대답 뒤로 전화벨이 울리고 누군가 은아를 불렀다.

"서 대리님, 사장님께서 찾으세요."

은아는 주위에 있는 다른 사람들에게 다녀오겠다는 말을 짧게 하고는 사장실로 올라갔다. 처음 열애설을 터뜨릴 때 어쩌면 팬들이 과격반응을 보일지도 모른다는 걱정을 하긴 했었다. 그래도 별말 없이 조용히 지나가기에 다행이다 싶었는데……. 이건 너무 갑작스러웠다.

게다가 무슨 불매운동을 하겠다는 말까지……. 엘리베이터에 오른 은아는 머리가 지끈거려오자 등을 기대고 섰다. 진희가 알면, 자신의 팬들이 이런 행동을 취했다는 데 더 미안함을 느낄 테니 모른 척해야 할 듯싶었다.

은아가 사장실로 들어가니 이미 윤 실장님도 와서 아빠와 머리를 맞대고 이야기 중이었다.

"그래, 어서 와라."

서 사장은 걱정스런 표정은 감추고 은아를 반겼다.

"누군지……."

"하진 측 팬클럽 일원들인 것 같아."

은아의 물음이 채 끝나기도 전에 윤 실장이 먼저 답했다.

"방금 전 하진 측에서 연락이 왔는데 그쪽에도 협박성 메일을 보냈나 보더라."

"그럼, 진희 씨도 알고 있다는 기예요?"

"당연히 알겠지. 문제는 지금 일부 커뮤니티 사이트로 서 대리와 하진의 부적절한 관계에 대해 무작위로 말들이 퍼지고 있다는 거야."

"갑자기 왜 이러는 거래요?"

더는 참을 수 없어진 은아의 말투가 날카롭게 울렸다. 이것들을 다 찾아내서 무슨 근거로 그런 말들을 지껄이는지 묻고 싶은 심정이었다.

"진정하렴. 우선 언론사로 퍼지는 건 막아놨으니 더 큰 문제로는 번지지 않을 게다."

서 사장은 은아를 차분히 바라보며 말을 이었다.

"우리 제일에선 이제껏 광고모델을 대상으로 스폰서 역할을 해본 적이 한 번도 없다는 건 너도 알 거야."

"물론이죠."

"하진 군한테는 연락 없었니?"

"아직이요……."

은아는 진희가 걱정할 게 더 걱정스러워 한숨을 내쉬며 휴대폰을 꺼내보았다. 그가 스폰이라든지 돈 때문에 뭔가에 얽매인다는 걸 싫어하는 줄 알기에 이 사건을 얼마나 황당하게 여길지 짐작되었다. 게다가 출처가 그의 팬클럽이라니 더더욱 당황스러울 터였다.

그때 메시지가 들어오자 은아는 얼른 확인을 했다. 진희가 보냈을 거라 생각했는데 전혀 모르는 번호였고, 이상한 사진만 두 장이 들어와 있었다.

뭐지? 등줄기를 타고 섬뜩한 느낌이 지나가며 사진을 그냥 덮어버리고만 싶었다. 하지만…….

진희가 어떤 여자와 상당히 야한 포즈로 얽혀 있는 사진들이었다. 휴대폰을 든 은아의 손이 덜덜 떨렸고 얼굴에 핏기가 가셨다.

"왜 그러니?"

서 사장의 물음에 은아는 얼른 휴대폰을 꺼버렸다.

"아뇨, 아무것도……."

하얗게 질린 얼굴로 멍하니 고개만 젓는 은아를 서 사장이 의아
하게 바라보았다.

"은아야?"

"아빠, 저 잠깐 좀 나가도 되죠?"

"뭔데 그래? 누가 너한테 또 뭘 보낸 거야?"

"아뇨, 그게 아니라……."

은아는 입술을 깨물었다가 그냥 자리에서 일어나 고개를 꾸벅
숙여 보이고는 그대로 사장실을 나와 버렸다.

☆   ☆   ☆

〈야, 이 자식아! 핸드폰은 뒀다 뭐 하고 안 받아?〉

수완의 거친 외침에 진희의 눈살이 절로 찌푸려졌다.

"왜? 아버지랑 회의할 거라 했잖아."

〈그걸 몇 시간이나 한 거야?〉

"그럼 회의가 금방 끝나나? 뭔데 그래?"

진희는 아버지의 사무실에서 나와 막 차에 오르는 중이었다.

〈지금 난리 났다구! 당장 은아 씨한테…… 아니, 그게 먼저가
아니라 얼른 이쪽으로 빨리 와!〉

"은아는 왜? 무슨 일인데?"

은아의 이름이 언급되자 뭔 일인가 싶어 진희의 미간이 또 찌푸
려졌다. 그리고 수완에게 간단히 설명을 듣는 동안 그의 표정은

더욱더 굳어졌다.

"은아한테 먼저 갈게. 끊어."

진희는 반포 쪽으로 방향을 잡고 달리며 간간이 은아에게 통화를 시도했지만, 계속 통화 중이었다.

보통 아이돌 가수들의 팬덤들이 나뉘어져 단체 행동을 하는 경우는 봤지만 그의 팬클럽 중 한 곳에서 이런 식의 감정 표출을 보일지는 생각조차 못한 일이었다. 더군다나 그의 팬이란 사람들이 스폰이란 말을 언급하며 은아와의 관계에 돈이나 조건을 넣었다는 게 불쾌하기까지 했다. 적어도 팬이라면, 누군가를 진심으로 아끼고 응원해주는 팬이라면 그 대상이 어떤 마인드를 가지고 연예계란 곳에서 활동하는지 정도는 알아야 할 게 아닌가! 이건 팬으로서 그를 위한답시고 벌인 행동이 아니라 오히려 그를 부끄럽게 만드는 일이었다.

제일패션 홈페이지에 아예 대놓고 은아를 모욕하는 언사를 올린 것만도 용서할 수 없었다. 그야 비판적인 댓글이나 욕설 등등 받아본 경험이 많기에 넷상에서 누가 뭐라 하든 그러려니 하고 받아넘길 수 있는 면역력이 생겼지만 은아는 그렇지 못했다. 그녀에게 상처를 입힌 만큼, 아니, 그보다 더 큰 대가를 치르게 해줄 터였다. 나이가 어리든 그렇지 않든, 근거 없이 지껄여댄 글에 대한 책임은 분명히 느끼게 해줄 생각이었다.

☆　　☆　　☆

사진을 보내온 전화로 두 차례 연결을 시도했지만 받질 않았다.

감히 이딴 사진을 보내놓고 전화는 안 받아? 머리끝까지 화가 치밀어 오른 은아는 씩씩 새어 나오려는 숨소리를 겨우 참아내며 마음을 진정시켰다. 그리고 다시 한 번 통화 버튼을 눌렀다.

〈여보세요?〉

여자였다. 그럼 그 사진 속의 여자?

"여보세요! 좀 전에 사진 보내셨죠?"

〈예? 아, 그게…… 실은…….〉

"말 똑바로 하지 못해요?"

〈네?〉

은아의 강한 음성에 상대방이 깜짝 놀란 듯했다.

"누구시죠? 누군데 나한테 이런 사진을 보냈죠? 당신, 나 알아요?"

〈그거 내가 보낸 거 아닌데…….〉

기가 눌렸는지 여자의 음성엔 주눅 든 기운이 확 번져 있었다. 그러더니 안쪽에서 뭔가 주고받는 말소리가 들린다 싶더니 대뜸 소리쳤다.

〈하지 오빠한테 돈지랄 떠는 거 다 아니까 그만하시지!〉

"뭐, 뭐……? 무슨 지랄?"

너무 어처구니없어 멍한 표정이 된 은아는 확 뒷골이 당겨오자 목덜미를 잡았다. 보아하니 홈페이지에 글을 남긴 사람 중 한 명인 듯싶었다. 그렇다면 이 여자는 그 사진 속의 여자가 아니라 어딘가에서 하진의 과거 사진들을 찾아내어 보낸 걸 수도 있었다. 이제야 좀 머리가 명확해지는 느낌이었다. 감히 이딴 사진 가지고 그와 자신의 사이를 이간질하려 했단 생각에 맘껏 비웃어주고 싶을 정도였다.

〈다, 당신이 지금 하는 게 돈지랄이지 뭐야? 그깟 돈 좀 있다고 감히 하진 오빠를 농락하려 들어?〉

억양이 들쑥날쑥하게 들리는 게 맘껏 지르자니 겁이 나고, 조용히 말하자니 나름 감정을 내보이고 싶은 듯했다.

"실례지만, 나이가 어떻게 되죠?"

은아의 말투는 이제 차분했다.

〈먹을 만큼 먹었거든! 그러는 넌 몇 살인데?〉

"그럼 미성년자는 아니라는 말이네요? 오늘 홈페이지에도 글 올린 거 당신이에요?"

〈……홈페이지라니?〉

상당히 놀란 목소리였다.

"미성년이 아니라면 내가 명예훼손으로 고소하는 데 문제될 건 없겠네요. 괜히 부모님까지 불편해지실 필요는 없으니까. 확인되지 않은 억측을 가지고 남을 비방하는 건……."

〈자, 잠깐만요! 잠깐요!! 나 정말 아니거든요? 내가 무슨 비방을 했다 그래요?〉

"좀 전에 나한테 돈지랄 떤다고 하지 않았나요? 돈 가지고 하진 씨를 농락한다고 그랬죠?"

〈그야…… 그냥 하진 오빠를 이용하는 것 같으니까 홧김에 한 말이지, 그런 걸로 무슨 명예훼손이라는 거예요?〉

"홈페이지에 올라온 글들은 충분히……."

〈무슨 홈페이지요? 홈페이지 같은 건 정말 모른다니까요! 난 그

저 권혁수…… 왜요?〉

대번에 은아의 미간이 꿈틀거렸다. 상대방은 권혁수라는 이름을 말했다가 안쪽의 누군가와 언성을 높이기 시작했다. 왜 남의 사진을 맘대로 보낸 거냐라는 말부터 하진 오빠 만나게 해준다더니 이게 뭐냐라는 말들이 들리고 다른 남자 목소리도 낮게 뭐라뭐라 들려왔다. 가만 들어보니 또 다른 인물은 권혁수인 듯했다.

아직도 정신을 못 차리고 꿍꿍이를 벌이고 있다 생각하니 한심스럽기 짝이 없었다. 그런 열정이 있었으면 노래에나 더 매진할 것이지. 불쌍하다는 생각까지 들었다.

〈난 정말 하진 오빠를 만나고 싶었을 뿐이라구! 나도 이렇게 좋아하고 있는데! 정말 좋아하는데 당신은 돈이 많은 거뿐이잖아! 돈으로 오빠를 잡고 있는 거잖아! 나랑 그렇게 춤도 췄는데…… 어엉……. 당신은 돈 가지고…… 어어엉…….〉

여자는 거의 울부짖으며 말하더니 전화를 끊어버렸다. 왠지 착잡해지는 마음에 은아는 힘없이 휴대폰을 든 손을 떨구었다.

"……돈 있는 사람은…… 사랑도 못하나……."

누군가를 사랑하는 마음조차도 돈이란 무기를 사용했을 거라는 의심을 받는다는 게 은아에게 생채기를 남겼다. 어쩌면 홈페이지에 비방글을 올린 그의 팬들도 그저 그를 좋아하는 마음이 커서 빚어진 속풀이일지도 몰랐다. 만인의 사랑을 받고 있는 남자를 독점하려는 자신이 얼마나 밉고 원망스러웠을까? 그와의 열애설을 준비할 땐 팬들의 반응이 이럴 거라는 정도는 예측하기도 했다. 하지만 그동안 그가 보여준 친밀함과 따스한 행동들에 그녀뿐 아니라 주위 모두가 지극히 당연한 일상인 것처럼 받아들였고, 팬들은 어떤 입장일 거라는 걸 자세히 들여다보지도 않았다. 어쩌면 진즉부터 물밑에선 그녀를 돈지랄이나 떤다며 욕하고 있었는지도 모를 일이었다.

쓴웃음이 번지려는 입매를 꾹 다물며 은아는 깊게 심호흡을 했다. 불매운동이라는 회사 차원의 문제까지 걸고넘어진 게 아니라면 그냥 그들을 이해해 주고 싶었다. 하지만 이건 개인적인 걸 떠나 회사에서 대응할 테니 그녀가 이해하고 넘어가는 건 별개였다.

그리고 진희 씨…… 그도 많이 놀랐을 텐데…….

문득 휴대폰을 내려다본 은아는 윙 하는 진동음과 함께 그의 이름이 뜨자 깜짝 놀랐다가 이내 미소를 지었다. 그를 생각하니 마음이 좀 더 편안해지는 듯했다.

"네, 진희 씨."

〈회사 거의 다 왔거든. 지금 볼 수 있어?〉

"팬클럽 글 때문에 여기까지 온 거예요?"

〈당신 괜찮아? 걔네들 나 진짜 가만 안 둬! 감히 누굴 건드려?〉

역시 감정이 격해진 듯 그의 음성은 싸늘했다.

"조금만 열어놓고 생각하면 이해 못할 것도 아니죠."

〈이해는 무슨! 앞뒤 생각 없이 함부로 지껄이는 것도 습관이야. 그러니 내버려 둬선 안 되는 거라구. 근데 당신, 정말 괜찮은 거야?〉

조심스레 묻는 목소리에 담긴 걱정스러움이 애정으로 다가오자 은아는 갑자기 뭉클해짐을 느꼈다. 일부러 그가 보는 것처럼 씨익 미소를 그린 은아는 최대한 밝게 말했다.

"안 괜찮을 건 뭔데요. 지금 어디예요?"

〈주차장 들어가려는 참이야.〉

"지하 3층으로 와요."

은아는 통화를 마치고 아빠에게 진희와 이야기 좀 나누다 오겠다는 메시지를 간단히 보낸 후 지하주차장으로 내려갔다.

은아가 엘리베이터에서 내리자 기다리고 있었다는 듯 그가 문 앞에 서 있었다. 그녀를 보자마자 어깨를 잡고 얼굴부터 살피더니 와락 끌어안았다.

"왜, 왜 이래요……."

아무도 없지만 그래도 행여 누가 볼까 봐 은아는 그의 허리를 잡고 떼어내려 했다. 하지만 그는 완강히 버티고 서서 그녀를 놓아주지 않았다.

"걱정했잖아. 전화도 계속 불통이고……."

"그랬어요?"

은아는 그를 떼어내려는 대신 이제 토닥토닥 등을 두드려 주었다. 그러자 그가 살짝 몸을 떼더니 그녀를 내려다보았다.

"기분 많이 상했을 텐데……."

"처음엔 그랬지만, 뭐……."

은아는 어깨를 한 번 으쓱해 보이고는 미소를 지으며 말을 이었다.

"다른 것 때문에 울컥하긴 했죠."

"뭔데? 누가 감히……."

"당신이요."

두 눈을 부릅떴던 그의 표정이 멍하니 바뀌었다.

"……나?"

은아는 그의 팔을 잡고 차가 있는 곳으로 갔다.

"차에 타서 얘기해요."

진희는 대체 무슨 일인지 생각하느라 잠자코 그녀를 따랐다. 그리고 차에 오르자마자 몸을 완전히 돌려 은아를 보았다.

"내가 뭐 실수한 거라도 있어?"

"글쎄요, 실수라면 실수일 수도 있죠. 그때가 언제냐의 문제니까. 최근은 아닐 거라 믿어요."

싱긋 웃으며 은아는 그의 다리를 두드렸다.

"차 먼저 빼죠? 환한 데로 나가요, 우리."

골똘한 표정으로 머리를 갸웃거린 그는 은아의 얼굴을 다시금 살피고는 차를 출발시켰다. 탁 트인 한강변으로 나가 차를 세운 진희는 재빨리 은아를 돌아보았다. 그러자 은아는 별다른 말 없이 휴대폰을 척 하니 꺼내 보여주었다.

"이, 이건……."

휴대폰을 들여다보는 그의 얼굴이 점점 일그러지더니 두 눈을 꾹 감고 마음을 가라앉히려는 듯 깊게 숨을 내쉬었다.

"좀 전에 누가 나한테 그걸 보냈더라구요. 첨엔 보자마자 머릿속이 하얗게 변하면서 부글부글 끓어오르는데…… 음, 그렇게 화가 치밀어보긴 처음이었을걸요?"

은아는 잠시 말을 멈추고는 그의 손을 잡았다.

"나랑 사귀기 전이라면 용서해 주고, 아니라면 각오해야 할 거예요.”

“당연히 전이지!”

그는 번쩍 고개를 치켜들며 외쳤다가 은아의 눈을 마주하고는 눈꼬리를 부드럽게 풀었다.

“미안해, 이런 사진을 보게 해서. 이 여잔 그냥……..”

“당신을 무지 좋아하는 팬인가 봐요.”

“팬일 수도 있고 아닐 수도 있어. 신인탤런트니까. 일부러 사진까지 찍어둔 거 보면 뭔가 냄새가 나지?”

“설마 당신을 협박하려고……? 아까 말로는 정말 당신을 좋아하는 것 같던데.”

“좋아한다는 말로 포장을 하면 쉽게 용서가 될 거라 생각했겠지. 이런 사진을 일부러 찍었다는 건 순수한 의도만은 아닐 테니까.”

“근데, 정말 몰랐어요? 탤런트란 거?”

“그땐 몰랐지. 소속사 신인들도 소개받지 않으면 모르는데 내가 어떻게 알겠어. 드라마 끝나고 뒤풀이에서 만난 여자야. 아는 척하기에 사인해 주고 관심받으려고 몸부림치기에 적당히 같이 놀아줬던 것뿐이고. 정말 거기까지였어!”

마지막 말을 강조하며 진희는 은아에게 믿어달라는 듯 강아지처럼 한껏 불쌍한 표정을 지어 보였다. 그러자 은아는 눈을 흘기며 일부러 채근했다.

“원래 그렇게 아무 여자랑 잘 놀아주고 그래요?”

“어, 아니, 난 그저…… 물론 예전엔 좀…….”

그는 뭐라 답을 해야 좋을지 몰라 얼버무리더니 당차게 말했다.

"그래도 지금은 절대 아니라고! 도대체가 당신 말고는 눈에 들어오는 여자가 없다니깐! 이놈의 콩깍지는 한 꺼풀도 아니고 몇 꺼풀이 들러붙어서 떨어질 기미가 없어요."

"내가 강력본드 붙여놓은 거 몰랐어요?"

피식 웃으며 대꾸하는 그녀를 보며 그의 입꼬리도 서서히 곡선을 그렸다.

"어쩐지! 그런 것 같더라니. 거 뜯어낼 약도 없지?"

"당연한 걸 물어요?"

"고마워."

갑자기 그가 진지한 어조로 말하자 은아는 더욱 웃음을 보였다.

"뭐가요? 본드 붙여놓은 거요?"

"그냥 다. 뭐든."

자신의 손 위에 올려진 은아의 손을 부드럽게 감싸던 그가 갑자기 생각난 듯 물었다.

"한데 그 여자가 당신 연락처는 어떻게 알고 보냈을까? 내 번호도 모를 텐데."

"권혁수가 알려준 것 같아요."

"권혁수?"

"아까 통화할 때 보니까 옆에 같이 있던 것 같았어요. 그 사진들 보낸 것도 정확히는 권혁수인 것 같구요."

"허, 그 녀석 참 끈질긴 데가 있네?"

정말 가만둬서는 안 되겠다는 눈빛으로 변하는 그를 보며 은아는 고개를 저었다.

"어쩌겠어요. 원래가 그런 사람인걸. 왜 이렇게 사나 불쌍하기도 해요."

"지금 그 녀석 동정하는 건가?"

"동정이 아니라…… 뭐, 동정일 수도 있죠. 당신 말대로 한때는 최고였으면서 지금은 저리 되었으니."

"다 자업자득인 거야. 현재는 과거의 결과물이란 말이 있잖아. 더 나은 미래를 원한다면 지금 현재 최선을 다할 생각을 해야지. 왜 그걸 몰라? 줘 패서 가르칠 수도 없고."

"그런 사람은 그냥 무관심으로 내버려 두는 게 나아요. 결국 제 풀에 꺾일 테니까. 괜히 반응을 보이면 더 달려드는 종류 있잖아요."

"그럼, 차라리 잘되라고 도와줄까? 더는 당신 귀찮게 못하게."

심각하게 말하는 그에게 은아는 또 한 번 고개를 저어 보였다.

"그것도 반대! 타이르고 도와주려다 오히려 으쓱거리게 만드는 수가 있다구요. 지가 잘나서 그런 줄 알 걸요?"

"그러다 또 당신한테 엉뚱한 짓이라도 하면 어떡해?"

"그게 얼마나 가겠어요? 가만 보니까 원래가 진득하지 못한 사람인 것 같아요. 그냥 내버려 두자구요."

진희는 은아를 가만히 살펴보다가 진지하게 말을 꺼냈다.

"혹시 말야, 또 나랑 당신 사이를 훼방 놓으려고 누군가 이상한 짓을 꾸민다거나 이런 사진처럼 오해를 불러일으킬 만한 일들이 생긴다면, 꼭 나한테 먼저 확인해 줘. 혼자 고민하고 신경 쓰면서 아파하는 일은 절대 없었으면 해.”

그의 눈빛과 어조에 은아는 똑같이 차분한 태도를 보였다.

“네, 그럴게요.”

“고마워.”

“고맙다는 말 벌써 두 번짼데요?”

은아는 싱긋 웃었지만 그는 여전히 진지했다.

“내가 당신을 만난 건 정말 운명인가 봐.”

갑자기 얼굴이 확 달아오르자 은아는 헛기침을 하며 어색한 표정을 지었다.

“흠, 이거 너무 거창해지려는 것 같은데요?”

“내가 그동안 여러 부류의 여자들을 만나고 알게 된 것도 어쩌면 신의 뜻인지도 모른다는 생각이 들어. 결국은 당신을 만나게 해주려고 말야.”

아무런 대답 없이 은아는 그의 말에 이끌리듯 쳐다볼 따름이었다.

“당신이 내가 놓쳐선 안 될 여자라는 걸 확실히 알게 하려고 그러신 거지. 이런 게 사랑이다, 진실된 사랑은 이런 거라고 알려주려고 하신 건지도.”

은아의 얼굴이 수줍게 빛나며 미소가 더욱 진해졌다.

“사랑해. 진심으로, 내 온몸과 마음을 다 바쳐, 서은아 당신을 사랑해. 평생 당신만을…… 읍!”

그의 목소리가 점점 더 강하게 울려 퍼지자 은아의 입이 그의 입술을 덮쳤다. 손이 자유로웠다면 손바닥으로 그의 입을 가렸을지도 모르지만 그에게 꼭 붙들려 있어 별수 없었다…… 라고 하는 건 변명이었고, 그가 내뱉는 사랑의 언어를 몽땅 흡입하고 싶었다.

"으흠……."

충분히 만족스럽다는 소리가 그의 입가에서 낮게 흘러나오더니 그녀를 와락 끌어안았다. 반동으로 그녀의 고개가 살짝 꺾이자 그의 입술이 턱과 귓가, 목줄기에 이르기까지 낙인을 찍어 내려갔다. 잠시 숨을 고르려 그녀의 목덜미에 얼굴을 묻은 진희가 천천히 말했다.

"당신이 상처받고 힘들어하고 있을까 봐 정말 걱정 많이 했어."

"천하의 하진을 차지하려면 그 정도 각오는 해야지 않겠어요?"

"그런 각오 같은 건 하지 마. 다시는 누구도 당신한테 그런 말 못하게 할 거니까."

그의 단호한 어투에 은아가 그의 얼굴을 들어 올리며 눈을 마주했다.

"팬들을 상대로 뭘 하려구요? 말 들어보니 아직 어린애들인 것 같던데."

"팬이라 해서 내 개인적인 일까지 간섭해도 되는 건 아니잖아. 더군다나 당신까지 모욕한 건 절대 그냥 둘 수 없어. 내가 어떤 사람인지 잘 아는 팬이라면 그딴 행동은 하지도 않았을 거야. 또한 당신 회사에도 피해를 줬는데 가만있으면 안 되지."

"아마 회사 차원에서 대응을 하긴 할 거예요. 하지만 당신하고의 문제는 그냥……."

"절대 그냥 넘어갈 수 없어. 대충 넘어갔다가 우리가 결혼하게 되면 무슨 말이 나오겠어? 아마 날 돈으로 사갔다는 반응을 보이겠지. 우리 결혼이 누구 한 사람에게라도 그딴 식으로 비춰진다는 걸 난 용납할 수 없다구!"

그는 자신이 지금 무슨 소리를 한 건지 알고나 있는 걸까? 은아는 동그래진 눈으로 그를 쳐다보았다.

"지금…… 뭐랬어요……?"

순간 그는 인상을 찡그리며 양손으로 머리를 감싸더니 고개를 푹 떨궜다.

"으…… 망했다."

"……네?"

"결혼 얘기를 이딴 식으로 무드 없게 하다니!?"

그는 스스로를 벌하듯 입술을 한 대 철썩 때리더니 은아를 보았다. 그리고는 다소 시무룩해진 얼굴로 말했다.

"세기의 프러포즈는 어떻게 해야 할지 궁리 중이었단 말야!"

"프러…… 포즈……?"

바보같이 반문하는 그녀의 반응에 진희는 웃음을 머금었다.

"지난번 아버지가 언급하셨을 때도 일부러 아무 말 않고 지나갔던 건데. 이럴 줄 알았으면 차라리 그날 정원에서 무릎이라도 꿇을 걸 그랬나 봐. 지금보다 훨 더 멋지긴 했을 텐데."

"정말로 나랑 결혼하고 싶어요?"

"뭐……?"

은아의 물음이 뜻밖이라는 듯 진희의 두 눈이 껌뻑거렸다.

"당신은…… 아냐?"

"아뇨, 아뇨!"

세차게 도리질을 치며 은아의 두 팔이 그의 목을 휘감았다.

"그날 당신이 아무 말 않기에 거기까진 생각 안 하고 있다고 여겼거든요. 당신에게 결혼이란 건 아무래도 부담스러울 수 있으니까."

"사랑하는 사람을 만났으면 당연히 결혼으로 이어져야지. 그래야 결실도 생기고…… 아, 나 진짜 이렇게 청혼하고 싶지 않았는데, 이것들을 그냥!"

프러포즈가 그의 계획대로 실천되지 못한 게 아쉬운지 그의 화살이 다시 문제를 일으킨 팬들에게로 향했다.

"우선은 누군지, 어떤 애들인지부터 알아내고 처리 방법을 생각해 낼 거야. 당신은 회사 일만 신경 써. 내 쪽 문제는 내가 알아서 해결할 테니까."

그는 은아의 머리를 쓸어내리며 미소 지었다.

"이왕이면 좋게좋게 해결하도록 해요, 우리."

그는 알겠다는 듯 고개를 끄덕이며 은아의 입술에 다시금 입맞춤을 해주었다.

☆   ☆   ☆

혁수와 애리의 언성이 높아지고 급기야 애리가 울음을 터뜨리는 바람에 촬영을 재개하려던 스텝들 모두 동작 그만 상태가 되어버렸다. 애리의 매니저가 후다닥 뛰어와 무슨 일이냐고 물어댔지만 혁수는 허리에 손을 걸친 채 짜증스런 눈길을 보낼 뿐이었다.

"거기다 대고 내 이름을 말하면 어쩌자는 거야?"

"그러게 왜 맘대로 사진을 보내? 이 핸폰이 니 거야?"

"뭐? 니? 너 지금 나보고 니라고 했어?"

"그래! 이 자식아! 너 하진 오빠랑 친하다는 것도 순 뻥이지? 너 일부러 하진 오빠 물 먹이려고 그런 거냐구! 이 여자가 진짜 나 고소하면 가만 안 있는다!"

"가만 안 있으면 어쩔 건데? 그따위 비주얼로 하진을? 하, 지나던 개다 뒤집어져 발광할 소리 하고 있네."

"야!!"

애리가 버럭 소리침과 동시에 애리의 매니저가 혁수의 멱살을 잡았다. 지고 있을 혁수가 아니라 매니저의 손목을 잡으며 확 밀어냈다.

차에서 필요한 물품을 꺼내오던 영태는 애리의 매니저와 혁수가 바닥에 나뒹굴며 치고받는 모습에 온몸이 경직되고 말았다.

이, 이 무슨 난리……! 뚜껑이 확 열리며 화가 솟구치자 영태는 손에 든 물품을 내팽개치고 혁수의 뒷덜미를 잡아챘다.

"너, 지금 뭐 하는 짓이야!"

"얘가 먼저……."

철썩! 혁수의 말이 튀어나옴과 동시에 영태의 손바닥이 혁수의 뺨을 후려쳤다.

"너랑 끝이다, 새끼야! 혼자 잘 살아봐!"

"혀엉……! 형?"

휙 돌아서 성큼성큼 가버리는 영태를 혁수가 망연자실한 눈으로 좇았지만 소용없는 일이었다. 수군거리며 돌아서는 스텝들의 모습이 비춰지고 조금 떨어진 곳에 서 있는 PD의 모습도 보였다. 그리고 그 PD는 못마땅한 표정으로 고개를 설레설레 젓더니 손으로 목을 긋는 시늉을 하며 영태처럼 돌아서 버렸다.

정신 나간 표정으로 흙바닥에 주저앉은 혁수의 주변은 어느새 깨끗하게 정리되어 그만 혼자 남게 되었다.

"으아아아악—!"

주먹으로 바닥을 내려치며 울부짖었지만 돌아오는 건 그의 메아리뿐이었다.

☆　　☆　　☆

은아를 회사 건물 앞에서 내려준 후 진희는 곧바로 출발하지 않고 생각에 잠겨 앉아 있었다. 지난번 서 회장님을 처음 뵈었을 때 하셨던 말씀이 떠오른 것이다.

"이것민은 알아두게. 혹 자네 주변 때문에 은아가 힘들어지는 일이 생긴다면 난 언제든 두 사람 사이에 개입할 걸세."

이런 일이 터졌으니 분명 서 회장님께선 노여워하실 터였다. 이왕 회사까지 온 거 회장님을 찾아뵙고, 이번 사건을 제대로 처리하겠다는 그의 마음가짐을 보여 드리는 게 나을 듯했다. 휴대폰을 꺼낸 진희의 손이 서 회장의 번호를 찾았고 잠시 후 그의 차는 건

물 주차장으로 들어갔다.

노크 소리와 함께 비서실로 들어서는 진희를 기다리고 있었다는 듯 여비서가 회장실로 안내해 주었다.

"안녕하셨어요, 회장님."

서 회장은 진희가 들어오자 책상을 돌아 나오며 자리를 권했다.

"어서 오게."

서 회장 역시 이미 보고를 받아 진희의 팬클럽에서 일으킨 사건에 관해선 알고 있었다. 어쩌면 한 번쯤은 터지지 않을까 염려하던 참인데 결국 그리되자 착잡하기도 하면서 이번 일을 계기로 두 사람 사이를 분명히 하는 게 낫겠다는 생각을 하던 중이었다. 은아와 진희의 관계를 연예인과 재벌가 사이에 은밀하게 행해지는 뻔한 스캔들이란 식으로 인식되게 할 순 없는 일이었다.

"죄송스럽다는 말씀부터 드리겠습니다."

진희가 허리를 숙이자 서 회장이 됐다는 손짓을 하며 소파를 가리켰다.

"열애 발표할 때 이미 각오했던 상황인데 자네가 죄송할 건 없지. 우선 앉게."

"이해해 주셔서 감사합니다."

"차 한잔할 텐가?"

서 회장이 인터폰으로 손을 올리며 묻자 진희가 고개를 저었다.

"아뇨, 괜찮습니다."

"그래. 지금 차분히 차 마실 기분은 아닐 테지. 은아하고는 만나 봤나?"

"예, 조금 전 잠깐 이야기 나눴습니다."

"흠…… 그 녀석, 충격이 컸을 거야."

손녀를 염려하는 마음이 그대로 묻어나듯 서 회장의 얼굴에도 근심이 어렸다.

"죄송합니다. 이번 일, 은아와 제일그룹에 누가 되지 않도록 잘 처리하도록 하겠습니다."

"자네도 알겠지만 난 이 일이 흐지부지 마무리되는 건 원치 않네."

"예, 회장님."

진희는 무슨 말씀을 하시든 새겨듣겠다는 듯 진지한 표정으로 눈을 빛냈다.

"어차피 한 번쯤 은아가 감당해야 할 일일 수도 있지만, 언론에서 흥미 위주를 위해 추측성으로 부풀리는 일은 없도록 해야지."

"은아에게도 말했지만 앞으론 그 누구도 은아를 건들지 못하도록 할 겁니다. 더는 은아가 저로 인해 상처받고 마음 아프게 되는 일은 없도록 제가 먼저 신경 쓰고 막아내겠습니다."

"은아를 생각하는 자네 마음은, 정말 확고한 건가?"

다짐을 받고자 하는 서 회장의 물음에 진희의 고개가 크게 끄덕여졌다.

"지난번 은아를 저희 집으로 데려갔던 때 말씀드린 대로 제 마음은 이미 정해져 있습니다. 제 남은 인생에 은아가 없다면 아무런 의미가 없습니다."

진심 어린 진희의 대답에 서 회장의 표정이 한결 누그러지며 등받이로 몸을 기댔다.

"언론에서 부풀리는 건 내가 막겠네. 이건 우리 집안일이기도 하니까. 하지만 자네도 팬클럽 단속은 제대로 해야 할 걸세. 다시는! 이런 식으로 자네와 은아의 사이를 오해하며 헛소리들을 퍼뜨리는 일이 없도록 말이야."

"예, 회장님! 더는 심려 끼쳐 드리는 일 없도록 하겠습니다."

마음에 든다는 듯 서 회장은 고개를 한 번 끄덕이고는 다시 인터폰으로 손을 올렸다.

"이젠 나랑 차 한잔할 텐가?"

희미하게 웃으며 권하는 서 회장의 말에 비로소 안심이 되는지 진희의 얼굴에 번진 긴장감도 사라졌다.

"예, 그럴게요. 그리고……."

한결 편안해진 표정으로 진희가 덧붙였다.

"믿어주셔서 감사합니다. 앞으로 제가 더 잘하겠습니다."

"믿음이란 게, 전하는 이의 진심이 느껴지면 그걸로 된 거지. 오늘 찾아와 줘서 고맙네."

서 회장은 빙긋이 웃어주고는 인터폰을 눌렀다.

그렇게 진희는 서 회장과 따뜻한 국화차를 함께하며 담소를 좀 더 나눈 뒤 사무실을 나섰다.

17

하진의 대표 팬클럽이라 할 수 있는 '하사모'에서 이번 일에 대해 문제를 일으킨 '하짱'에 경고를 보내고 성명서를 발표했다. 진희의 오랜 팬들이 주를 이룬 하사모엔 전 연령층이 고르게 분포되어 있었고 다양한 직업군을 가진 사람들이 있는 만큼 하짱의 감정적인 모습과는 대비되었다.

일부 팬덤에서 보여준 격한 모습이 하진을 사랑하는 전체 팬들의 모습으로 비춰질 수 있다는 데 우려를 나타내면서 지극히 개인적인 사생활이라 할 수 있는 것까지 간섭하려 드는 걸 가만두고 볼 수만은 없다는 입장이었다. 무엇보다 철저한 자기관리와 함께, 스폰서 제의 따윈 받아들이지 않는 하진을 돈에 얽매여 자존심도 버렸다는 식으로 취급한 데 대해선 공식 사과를 요청했다. 또한 제일그룹 서모 양과의 관계는 그들을 지켜본 수많은 사람들의 언급과 데이트 장면을 찍은 사진들만으로도 리얼인지 아닌지 충분히 알 수 있는 것이라며 팬으로서 하진의 행복을 빌어주지는 못할망정 제 소유인 양 구는 것 역시 그만두길 촉구했다. 마지막으로 하진의 전체 팬클럽이 제일패션 불매운동에 동참하는 일은 없을 거란 걸 확실히 했다.

"역시 하사모야."

수완은 속이 시원하다는 듯 고개를 끄덕이며 직원을 돌아보았다.

"그 하짱 대표라는 애 누구야? 메일 보냈어?"

"보내긴 했는데 아직 답이 없어요."

"신상 파악 안 됐어?"

"S여대 2학년에 재학 중인 것 말고는 별로……."

"허, 거참. 애도 아니면서 왜 제일까지 들쑤셔 놔?"

"그니까요. 저희한테 메일을 보낸 거야 스타를 사랑하는 마음이 격해서 그랬다손 치지만 솔직히 제일 같은 회사를 상대로 그런 짓을 벌인다는 건 이해가 안 되더라고요. 그 서은아 씨보고 밥맛이라고도 했다던데. 거 완전히 정신 나가지 않고서야 회사 홈페이지에 그럴 수 있나요? 오너 일가한테?"

"정신 나간 앤가 보지."

수완은 쯧쯧거리며 말을 이었다.

"암튼 생각 없이 인터넷에 말을 함부로 싸지르는 애들 그냥 둬선 안 된다구. 특히나 연예인들이 지들 낙서장이야? 툭하면 시비 걸고, 막말하고! 잘 알지도 못하면서 그랬다더라 추측성 발언이나 뱉어냈다가 아님 말고? 하여간 문제라구. 진희도 책임을 묻겠다고 했으니 각오하고 있어야 될걸?"

☆　　☆　　☆

하진의 다른 팬들이 옹호해 주지 않아서인지 하짱의 멤버들은 처음과 달리 조용했다. 그리고 대표라는 여대생은 연락도 되지 않고 이틀째 학교도 나오지 않는다고 했다. 제일 측 홈페이지에 글을 올린 다른 두 명을 찾아내고 보니 둘 다 아직 고등학생이었고 대표 언니가 시킨 대로 했을 뿐이라며 그게 그렇게 큰 잘못인 줄 몰랐다는 식으로 울기까지 했다.

문제 해결을 맡은 윤 실장과 함께 그 학생들을 만나러 간 은아는 착잡한 마음을 가눌 길이 없었다.

"정당한 이유 없이 불매운동을 한다고 인터넷에 올리는 건 그 회사에 큰 손해를 입히는 행위란 거 알아? 자세한 사정을 모르는 다른 고객들에게까지 영향을 미치는 일이기 때문에 회사에서 법적 대응을 할 수도 있단다."

"우린 정말 몰랐다구요. 아저씨, 한 번만 봐주세요."

"대표 언니가…… 하진 오빠가 이용당하는 거라고 해서……. 우린 그냥 시킨 대로 한 거예요. 진짜 잘못했어요! 네? 한 번만 봐주세요."

"대표 언니 연락처는?"

"전화 안 받아요."

고개를 저으며 말하는 학생의 얼굴은 눈물로 얼룩져 있었다.

"집은 모르고?"

"하짱 만들고 정모도 딱 한 번 해봤어요."

"그래? 알았어."

은아는 단호한 태도를 취하는 윤 실장을 대신해 얼른 말하고는 그만 됐다는 듯 자리에서 일어났다.

"저기…… 엄마, 아빠한테 안 이르실 거죠? 팬클럽 가입한 줄도 모르시는데……. 이런 줄 아시면 저 죽어요."

한 명이 겁에 질린 눈으로 은아를 쳐다보고 있었다.

"부모님이 아는 건 무서우면서 다른 건 무섭지 않던?"

윤 실장이 지적하자 그 학생의 눈에서 또 눈물이 넘쳐 났다. 은아가 그만하라는 눈짓을 보냈지만 같은 또래 딸을 키우는 윤 실장은 답답하다는 듯 말을 이었다.

"이런 말, 너희한테는 잔소리처럼 들리겠지만. 누구나 본분이란 게 있는 거야. 무슨 뜻인지 알지?"

모르겠다는 듯 여전히 겁에 질려 쳐다보는 학생에게 윤 실장의 목소리가 격해졌다.

"학생이면 학생답게, 선생이면 선생답게, 부모면 부모답게! 니들 아버지는 가장으로서 책임을 다하려고 발바닥에 땀 나도록 뛰고 있는데 니들은 지금 뭐 하는 거야?"

"실장님, 그만요."

은아는 윤 실장의 팔을 잡으며 고개를 저었다. 이미 두 학생의 눈은 빨갛게 충혈된 채 고개도 들지 못하고 있었다. 은아가 다시 학생들 앞에 앉으며 손을 앞으로 내밀자 애들이 슬그머니 머리를 들었다.

"하진, 많이 좋아하지?"

은아의 물음에 애들의 고개가 동시에 끄덕여졌다. 은아는 눈을 마주하며 미소를 지어주었다.

"그 하진이 이런 말을 하더라. 현재는 과거의 결과물이라고. 더 나은 미래를 원한다면 지금 현재에 최선을 다해야 한다고."

"하진 오빠가요?"

둘 다 눈이 휘둥그레지자 은아의 미소가 진해졌다. 하진은 이 아이들에게 정말 우상과도 같은 존재였다.

"현재를 영어로 뭐라고 하지?"

"Present……."

한 명이 반짝거리는 눈으로 답하자 은아가 고개를 끄덕여 주었다.

"그렇지. 그리고 선물이란 뜻으로도 쓰이지."

"아……."

뭔가 알겠다는 듯 반응을 보이는 애들의 손을 은아가 꼭 쥐었다.

"지금 너희들한텐 매일매일이 선물 같은 날들이야. 그러니 금방 후회할 일로 낭비하면 얼마나 아까워?"

"……네."

"실은 나도 너희만 할 때 후회할 일 많이 했거든. 그래서 이젠 안 그러려구 노력 중이야. 진희 씨 말대로 더 나은 미래를 위해서."

은아가 싱긋 웃었지만 그중 한 명이 조금 의아한 눈빛을 보이더니 조심스레 물었다.

"진희 씨요……?"

"아…….."

실수한 듯 은아가 입을 가렸지만 두 학생의 눈은 이미 동그랗게 커져 있었다.

"하진 오빠를 진희 씨라고 불러요? 그럼 혹시 언니가?"

"정말 언니가 그 언니예요? 어쩐지 얼굴이 좀……. 나 데이트 사진 봤는데."

"응, 맞아."

은아가 어쩔 수 없다는 듯 인정하자 둘의 입이 쩍 하고 벌어지더니 또 어쩔 줄 모르는 반응을 보였다.

"내가 진희 씨를 혼자 독차지해서 많이 밉지?"

살풋 미소를 머금으며 묻는 은아에게 둘은 힘차게 고개를 저어 보였다.

"아뇨, 언니! 진짜 아니에요! 언니 같은 사람인 줄 알았으면 그런 글 쓰지도 않았을 거예요!"

"언니랑 하진 오빠랑 진짜 사랑하는 거 맞죠?"

"그래. 정말 사랑하는 거 맞아."

은아의 대답에 둘이 더 신난 듯 꺄 소리를 내었다.

"우리 하진 오빠한테 진짜 잘해주셔야 해요!"

"약속해요, 언니! 우리 오빠 힘들게 하면 안 돼요!"

"얘들아? 니들이 지금 그런 말을 할……."

어이가 없어진 윤 실장이 한마디 하려고 나서자 은아가 얼른 눈짓을 줬다. 그러고는 둘의 손을 한 번 더 꼭 쥐어주고는 일어섰다.

"최고로 행복한 남자로 만들어줄 거니까 안심해. 그게 지금 내가 최선을 다해서 해야 할 일이니까. 너희도 열심히 할 거지?"

은아의 말을 귀담아 새기겠다는 듯 둘은 열렬히 고개를 끄덕여 보였다.

회사로 돌아오며 윤 실장은 자기 딸도 저렇게 헛짓거리나 하고 다닐까 봐 겁난다는 말을 하더니 은아를 흐뭇한 눈으로 돌아보았다.

"왜요?"

"직원들이 서 대리를 좋아하는 이유를 알겠어."

"아니, 그걸 이제 아셨단 말이에요?"

은아가 짐짓 실망스럽다는 투로 말하자 윤 실장이 웃음을 터뜨렸다.

"이제라도 알았으니 얼마나 다행이야? 난 언제나 서 대리 편에 설 거야."

"오, 그거 혹시 정치적인 발언이신가요?"

"알아서 생각하라구. 내가 회장님과 사장님을 존경하는 가장 큰 이유는 배려와 포용심 때문인 거 알지?"

윤 실장은 눈을 한 번 찡긋 했다가 얼른 말을 돌렸다.

"그나저나 그 대표라는 애는 어디로 숨은 거야?"

☆　　　☆　　　☆

"저 시키는 대로 했잖아요! 근데 이게 뭐예요? 학교도 못 가는데 해결해 주셔야죠."

〈시작을 했으면 끝도 봐야지! 돈 쥐어줄 땐 좋다고 나서더니만 누구보고 해결을 하래?〉

"뭐, 뭐라고요? 그럼 다음 학기 등록금은……."

〈일을 그따위로 해놓고 무슨 등록금?〉

"하진 오빠랑 그 언니랑 진짜 사귄대잖아요! 거짓말로 절 이용한 건 아줌마면서 왜 나보고 다 해결하래요? 등록금까지 주겠다고 했잖아요!"

하짱 대표인 유미의 목소리는 히스테릭한 비명 소리처럼 들려왔다.

〈애가 뭘 잘못 먹었나? 누구보고 아줌마래?〉

"아줌마가 그랬잖아요! 하진 오빠가 돈에 낚여서 이상한 여자한테 걸려든 거라고! 팬들이 단체 행동을 보여야 되는 거라고 나한테 나서라고 했잖아요! 시킨 대로 했으면 약속한 등록금은 줘야 되는 거잖아요!"

숙식을 해결하고 있는 고시원 옥상에서 발버둥을 치며 울부짖는 유미의 휴대폰을 누군가 가로채 갔다. 깜짝 놀라 돌아본 유미는 두 눈이 휘둥그레진 채 꼼짝도 못하고 굳어져 버렸다. 연갈색 선글라스를 낀 장신의 남자는 꿈에서 그리던 하진, 바로 그였다. 그는 손가락 하나를 세워 조용히 하라는 제스처를 취하더니 녹음 버튼을 누르고 휴대폰을 귓가로 가져갔다.

〈야, 너 정말 말로 해선 안 되겠구나? 하진이 그딴 여자한테 발

목 잡힌 거 너도 싫다며? 팬클럽 대표라면서 멤버들 규합도 그렇게 못해서 어떡할래? 분명 그 여자가 하진한테 빌라나 아파트보다 더한 걸로 발라놓은 거니까 내 말 믿고 커뮤니티 사이트에 다시 한 번 글 날려. 제일 쪽 홈페이지에도 들어가서 몇 마디 남겨주고. 다른 애들한테도 내가 섭섭지 않게 챙겨줄 테니까 쓸 만한 애들로 잘 좀 모아봐. 그럼 등록금뿐 아니라 적당한 원룸도 알아봐 주고…….〉

"차암 돈 쓸 데 없는 사람인가 봐? 그 돈을 좀 바람직하게 쓰면 사회적 호응도 좋을 텐데, 왜 그 생각은 못하나 몰라?"

〈당신 누구야? 걔 바꿔. 얼른!〉

"내가 얘 보호자거든? 얘, 만으로 아직 스무 살도 안 됐어."

진희가 힐끗 쳐다보자 유미의 몸이 부르르 떨려왔다. 하진이 눈앞에 있다. 눈앞에서……. 유미의 눈에서 주르르 눈물이 흐르자 진희는 얼른 고개를 돌려 버렸다.

〈아, 걔 오빠야? 직장도 못 잡아서 시골에서 엄마랑 농사짓는다더니만 올라왔나 보네?〉

가만 보니 이용해 먹을 사람에 대해 시시콜콜 다 알아낸 듯했다. 진희의 손이 지그시 주먹 쥐어졌다.

〈동생한테 이번 일 잘하라고 해. 그럼 내가 서울에 일자리까지 알아봐 줄 수 있어.〉

"엘에프는 관심 없어서 말야. 들리는 소문에 곧 망한다더라고."

〈뭐? 야! 너 지금 누구한테……. 너, 내가 엘에프란 건 어떻게 알았지?〉

"수십억 빌라까지 척척 내주면서 유혹하더니만, 상대방 목소리도 못 알아듣는 걸 보면 당신 참 대충 사는 사람 같애. 그래도 일개 회사 사장 자리에 있으면 눈치라도 좀 있어야지, 그럼 쓰나? 사장이 일은 안 하고 이딴 짓거리나 벌이고 있는데 회사가 안 망하고 배겨?"

〈하, 하진?〉

"사람들은 날 그렇게 부르……."

진희의 말이 채 끝나기도 전에 전화가 뚝 끊겼다. 아마도 혼자 미쳐 날뛰고 난리가 났을 것 같았다. 꽃병이든 뭐든 몇 개가 산산조각 났겠지. 픽 하고 웃음을 흘린 진희는 유미를 돌아보았다.

학교 기록부에도 주소가 시골로만 나와 있어서 사는 곳을 찾는 데 애 좀 먹어야 했다. 더군다나 지금 사는 고시원도 최근에 옮긴 데라서 같은 과 친구라 해도 아는 애가 많질 않았던 것이다. 그리고 수완이 팬클럽 대표도 뒤에 누가 있지 않고서야 그런 식으로 했을까 싶다는 말을 하자 조금은 의심을 품기도 했는데, 와서 보니 역시나 그 여자가 범인이었다.

"핸드폰은 이 녹음 파일 옮기고 바로 줄게."

진희의 말에 유미는 눈물이 그렁그렁 맺힌 눈으로 쳐다만 보고 있었다.

"나 첨엔 너희들도 가만 안 두려고 했거든."

그러자 유미가 움찔 몸을 떨며 한 발 뒤로 물러났다.

"근데 그 고딩 애들도 뭐가 잘못인지 다 안 것 같고, 너도……."

"잘못했어요, 오빠! 진짜진짜! 정말 잘못했어요오! 엉엉. 그 아줌마가 갑자기 연락해 와서 난…… 엉엉엉……."

풀썩 엎드려서 눈물바다를 만드는 유미를 보며 진희는 머리를 긁적였다. 그놈의 돈……. 그래, 니가 뭘 잘못이 있겠냐. 홀어머니 밑에서 서울 유학생활을 하며 알바로 등록금 마련하느라 아등바등 살아가는 불쌍한 고학생을 이용 대상으로 삼은 그 엘에프 마녀가 나쁠 뿐.

진희는 유미 앞에 쭈그려 앉으며 어깨를 토닥여 주었다.

"이 문젠 내가 다 알아서 처리할 테니까 걱정 마. 내일부터는 학교도 꼭 나가고. 알았지?"

"어엉…… 네, 오빠……. 엉……."

눈물, 콧물 범벅이 된 얼굴을 끄덕이며 답하는 유미에게 진희는 손수건을 꺼내 건네고는 일어섰다.

"아, 그리고 하짱 대표!"

진희의 부름에 손수건을 황홀하게 쳐다보던 유미의 고개가 발딱 들렸다.

"나 곧 결혼한다. 내가 무지무지 사랑하는 여자랑. 그 여자가 없으면 내가 일을 할 수가 없거든. 내가 일을 못한다는 건? 하진이란 배우가 없어진다는 거거든? 뭔 말인지 알지?"

결혼이란 말로 충격받은 유미에게 하진이란 배우가 없어진다는 건 더 큰 충격이었다.

"그만큼 난 그 여자를 사랑하고, 사랑하고, 사랑해. 누군지는 말 안 해도 알겠지?"

바보처럼 고개를 끄덕끄덕 거리는 유미에게 진희는 손을 한번 들어 보이곤 돌아섰다. 옥상을 내려오는 그의 발걸음이 점점 더 빨라졌다. 결혼한다는 말은 안 했어야 되는지도 몰랐다. 그저 은아랑 진심으로 사랑하는 사이라는 걸 과시하고 싶은 마음이 너무 앞서 나간 거였다. 아직 정식 허락도 받지 않은 상태인데 인터넷을 통해 소식을 듣게 할 순 없는 일이었다.

차에 오르자마자 서 회장에게 전화를 건 진희의 음성은 다급했다.

"얼른 받으세요, 얼른, 얼른…… 회장님!"

〈어, 하진 군.〉

"지금 곧바로 찾아뵙겠습니다."

〈그래? 나 지금 나가려던 참인데 무슨…….〉

"은아랑 결혼하는 걸 허락해 주십시오!"

대뜸 소리치는 진희에게 놀랐는지 아무런 반응이 없었다.

"댁으로 찾아뵙고 말씀드려야 하는데 정말 죄송합니다. 본의 아니게 인터넷에 먼저 올라갈 것 같아서요. 이렇게 전화상으로 여쭙는 거 정말 죄송스럽고 백번 사죄 말씀 올리겠습니다. 하지만 은아와의 결혼은 꼭 허락해 주셨으면 합니다."

〈당장 은아 데리고 집으로 오게.〉

"넵, 회장님!"

〈호칭이 맘에 안 들어.〉

"죄송합니다, 할아버님!"

〈집에서 기다리고 있겠네.〉

"알겠습니다."

진희는 휴우 숨을 내쉬곤 신이 나서 차를 출발시켰다. 어찌 보면 이렇게 단숨에 저지른 게 잘된 건지도 몰랐다. 그의 부모님이야 이미 허락하신 거나 진배없었고, 은아와도 모든 이야기가 끝난 거니 남은 건 그녀의 식구들뿐이었던 것이다. 결혼 문제를 먼저 확실히 해놓고 엘에프의 마녀를 어떻게 요리할지 구상하는 게 나을 듯했다.

은아에게 급한 일이라면서 회사 앞으로 가서 전화할 테니 바로 내려와 달라는 연락을 취했다. 그녀는 대체 무슨 일이냐며 그 사건에 뭔가 복잡한 문제가 꼬인 거냐고 물어왔지만 그는 별다른 답을 해주질 않았다. 그리고 먼저 반지를 주문해 둔 곳으로 향했다. 미리 준비해 두길 정말 잘했다는 생각이 들었다. 반지 하나 끼워주지 않고 얼결에 청혼한 꼴이 되어버린 자신이 한심하게만 느껴졌는데 오늘 다 만회할 수 있을 듯했다.

다행히 반포에서 멀지 않은 백화점에 위치한 매장이라 시간 지체도 별로 없었다. 흡족한 얼굴로 반지를 찾아 나오는 그는 누가 봐도 청혼의 기대에 부푼 행복한 남자였다. 그녀를 꼭 끌어안을 계획이었기에 들고 있어야 하는 커다란 꽃다발이라든지 형형색색의 풍선들은 모두 생략했다. 솔직히 풍선이벤트는 평소에노 소금 유치하다 생각하는 종류였다.

진희는 회사 앞 주차 공간에 차를 세워두고 전화를 걸었다. 준비하고 있었는지 곧바로 내려오겠다는 답을 하며 은아는 전화를 끊었다. 진희는 룸미러를 통해 머리를 매만지고 얼굴을 살핀 후 선글라스를 낀 채 차에서 내렸다.

오후 다섯시를 넘긴 시각…… 번화가인 만큼 사람들의 통행도 많은 곳이었다. 지나는 사람들 모두 발걸음을 멈춘 채 설마라는 눈으로 진희를 쳐다보았다. 그러나 제일그룹 건물의 주 출입구를 바라보며 길 한가운데 떡 하니 버티고 선 그에게 누구 하나 선뜻 다가서지는 못했다. 주위를 전혀 의식하지 않고 반듯하게 서 있는 그의 자세가 근접하지 말라는 경고를 보내고 있었던 것이다. 그래서 사람들은 그를 중심으로 넓은 원을 그린 채 에워싼 형태를 취하고 있었고 건물의 출입구를 가린 사람들에게 그가 양쪽으로 벌리라는 손짓을 하자 다들 재빨리 공간을 터주었다. 호기심 어린 눈으로 출입구와 진희를 번갈아 보던 사람들은 중앙의 회전문이 돌아가며 누군가 나오자 숨을 삼키며 지켜보았다.

밖으로 나온 은아는 잔뜩 모여 있는 사람들로 인해 멈칫한 상태였다. 그리고 십여 미터 떨어진 곳에 그가 서 있었다. 이건 대체 무슨 일인가 싶어 동그래진 눈으로 그를 보는데 그가 씩 하고 웃더니 성큼성큼 다가왔다. 그의 움직임에 따라 주위 사람들도 조금씩 조금씩 이동하며 기대감에 찬 소리들을 내기 시작했다.

"어머, 어머!"

"뭐야? 어쩌려구?"

"꺄…… 설마?"

멍한 상태로 주춤해진 은아는 점점 가까이 다가오는 그를 그저 바라볼 뿐이었고, 진희는 그녀 앞에 다다라 선글라스를 벗더니 그녀를 와락 끌어안았다. 사람들이 기다렸다는 듯 휘파람을 불며 환호했고 은아는 홍조가 피어난 얼굴을 그의 어깨에 파묻고 말았다.

"뭐예요……?"

낮게 소곤거리는 그녀의 물음에 그는 환히 웃으며 큰 소리로 말했다.

"사랑합니다! 서은아 씨!"

꺄악—!! 거리는 소리가 거리를 흔들어놓았다. 그리고 진희가 은아에게 열정적인 입맞춤을 하자 그 소리는 더더욱 크게 울려 퍼졌다. 더는 빨개질 수 없을 정도로 빨갛게 물들어 버린 얼굴을 푹 숙인 은아의 손을 잡으며 진희는 한쪽 다리를 세운 자세로 천천히 무릎을 꿇고 앉았다.

설마 여기에서? 라는 생각에 은아는 그를 내려다보며 하지 말라고 머리를 흔들었지만 그는 싱긋 미소를 짓더니 재킷 안주머니에서 딱 봐도 반지케이스란 걸 알 수 있는 자그마한 상자를 꺼냈다. 그에 주위는 적막에 휩싸인 듯 조용해졌다. 마치 그가 하는 말 한마디라도 놓치기 싫은 것처럼 귀를 쫑긋 세운 모습들이었다.

"남은 평생 당신만을 사랑하는 남자로 살아가고픈 날, 허락해 주시겠습니까?"

그 어느 때보다 부드러운 목소리로 구혼하는 그를 보는 은아의 눈가에 이슬이 맺히고 말았다. 목이 메이는시 입술을 깨물며 천천히 고개를 끄덕이는 그녀에게 진희의 진한 미소가 전달되었고 왼손 약지에 그가 준비한 사이드스톤 디자인의 다이아몬드 반지가 조심스레 끼워졌다.

또 한 번의 커다란 환호성이 거리를 휘감을 때 진희는 은아의 이마에 재빨리 키스를 하고는 손을 잡고 차가 있는 곳으로 뛰었다.

"진희 씨……?"

갑자기 서두르는 그를 부르는 은아의 음성엔 잔잔한 행복이 일렁이고 있었다.

"얼른 가야 해."

진희는 은아를 조수석에 먼저 태우고 차를 돌아 운전석에 앉기 전 그를 바라보고 서 있는 사람들에게 손을 흔들어주는 센스도 잊지 않았다. '축하해요!', '행복하세요!' 라는 말들을 들으며 차에 오른 진희의 미소 띤 얼굴을 보는 은아의 얼굴에도 반짝이는 미소가 번져 있었다.

"이건 허락을 구하는 게 아니라 통보구먼?"

서 회장의 말에 진희의 머리가 한 번 더 수그려졌다.

"죄송합니다."

서 회장 내외와 서 사장 내외가 소파에 빙 둘러앉아 있었고 진희는 그 앞 바닥에 무릎을 꿇은 채로 앉은 상태였다. 누가 그러라고 하지도 않았는데 은아 손을 잡고 거실로 들어오자마자 갑자기 풀썩 무릎을 꿇더니 '은아를 제게 주십시오!' 라고 대차게 외친 것이다.

사내가 그리 쉽게 무릎을 꿇으면 되냐고 일어나라고 하는 서 사장에게 진희는 귀한 따님을 데려가려는 거니 당연한 거라면서 허락을 구했다. 하지만 이미 인터넷상에 '하진의 청혼' 이란 검색어가 1위에 올랐고 은아의 손가락에 반지를 끼워주고, 키스를 하는 사진들까지 도배가 된 상태였다.

"우리 은아를 이렇게 빨리 보내고 싶지 않았는데……."

"자주자주 찾아뵙겠습니다."

서 회장이 느릿하게 말하자 진희가 곧바로 답을 했고, 정임을 쳐다보며 한마디 더 했다.

"고스톱도 꼭 마스터하도록 하겠습니다!"

정임은 마냥 좋다는 듯 미소가 가득한 얼굴을 끄덕였고 서 회장은 서 사장 내외를 돌아보며 물었다.

"둘째 사위로 들일 건가?"

지난번 은아가 남양주에서 하루 묵고 올 때 이미 가족들과 진희에 대한 이야기를 나눈 상태였다. 어쩌면 두 사람에게서 결혼을 하겠다는 말이 나올지도 모르는데 미리 결정을 해야 되지 않겠냐는 서 회장의 말이 있었던 것이다. 그러면서 당신이 먼저 찬성표를 나타냈었다. 그런데 이리 묻는다는 건 일부러 진희를 긴장시키기 위함이란 걸 알 수 있었다.

영희는 빙긋 웃음이 새어 나오려는 걸 참으며 나름 생각에 잠긴 표정을 지었고 서 사장은 진희를 꼼꼼히 살피는 듯한 눈으로 쳐다보았다. 그 모습에 옆에 선 은아가 외러 더 긴장된 얼굴로 부모님과 할아버지를 번갈아 보았다. 마지막으로 할머니께 도움을 구하는 눈길을 보내자 정임이 눈을 찡긋거리는 게 아무 걱정 말라는 신호처럼 느껴졌다.

진희는 침묵 속에 잠겨 있는 거실 분위기에 신경이 팽팽해지는 듯했다가 힐끔 쳐다본 은아의 얼굴에 연한 미소가 번져 있자 두 눈에 힘을 주었다. 허락해 주시겠지? 라는 확인을 구하는 눈빛에 은아는 슬쩍 눈을 한 번 감았다 떴다. 뻔히 보이는 두 사람의 눈짓 교환에 서 사장은 자리에서 일어나 진희에게 손을 내밀었다.

"됐으니까 이제 그만 일어나게."

"확실한 답을 먼저 내려주시면, 그때 일어나겠습니다."

"여기서 반대할 사람 아무도 없다는 거 자네도 알지 않나?"

"그럼⋯⋯."

"당연히 허락하고 말고. 우리가 자넬 겪어보지 않은 것도 아니고, 우리 은아를 어떻게 위해주는지도 다 아는데 허락하지 않을 이유가 없지."

빙긋 웃으며 답하는 서 사장을 보며 진희는 벌떡 일어서더니 꾸벅 허리를 숙여 인사했다.

"감사합니다!"

그러더니 서 사장에게 얼른 자리에 다시 앉으라는 제스처를 취하고는 큰절을 올렸다. 흐뭇한 표정으로 진희를 보던 서 회장이 먼저 말을 꺼냈다.

"이제 남은 건 자네 부모님과의 상견례인데, 바쁘신 분들이라 시간이 언제가 편하실지 모르겠군."

"바쁘신 거야 할아버님과 아버님도 마찬가지시죠. 저희 아버진 다음주까지는 아직 여유 있으세요."

환해진 얼굴로 말을 마친 진희는 아차 싶은 듯 한마디 덧붙였다.

"다른 무엇보다 제 결혼을 최우선으로 생각하시는 분들이시라 아무 때나 괜찮으실 거예요."

“그럼 더 기다릴 필요 없이 이번 주말에 상견례 자리를 만들도록 하세. 부모님껜 그리 전해주게.”

“알겠습니다, 아버님! 감사합니다.”

“허허, 오늘 저녁 내내 감사합니다만 복창하는 것 아냐? 알았으니까 그만하고 편히 쉬어.”

서 회장의 말에 정임도 한마디 거들었다.

“유 서방이랑 은해도 곧 온다고 했으니 식사는 그때 하는 걸로 하고 우선은 은아 방에 가서 좀 쉬게나, 요즘 계속 정신 없었을 텐데.”

“예, 할머니. 감⋯⋯.”

‘감사합니다’라는 말이 또 튀어나오려 하자 진희는 얼른 입을 다물고는 빙그레 웃어 보였다. 그 얼굴이 예뻐 죽겠는지 정임이 진희의 손을 덥석 잡으며 토닥여 주었다.

“우리 식구가 된 걸 환영하네.”

“손주사위 노릇 제대로 해 보이겠습니다!”

가슴을 쫙 펴며 믿어달라는 포즈를 취하는 진희를 보며 다들 웃음을 터뜨렸다.

은아의 안내를 받아 방으로 올라온 그는 그제야 긴장이 풀린다는 듯 침대 발치에 풀썩 앉으며 숨을 내쉬었다.

“이렇게 떨어본 게 언제적이었나 몰라.”

“정말 떨었어요?”

안 믿긴다는 표정으로 쳐다보는 은아에게 진희는 큰 동작으로 고개를 끄덕였다.

“당연하지. 어르신들께 말씀 올리기도 전에 인터넷에 먼저 뜨게 만들어 버렸는데 걱정이 안 됐겠어?”

“그런 걱정을 한 사람이 아깐 회사 앞에서 그게 뭐예요?”

은아가 눈을 흘기자 그가 손을 내밀어 그녀를 가까이 끌어당겼다.

“사람들한테 보여주고 싶었거든, 내가 당신을 얼마나 사랑하는지.”

앞에 선 그녀의 허리를 끌어안으며 머리를 기댄 그는 편안함을 느낀 듯 미소 띤 얼굴로 숨을 크게 들이마시고는 말을 이었다.

“또 그 하짱 대표와 만나 이야기하면서 당신이랑 결혼할 거라고 이미 자랑해 버려서 어쩔 수 없었어.”

“아, 그 문젠 어떻게……?”

그제야 생각난 듯 은아가 그의 어깨를 살짝 떼어내자 진희는 허리를 더 꼭 안으며 떨어지기 싫다는 표현을 했다. 그러자 은아는 피식 웃음을 보이더니 갑자기 그의 다리 위에 옆으로 앉으며 두 팔로 목을 감쌌다.

“이왕이면 얼굴을 보고 얘기하자구요.”

그녀의 돌발 행동에 조금 놀란 표정을 보이던 그는 음흉한 눈길로 스윽 얼굴을 훑었다.

“이런 자세로 이야기가 되려나?”

“하짱 대표는요?”

말 돌리지 말라며 은아가 가늘어진 눈으로 묻자 진희는 그녀의 등과 허리를 쓸어내리며 유미를 만난 얘기를 해주었다.

“그때 그 여자가 그랬단 말예요?”

상식적으로 도저히 이해가 되지 않는다는 듯 두 눈을 깜빡이며 묻는 그녀에게 진희는 어깨를 으쓱해 보였다.

“그런 이상한 사람들 많아.”

“당신을 좋아하는 어린애들 마음을 이용한 거나 마찬가진데, 와…… 그걸 가만둬야 되나?”

“가만두면 안 되지.”

그가 머리를 저으며 말하자 은아의 눈에 궁금증이 담겼다.

“어떻게 할 건데요?”

“본인이 한 짓이 얼마나 부끄러운 것인지 정도는 알게 해줘야지. 요즘 통화 녹음 쉽게 되잖아?”

씩 웃는 그에게 은아가 설마라는 표정을 지어 보였다. 엘에프리조트 사장과의 통화 내용을 녹음하다니……. 그리고 그걸 공개해 버리면? 이미지에 치명타를 입고 이를 부득부득 갈 여자의 얼굴이 떠오르자 그가 걱정되었다.

“엘에프 쪽에서 당신을…….”

“걱정 마. 당하고만 있을 내가 아니니까. 그리고 그쪽 사람들 워낙에 구린 데가 많아서 문제가 더 커지는 거 원치 않을걸? 날 건드렸단 손해날 일만 생긴다고 깨닫게 되겠지.”

“당신은 내가 지켜줄게요! 내 힘이 부족하면 쌈 잘하는 우리 언니를 지원군으로 부르면 돼요. 감히 누가 삼미그룹 안주인을 건드려? 큰일 날 일이죠.”

“이야, 본의 아니게 천군만마를 손에 넣은 것 같은데? 나 이 결혼 꼭 성사시켜야겠다."

장난스레 말하는 그를 꼭 안으며 은아가 속삭였다.

"우리 결혼이 무효되는 일은 절대 없을 거예요. 내가 놔주지 않을 거니까."

"음……."

그의 입술이 부드러운 곡선을 그리더니 그녀의 입술로 찾아들었다. 달콤한 향내와 감미로움을 맛보며 두 사람의 입술은 좀처럼 떨어질 줄을 몰랐다. 그리고……

"사랑해."

그가 입술 위에서 나직이 말하더니 조심스레 눈치를 보며 물었다.

"근데…… 당신 엉덩이를 반대쪽 다리로 옮기면 안 될까? 그 다리만 쥐가 날 것 같은데……."

"어머……."

은아가 벌떡 일어나려 하자 진희가 재빨리 그녀의 손을 낚아채며 침대 위로 눕게 만들었다. 순식간에 벌러덩 드러눕게 된 은아는 동그래진 눈으로 그를 쳐다봤다가 닫혀진 문을 보았다.

"저기……."

"무슨 생각을 하는 거야? 아무렴 내가 지금 그러겠어?"

진희는 피식거리더니 은아 옆으로 몸을 누이며 그녀를 껴안았다.

"할머니께서 쉬라고 하셨잖아. 그러니까 편히 쉬어야지."

그의 입술이 그녀의 이마에 닿으며 자잘한 키스를 퍼붓자 은아는 간질거리는 느낌에 낮은 웃음소리를 내다가 그의 입술에 쪽 하니 입맞춤을 해주었다.

"사랑해요."

엘에프리조트라는 언급은 없었지만 이번 하진 팬클럽이 일으킨 소동의 원인을 제공한 자가 누구라는 건 눈치 좀 있는 사람이라면 금방 알 수 있는 사항으로 발표되었다. 통화 녹음의 목소리도 약간의 변형을 가해 공개되었고, 연예인을 노리개로 삼으려 하는 일부 재벌들의 행태를 고발하는 뉴스가 특집으로 다뤄지게 되었다.

엘에프 측에선 비공식적으로 하진에게 사과문을 전달했고, 다시는 이런 불미스러운 사태로 누를 끼치게 하는 일이 없게 하겠다고 다짐했다. 이에 수완은 혀를 내두르며 진희를 부럽다는 듯 쳐다보았다.

"와…… 엘에프에서 너한테 이렇게까지 낮추다니……. 제일뿐 아니라 삼미까지 버티고 있으니 끽소리 못하는 거구나?"

"은아가 날 지켜주겠대."

"좋겠다, 야! 얼마나 좋아?"

"그 말 듣는데 진짜 든든함이 느껴지더라구. 기분 괜찮았어."

진희가 웃는 얼굴로 고개를 끄덕이자 수완의 얼굴에도 흐뭇함이 번졌다.

"결혼은 영화 촬영 끝나면 한다고?"

"그러기로 했어. 나야 빠르면 좋지만 은아가 체험학습을 하려면 제대로 해야 되지 않겠냐면서 촬영 끝내고 하재."

아쉽다는 듯 입술을 삐죽 내미는 진희의 어깨를 수완이 툭 쳤다.

"그래 봐야 네댓 달 정도면 되는데 뭐가 그리 급해? 잘 생각했어! 신혼생활을 제대로 하려면 우선 심적으로나 시간적으로나 여유가 있어야 된다구."

"은아도 조만간 기획실로 옮기려나 봐. 그럼 당분간 바빠질 것 같고……. 차라리 잘됐지, 뭐. 서로 바쁜 시기가 비슷하니까."

"그러다 니들…… 멀어지면 어떻게 하냐?"

별안간 걱정스럽다는 듯 묻는 수완을 진희가 찌릿 노려보았다.

"절대 그럴 일 없거든! 한 번만 더 그딴 소리 해봐!"

"오케, 오케. 안 할게! 안 한다구!"

수완이 양손을 들어 보이자 진희는 경고의 눈빛을 거두며 척 하고 휴대폰을 꺼냈다. 보란 듯이 꾹꾹 터치를 하며 전화를 건 그는 상대방이 받자 활짝 웃는 얼굴을 해보였다.

"응, 나야. 오늘 퇴근은 언제야? 시간 맞춰 갈게."

그러다 표정이 싹 굳어졌다.

"바쁘다구? 야근? 아니, 곧 인사발령 날 사람을 왜……. 알았어. 끊을게."

별안간 수완의 입에서 풋 하고 웃음소리가 터졌다. 진희가 휙 돌아보자 수완은 얼른 일어나 사무실을 나가 버렸다. 그리곤 참았던 웃음을 문밖에서 시원하게 터뜨렸다.

진희는 입술을 삐죽이며 휴대폰을 휙 던져 놓고는 아버지가 새로 수정한 시나리오를 펼쳤다. M이란 캐릭터가 훨씬 더 입체적으로 나타났고 흥미를 돋웠다. 배역에 대한 욕심과 감독 예행연습에 대한 기대감으로 진희의 얼굴엔 금세 화색이 돌았다.

시나리오를 읽은 후 그는 시간 가는 줄도 모르고 콘티를 짜듯 펼쳐진 종이 위를 몇 장째 끄적이며 전체적인 구상을 그리고 있었다. 그때 가벼운 노크 소리가 들리더니 누군가 문을 열고 들어섰다.

"사람이 왔는데 쳐다보지도 않나?"

그 목소리에 진희의 머리가 발딱 세워졌다.

"어! 어떻게?"

시계를 보니 8시가 다 되어가고 있었다. 은아는 그가 처음 주차장에서 만날 때 준비해 온 일식집 도시락 봉투를 테이블에 내려놓으며 눈을 흘겼다.

"자기도 이렇게 바쁘면서 무슨? 퍽이나 시간 맞춰 오겠다."

거리감이 느껴지니 제발 존대어는 쓰지 말아달라는 진희의 요청으로 은아도 이제 편히 말하기로 약속한 상태였다. 그리고 처음 그의 요구대로 오빠라고 부르니 그가 머리를 저으며 '자기'라는 호칭을 써달라고 했다. 어차피 곧 결혼할 거, 남편보고 오빠라고 하면 되겠냐는 거였다. 뭐, 일리 있는 말이라 좀 어색하긴 했지만 은아는 '자기'라는 호칭에 금방 익숙해지게 되었다.

"난 이거 급한 거 아냐. 내일 해도 되고, 모레 해도 되고, 안 해도 되…… 는 건 아니고, 그냥 혼자 구상 좀 하는 중이었지. 근데 이렇게 빨리 끝난 거야?"

"자기 삐친 얼굴이 막 그려지기에 나와 버렸어."

혀를 살짝 내미는 은아의 손목을 끌어당기며 진희가 옆자리에 앉혔다. 그리곤 새삼 걱정된다는 얼굴로 말했다.

"우리 이러다 서로 보고 싶다면서 일도 안 하고 그럼 어쩌지?"

"설마 그러려구……."

"당신 보니까 지금 딱 그건데?"

"아니거든요."

"맞잖아. 그러지 말고 우리 그냥 결혼 먼저……."

"자기, 감독 데뷔 늦추고 싶어?"

은아의 지적에 진희의 입이 딱 다물렸다. 그러고는 절대 그럴 수 없다는 결의를 세운 표정을 지어 보였다.

"난 일 다 마치고 온 거니까 걱정 마시라구요."

그의 양볼을 손으로 감싸며 미소 짓는 은아에게 그가 입술을 뾰족 내밀었다. 천천히 다가간 은아의 입술이 그의 입술 위에 꾸욱 도장 찍듯 눌러졌다가 떨어졌다.

"배고프다."

은아의 말에 진희가 씨익 미소를 그렸다.

"난 다른 배도 고픈데……."

순간 확 달아오른 얼굴로 문부터 살핀 은아는 스스로의 행동이 우스워 풋 웃음을 터뜨렸다.

"지금은 다른 것보다 식욕이 먼저라구."

도시락 통을 꺼내고 먹음직스런 초밥들을 내보이자 그의 뱃속 이 더 크게 요동을 치며 울어댔다. 그 소리에 머쓱해졌는지 진희 는 얼른 된장국을 먼저 들이켰다.

“배고파 죽는 줄 알았네.”

그의 모습이 사랑스럽다는 듯 은아는 초밥 하나를 들어 그에게 먹여주었다.

“많이 먹고 힘내!”

그 말에 진희의 얼굴 위로 기대감에 찬 미소가 번졌고, 은아는 모른 척 새침한 표정으로 초밥을 입에 넣었다.

“오늘 집에 안 보낸다.”

떠보듯 말하는 그에게 은아의 답이 이어졌다.

“나두 오늘은 가기 싫네……..”

 에필로그

높고 푸른 하늘에 환한 햇살이 쏟아지는 10월의 가을날, 진희와 은아의 결혼식이 진행되었다. 촬영은 모두 무사히 마쳤고 이제 남은 건 편집이나 CG 작업 등이었다. 어느 정도는 여유를 가질 수 있는 시점이라 두 사람의 결혼 준비는 원만하게 이루어졌다. 수많은 취재 요청 때문에 결혼식은 비공개로 하지만 그전에 약식으로 신랑 신부가 포토존에서 사진을 찍고 간단한 인터뷰를 가졌다.

정신 없이 지나가 버린 하루의 끄트머리에 진희와 은아는 은해 부부가 선물해 준 남산호텔의 최고급 스위트룸에서 첫날밤을 보낼 준비를 하고 있었다. 이미 그와 여러 차례에 걸쳐 사랑을 나누긴 했지만 결혼 첫날밤이라는 게 은아를 긴장시켰다. 그의 아파트에서 첫 관계를 가질 때의 두려움 반, 기대 반의 느낌보다 또 다른 설렘이 그녀를 두근거리게 만들었다.

첫 관계 시 그는 그녀의 첫 경험 만족도를 최대치로 높여야 한다는 미션이라도 받은 사람처럼 조금의 서두름도 없이 완벽하게 그녀를 극락으로 안내해 주었다. 머리에서 발끝까지 저릿해짐을 느끼며 환희의 절정에 올랐을 때의 극치감은 말로 표현할 수 없는 것이었다.

은아는 샤워를 하러 들어간 그를 기다리며 진홍빛 침구가 깔린 둥근 침대를 쓸어보았다. 포근하면서도 시원한 느낌이 나는 침구가 은아의 손끝을 더욱 자극했다. 그녀의 뺨에도 발그레한 빛이 어리는가 싶더니 드르륵 열리는 문소리에 욕실 쪽을 돌아보았다.

광택이 나는 짙은 남색 가운을 헐렁하게 여미고 나온 그의 모습은 그 어느 때보다도 섹시했다.

"벌써 다 씻었어?"

"한시가 급하거든."

천천히 다가오는 그에게 한 발 더 다가가며 은아가 미소 지었다.

"뭐가?"

"두고 봐, 오늘 밤이 얼마나 짧은지 알게 해줄 테니까."

그는 씨익 입술 끝을 말아 올리며 그녀의 허리를 낚아챘다. 등이 휘어지며 그녀의 가운 앞섶이 벌어져 가슴골이 드러나자 그의 얼굴이 천천히 내려와 입술이 닿았다.

"시원한 샴페인도 있는데, 우리끼리 축하주 한 잔도 안 해?"

킥킥 새어 나오려는 웃음을 참으며 은아가 말했지만 그의 귀엔 들리지 않는 듯했다. 오히려 그녀를 번쩍 들어 올려 자신의 허리에 두 다리를 감게 만들더니 가까운 콘솔 위로 내려놓았다. 점점 가빠져 오는 숨에 은아의 얼굴에도 미소가 사라졌고 오직 그의 입술이 가하는 농밀한 애무에 신음했다. 양 젖무덤 사이를 오가며 그녀의 모든 것을 삼켜 버릴 것처럼 굴던 그의 입술이 미끄러지듯 아래로 향했다. 그의 머리칼을 휘어잡고 있는 은아는 숨을 삼키며 몸을 긴장시켰지만 그의 부드러운 손길과 입맞춤은 그녀를 짜릿한 감각의 세계로 안내해 주었다.

"사랑해……."

밀려드는 나른한 만족감에 은아는 몸을 떨며 속삭였고, 화답하듯 그의 입술이 미소 짓는 게 느껴졌다.

"으흠……."

 플러스

"앗싸~! 청단 추가! 합이 12점 되겠슴돠!"

은아가 화투짝을 내려놓으며 신이 나서 말하자 진희의 미간이 잔뜩 찌푸려졌다.

"당신이 풍 들고 있었던 거야?"

"그러엄! 청단 노리고 고 들어간 건데~"

흐흐흐 웃는 얼굴로 바둑알을 쓸어가는 은아의 손목을 진희가 탁 하고 잡았다.

"내일 나 새벽 촬영 있는데 좀 봐주면 안 돼?"

"안 되지! 자기가 먼저 아침 식사 당번 내기 하자고 했잖아."

은아는 그의 손을 툭 치고는 바둑알을 가지런히 앞으로 모으며 말했다.

"자~ 난 이제 열 개만 더 모으면 끝! 그리고 자긴? 어머, 아직도 갈 길이 머네?"

"한 판이면 되거든? 얼른 돌려!"

진희는 이번엔 절대 지지 않겠다는 듯 두 눈을 부릅뜨며 은아가 패를 섞는 걸 지켜보았다.

잠시 후, 얼굴에 함박웃음을 매단 채 그가 '고!'를 외치려 하자 은아가 쯧쯧 소리를 냈다.

"내가 먹은 것도 좀 보고 하시지 그래요?"

"뭐?"

살짝 찌푸린 눈으로 은아가 따놓은 것들과 바닥 패를 쳐다보던 진희가 힐끔 눈초리를 들었다.

"설마~ 고도리를 하시게? 달 들고 있는 거야?"

"글쎄에?"

"이번 판 내가 따면 접시닦기 춤 보여줄게."

"에이, 고작?"

"섹시 버전으로 스트립 추가!"

진희의 외침에 은아가 배시시 웃으며 들고 있던 달 껍질을 이마에 딱 하고 붙였다. 그걸 본 진희의 입술이 씰룩거리더니 아깝다는 듯 패를 내렸다.

"겨우 8점으로 끝내다니!"

"8점이면 어디야? 자, 자! 댄스타임~"

은아가 얼른 일어나라며 채근하자 진희는 별수 없다는 듯 툴툴대면서 일어나더니 조명을 낮췄다. 그리고 돌아서는 그의 얼굴엔 섹시한 미소가 가득 담겨 있었다.

"오오~"

손뼉을 치며 분위기를 띄워주는 은아 앞에 선 진희는 얼마 전 예능에서 개인기라고 선보인 접시닦기 춤을 위해 자세를 잡았다. 그 방송이 나가고 한동안 실시간 검색어 1위에 올라 전 국민적인 관심을 받은 바로 그 춤이었다. 한데 섹시 버전이라? 기대만땅이라는 표정으로 바라보던 은아는 재즈풍의 음악이 낮게 깔리며 그가 허리와 골반을 부드럽게 튕기는 동작을 취하자 입을 쩍 벌렸다.

머리 위에서 접시를 닦듯 두 팔을 돌리는 것도 리드미컬하게 움직였고 한 번씩 손을 내렸다 올리며 셔츠 자락을 들춰 복근을 드러내는 게 심히 매혹적이었다.

뭐, 뭐야…… 이 남자?

어느덧 셔츠의 단추를 모두 풀어헤치고 상반신을 드러낸 그는 바지 단추를 툭 하고 풀어내며 유혹하듯 은아를 향해 미소를 날렸다. 갑자기 온몸이 뜨거워지자 은아는 일부러 새침한 표정을 지어 보였다.

"아직 게임 안 끝났…… 어맛!"

별안간 그에게 두 팔이 잡혀 일으켜 세워진 은아는 그의 가슴팍으로 쓰러지듯 안겼다.

"까짓 아침밥 내가 한다!"

진희는 그대로 은아를 덥석 안아 올리고는 침실문을 발로 쾅 열고 들어섰다. 그의 목을 팔로 휘감으며 입술을 가까이 한 은아가 낮게 속삭이듯 물었다.

"주말에 상도동 갈 거라며? 고스톱 연습 좀 더 해야지 않아?"

"가족 간의 게임은 이기는 게 아니라 즐기는 거라지?"

그는 은아의 입술 위에서 중얼거리고는 진한 키스로 더는 말이 필요 없다는 걸 보여주었다.

☆　　☆　　☆

서재에서 나와 방으로 들어가려던 서 회장은 막 화장을 마친 얼굴로 나서는 정임을 보고는 우뚝 멈춰 섰다.

"가만! 거기 좀 서봐."

주방으로 향하는 정임을 불러 세우며 서 회장이 돌아보았다. 평소 잘하지 않는 화장을 곱게 하고 있는 게 왠지 모르게 불안했다.

"왜요?"

"거 입술에 뭘 바른 거야?"

"어멈이 선물이라고 하나 주던데, 잘 어울려요?"

수줍은 소녀마냥 해사하게 웃는 모습이 영 마음에 들지 않았다. 그러고 보니!

"오늘 은아랑 하 서방 온댔나?"

"아니! 잊고 계셨수? 모처럼 하 서방이 시간 돼서 온다는데!"

"그럼 지금 하 서방 온다고 그 분칠을 한 거야?"

"분칠이라니! 무슨 말을 해도! 나 어멈 일 도울 거니까 영감도 옷 좀 갈아입고 있어요."

정임은 서 회장의 표정이 어떻든 신경 쓰지 않고는 주방으로 들어가 버렸다. 그런 아내의 모습에 머리를 설레설레 흔들며 방으로 들어간 서 회장은 쯧쯧 소리와 함께 한숨을 내쉬었다.

이건 뭐, 손녀딸을 뺏긴 것만 아니라 거의 육십여 년을 함께한 아내 또한 뺏긴 기분이지 않은가! 진희가 TV에 나올 때마다 그저 좋다고 호호거리며 시청하는 정임의 모습이 떠오르자 서 회장의 어깨가 더욱 축 늘어졌다.

헐, 손주사위를 질투하다니! 이런 무슨 말도 안 되는!!

서 회장은 쓴웃음을 지으며 옷장에서 깨끗하고 산뜻한 색상의 옷을 몇 개 꺼내놓았다. 그중 가장 젊어 보일 만한 옷을 대어보며 거울을 향해 선 서 회장도 팔십 노인이 아닌 영락없는 한 남자의 모습이었다.

The End

작가 후기

2002년 여름, 전국이 월드컵의 열기로 후끈 달아오를 때 처음 로맨스소설을 쓰기 시작했습니다. 그 당시엔 그저 머릿속에서만 맴돌던 이야기를 글로 풀어내는 게 좋아 글쓰기에만 폭 빠져 지냈었는데 셋째 아이를 낳게 되니 시간에 쫓겨 멀어지게 되더군요.

그렇게 5년여 동안 글쓰기와 헤어져 지내다 다시금 시작하게 된 게 이번 '사랑 공식'입니다. 너무 오랜만인지라 조심스럽기도 하고, 불안하기도 했지만 다행히 여러 독자님들의 응원 덕분에 완결까지 갈 수 있었답니다.

이 책과 시리즈인 '사랑 느낌'이 제겐 첫 종이책 출간작이었는데 5년만이라 그런지 이번 '사랑 공식' 또한 제겐 첫 출간만큼 의미 있는 작품으로 느껴지네요. 진희의 캐릭터가 이제껏 제가 그려왔던 남주들과는 많이 달라 여러모로 애를 먹긴 했지만, 함께한 시간만큼은 흐뭇했다는 걸 자신 있게 말씀드릴 수 있답니다.

마무리를 지은 후엔 언제나 아쉬움이 남지만 지금은 뿌듯함을 더 크게 만끽하고 싶습니다. 기회를 주신 청어람 편집팀 여러분께 정말 감사드리고, 힘들 때마다 용기를 북돋워 준 '로맨스트리' 작가님들과 가족분들께 진심으로 고맙다는 말씀 드리고 싶어요.

앞으로도 행복을 물씬 풍기는 사랑스러운 글로 인사드릴 수 있도록 하겠습니다.